雨の中のレインボー

葛城仁
KATSURAGI JIN

幻冬舎 MC

雨の中のレインボー

目次

♪旅立つ僕の心を知っていたのか、遠く離れてしまえば、愛は終わるといった。もしも許されるなら、眠りについた君をポケットにつめこんで、そのままつれ去りたい。あー、だから今夜だけは君をだいていたい。あー、明日の今頃は、僕は汽車の中♪

ジーンズに白いTシャツの僕は十九歳になったばかりで、快速が停まるようになってから間もない頃の東西線浦安駅で快速を待っていた。

白い麻のバッグを右肩に掛け、ポケットに手を突っ込んだままホームの端まで歩くと、まっすぐ伸びた線路の先に、まだ暮れきらない東京の空が見えた。

八月の風が前から吹いて、少し伸ばした髪がそれになびく。背景にはチューリップの『心の旅』が流れ、そして僕は、理由のない悲しみの中にいた。

北海道の誰も行かない所。

そう思って選んだ孤島への旅。

大学一年生だった僕は、笠原一男の『転換期の宗教』とサルトルの『存在と無』とを携えていた。前者は社会学のレポートのため、後者は実存主義という言葉を気に入ったからだった。

第一章　東京　赤い車の女

I

大学に入って初めての夏休み、七月のお盆の後、旅費を稼ぐ目的で化学薬品を浸み込ませたカーペットをそこら中の玄関先に置いてくるアルバイトに応募した。仕事の内容と高賃金のバランスが気に入ったからだ。車を持っている連中が別に集められていて、運転手がリーダーとされ、置いてきたカーペットの数に応じて車単位で賃金が支払われる仕組みだ。四人グループで行動する。

初日、銀座線の外苑前駅から国立競技場に向かって少し歩いた所にある営業所で、朝九時に待ち合わせた。

少し早めに着くと、ガラス扉の前に真っ赤な外車が止まっていて、ベージュ色のニットのワンピースに白いフラットシューズを履いた女性が、白と黒のまだら模様の生地の裏側に滑り止めのゴムを貼った玄関マットを、事務所から車のトランクに移す作業をしていた。僕に気づいた彼女は、「二十枚積むのよ。一日十枚さばかないと採算が取れないらしい」と、こちらを見ないでそう言った。

上半身をトランクの中に屈めて作業を続けている。白い足がスッと伸びていて、僕は、太ももずいぶん上のほうから膝裏、ふくらはぎ、足首、シューズの所まで、ちょっと眺めてしまう。それで返事が遅くなる。

「知ってたら一緒にやったのに」と言ったら、彼女はゆっくり上体を起こしてこちらを見た。黒過ぎない大きな瞳、薄くて形の良い鼻、少しウエーブのかかったダークブラウンのショートカット。

「準備は済んだから乗ってちょうだい」

僕が助手席に乗り込むと、彼女は車のエンジンをかけた。

九時にクリーム色のポロシャツ、白いパンツスタイルの小柄な女性が、少し遅れて、紺のTシャツに黄土色の綿パンをはいたやや小太りの男性がやって来て、車に乗り込む。誰とも挨拶を交わしていない、そんなふうに思っていると、我がリーダーは、

「私はユミよ、よろしくね」と言って突然アクセルを踏み込んだ。

そして国道に出ると、あっという間に駐車場のある喫茶店を見つけ、素早く左にハンドルを切り、まっすぐ進んで車を止めた。

「ここで打ち合わせしましょう」

車道から歩道を横切って駐車スペースまでの間に車は二度、上下に大きくバウンドした。

朝九時過ぎの喫茶店に客はいなかった。モーニングサービスが終わった時刻だ。臙脂色の布製のソファと焦げ茶色のテーブル、白い壁紙のところどころに小さな花の水彩画が掛けてあり間接照明がそれらを照らしていた。

薄暗い中、十組ほどのソファとテーブルが配置されている所を通り抜け、明るい窓際の席まで行って、我がリーダーはそこに座る。窓のすぐ外に赤い車が見える。

彼女は顔を上げ、隣の席に座るように僕を促した。小柄な女性がリーダーの前に、男が僕の前に座る。リーダーと僕はアイスコーヒーを、男はコーラフロート、女性はアイスティーをそれぞれ注文した。

「私はユミと申します。医者の卵の親友にくっついてはるばる金沢から出てきました。彼女は病院研修中でほとんどつき合ってくれません。私は社会勉強のため憧れの東京で働いてみることに決めました」

「なんちゃってね」と彼女は続けて、僕をまっすぐに見た。鼻の根元に少しだけ小さな皺を寄せて嬉しそうに微笑む。彼女がこっちを向いているので、

「金沢で何してるの?」と訊いてみた。

「金沢大学の国文科で言語学を。三回生よ。小説にも興味あるけど、それじゃ食べていけないものね」と言ってストローに口をつけた。白いプラスチックの中を褐色の液体がツーっと上る。

そして、

「教師にでもなるわ」と独り言のようにつぶやいた。

「教師にでも、って」と小柄な女性が言う。

「私は主婦をやってるけど、それこそ、仕方なくよ」

「ひょっとしてお母さん？」とユミが尋ねる。

「三人の子持ちよ、あなたたちの年頃からずっと。それがどういうことか、想像もつかないでしょ。教師にでも、って、それはないわ」

と女性は言い、苦笑いのような表情を浮かべる。初対面のただの挨拶のはずなのに、と僕はちょっと緊張する。

「小生は」と、男が言葉を挟むように言った。僕はホッとして、この人、いい人かもしれないと思う。

「典型的な貧乏学生です」

と、男は自己紹介を続ける。横浜の国立大学の経営学部二年生。両親が自営業で暮らしはぎりぎり、学費と生活費の一部を稼ぐため、少しでも割の良いアルバイトがあるとこうやって遠征してくるそうだ。最後に、

「税理士になって親に楽をさせてあげたい」

と言った。

「で、あなたは何者なの？」

とリーダーが僕に矛先を向ける。僕は、自分が東京大学の一年生で、どうしても一人旅がし

たい。経費を自分一人で稼ぐためにここにいると言った。

「そんなに一人旅がしたいの？　どうして？」

と、さらに彼女が訊いてくる。

アルバイトで集まっただけの者同士、挨拶以上の話があるとは思ってもいなかった僕は、一歩突っ込んだ質問をされて戸惑ってしまう。僕にはどうしても一人旅をしたい明確な理由があったが、それはこのような場面で説明することではなかった。

「ようやく受験戦争から離脱できたからね、思いっきり遊んでみたいんだ」

と僕が言うと、ユミの目がそっと僕を見つめた。

「自分一人で稼ぎたいって、それ、ただの遊ぶ金でしょう」

と小柄な女性が言う。空気がまた少し硬くなる。

「生活費を稼ぎに来たのは私だけか」

「サキコと呼んで」と、リーダーの真似をしていたずらっぽくウインクした。

「サキコさん、ぼくは仲間ですよ。仲良くしてください」

と男が言い、

「この人たちは違うかもしれないけど」と続けた。

サキコさんと男が僕たちをグルっと見たので、僕とユミは顔を見合わせた。

ユミはこちらに顔を向けたまま、

「純粋に遊びのためだけなのは……、議論が必要ね」

と言って、僕の目を覗き込むようにする。そして、
「あなたは何と呼んだらいいの？」と続け、少し首を傾げた。
三人に顔を向けられた僕は、
「ヒロと呼んでもらおうかな」と、生まれて初めて自分のことをこう呼ぶことになる。
「で、君は？」と男に訊いてみたら、
「イチヘイでお願いします」
と言って、頭を下げた。心が和んだ。

2

八月初めまでの三週間、休日以外の毎日、朝九時過ぎから平日は夜七時近くまで、土曜は午後一時過ぎまで、東京中を走り回った。車でおおよその目星をつけて、そこから二人一組で行動した。ユミと僕、サキコさんとイチヘイが組んだ。片っ端から飛び込み営業をし、了解が得られれば車に戻ってマットを持参する。ほとんどが路上駐車だから、三十分を目安に区切りをつける。

大抵は中に入れてもらえない。入れてもらえてもきちんと話せるのは半分程度、説明できてもＯＫがもらえるのは五軒に一軒、というわけで、一日十枚のノルマは容易な数字ではなかった。

運転手でリーダーのユミは、いざとなれば僕が学生証を提示すればいいことを最大限に利用した。つまり、学食で割安のランチを食べ、緑の中を散歩し、周囲に営業をかける基点として東大の本郷キャンパスをたびたび利用した。営業所に近い千駄ヶ谷と青山、そして東大に近い本郷とお茶の水の辺りは大方歩き尽くした。

ユミの運転は確実で強引だ。狭い通りでは極端に速度を落として走り、玄関マットを置いてくれそうな小さな会社や営業所をめったに見逃さない。そのくせ国道級の道路ではひどく飛ばして僕らをハラハラさせる。

車に余計な装飾品は見当たらない。座席カバーなどはもちろんなくて、黒のレザーシートは少し擦り切れた感じがする。でも、ティッシュケースや香り箱などはちゃんと置いてあって、しかもピンクの秋桜のレースカバーが被せてあるのだ。女子とはまるで子犬みたいなものだなと、僕は思ったりもする。

しかし、初日に喫茶店で打ち合わせをした時以外、ユミはやけにツンとして余計なおしゃべりはしなかった。皆、金が欲しくて来ているのに、自分だけ別の事をしに来ているような、そんな感じだった。

あと一週間ちょっとで終わりという時期の水曜日、いつものように外苑前の営業所に八時半前に到着すると、ユミが車の前で待っていた。いつもなら中に入って談話室でお茶を飲んだり、テーブルに山積された菓子類をつまんだりして僕らを待っているのに。

「おはよう」と僕が言うと、「二人が駆け落ちしたかも」とユミが変なことを言う。イチへイとサキコさんから事務所に電話があって、「今日は行けない」と同じことを言ったらしい。

「電話は二人一緒にかけてきたの？」と僕は訊いた。別々にかけてきたらしい。

「さっき、駆け落ちって言った？」

念のため訊き直す。

「いくら何でもそれはないと思うよ」と言いながらドアを開け、ユミと一緒に中に入る。

右奥に電話のある事務机、左の壁沿いに百枚単位のマットの山、まん中の大きな作業台の上に何十枚かのマットが重ねて置いてある。僕たちはそこから二十枚を車に移動させる。

「おはようございます」と僕が言うと、

「今日は二人かい」と、一人だけの事務員の男がこちらを向いた。後から入ったユミが「あいにくね」と応えると、「頑張って」と言い、顔をスッと机の上に戻した。

「今日は本郷界隈を網羅して、大学の構内を散歩しよう。案内するよ」

車が走り出してから僕が言う。ユミは無言で次の信号を左折した。それから二回左折をくり返し、次の信号を右に曲がって反対車線に入る。

「もう少し早く言ってね」

ユミは前を向いたまま、そう言った。

午前中は本郷通りをお茶の水に向かってまっすぐ進みながら営業。昼の休憩時間は相手にされないので早々に切り上げて本郷通りを引き返し、本郷三丁目交差点を右に曲がって少し進み、いつものように龍岡門から東大構内に入った。病院前の駐車スペースに車を止め、道路を横切って運動場（御殿下グラウンド）前の歩道を右に進んで安田講堂に向かう。

歩道から左に折れて石畳の緩い坂道（三四郎坂）に入ると、右手にすぐ、赤レンガ造りの歴史的建造物が見える、これが安田講堂だ。階段を上がって正面の入口から入り、地下の職員食堂に行った。

まだ終了前のゼミもあるらしく、先週ほどではないものの盛況だった。お決まりの冷やしラーメンを二つ頼んで自動販売機からグレープとオレンジジュースを買ってくる。

ユミはグレープを選んだ。大きなクーラーのある壁際に向き合って座る。

「まるで付き合ってるみたいね」

ユミがこちらに少し顔を突き出すようにして声を潜めた。僕はまんざらでもないと思う。

ユミは淡い黄色のレース地のワンピースにピンク、水色、黄色の三色のサンダルを履いて、髪は出会った時より少し伸びたのか後ろにキュッとまとめてある。この髪型は小さい顔によく似合っている。

「二週間近くずっと一緒だからね、付き合ってるようなものかもね」

と言ってみる。ユミは黙って僕の目をそっと見た。

ユミの目は最初の喫茶店で「思いっきり遊んでみたい」と僕が嘘をついた時と同じ目。そうだ、涼やかな目だ。何も疑わない、何も信じない、そんな目だと、この時気づく。

「二人は駆け落ちしたんだと思う」とユミは言って、冷やしラーメンを一口すすった。口を動かしながらこちらを見ている。今度は上目使いの少し力のある目だ。何らかの意味が込められていると感じる。

「それ、僕にはすごくわかりにくいことなんだけど、どうしてそう思うの？」と訊いてから、僕も冷やしラーメンを一すすりする。

「あなた、本当に何も気づいてないの？」

ユミは、馬鹿じゃないの、という顔をしている。

「初日の喫茶店から二人は意気投合してたじゃないの」

と言って、そう思う根拠をいくつか挙げた。中でも僕が驚いたのは二人がほぼ同時にやって来ていたということだった。ユミは毎日僕らを待っていた、だからそれがよくわかったというのだ。二日目、つまり最初に喫茶店で自己紹介をした翌日からすでにそうだったという。

「初めのうちは偶然だと思っていたのよ。でも、私が金沢の親友とどうしても会わなければならない用事ができて、午後だけになったことがあるでしょ、集合時間が午後一時で。あの時も二人はほぼ同時に来たのよ。横浜と北千住よ、やっぱり変だと思うわ」と言って、グレープジュースを一口飲んだ。

一緒に登場したからといって、それが特別なことなのかどうか僕にはさっぱりわからない。いつも同じ電車に乗れば、いつも同じ時刻に到着する、それだけのことではないかと思う。集合が午後の日だけは、偶然そうなったと考えれば、二週間に一回くらい偶然が起きてもそれほどおかしなことではないと思う。僕はユミにそう伝えてオレンジジュースの最後の一口を飲み終えた。

「ところで、どうしてそんなに一人旅がしたいの？」

と、ユミは突然、初対面の時と同じ質問をした。そして立ち上がり、食器類を持って下膳棚に向かって歩き始めた。

僕も黙ってトレーを持ち、彼女に従う。空き瓶をビンケースに収めてからふと見ると、ユミはさっさと階段を上がり始めていた。僕は小走りになって彼女を追いかける。

安田講堂から外に出ると、蝉が一斉に鳴きだした。というより、初めてそれに気がつく。クーラーの音しか聞こえないところから突然真夏の中に放り出されて、むしろ爽快なくらいだ。決して夏が嫌いなわけではない。堅牢なレンガ造りの中の静けさが異様だったのだ。ユミはというと、さっき登って来た石畳の坂を三四郎池に向かって下り始めている。

午後一時過ぎの夏の日差しには色がついている。ユミは白いハンカチで首の辺りをしきりに拭いては、水色の扇子をパタパタと扇ぐ。

舗装から外れて焦げ茶色の地面で追いつき、地表に顔を出している大きな石を二、三個渡ったら池に着いた。

「三四郎が美禰子に初めて出会った場所ね」

と、ユミはこちらを振り向いて嬉しそうに笑った。

深いエメラルドグリーンの水を湛えた三四郎池を、深緑色の丘陵が取り囲んでいる。右上方の樹々の隙間から真夏の光線が射し込んでくる。

「美禰子は初め左手奥の高い所にいたのよ。三四郎が見ていると、三四郎のすぐ傍まで降りて来て彼を見るの。三四郎は美禰子の黒目が動く刹那を確かに感じるのよ」

とユミは続け、坂道を登り始めた。

道は狭く、池側に傾いており、石と草で歩きにくく、湿っていて滑りやすい、いわゆる山道だった。僕は早めにユミを追い越して先に歩くようにした。ユミは当たり前のように僕の左手に右手を重ねた。柔らかくて小さな宝物、僕はそれをそっと持って、一歩一歩足元を見ながら、大切な物を運ぶようにして坂道を登った。

「この辺りかな」

とつぶやいて、ユミがそっと手を離す。

池の方を見下ろすと、抹茶にミルクを溶かし込んだような液面にオレンジ色の光が、半ば吸い取られ半ば弾き返されて、池の表面にわさわさと漂っているかのようだった。

「ここに立って、初め美禰子は池を眺めていた。そしてあなたを見つけ、後はずっとあなたを見ていた、ということね」

「漱石の三四郎は東京帝大の一年生よ。それって、あなたでしょ」とユミは言い、いつものようにツンとした。

「訊いてもいい？」

「なぜあなたは、どうしても一人旅がしたいの？」

と、また同じ質問をする。

僕がすぐに答えないでいると、

「しつこくてごめんね」

と言って言葉を切り、僕がしゃべり出すのを待っている。

「僕がどうしても一人旅をしたいのはね」

と口に出してみたが次が出ない。然したる理由がないのか、人に説明できる類のものではないのか、その程度のことかもしれないと、この時僕は感じた。それで、

「とにかく、誰もいない所に行って静かにしていたい」と言った。

「今が忙しすぎるとか、ゆっくりしたいとかじゃない。敢えて言うなら、自分を見つめ直したい、ということかも。でもこれ、陳腐で軽すぎて嘘っぽくて、まさか正解じゃあないとは思うんだけど、説明しようとするとそういうことになってしまう」

「違うわね」

とユミがつぶやく。僕の言葉の最後の方と重なるくらいのタイミングで。そして、

「違うと思う」

と言い切って、漱石が創造した物語の世界からこちら側の世界に引き戻ってきた。それから前を向き、再び足早に坂道を登り始めた。

登りきると平らな砂利道に出る。少し広くなっていて、もう森の中ではなかった。ここから

木陰の中を右に進めば、弓道場を経て古風なレンガ造りの総合図書館の横に出る。左に行けば運動場から上って来る坂道の途中に出て、七徳堂に突き当たる。

僕が左に折れて七徳堂の方に向かうと、ユミは黙ってついてきた。久しぶりに七徳堂を見てみよう。それから図書館に行って、正面の大階段に二人で座ってみよう、と思う。

左に進むと木立はなくなり、舗装の坂道に出た。剣道の掛け声が聞こえてくる。正面に武道場がある、これが七徳堂だ。御殿造りの立派な建物の屋根はもちろん瓦だ。一階は灰白色の石造り、二階から上はおそらくコンクリート製、淡い黄土色をしている。

近づくと、入り口の右側に焦げ茶色の木板に白字で「東大剣道部」と書かれた看板が掛けてある。縦に細長いガラス窓は全部開いていて、所々に剣道着が干してあった。二階から上には三層の高窓があり、最下層の窓下の前の棚に、面、胴、前垂れ、小手が何組も干してある。

さらに近づいて低い階段を数段上がると、開け放たれた窓から練習風景を見ることができた。今週が最後の自主練習で、来週からシーズンオフだと同級生の赤嶺が言っていたのを思い出す。

道場の右の方では防具を付けた二人の剣士が向き合い、剣先を相手に向けてせめぎ合っている。時折、鋭い掛け声を発する。一方は甲高く、他方はドスが利いている。二人の間には剣道着だけの審判役が立っている。

左の方では、竹刀を構えて立つ一人に向かって、七、八人が竹刀を振りかざして突進することをくり返している。突進を終えるとすぐに元の位置に駆け戻り、順番を待つ。そしてまた突進。

その中に赤嶺を見つけた。防具で固めた身を屈めて喘いでいる。順番が来ると竹刀を構え、甲高い声を発し、覚悟を決めたかのように突進する。竹刀を振り上げては振り下ろすを執拗にくり返す。辺り一帯に異様な緊張感が漲っていて、まるで永遠に終わらない修行のようだ。

「剣道はあんまり好きじゃない」と、一緒に階段を上がってきたユミが小さな声で言う。僕は好きだ、自分でもやってみたいと思うほどに。剣道部の友人は何人かいるが、皆、単純で晴れ晴れとした青春を謳歌しているように見える。

その一人が赤嶺だ。笑顔を絶やさず、いつも朴訥な栃木弁で優しいことを言う。ところがその彼のおかげで、というか、彼のせいで、僕はどうしても一人旅に出たくなることになったのだった。

図書館に行ってみよう、と僕が言い、ユミがうなずく。低い石の階段を降りると、

「気合を入れる声が好きになれないの」と言って僕を見た。

「悲壮感があって気持ち悪い」

生きるか死ぬかの覚悟をもって発する一声を、僕は理解できるような気がする。そういう「道」が剣道ならば、僕もやってみたいとさえ思う。

もしユミが男だったら、僕とは違う種類の人間だから決して親しくはなれないだろうと思う。同じ言葉でも、女性のユミが発した言葉なら何かしら重要な意味が込められているかもしれないと、このときそう思った。

七徳堂の前の坂を上がり切ると、右側に医学部本館がある。建物に沿って二回右に曲がると、医学部本館の正面を通っていわゆる合格通り、テレビニュースで合格の胴上げが見られる通りに出る。左側の建物が総合図書館だ。図書館の側面に沿ってまっすぐ歩き、建物の向こうを左に折れれば図書館の正面に出る。安田講堂にも匹敵するほど荘厳なゴシック風の造りで、十段の石造りの大階段を有する。

夏休みに入る少し前から、正確に言うと生化学の中間試験が終わった六月末から今のアルバイトを始めるまでの二週間、僕はほとんど毎日、ここに入り浸りだったのだ。理由は明らかだった。剣道部で晴れ晴れと青春を謳歌している赤嶺が九十四点で、いろいろ考えながら生きている僕が六十二点だったことだ。

二年間の教養課程から専門課程に進学するために必須の正式な試験ではなく、教員が独自の目的をもって行ういわば非公式のテストだった。終了直後の教室で「難しかったな」と言った僕に、赤嶺は栃木弁で「そうけ？」と語尾を上げて短い返事をした。「あれが難しかったのか？」と言われて、心底、僕は参った。

教養課程から専門課程に進学する際、希望する専門学部には二年生前期までの定期試験の成績順に進学できる。つまり非公式のこのテストの時点で、最難関の医学部に進める可能性はほぼゼロだということを思い知らされたのだった。自分はこの大学では医者になれない、と悟った瞬間だ。

僕は医者になるという夢と東大に行くという夢を同時に実現できると漠然と思っていた。生まれてからこの方、達成できなかったことはなかったからだ。この試験の後、出欠を取るもの以外はほとんど授業に出ず、図書館に入り浸って本を読み漁ったというわけだ。

「ヒロくん」と、ユミが呼んだ。

図書館の前の噴水から水しぶきが上がっている。青い水玉模様の水泳帽を被った男の子がキャッキャッ言いながら母親と水遊びをしている。水はそれほど高くまで上がらず水量も多くはない。ユミは噴水に近づいて顔を少し上に向けた。水しぶきの一部がかかるのだろうか、目を瞑っている。僕は後ろからそっと近寄って肩を抱くようにした。

目を開けたユミが「座ろう」と言ったので、そこからまっすぐ図書館に向かい、石でできた長くて豪勢な階段に並んで腰かけた。十段ある階段の上から三段目、少し西に傾きかけた太陽のせいで北向きの階段の一部に斜めの影ができていて、僕らはそれを利用した。

「この階段、十段あるんだ」

「最初の二年間は駒場のキャンパスが本拠地だけど、この図書館にはずいぶん通い詰めたから、けっこう詳しいんだ」と僕は言う。

「どうして図書館に通い詰めたの？」とユミが訊くので、僕はすべての事を話した。

「最初から医学部に行けばよかったのに」と、ユミはいつものように普通に言って、あの涼やかな目で僕を見つめた。黒すぎない大きな瞳、何も信じない、何も疑わない目。

僕はその瞳をちゃんと、しっかりと見つめた。顔を寄せるとユミの瞳孔は大きく開いて、周囲に黒と金の線状の模様が無数に広がりキラキラ輝いていた。それらはあたかも瞳孔から放射された生き物のように濡れていて、息をのむほど美しい。僕は今確かにユミの中に入ったと感じた。

最初から東大の医学部に行ける者は普通の人間ではないということ。この国のその年の全新入生の不動のトップ百以内だということ。僕はそれほどすごい人間ではないということを、その瞳をジッと見つめながらユミに伝えた。

ユミは一度瞬きをし、顔を少し斜めにずらして僕の唇に唇を重ねた。目を瞑ってじっとしているユミはとても良い匂いがした。いつもとまるで違うユミを、僕はそっと、柄にもなく、壊れないようなやり方で、とても優しく抱きしめた。

3

翌日、イチヘイとサキコさんは一緒にやってきた。

そっと開いたガラス扉の向こうにイチヘイが立っていた。準備を始めていた僕とユミを見て、「おはよう」と、頭を動かして、様子をうかがうような挨拶をした。イチヘイが敷居をまたぐとサキコさんの姿が後ろに見えた。黙って入ってきて黙ったまま扉を閉めた。

こちらを向いたサキコさんの左目に眼帯が掛かっている。ユミが「おはよ」と言い、「あと一週間ちょっと、頑張ろうね」と続けた。

二人は作業台の所に来て、いつものように数枚のマットを持って外に出て、ユミが開けておいた車のトランクに積み込んだ。全員が無言のまま車に乗り込む。

「まるで最初の時みたいね」

とユミは言い、あの時のように突然アクセルを踏み込んだ。そして、「打ち合わせしましょ」と、同じ喫茶店に僕らを連れていった。

初日より三十分早い、まだ九時前のモーニングサービスの時間帯だ。店内は同じように薄暗かったけれど、白い壁に掛けられた花の絵は思ったよりも多く、それらを照らす間接照明はけっこう明るかった。

花の絵の下と窓際の席に何組かの客がいた。僕たちは、あの時と同じ席に向かい、同じように座った。僕とユミがアイスコーヒーを、サキコさんとイチヘイがアイスティーを注文した。

「で、どうしたの?」と、ユミがどちらにともなく訊く。

「割とよくある話よ」と、サキコさんが話し始める。

「普通に話せなくなったのよ、だんなと。ただそれだけ」

「でも、殴ったよ、あいつは」とイチヘイが口を挟む。

「あなたは黙ってて」と、ユミがイチヘイを睨んだ。

「普通の会話ができなくなったら、それから先、どうしたらいいの?」とサキコさんは言い、ユミを見た。

「夜勤で大変なの、うちのだんな。夜中に働くのよ。私が出るころに帰ってきて、私が帰る前に出ていくこともあるの。三か月ごとに日勤に代わるけどね」

「ずっと夜勤じゃ命が縮まる」と僕。

「で、どんな仕事なの？」

「一晩中パンを焼いてる、工場で」

「いい仕事だ」と僕は言った。

「私もそう思う。本人もそれがプライドなの」とサキコさんが言う。

「それが、何でこんなことに？」

「夜勤明けに、工場から出て駐車場までおばさんたちと一緒に来るらしいの」

「ある朝ね、母親くらいの人から『いつまでパンなんか焼いてるつもりなの』と真顔で訊かれたんですって」

「それで……」と、サキコさんは言葉を切った。

「こんなおばさんたちと死ぬまで一緒でいいのかい、とそこにいたおばさんたちが皆で笑ったんだって。その事をだいぶ後になって私に話したのね。今思えば、自分なりにやり過ごしてから話してくれたんだと思う」

サキコさんは氷の入ったアイスティーをストローでかき混ぜて少し吸った。そして、「私ね」と言ったきり黙っている。

眼帯のない方の右目から涙がこぼれた。

「私ね、『いつまでパンなんか焼いてるつもりなの』って言ってしまったの。それからあれこれあって、おととい殴られちゃった」

　サキコさんの右目からばかり涙が流れてくる。イチヘイがテーブルに備えつけのナプキンを何枚か取ってハンカチ代わりに渡した。

「子どもが三人いるのよ」と言って、自分に言い聞かせるようにサキコさんはうなずいた。そして、「上のお姉ちゃんが面倒見てくれてるの、まだ高一なのに。下は中一と小一なのよ」と続ける。

「私が朝から仕事の時は、ご飯食べさせてくれるの。この仕事が始まってからは、ずっと毎日よ」

　イチヘイが渡したナプキンで鼻を押さえながら、「三人一緒に進級するから、こっちは大変よ」と言い、ふっふっと泣きながら笑う。

「こんなに頑張ってるんだから、泣くような目に遭うのはおかしいよ。どうしてサキコさんが泣くような目に遭わなきゃならないんだ？」

　と、イチヘイが大きな声で言う。

　サキコさんは右手の人差し指を唇の前に立ててシっと発し、「恥ずかしいから止めて、そんなに大げさなことじゃあないんだから」と言った。

「すごく大変なことだよ、殴られるなんて普通じゃあない」と、少し声を潜めてイチヘイがなおも言う。

「あなたたちみたいなインテリにはしょせん関係ない話よ。私たち、だんなも私も、高校を途中でやめてるの、学歴は中卒よ」と、サキコさんは色のついた氷水だけになったグラスを左手で回すようにしながらしゃべり続けた。

「大した仕事にはありつけないの。働けば働くほど、お金と生活のバランスが悪くなるの。入ってくるお金の量と子どもたちが被る不自由さのバランスが、全然つり合わないのよ。今のこの仕事だって生活費には全然足りないよ。あんたたちみたいに遊ぶ金欲しさなら折り合いがつくんでしょうけどね。うちのサエ、長女だけどね、朝から晩まで弟と妹の面倒みてて自分の時間なんてないんだよ。高一でだよ」

「でも、それでサキコさんが殴られるいわれはないよ」

とイチヘイが言葉を挟む。

「甘いよ、何もわかってないよ、あんたは」

と、サキコさんが厳しい口調になった。

「あんた貧乏学生って言ったけど、あたしの仲間じゃあないよ。だいいち、仲間である必要がないじゃない。バイトは大変だろうけどちゃんと大学にも行けてるし、将来の夢だって持ててる。親だって普通に生活できてるし。全然違うよ」

「こっちはね、私たちはね、家でみんなと、普通の話なんてしないんだよ。だんなにしろ子どもにしろ、したくてもできないの。どんなに仲良く話したいと思ってても、話してみたら普通の会話にはならないんだよ」

「ここではいつも普通に、昼休みとか、今だって、普通に話ができてるよね。当たり前に。これ、ごく当たり前のことでしょう、ねえ」

と言って言葉を切った。そして、グラスに口をつけて残っていた色のついた氷水を飲み干した。

僕の目とユミの目が、一瞬交差する。

「私だって、まともな話なんて誰ともしない。ここでの話だって、こんなこと言ったら身も蓋もないけど、別に意味のあることなんてしゃべってないし、その必要もないでしょ」

とユミが言った。

「これって永遠のテーマだと思うよ、誰とどんな話をするのが理想なのか。だいいち、どんな話をするのが良いことなのか、それができないのは悪いことなのかとか、ひょっとしたら解決不能かもしれない。僕も、ちゃんとした話なんてしないし、できないかも。誰とも、少なくとも深い話は、したことがない気がする」

と僕も言った。

「良い話とか、深い話とかじゃあないの。そんなの、しないのが当たり前よ。家族と難しい話なんてあり得ない。それって、テレビドラマとか映画の中でだけだよね。家族と幸せについての議論なんて、全然あり得ないよね」

とサキコさんが言う。そして、

「普通の話ができるかどうかってことと、いい話ができるかどうかってことは、まったく違うことだよ」と続けた。

「サキコさんが言う普通の話って、それ、どんなことなの」

と、ユミが例の涼やかな目になった。

サキコさんは少し考えた後でこう言った。

「おはよう、とか、いい天気だね、とか、ごはんおいしかった、とか、大丈夫？ 元気出しなよ、とか、母ちゃん大好き、とか、サエちゃんありがとう、とか、父ちゃん頑張ってね、とか」

サキコさんの右目からまた大粒の涙が溢れ出した。イチヘイがテーブルのナプキンを取って軽く握られているサキコさんの左手の中に押し込んだ。

「でも、子どもを三人も作った夫婦がさ、普通の会話ができないって、俺には話が見えないし、まして救急車の世話になるほど殴られて、まだ平気で一緒にいるなんて、まったく理解不能だよ」とイチヘイが言う。

サキコさんは、

「平気なはずないでしょ。でも、金がなくって行ける所なんてあるわけないし、子どもを放っておけるはずがない。やっぱりあんたは全然仲間じゃないよ。何にもわかってない。私から見たらけっこうなお坊ちゃまだよ」

と言って、イチヘイを睨みつけた。そして、

「それぞれが訳ありで、お互いがこの世でたった一人の人間で、他の者じゃダメで、それで一緒になったんだ。他に何もすることがないから三人も子どもができちゃって。一回殴られたく

らいで離れるわけにはいかないんだよ」

と言った。イチヘイが左手に押し込んだナプキンを両手に持ちかえて目に押し当てている、左目は眼帯の上から。

「幸せって、普通の会話が普通にできることでしょ？　いつどんなときでも、普通に話ができることでしょ？」

「そうでしょ？」

とサキコさんは、にわかづくりの三人の仲間に向かって、正解を訊ねるような言い方で何度も何度もくり返しつぶやいた。


この日、僕はイチヘイと組んだ。喫茶店でのミーティングの後、自然の成り行きでそうなった。喫茶店を出て車に乗る時、ユミの隣の助手席にサキコさんが座ったからだ。今日は本郷通りから春日通りに入って後楽園まで攻めて、ダメだったら白山通りまで行くことになった。


十二時半過ぎに東大の構内に戻った。二人の組ごとに昼食をとることになった。四人一緒でないのは初めてのことだ。僕とイチヘイは東大病院を通り越して弥生門に行く途中にある建物に入って、二階の生協食堂で昼定食を食べた。豚肉の生姜焼きとキャベツの千切り、どんぶり飯に豚汁がついている。

「真夏なのにね、これ熱っ！」

と言いながら、イチヘイは旨そうに食べている。横にストライプの入った濃紺のポロシャツに白っぽい綿パン、仕事だからという理由で黒の革靴を履いている。僕は初日からずっと、白かベージュのコットンシャツ、Tシャツ、綿パンと白い運動靴で通してきた。

イチヘイは豚汁を食べながら、

「サキコさんに嫌われてしまいました」

と言った。

「詳しい事情を知ってるの?」と僕は訊いてみた。

イチヘイは首を縦に動かして、

「おとといの晩にやられた。ダンナは毎晩八時に家を出る。サキコさんが帰宅したら、ダンナはいつも通り出勤前の食事中だった。彼女が朝早く作っておいたやつさ。彼女がトイレに入ろうとしたら、ダンナが『お茶』と言ったらしい」

「サキコさんは『ちょっと待って』と言って先にトイレを済ませた。そして『お茶くらい自分でいれてよ』と言ったら、いきなり殴られた」

「泣きながら一晩すごして、朝早く僕に電話してきた。『お岩さんみたいに腫れた』って」

「それで、目は無事なの?」と、僕はずっと心配していたことを尋ねる。

「でなきゃ、彼女ここにいないよ」と言って、イチヘイは焼き肉を口に放り込んだ。

「救急車を呼ぶよう指示して、彼女からの電話を待った。そして二時間後、病院のロビーで眼帯姿の彼女と遭遇したというわけ」

イチヘイはどんぶり飯をかき込んだ。

「サキコさん、病院からダンナに電話したんだ。帰ってる時刻を見計らってね。遠くから見てたんだけど、しくしく泣いてた。タクシーで自宅の前まで送った時、『やっと謝れた』って笑ったよ。笑ったら痛いらしくて殴られた方の目を押さえてた、眼帯の上から」

「被害者が謝ったの？」

と僕が訊くと、イチヘイはプラスチックのコップから冷水を一気に飲み干して、

「『いつまでパンばっかり焼いてるつもりなの』って言ったことを、やっと謝ることができたんだって、そう言ってた」

と言った。


七時過ぎに営業所に戻った。車をガラス扉の前に横づけにして、いつものように全員が中に入る。リーダーが今日一日で獲得した契約書を事務員に渡し、その枚数に応じた配当金が一人ずつに手渡される。サキコさんはいつも帰りを急いでいて、配当金を一番先に受け取ってすぐにいなくなる。イチヘイも後を追うように出ていくので、いつもユミと僕が残る。

配当金を受け取って外に出た時、

「あさっての午後、時間ある？」とユミが訊いた。あさっては土曜日で世の中のほとんどが午後から天国に変わる。僕はこれまでの人生において一貫して何よりも土曜日が好きだった。

「土曜日なら何でもＯＫだよ」と僕は答えた。

「それじゃ、つき合ってね」

とユミは言い、車に乗ってドンと、ドアを閉めた。

4

今日は午後一時過ぎに解散。サキコさんとイチヘイをいつも通りに見送ってから、ユミは九段下にあるホテルグリーンパレスに僕を連れてきた。駐車場に車を止めて入り口まで二人で歩く。

「ヒロくんて、背、高いんだね」と言いながらユミは僕の腕に軽く腕を通して、

「まるでカップルみたいだね」と言った。

僕もそう思う、普通に見れば誰もがそう思うだろう。

大きなガラス扉のエントランスからロビーを左に抜けて、カトレアというレストラン・カフェに入る。二時に親友と待ち合わせだという。

席について五分ほど待つと、鮮やかなブルーのワンピースを着た、ユミみたいに細くはないけれどシュッとした雰囲気の女性が近づいてきて、ユミの前の席に座った。ユミが僕の方を向いて、「サユリよ」と言うと、

「ちょっと遅れちゃってすいません。サユリといいます。小さい百合、普通の名前です」

ユミから紹介された女性は微笑みながら軽く頭を下げた。少し伸ばした黒髪が頬の横で微か

にカールしている。ユミが最初の自己紹介の時に言っていた『医者の卵で親友』、東京の病院で研修するために金沢から出てきた人だった。

「勉強と言ってもまだ学生だから、いろいろな現場を見学させてもらっているだけですけど」

と言ってまた微笑んだ。ちょっとふっくらした感じのする優しい笑顔だ。

ユミは親友の前に座って、しばらく自分の出番はありませんという顔で彼女の顔を見ている。淡いピンクのタンクトップのブラウスに落ち着いた同系色のミニスカートをはいている。

「病院の宿舎がすぐそこなんです、わざわざ来ていただいて申し訳ありません」と小百合さんが言った。

わざわざも何も、半ば強引に連れて来られた僕が返す言葉を見つけられないでいると、ユミは、

「ピカピカの東大生のくせに、ずいぶんと贅沢な悩みを抱えているらしいの。いろいろ聞いてあげてくれる？」

と、親友に顔を近づけながら声を潜めてそう言った。

「東大合格おめでとうございます、すごいですね」

と小百合さんは言ったが、金沢大学の医学部だって偏差値では大して差がないことを僕は知っている。ただ東大は一次試験でオールマイティーな学力が試されるから、理科系の受験生でも文科系科目、例えば日本史、世界史、地理や古文、漢文などのうち複数科目の受験勉強もしないと東大には行けない。これがけっこうな壁と考えられていて、時々、小百合さんのよう

な言い方をされて褒められる、と言うか、持ち上げられる。少しは鼻が高いが、実はそうでもない。

なぜなら、僕は医者になりたいのだから。だからこう言われるたびにものすごく複雑な気持ちになる。何も知らない脳天気だった四月、五月頃なら「偏差値はほとんど同じですよ」と普通に言えたはずだけど、東大では決して医者になれないとわかった今、この話題が一番つらかった。だから僕は「入っただけじゃ大したことじゃないですよ」と、捨て台詞のように言い放つほかなかった。

ユミは僕の事情を全部知っているのに、「ほんとはお医者さんになりたいんだって」とは言わなかった。その代わり、

「せっかく東大に入ったのに、授業さぼりまくって図書館に入り浸りなんだって」と言った。

「それじゃユミの方が先輩じゃないの」と小百合さんが言う。

「金大、あ、地元では金沢大学のことをこう呼ぶのよ。金大で一番くらいのさぼり屋さん、それこそ図書館で詩とか短歌とか小説ばかり書いてるのよ」

と続けて、僕からユミに視線を移した。ユミは、

「さぼってるんじゃないわよ。国文科の学生として創作活動にいそしんでるだけよ」と、口を尖らせて小百合さんを睨むようにする。

小百合さんは、「ユミ、文芸部だもんね」と言い、

「『ひなること』っていう詩集、大傑作なんですよ」と、僕に目配せをした。

「『ひなること』って、どういう意味ですか?」と僕が訊く。

「悲しいということ。『ひなること』の『ひ』は悲劇の悲です」

「外に出で　我が在ることの悲しさに　口を結びて　三日月を見る」

「昼寝して　目覚めし後の悲しみは　我が振る舞いの　ピエロにあるかな」

小百合さんはかしこまった言い方を続けた。

するとユミは、「それ以上言ったら、今すぐ帰る」と、語尾を強くしてテーブルに両手をつき、立ち上がる素振りを見せた。

ユミの剣幕に小百合さんは驚いた様子で、「ごめんごめん」と少し慌てたふうに見えた。それで僕が「何か頼もうか」と言ってメニューを手に取ると、小百合さんは飲み物の方のメニューに手を伸ばした。ユミはちょっと本気で怒っているようで、頬を膨らませてその恰好のまま動かない。

「東大の図書館ってね、赤い絨毯が敷き詰めてあるんだよ。まん中に大きな階段があってさ、そこにずーっと敷き詰めてある。昔ながらのオレンジ色の灯りが主流だからけっこう暗い。その厳粛な空間の中を三階から厳かに下ってくるんだ、赤絨毯をしっかりと踏みしめながらね、ゆっくりと、時には忙しく」

「そしてトイレに行くんだ」

と、僕は二人に向かって言った。ユミはこっちに向き直り、「何それー」と、手をたたいて大きな笑い声をあげた。そして、

「ヒロくんって脳天気だね」

と言った。

ユミを煙に巻く作戦は成功した。

「このレストラン、いつでもOKなの。大きなホテルでは珍しいよね」と小百合さんが言う。

朝から晩まで、いわゆる「準備中」の時間帯がないのは素晴らしい、「東京ではめったにないね」と僕が言うと、

「毎日助かってるわ、このホテルにして良かった」とユミが言う。

「ずっとここなの?」と訊いたら、「そう」と答えた。

「安くないけど、バイトしながらだから、トントンよ」

リーダーの配当金は五割増しだし、ガソリン代は別だと聞いているから、なるほどちょうどいい具合かもしれない。

「しっかりしてるね」と言ったら、

「どこかの脳天気さんと一緒にしないでね」

と言って、少し首を傾げた。

僕がカレーピラフ、小百合さんがスパゲッティ、ユミがサンドイッチ、そして三人ともアイスコーヒーを注文した。最初に出てきたフレンチドレッシングが掛かった野菜サラダを食べながら、

「最初の教養課程は高校の延長でしょ、東大でもそうなんですか?」

と小百合さんが切り出した。

社会学、経済学、統計学、哲学等々、理科系の自分にとってはずいぶんと目新しい授業があるけれど、それらを一般教養として手当たり次第に受講して身につけようという気には、今はなれなかった。理科系科目は確かに見かけ上は高校の延長だったけれど、受け身でいるうちに授業内容はみるみる難解なものになり、手に負えなくなるものがあった。例えば生化学が六十二点に帰結したように。

僕は少し時間を置いた後、「教養課程は面白くないですね、早く大学らしい授業を受けてみたいです」と答えた。

「東大らしいのを?」

「ええ、まあ……」

「サユリは何のお医者さんになるの?」

と、ユミが小百合さんに矛先を向ける。

「まだ全然わからない。漠然と医者って考えてたけど、入ってみたらずいぶん細分化してて……」

「今は内科で研修って言ったよね」とユミ。

「内科が基本だと思って応募したんだけど、内科といってもすっごくたくさん分かれてて、ほんと、何をしていきたいかなんて、まったくわからない状態よ」

「それより、医者になれるかどうかだって、全然保証されてない。こっちの方がよほど問題よ」

「どういうこと？」

「関門があるのよ、いくつも」

「今、授業では解剖学実習の真っ最中なの、夏休みで中断してるけど。九月から再開して来年三月いっぱいまでずっと続いて、四年の初めに試験があるのよ。これが最大の難関、ここを通れないと医者になれない。だいいち、解剖そのものがすっごく大変なのよ、夜中までかかることもある。これはご遺体を使わせていただくのだから当たり前、仕方ないこととみんな納得してるんだけど、その後のテストは尋常じゃない。丸暗記しなければならない本の分量も普通じゃない、先輩からさんざん脅かされているわ」

と眉をひそめて本当に心配そうな顔になっている。

「それじゃ、医学生って大変なだけ、っていう感じじゃない？」

とユミが訊いた。小百合さんは少し考えた後で、

「それはそうでもない」と言った。

「すっごく大変だけど、楽しい気もする。でも、時々本気で嫌になる。そんな感じかな」と続けて、トマトとモッツァレラチーズのスパゲッティをクルクルっとフォークに巻き付けて口に入れた。

「ところで、図書館で何をやっているんですか？」

小百合さんは話題を変えて、僕に訊いてきた。僕はあまり答えたくなかった。秘密の作業に

は秘密だからこその意味がある、簡単にばらすつもりはない。

「手当たり次第に本を読んでいます」

と答える。小百合さんは食べるのを止めて、

「どうして？」とこちらを見る。ユミも手を止めてこちらを見る。

「音楽じゃ解決できなかったから」

と、自分でも意外な言葉が口をついて出る。唐突で的外れな答えだ。

最近僕は、音楽をいくら聴いても聴いても、心にポッカリ開いた穴凹を埋めることができないでいる。僕が六十二点で赤嶺が九十四点だと知った時からずっとそうだ。当日と翌日は普通に過ごし、翌々日から図書館通いが始まったのだ。

最初の二日間は、おそらく事の重大さにまだ気づいていなかった時期、ただ誰かと過ごす気にはなれず、マンションに戻って一人で音楽を聴き続けたのを思い出す。ところが、あれほど頼りにしていた音楽は、いくら聴いても心が晴れなかったし、今、何を為すべきかの答えを一向に教えてはくれなかった。

「音楽は役に立たない、だから本にした」

と、僕はぶっきらぼうに言った。これ以上の説明はできない、僕自身にもわかっていることはこれだけだから。

「音楽ってさ、そこそこ元気がないと聴けないよね。ほんとに参ってる時はうるさいよね」とユミが賛同してくれる。

文学派のユミにとっては本当にそうなのかもしれない。でも、僕は元来、音楽派だから、これはちょっとおかしい、と感じる。ふと口をついて出た言葉だから、自分の本心ではないのかもしれない、とも思う。

「医学的にはね」と小百合さんが口を挟む。「あるレベルを超えたストレスを受けた場合、受動的な行為によるより能動的な行為の方が、よりうまくストレスを解消できる、という事がわかっているの」

「だから、聴くだけの音楽は時に無力で、ユミみたいな創作活動の方が有効なのかもしれない。演奏する音楽なら、力を発揮するかもしれないわね」

と説明してくれた。

ユミは、「それじゃ、図書館でただ読んでるだけじゃダメじゃない？　それとも、自分で思ってるほど大したストレスではない、ということなんじゃないの」と言った後で、一呼吸おいてから、

「ひょっとして、ただ読んでるんじゃなくて、ヒロくんも何か書いてるの？」

と、例の涼やかな目をしてまた僕の方を向いた。小百合さんはその事には興味がなさそうで、

「ユミはロックだから、いつ聴いたってうるさいでしょ」とユミに言う。

ユミは、

「その意味での『うるさい』じゃないよ。『ちょっと一人にしておいて』って言いたくなる、ということ。音楽は勝手に入ってくる、あるいは、押しかけてくるから、ほんとに一人でいた

い時、一人で切実に何かを解決したい時、私は音楽を切るの」と言った。

ユミはロックを聴くんだ、「ロック＋文学」派かと僕は思う。さっき小百合さんがあらたまった口調で披露したユミの短歌?が、クラシックではなくロックを聴く人から出てくる仕組みを知りたいと、ふと思う。

「ロックと文学の話、もっと聞かせてくれる?」と僕は、ユミを見て言った。

ユミはサンドイッチを食べようとしている。ゆで卵をペースト状にしたもの、ハム、レタス、チーズ、薄くスライスしたトマトを組み合わせたミックスサンド。とてもお上品なランチに見える。一口食べて、ストローでアイスコーヒーをちょっと。そして僕を見て、

「ヒロくんは何を聴くの?」

と逆に訊いてきた。

「最近は何を聴いてるんですか?」

と、小百合さんも同じ質問をする。

「バッハの『フーガの技法』とベートーヴェンのピアノソナタですね。さっきも言ったけど、彼らは全然何も語ってくれないし、よしっ頑張ろうなんていう気にはさせてくれない。だから図書館に入り浸ることになったんだけど、このままじゃダメだ、図書館に行って片っ端から何でも読んでみろってね、バッハとベートーヴェンがただそれだけは言ってくれたのかもしれません。たしか、彼らはそんなふうな人物だったような気がします」

と僕は答えた。

「誰の演奏とか、こだわりはあるんですか?」と小百合さんがさらに訊くので、「バッハはカール・ミュンヒンガー指揮、シュトゥットガルト室内管弦楽団。ベートーヴェンのピアノソナタは曲によってヴィルヘルム・バックハウスとヴィルヘルム・ケンプを聴き分けてます」

と僕は続けた。

ユミが「どう聴き分けるの?」と訊くので、

「バックハウスは圧倒的なテクニックの持ち主だから、曲全体を連続した一連の物として弾き倒す。聴き手は圧倒的な演奏力に感動するけど、時に、本当にちょっとだけ、ほんの一瞬の考える間《ま》、聴き手の僕が考えたいと思う間《ま》のことだよ。その間《ま》を取り切れないことがある。指が一瞬速く動いてしまうことがあるんだ、こちらが期待するよりもね。

一方、ケンプは祈るように弾く。一音一音の重なりが曲を形成するという弾き方だから、聴き手の僕は一つ一つの音を演者と伴に辿りながらじっくり味わうことができる。音と音のあい、だとしての絶妙な〝間《ま》〟の作り込みを体感し感動することができる。でも逆に、聴き手が期待するような一気呵成にならないことが、時にあるんだ。抑制が効いた演奏という事もできるけどね。

聴き手には曲によって求めること、期待することが違うから、その曲に何を求めるかで、二人を聴き分けることになるんだよ」

と、僕は答えた。

「それって、具体的に言うとどういうこと?」とさらにユミが訊く。

僕はちょっと考える。そして今一番好きな、というか、こりゃあつくづく参ったなと思っている曲について正直に語る。

「例えばね」と僕は語り始める。

「ベートーヴェンは十一歳から四十年間、ほぼ全生涯をかけて三十二曲のピアノソナタを書いたんだけど、特別に有名な五曲、たぶん誰でも聴いたことのある『悲愴』『月光』『テンペスト』『ワルトシュタイン』『熱情』は今の僕には全然響かない。それらは皆、他の曲に比べて際立って個性的な旋律と特徴を持っていて、ちょっと前までは僕の心の琴線と容易に共鳴し合っていた。

ベートーヴェンはこの五曲を書くごとに画期的なステップアップを遂げていった。前に書いた曲より数段高い所にヒョイッと登っていったんだ。いわば、進化のランドマーク、記念碑だね。

八番の『悲愴』で圧倒的にロマンチックなメロディーを獲得し、十四番の『月光』で極端に緩徐で無類に美しい第一楽章を創設し、曲全体に意図的な緩急のコントラストを付けた。十七番の『テンペスト』で激しさと速さとセンチメンタルな響きの融合に成功し、二十一番の『ワルトシュタイン』で圧倒的なスピードを手に入れた。そして二十三番の『熱情』で怒涛の激しさと劇的な構成・起伏を手に入れた、という具合にね。だからこの五曲は他の曲とは違って聴こえる、とてもわかりやすくて覚えやすいんだ」

と、ここで言葉を切って二人の顔を見る。二人は食事を止めて黙って僕を見ている。

「でも、今の僕にはロマンチックもセンチメンタルも激しさも、意図的な緩徐も速さも劇的な構成も、一切が響いてこなかった。それこそ、さっき話題になったけど〝うるさい〟んだ。

僕が最近ずっと聴いているのは、最晩年に作った二十九番『ハンマークラヴィーア』と最後に作った名前の付かない三十二番なんだ。あらゆる意図的な企てから完全に解放されているように聞える、思うままに弾きたいように弾いているように聞える、それが特徴といえば特徴の曲たちだ。ベートーヴェンの究極の到達点、いわば完成した作品群だと言えるかもしれない。

ここでピアニストの聴き分けがおこるんだよ。今、僕が最も感動できるのは、二十九番の第三楽章と三十二番の第二楽章の後半なんだけど、二十九番はケンプ、三十二番はバックハウスじゃないとダメなんだ。どっちの曲も、ただそれだけの真実、他に意味を持たない、ただの純粋な真実というようなもの、それらが小さな小さな氷の粒子もしくは凍った霧の粒子となって天空からキラキラ光りながら舞い降りてくるような音の連なりなんだけど、ケンプの一音一音を丹念に重ねていく演奏とバックハウスの一連の流れを弾き切る演奏の、それぞれの良さの違いが、それぞれの曲で際立つんだ」

と僕は語り切った、そして二人の顔を順番に見た。

小百合さんは焦点の定まらないような目をして軽くうなずいてくれた。ユミは、「そうなんだ」と言って、右手に持っていたサンドイッチを一口、パクっと食べた。

「ケンプの真実の氷はキラキラと舞い下りてくる。バックハウスの氷は霧のように細かくて絶え間なく降り注ぐんだ」

と、僕は追い打ちをかけた。

5

最終日、八月になって最初の水曜日。いつものように朝八時半に集合、最後の準備をした時はさすがに話が弾んだ。今日は東大から見て本郷・お茶の水とは反対方向の上野・秋葉原あたりを攻めて有終の美を飾る。それから昼過ぎに東大構内に入り、近くの僕の行きつけの店で昼食をとり、赤門で記念写真を撮ってから営業所に戻る、ということになった。

上野・秋葉原は小さな店が集まっていて効率が良い上に人情が厚く、成功率はこれまでで最高となり、もっと早く攻めるべきだったと皆で残念がることになった。それで切り上げるのが大幅に遅れてしまい、東大本郷キャンパスに入るのが午後二時過ぎになった。最後だからという理由で、石畳の三四郎坂を上って安田講堂の前に出て、そこから正門までまっすぐ、銀杏並木をみんなでブラブラ歩いた。

サキコさんとイチヘイは何か話しながら、ユミは時折止まって銀杏の大きな木を上の方まで眺めたりしながら、そして僕はそんな彼らを眺めながら黙って歩いた。明るい黄緑色の葉たちがさらさらと風に揺れて少し涼しい気がした。

正門の手前で左に曲がり、総合図書館の横から史料編纂所の辺りまで、てんでんばらばらに広がってゆっくりと歩く。史料編纂所は教育学部の建物の中にある。構内の大多数の建物と同じく褐色のタイル張りで由緒正しい感じの四角い建物だ。それを左に見ながら少し行くと赤門に辿り着く。

入学間もない四月の初め頃、両親と祖父母を伴って赤門をくぐりに来たことがある。正門から構内に入り今と同じ道を辿って赤門まで歩いた時、門のすぐ手前に立つソメイヨシノは満開で、僕と家族を幸せな気持ちにさせてくれた。

今は緑の葉をたくさんつけて、強すぎる太陽の光の下、暑さに耐えながら佇んでいるように見える。その桜の木の下を通って赤門から外に出た。

「もうすぐお別れね」とユミが言う。

「ものすごーく幸せだよ。この私が東大の中を歩けたんだもの」とサキコさんが言う。

「俺もすっごく幸せだ」とイチヘイが言う。

僕は浮き浮きしたような、微笑ましいと思うような気持ちでいたが、少し悲しい感じがしてきて言葉が出なかった。

普通の店は夜の準備に入る時刻だ。すでにそういう看板を出している店もある。

「行きつけの店ってあるの？」

とユミが訊いたので、セザンヌという店なら馴染みといえるかもしれない、と僕は答えた。

僕が図書館から、赤嶺が七徳堂から出てきて何度か待ち合わせたことのある老舗の喫茶店だ。信号を渡って本郷通りに沿って左に少し歩いた所にある。

セザンヌは東京で広く展開しているチェーンの喫茶店で、どこの店も皆落ち着いた内装と調度品でゆったり過ごすことができる。五月の連休明けの頃、赤嶺と駒場のキャンパスから渋谷まで一晩中歩き回って、たまたま見つけたセザンヌに入って文学論を戦わせたことがある。

喫茶店ならいつでもやっているだろうと僕が言うと、

「そこにしよっ」

とユミがさっさと歩き出した。僕らはいつものようにリーダーに従った。


ここのセザンヌは少し階段を上がる構造になっている。古風な感じのする木と摺りガラスの扉を押して中に入ると、白っぽい灯りのせいか他の喫茶店より明るい感じがする。シックな茶系のソファと木目調のテーブルが、二人ずつ向き合って四人座れるように配置されており、それらが一組ごとに仕切られている。十組以上はあると思われるそれらの中で、左奥の角だけソファがコの字になっていて少し広かった。そこまで行って一番奥に僕が座ると、イチヘイ、サキコさん、ユミの順に席に着いた。二人ずつが直角に並んで座った格好だ。

アルバイトの女の子が冷水のコップを持って注文を取りに来た。カレーライス、カツサンド、卵サンド、ピザトーストの四択にそれぞれ小さなサラダがついている。僕はカレーライスとオレンジジュース、イチヘイはカレーライスとカツサンド、サキコさんは卵サンドとトマトジュース、ユミはピザトーストとトマトジュースを注文した。

おしぼりで手を拭きながら、

「楽しかったね」

とサキコさんが言った。眼帯は取れている。左目の周りに青あざの名残らしきものがうっすらと残るが、殴られた跡にはもう見えない。

「すっごく楽しかった、もっと続けたいよ」とイチヘイが言い、「みんなのおかげでやる気が出た気がする」と続けた。

ユミは珍しくニコニコしている。僕はというと、もうお別れだという実感が湧かない。利害がぶつからないというか、ストレスのない三週間だった。これからも同じ日々が続いていく感じ。そこで、

「またいつでも会えるさ」と僕は言った。

「最終日が一番効率良かったね。抜群のチームワーク。私たち、力が付いたんだね」と言って、ユミが顔を綻ばせる。

「分け前が楽しみだよ」とサキコさんが笑う。

「おかげさまで、ずいぶん稼がせていただきました」とイチヘイが続ける。

「でも」と、サキコさんが言う。そして言葉を止めた。

「でも、きっと二度と会わないよ、私たち」

しばらく黙った後で、サキコさんはきっぱりとこう言った。

「そんな暇ないよ。来週から倉庫の中で凍えながら働くんだ。みんなだって次のことがどんどん押し寄せてきて、ここの事なんて、いつまでも覚えてないと思うよ」

と言いながら、背もたれに体を預けた。顔はすこぶる穏やかで声も優しかった。

「俺はいつまでも覚えているよ。いつかまたここに来て、みんなのことを思い出しながら学食で飯を食ったり、銀杏並木を散歩したりするんだ」

イチヘイは両手をテーブルの上に乗せ右手を左手で握るようにしながら、

「その時は税理士だ」と言って嬉しそうに笑った。

「私は」とユミが言う。

「私は、ここでのことはたぶん忘れない。でも、みんなと会いたいと思うかどうかはわからない。これからの人生次第のような気がする」

最後までリーダーらしくみんなの顔をぐるっと見渡した、例の涼やかな目をして。

「あなたたちはいいよね。いくらでも時間があって、まだどうにでもなれる。どんな人生だって送れるよ」と、サキコさんが優しく言う。

「私の道はほとんど決まってる。そんなに大きく変われるはずもない。正直、あんまり大きく変わってほしくないような気もする」

「それは、人生、うまくいってるっていうことだよ、きっと」

と僕が口を挟むと、サキコさんはすぐ、

「ヒロくんはいつも優しいね」

と言った。

「ユミさんはどんな人生を送るんですか」と、イチヘイがユミの顔を見る。

「ほんと、イチヘイくんって、見事にストレートだよね」

と言ってユミは微笑んだ。

食事が次々に運ばれてきた。それらをみんなで受け取りながらテーブルの上に並べた。「部活みたいだね」とサキコさんは嬉しそうに言った。

「バレー部、途中でやめたんだ、高校中退したから。背が高くなりたくって入ったんだけどね、伸びる前にやめちゃった」

と言って少し笑った。そして、

「サエは絶対に卒業させるよ、そして大学にも行かせてあげたい。中一の長男も、小一の次女も、みんな大学に行かせてあげたい。それが私の夢になった、みんなと仕事してからさ」

「俺は絶対に税理士になって、親に仕事を止めさせる。食堂なんて割に合わなすぎる。日が変わってから帰って来て、子どもの弁当作って、市場に行って、下準備して、店の小上がりの畳で寝るんだ。子どもの頃は、休みの日しか布団では寝ないと思ってたんだ」

最後に来たカレーライスを受け取りながら、イチヘイが言った。

「私の人生はね、たぶん、波乱万丈だと思う」

と、質問者のイチヘイに向かってユミが答えた。

「まず、言語学をもう少しやりたい。どうして女は今のような女ことばを使うようになったのか。当たり前に最初からこうだったんじゃないのよ。最初は家の、次は国家のあるべき姿に女のあるべき姿が重なるように仕組まれてきた、その実現のための手っ取り早い方法が女ことばを創生することだった、という説があるの」

「そもそも国語とは男ことばのことで、女ことばは例外的な扱いだったのよ。現代国語の使い手として、男ことばと女ことばについて考えてみたい。そして、どうして女は男に好きなように扱われてきたかを、言葉を通してはっきりさせてみたいのよ。どうしたらそうならないか、を知るためにね」

「それでは、けっこうな波乱万丈になるかもしれませんね」とイチヘイが言う。

「イチヘイさんが変なこと訊くから、真面目に答えちゃったじゃないの」

と、ユミは照れくさそうに微笑んだ。


僕には、ここで語れることは何もなかった。


赤門の前で記念写真を撮る。僕が持ってきた父親のカメラで、自分が抜けた写真を撮り合う。本人が撮った本人以外の写真と、僕が撮った僕以外の写真をみんなに郵送することにした。住所はセザンヌで書いてもらった。お礼の先払いだと言って、僕の昼食代はみんなが支払ってくれた。

五時過ぎに営業所に戻る。車をガラス扉の前に止めてみんなで中に入る。玄関マットを七枚も置いてきたことに対して、「土曜日で実働半日なのに」と、残り番の女性の事務員は眼を丸くした。そして、「とってもいいグループだから、みんなでまた集まってね」と言った。

いつも通りサキコさんが最初に、次にイチヘイが配当金を受け取った。いつもなら、ここで二人して先に営業所を出るのだが、今日は出ないで待っている。そして僕、最後にリーダーのユミが受け取った。

「お世話になりました」と、ユミが事務員にお辞儀をした。僕らもリーダーに倣って、「ありがとうございました」と、お辞儀をしてから外に出た。

「いよいよだね」とユミが言った。

「いつかまた必ず会いましょう」とイチヘイが言う。

「やっぱ、絶対会うようにするよ。子どものこと、報告できるように頑張るよ」とサキコさんが言う。

「できるだけ早く、写真送ります」

と僕は言った。

僕はイチヘイの肩を軽くたたいた。イチヘイは僕の目を見て小さくコクンとうなずいた。サキコさんは僕の手を取って、優しい力の握手をした。細くて小さい手だった。それから二人はユミに向かってお辞儀をした。

「ずいぶんとお世話になりました」とイチヘイが言い、

「やばい姉ちゃんだと思ったけど、ホントありがとう」とサキコさんが言った。

二人はくるっと後ろを向き、いつものように営業所の門に向かって歩き出す。門から出る時、イチヘイが振り返って軽く会釈した。僕は手を振り、ユミは無言で彼らを見送った。二人の姿が門から出て右の方に消えてからも、僕らはしばらくそこに立っていた。

急にユミがこっちを向いて、「遊びにおいでよ」と言った。

「どうせ一人で外食でしょ、だったら一緒に食べよ」

そう言うと、ユミは車のドアを開けて運転席に乗り込んだ。ミニスカートが開き、一瞬、まっ白い太ももが見えた。今まで感じたことのない感情が持ち上がり、僕はちょっと困ったことになったと思った。

6

ホテルグリーンパレスの入り口に車を乗りつけて、ユミはそのまま車を降りる。僕もユミの後を追って外に出る。ユミが何かをしゃべりながらドアボーイにキーを渡すと、赤いドイツ車はドアボーイによって駐車場に運ばれていった。

大きなガラスドアのエントランスを入ってまっすぐ進むと、漆のような光沢を放つ黒い大きな扉のエレベーターに出くわした。ユミが上向きのボタンを押すと、三基のうち右奥のエレベーターのランプが点滅し、ほどなく扉が開いた。中に入ると奥行きが深くドア以外の三面はガラス張りだった。そこにユミと僕が写っている。ユミはためらわず八階を押す。

ドアが開き、ユミが慣れた風情で前に出たので僕も引っぱられるようにして外に出た。チャコールグレーの分厚い絨毯が敷き詰められた広いスペースのまん中に、大きな陶器の花瓶が置いてあり、色とりどりの花がいっぱいに活けてある。向こうの壁一面に、虹のような色彩の巨大なパステル画が掛けてある。

花瓶の前を通って左に進み廊下を右に曲がって二十メートルほど歩くと非常階段のマークがあった。その手前の一番奥の部屋の前に立ち、ユミはカードタイプの鍵を使ってカチャッとドアを開けた。僕は黙ってユミの後に続く。

ホテルの中はエントランスからずっと涼しかったが、部屋に入るとそうでもなかった。入ってすぐ右手のスイッチにキーを差し込んで灯りをつけると、ユミは通路をまっすぐ進んで居室に入り、壁をなぞって右側に姿を消した。

まずクーラーのスイッチが入り、僕が居室に入るくらいのタイミングで明るすぎない蛍光灯が灯り、左右の壁に沿って小さな暖色系のダウンライトが何個か灯った。

部屋は右側に奥まった造りで、ダウンライトの柔らかい光に照らされた白い壁の前にダブルベッドがあり、クリーム地にピンクの花柄模様をあしらったベッドカバーが掛けてある。

向こう側の右隅にライトグリーンの笠を持つ電気スタンドが立ち、お洒落なレース地の笠に包まれた優しいオレンジ色が灯っている。一対のベージュ色のソファとグリーンの大理石模様の丸テーブルが、その灯りに照らされていた。

ユミは白いトートバッグを左側のソファに放り投げ、左隅の冷蔵庫の所に行き、中からミネラルウオーターを一本取り出した。キュキュッと栓を開け、冷蔵庫の上に並べてあった二個のグラスいっぱいに注いで、一つを無言で僕に差し出した。僕がそれを受け取ると、もう一つのグラスを手に取って、少し時間をかけて飲み干した。

「サキコさん、『ヒロくんっていつも優しいね』って言ったの、覚えてる?」

と、ユミは少し首を傾げて僕に質問した。

「サキコさんが、『今の生活があまり大きく変わってほしくない気もする』って言った時、あなたは即座に、『それは人生、うまくいってる証拠だ』みたいなことを言ったよね」

僕はあまりよく覚えていない。そんな会話があったかもしれないと思うくらいだ。するとユミが言った。

「あなたは、サキコさんが言ったらすぐにその言葉を返した。そして、あなたがまだ言い終わらないくらいのタイミングで、『ヒロくんはいつも優しい』ってサキコさんは言ったんだよ」

僕はユミが言っていることの意味がわからない。そのことを、今言うことの意味はなおさらわからなかった。

「『人生、うまくいってるってことだよ、きっと』って、あなたは言ったのよ。ご主人に殴られてまだ完全に傷が癒えていない人に向かって」

あの涼やかな目ではない、黒い部分がより黒く、より大きい感じがする目が僕を見据えた。

「サキコさんは、本当に優しいっていうこと、どんな人が優しいかっていうようなこと、全部わかってると思う。来る日も来る日も、夜遅く家を出て、朝早く帰ってくるダンナは優しいのかもしれないし、すぐ優しい言葉を投げ掛けてくるような人間が優しいわけではない、というようなこと」

　僕に、返す言葉はなかった。

　そのかわり、「今日悟ったことがあるんだ」と、あらたまった言い方をして、僕はユミに告白した。

「このままいくと、僕は誰のためでもない、自分だけのためにしか生きられない人間になってしまうと、そう思った。セザンヌでみんながそれぞれ自分のことを話していた時、何一つとして親身に聞くことができなかった、みんなの言っていることが、自分の中に染み込んでこない。もっとはっきり言うと、何一つ共感できないことに気がついた」と、僕は白状した。

　するとユミは僕から目を離さないで、しかし、あの涼やかな目になって、

「皆、自分以外の人のために生きているわけではない。自分以外の人のためにだけ生きることはできない」

　と言った。そして僕から離れてソファの方に歩いて行き、

「せっかく来てくれたんだから、私の作品集を見せてあげる」と、丸テーブルの上から原稿用紙を二冊持ってきた。

「小百合がバラしちゃった『悲なること』は、私の初めての詩集なんだ。習作はもっとあるけど、完成品を集めたの。これはその一部よ、卒業論文の添付資料にするつもり」

「卒論は何について書いてるの?」と僕は訊いた。

「セザンヌで少ししゃべっちゃったけど、『女ことばとは果たして国語なのか』というような

ことについて書くつもり。添付資料は『国語を用いて女が書いた詩』ということになる。性別を意識しないで書いたらこうなった、という物ね」

よくはわからないが、そんなものかと僕は思った。

ユミは、「汗びっしょりだからシャワー浴びてくる」と言って、居室からドアに向かう通路に戻り、左側の化粧室に入った。

僕は原稿用紙を渡され、一人取り残されて机の前に立っている。机には高い背もたれの椅子が付いていて、その向こうは一面、大きなガラス窓だ。ベッドと窓との間のスペースに行き、大理石様のグリーンの丸テーブルの上に原稿を置き、右側のベージュ色のソファに腰掛けた。右奥の一隅を照らす電気スタンドの灯りが辛うじて届く、その優しいオレンジ色の光の下で、一冊目の原稿用紙に目を通す。縦書きの四百字詰め原稿用紙の表紙に「悲なるもの」と縦に大きく書いてある。表紙をめくってみると、縦書きの文章が一行飛ばしに書き連ねてある。最初の作品は、詩集の名前と同じ「悲なるもの」と題した短歌と俳句のようなものの連作だった。

悲なるもの

これほどに　我が心根の震えるは　我れそこないし　妹がおもかげ

重なりて　蝉を殺せし　秋雨《しゅうう》かな

昼寝して　目覚めし後《のち》の悲しみは　我が振る舞いの　ピエロにあるかな
外に出で　我が在ることの悲しさに　口を結びて　三日月を見る
我が顔の　かの偽善的なる微笑みに　ほほえみ返せし　君が愛《かな》しき
チェッまたか　己れを哀しむ　自《おの》が弱さよ

孤独の魂

空《くう》の中で　僕は芽生え
孤空《こくう》を摑む手が　伸び
膜を捉えた
暗闇の中で　魂が見開き
君の瞳が　其処で　光った

白い影

音がきこえ
石の眼
幾千かの穴があり
取り囲み、僕の。
光が走り、白い影が
車の行き交う中で
光が其処に居り　僕は
確かに　一つの
死であった

意味の無い言葉

悲しみが　まず　あり

言葉が　続いたのであった
言葉は　佇み　凍え
しかし　けなげにも　実に
真面目であった
真面目な言葉のやつは
ただ
笑いのみにより　報われ
女の賢さが　いつも
そこんところを　笑い飛ばす　のだ

再び孤独

またもや　こいつ
石の奴が来やがった

林の中の木株《こかぶ》の様な
そんな生き方は金輪際なのに
静かな砥石の奴が
魂を削りに
またしても
俺はこいつを打ち負かす
だが、これが最後だ　もう

夢見し　永年の自由（古い詩の形を借りて）

汝、がれきの山よ
お前はいつからそうやって
暗天の下に己が運命を曝け出しているのだ
空は黒く、星は無い
唯、危《あや》うかな月の碧《みどり》だけが

お前の肉色を暴いている
その静謐な、投げやりの悲しみの中に
内部の血の色を抉り出さしめている

汝、白日の下に投げ出されたがれきの山よ
威風堂々の門構えはどうした
居丈高な合掌造りが そのきたない木切れの山々か
何百年かを生きてきたお前一人の誇りとは
なんだ、くすぼけた煤の塊ではないか
ふん、どうせそうだろう
空は黄ばみ、風は無い
唯、危《あや》うかな陽炎だけが
お前の贓物から湧き上がっている

汝、鉄塊に打ち砕かれしがれきの山よ
私はお前が好きだ
その出鱈目な木っ端の重なりの中《うち》に
お前は安息の身を潜めている

潜んでいるお前は、しかし悲しげではないか
そんな顔をするな
私がお前の身体を持って、身体の一部を持って、彼の地へ運んでやろう
彼の北陸の冬の浜辺で
私はお前を積み上げて、高々と積み上げて
涙ぐましい自由を祝うのだ　お前と私の
崩壊の自由を

汝、浜辺に積み上げられしがれきの山よ
淡紫《あわむらさき》の空がお前の褥《しとね》だ
使い古された痩身を　今こそ存分横たえよ
何百年かの踏んばりに
身も心もぼろぼろの、この湾曲したブドウ色の大黒柱に
私は今、橙色の火を放つ

汝、汝、汝、唯、がれきだけのものたちよ
それでも私のこの顔に
最後の炎を吹き出だせよ

嗚呼、
これが、これが私の本心とは
皮肉の本心だとは
お前の身体に火がつくまでは
私自身も気づかなかった

悲しみの生の儀式よ

お前の身体の火の影で
お前の燃えてる火の陰で
私は、私は、
波打ちぎわに跪き
埋もれた砂の中から　独り
慟哭の声を上げたい　上げたい　上げたい

夢見し永年の自由よ

崩壊と再生の希《ねが》いよ

ここまでを二回読んだ。そして二冊目の原稿用紙を手に取ってみた。表紙には、一冊目と同じように縦書きで「イリュージョン」とあった。表紙をめくってみると、一行目に表紙と同じイリュージョンの題名があり、一行空けて三行目からびっしり文章が書き連ねてある。どうやら小説のようである。

イリュージョン

私が初めて美優を見てからすでに十数年の歳月が流れている。寒天のように白く濁った記憶の塊の中に不思議なほど無関係に、何の脈絡もなく点在する数々の出来事の断片の中で、美優のいる幾つかの場面は鮮やかな輪郭を保ち続けている。

まだ小学校に入る前のことだ。私はひと月あまりの間、雪深い片田舎にある親戚の家に預けられたことがある。理由はわからない。とにかく、よく泣いたものだ。江戸の昔から続く旧家だから広い縁側の板は灰白色に風化してい、年輪の所だけがごつごつと出っ張って、冷たく固く足裏に食い込んだ。その縁側の端にある黒ずみ、ひび割れた太い柱に抱きついて、泣きながら思い浮かべた父と母と姉の楽しげな団欒の光景が今なお脳裏を去らないでいる。

私の孤独癖と、それでいて独りぼっちを嫌う矛盾した性癖は、あの理由《わけ》がわからぬだけ一層絶望的な疎外感に少なからず由来すると自分では思っている。美優を初めて目にした時のワンシーンは、必ずこの幼児体験と対になって現れるのだ。

黒い半ズボンに黒い長靴下という黒装束の私が、たぶん、猫か子どもたちの仕業になる無数の障子の破れ目から、外の雪を眺めている。初めて見る雪だった。両手をついた畳が痛いほど冷たい。視野は頗る狭く、ぽっかり開いた土蔵の口がその大半を占めている。

そのすぐ上の大きく突き出た軒下には役に立ちそうもない小さな手押しの消火ポンプが、埃っぽい土色をして重たそうに掛かっている。視界の周辺部は所々に褐色の染みが浮き出た黄土色の土蔵の壁で埋められてい、それらすべてが降りしきる粉雪の純白にひと撫でされて、やけに遠く霞んで見えた。

ここまで読んで、僕は原稿用紙を丸テーブルの上に置いた。なるほど、「悲なること」は、悲しみに関する作品集として編集されているようだった。読み手の性別は確かに定かではないが、僕には男ことばで書かれているような気がする。ユミは「国語は元来、男ことばとして創生され、女ことばは例外扱いだった」と言っていたが、それならば、女性の手になるこの作品集が意識的に「国語」を用いて書かれたものであるという説明には納得がいく。

一方小説は、おそらくそういう意図で書かれたものではなさそうだと思う。理由は、あからさまに男性の独白として書かれているからだ。女性が国語を用いて、という意図を表現するなら、男性の独白という形ではなく第三者の語り手に語らせるべきだと僕は思った。

そんなことを考えていたら、バスルームの扉が開く音がした。ユミが何か言っている、よく聞き取れないので化粧室の方に近づいてみる。

「ヒロくんはどうするの？」

と、ゆっくりと大きな声を出す時の言い方をして、少し黙った。

僕は机の所に戻ってから、

「行ってもいいの？」

と、大きめの声で返事をする。

タオル地の白いバスローブを着たユミが化粧室から通路まで出てきて、「いいわよ」と言った。居室の方を向いて立っている。頭にタオル地の紫色のキャップのような物を被っていて、髪全体がその中に包み込まれている。濡れた前髪の一部がそこからこぼれて、何本かの束になって額にかかっていた。こちらを見て微笑んでいる。普段のややきつい印象のユミとは折り合いが取れないほど可愛い。

僕はユミの所まで歩いて行き、その頬に手を触れた。両手で軽く挟むと、とても柔らかい頬は少し凹んで可愛らしいピンクの唇が少し歪んで前に出た。僕は自分の唇でそれをくわえた、優しくそっと触れるような感じで。そしてすぐに離した。ユミはそのまま僕を見つめた。僕はしっかりと、きちんとユミの瞳を凝視した、東大の総合図書館の階段でしたように。ユミの瞳はやっぱり大きく開いて濡れている。金と黒の線状模様の集合体である虹彩が、黒くて深い瞳孔の周りを囲んでキラキラ輝いていた。今度もまた、僕は確かにユミの中に入ったと感じた。

シャワーから出ると、化粧台の前の籐椅子の上に臙脂色のパジャマが置かれていた。手に取ると絹のような肌障りの女性物だった。入る時にはなかったのでユミが用意してくれたのだろう。着てみると明らかにサイズが小さく、手足がずいぶんとはみ出たがきつくはなかった。ワインレッドのような色のパジャマを着た姿が鏡に映っている。

さぞかしユミは笑うだろうと思って化粧室から通路に出ると、居室の電気は消えていて、右隅の電気スタンドだけが灯っていた。優しいオレンジ色の灯りに照らされて、右側のソファの中に白いバスローブを着て紫色のキャップをつけたユミがいた。僕はそっと近づいて左側のソファに身を沈めた。

「パジャマありがとう」と僕が言うと、

「けっこう似合ってる」とユミは言い、嬉しそうに笑った。さっき僕がテーブルの上に置いた原稿用紙を見ていたようだ。

「おかしいでしょ、こんなの着せてさ」

と僕が言うと、

「おかしくないよ」

と言って左手を口の辺りに持っていき、上半身を前後に動かして、アハハハと笑った、押さえていた堰が切れたように。そして「やだー」と言って僕を見つめた。丸い漆黒の瞳孔が薄い涙の膜に覆われて波打っているように見えた。

しばらく笑われた。ユミが「あーあ」と言って両手で涙を拭って静かになったので、僕はようやく、「小説は読みかけだよ」と伝えることができた。

ユミは、

「それはおまけ。傑作だけど面白くない。論文とは関係ないしね。勝手に書いたんだ、いろいろあってね」と言った。

「いろいろあったんだ」

「あったよ」

「君には、いろいろはないと思ってた」

「勘違いしちゃう話なんだよ、その小説」

「勘違い？」

「そう。何から何まで勘違いしちゃう男の話。滑稽で悲惨なの」

「何をどう勘違いしちゃうの？」

「まず、男と女というものについて勘違いしてる。人と人の絆、愛情、信頼関係というものについて思い違いしてる。それから、田んぼと畑を間違えちゃうのよ、おかしいでしょ。いない人をいると思ったり、ひっくり返った自分の車を見ちゃったり、勘違い男がさんざんな目にあって自滅する話」

「けっこう面白そうだね」

「面白くないよ。後に嫌な感じが残る。小説って、感動したり、ためになったりするのがいい。もちろん、直接的にいい話である必要は全然ないけど、読んだ後に嫌な感じしか残らないような小説、芸術はみんなそうだと思うけど、そういう物は存在の意味がない、と私は思うのよ。そういう意味で、この小説はダメなの。作者のカタルシスでしかない物は、たとえ何らかの意味で傑作だと言われたとしても、存在の意味がないと私は思う。だからこの小説は傑作だけど、意味がないの」

　傑作は傑作なんだと、僕は少し可笑しくなった。

「この原稿、ヒロくんにあげる。書き直そうと思ってたんだけど、サキコさんやイチヘイくんと一緒にいたら、大して意味のない物に思えてきた。興味あるなら読んでみて」

「二度と同じ物は書けないよ、後で後悔するんじゃない」

「もういらないの、もう小説は書かない。詩人か評論家、できれば学者になりたいんだ」とユミは言った。そして、

「でも結局は、どこかの教師かな」と続けた。

「その言い方、サキコさんに怒られるよ」と僕が言うと、

「あ、そうだったね。初対面の挨拶の時、サキコさん、憮然としてたよね」

「そうだよ、君が『教師にでもなるわ』と言った時だよ」

「『にでも』は確かによくない。すごく不遜で、失礼な言い方だった」

「僕が、一人旅の資金調達で、と言ったら、ただの遊ぶ金欲しさか、みたいな感じになって、また一瞬空気が凍ったよね」

「あの時、イチへイくんが素敵だったのよ。あなた、気づかなかったでしょ」

「僕だってわかったさ。この人いい人だっ、て直感したもの」

「あの二人、仲良かったよね」

「いいコンビだった」

「もうちょっと早く出会ってたら、いいカップルになってたかもね」とユミが言った。

「年の差が半端じゃないから、そう簡単にはいかないさ。それに、ちょうど良い時期に出会っていない。人は結局、出会った時にしか出会えない」

「だから出会った時がとっても大事なんだ」と僕は言った。


ユミが深く静かに僕を見つめた。

僕はユミの両方の手首を、白くて細い、華奢な手首を捕まえた。


ユミは小さくふるえていて、はじめのうち、僕にすべてを任せてはくれなかった。抱きながら、ずいぶん長いこと髪だけを撫でていた。鼻が薄くて形の良い顔、少し上にカールした長い睫毛、買いたての本みたいな清潔な香りがした。

と突然、柔らかくて温かいものが僕の唇を覆った。まどろんでいた目を開けた。ユミが上体を起こし、僕を見ていた。眼差しは薄明かりの中で動かなかった。黒い瞳が深みを増し、無防備に開け放たれ、濡れていた。僕は体勢を入れかえた。ユミはわずかに身を反らせ、小さな声を上げた。

秘やかなものと秘やかなものとの触れ合いだった。生々しい営みではなかった。粘性を帯びたものは何一つなく、むしろサラサラした領域での出来事だった。彼女の唇も歯も、そして舌も、粘性を帯びてはおらず、湿り気さえも持たないようだった。味も匂いもなく、ただ秘やかな触れ合いの感じだけが、舌と、それから唇を通してストレートに僕という受容体そのものを捉えたのだ。

一部の器官がではなくて、僕という生き物全体が生き物としての女性を、いや、女性という生き物の生そのものを感じ取ったのだった。それは、初めて自分の性器に触れた時の感じに似ているのかもしれなかった。秘やかな儀式であると同時に、当たり前のことでもあった。後ろめたい悪事であると同時に、一つ前の世界から自らを解き放つための格好の出口でもあった。

彼女は目を閉じ、すべてを僕に任せた。わずかに開けた唇から、時折、微かなため息を漏らした。その弱々しい男のものとはまったく異質のか細い声が、僕の内に途轍もなく優しい感情を溢れさせていた。女の唇に触れることが自分自身の大切な部分を感じ取ることでもあったのだ。女の身体を抱きしめることが、自分自身を形ある物として獲得することなのだった。茫洋としてつかみ所のなかった僕という一つの混沌が、他ならぬ僕の目の前にすべての故意を放棄してあるがままに在った。

愛という目に見えぬはずのものが、ヒヤリと熟れた果実のように、僕の唇にそっと触れ、僕の白い歯がそれをカリッと齧ることを欲していた。透き通った水色の液体が溢れ出し、僕の渇いた喉を流れ下るのだろう。目に見えぬはずの物が具体的なイメージを持ち始め、僕の内側でかさを増し、そしてそれが愛への欲求であることを本能的に感じ取っていた。

彼女を欲しいと思った。セックスへの欲求が女を愛することと同質なのであった。彼女は水滴をたたえ、緑色のがくを付けたままの穫りたてのストロベリーだった。僕はそいつをつまんで口に含んだのだった。

「イリュージョン」の全文

イリュージョン

私が初めて美優を見てからすでに十数年の歳月が流れている。寒天のように白く濁った記憶の塊の中に不思議なほど無関係に、何の脈絡もなく点在する数々の出来事の断片の中で、美優のいる幾つかの場面は鮮やかな輪郭を保ち続けている。

まだ小学校に入る前のことだ。私はひと月あまりの間、雪深い片田舎にある親戚の家に預けられたことがある。理由はわからない。とにかく、よく泣いたものだ。江戸の昔から続く旧家だから広い縁側の板は灰白色に風化してい、年輪の所だけがごつごつと出っ張って、冷たく固く足裏に食い込んだ。その縁側の端にある黒ずみ、ひび割れた太い柱に抱きついて、泣きながら思い浮かべた父と母と姉の楽しげな団欒の光景が今なお脳裏を去らないでいる。

私の孤独癖と、それでいて独りぼっちを嫌う矛盾した性癖は、あの理由《わけ》がわからぬだけ一層絶望的な疎外感に少なからず由来すると自分では思っている。美優を初めて目にした時のワンシーンは、必ずこの幼児体験と対になって現れるのだ。

黒い半ズボンに黒い長靴下という黒装束の私が、たぶん、猫か子どもたちの仕業になる無数の障子の破れ目から、外の雪を眺めている。初めて見る雪だった。両手をついた畳が痛いほど冷たい。視野は頗る狭く、ぽっかり開いた土蔵の口がその大半を占めている。

そのすぐ上の大きく突き出た軒下には役に立ちそうもない小さな手押しの消火ポンプが、埃っぽい土色をして重たそうに掛かっている。視界の周辺部は所々に褐色の染みが浮き出た黄土色の土蔵の壁で埋められてい、それらすべてが降りしきる粉雪の純白にひと撫でされて、やけに遠く霞んで見えた。

と、突然、赤い物が。純白に深紅のイメージ。私は火を見たと思った。赤い傘、赤いワンピース、赤いカーディガン、そして赤いランドセル。これらがツーっと右から左へと横切ったのだ。左足の膝まで下がった靴下止めの赤。このおかっぱ頭とリンゴの頬を持った少女が美優だった。

おかっぱ頭とリンゴの頬、ふた昔も前のこのイメージが今の美優に重なることがある。実際にはそうではなくて、例えるならば白桃といったところだ。頬の素肌は少女のようにむしろ乾いた感じで、クリーム色の地肌に産毛が薄く粉をふいている。抱き寄せてみると、どこからともなく光が射してキラキラと、この産毛を金色銀色のさざ波にしてしまう。艶やかな黒髪は柔らかく、緩やかな曲線を描いて肩口まで流れると、そこで空気を孕んでふっくらと広がる。

こんな美優に昔の面影が宿るのは、豊かな肉体の割には小さな顔と、ふくよかな頬に差した、私が何度言っても止めようとしない頬紅のせいだと思う。それに、二十二歳という年齢の割には子どもっぽい、社会的に未成熟な性格のせいもあるかもしれない。

文系の短大を出てからしばらく家に戻っていたが、今は再び上京して生花や料理を教える学校に通っている。一度も実社会に出たことのない女だ。こんな美優を、実は少々物足りなく思うことがあった。しかし私にとって、そんな上っぺらな好みなど少なくとも美優との関係においては大きな意味を持たなかったのだ。もっと別な所で繋がってきた、数時間前までの十数年間。

私は幸せだった。免許を取ってから初めての遠出で、国産車の中では高級な部類に属するこの白いスポーツカーを自在に操っている快感に有頂天になっていた。人っ子一人いない真夜中の国道、漆黒の中を、ヘッドライトに照らされた分だけ割合に広いアスファルトの道路が浮かび上がっている。二メートル下には一面の水田が見晴るかす広がっていて、今は暗くて見えないが、緑色の植物が群生し、右に左に揺れながら豊穰の香りを漂わせているのだろう。自分は確かに自然の緑に包まれているのだと思うと、至福感は尚更高まらざるを得なかった。

霧でも湧き始めたのだろうか、ライトの灯りの先端は白い粒子群に巻き取られ、浸食され、橙色の光は力を失い、一粒一粒の浮遊物となって闇の中に拡散していく。そこから向こうはまったく何があるのかわからない、進んでみて初めて姿を現す世界だった。

フッと、ある予感が……。いや、何でもない。気のせいだ。ほんのちょっとだけ鼓動が速くなったような気がしただけだ。ヒーターの効き過ぎだろう、しばらく止めておくことにする。

隣の座席には美優がもう長いこと無言の儘で坐っている。身体の線に自信のある美優は、藤色がかったグレーのニットのワンピースにブラウンのロングブーツだ。背が高いからヒールの低い物を履く。同色のニットの編み帽子と毛皮の半コートは今は脱いで膝の上に置いてある。

カーステレオからはソニー・ロリンズのテナーサックスが狭い車内でもう何時間も緩やかな反射をくり返している。確かにさっき聴いた曲、同じフレーズの揺らぎ、そろそろ飽きてきた。

「何だか、怖いわ」

美優が、ぽつんと言った。

私はたった今、靄のような漠とした不安を感じたばかりだったから、思わず彼女の方を垣間見た。美優は、ジッと私の横顔を見つめていたようだ。

「ハハ、何言ってるんだい。もうすぐだよ。俺がついてるじゃないか」

別にどこへ行くというあてはなかったが、私は殊更に陽気に言ってみせた。左手をハンドルから離し、美優の手を探り当てた。ふっくらと真綿のような華奢な子どもの手だ。それを優しく握りしめながら、

「こんなに冷たい手をして……。具合でも悪いんじゃないか？」

私は車を停めようと速度を落とした。

「あっ、いいの。大丈夫、停めないで」

私だってこんな所に停めたくはない。こんな所にジッとしていたら、何かに取って喰われてしまいそうだ。無闇に先を急ぎたかった。カセットテープを陽気なラテンに替えた。サックスの低い呻きがいけないと思った。

カーブが見えてきた。大きい緩やかな左カーブだ。緩いには緩いが道路はここでほぼ直角方向に進路を変えている。その危険を和らげるためにカーブを大きくしてあるのだろう。内側の弧に沿って、ごく狭い空地がある。

だいぶ疲れた。ここで少し休もう。パネルの水晶時計はもう午前二時を回っている。三時間近くも走り続けていたわけだ。こんなに長く暗闇の中を飛ばしたのは初めてだった。

今度は美優も反対しなかった。眠っているのかもしれない。シートを倒して身を横たえた儘だ。

ドアーを開ける。なんと古めかしい車内灯の色だ、人の心を疲れさせる裸電球の暗い色。美

優がハッと目を覚まし、不安そうに私を見上げた。大きな二重瞼にグリーンのアイシャドウ。私はホッと溜息を漏らす。

「心配ないよ」

起き上がろうとする美優を制して、肌寒い外に出た。

月が、黒く厚い雲の切れ目から、辛うじて銀色の光を覗かせている。晴れ上がった夜空に煌々と輝く月光よりもなお冷たい蒼さに、私は思わずゾクゾクっと小さく身震いした。

両手で囲いを作って、三本目のマッチでようやく煙草に火が付いた。五、六歩歩いて空地の端に立つ。身体いっぱいに吸い込んだ煙を大きく吐き出すと、先刻《さっき》のほんの小さな出来事が気になりだした。あの、二人を同じように閉じ込めた不安は一体何だったんだろうか。親戚同士だから？　長男と長女とじゃあって？　古臭い考えだ、実に封建的な……。いや、そんな事どうだって良いのだ。俺には関係のない話だ。結婚？　早すぎる。恋人？　そう、まあそんなところだ。ただ、それだけの事じゃないか。なのに美優のやつ……。

おやっ、どうもいけないなっ、車を停めた途端にもうこれだ。三時間前のちょっとした出来事がまるでセメダインの糸のように身体にまとわりついて、「何かを考えよっ！」と命令し、心の自由を絡め取ろうとする。

実は今私は、およそ三時間前のあの時から、自分がまったく厄介なものの所有者になってしまったらしいことに気づき始めたところなのだ。最も端的に言うならば、私はあの時、性欲を具した一個の物でありたかった。一個の物としての女、あらゆる意味から独立した唯一つの意志としての肉体、を、たった今この時に貪り食いたいという、唯それだけの強固なる意志。

そして当然、美優もそうだと思い込んでいた。だからこそ、だからこそ十何年間もの長きに亘って美優とは繋がり得てきたのではなかったのか。連帯感とか、愛情とかいう言葉で表されているものがもし仮にあったとしても、それらが慣習的な意味合いを負わされてそう呼ばれてしまえば、瞬時にして、日常社会を平穏に維持していく為の規範、唯の道具、でしかなくなってしまうものなのだ。

人間は人間として生き続けるために、何と多くのエネルギーを社会に対して費やさなければならないのか。そうしたエネルギーで築かれた頑強で冷たいコンクリート塀のような、白々しい連帯感の壁の中で、私たちは飽くことなく自己発電をし続ける。血の混じった精液のようなそれら諸々のエネルギーの混ざり物が、今や重油の重たさで塀の外へ溢れ出しているではないか。

一切合切の破壊にすら匹敵し得ないこのコンクリート塀の創造は、流れ出した液体を更に囲い込もうとする空しい永久運動であることに、私たち人間は、そろそろ気づきかけているはずだ。何もかもを打ち壊すがよい、己のなけなしの意志を立ち働かせて。社会的意味を帯びた嘘の連帯よりも、非日常的な真の孤独の方がどれ程ましなことか。そういう孤独と孤独のぶつかり合いが、少しはましな繋がりを造り出してくれるのだ。

だからこそ私は、美優とだけは繋がっているつもりだった。そして三時間前のことだ、肉体的な結合を終えた後、私は煙草をのんでいた。

「どっか、行きたいな」

美優がつぶやいた。

「えっ」

背中を向けていた私は、美優の方に向きを変えた。美優は焦点の定まらない涼しい眼差しでぼんやり天井を眺めていた。

私はその目をガラス玉でも見るように見た。球形に盛り上がったところは何かの上澄み液のように少し有機物を溶かし込んだ感じの透明色で、すぐ下に澄んだココア色の虹彩がくっきりと沈んでいる。まるでビー玉のように無機的なその沈殿物は、鉱物の結晶の如く冷やかだ。

その中で唯一点、石炭の切り口の黒さを持つ瞳だけが、瞬きのたびに微かに息づいている。妙に生命感のない能面の様なこの時の美優の顔にあってそこだけが恰も別の生命を宿しているかのように収縮するのを、不思議な生き物を見るように眺めた。海の底で秘かに生きている虫のようだ。

「どっか、行きたいなあ」

もう一度美優がつぶやく。私は仰向けになりながら、

「どうして？」

と訊いた。

「どうしてって……、良くわからない。ただ、何となく」

「後悔してるのか？」

「ううんっ、そうじゃあ、ないと思う」

ちょっと間を置いて、長い瞬きをした。そして、私の方に顔だけ向けて、

「でも……ひょっとしたら、ちょっとだけ」

美優は自分の内部の微妙な変化に自分自身が対処しかねているような、当惑の目をして笑ってみせた。

「ちぇっ、今さら。俺たち、とっくの昔にこんなもんさ」

私は、美優が社会の常識の中でしか生きられない人間、女、がいかにもしそうな表情をしたのが気に食わなかったので、つい乱暴にこう言い捨てた。

「違うわっ！　そんな言い方するの、やめてよっ」

美優は、くるりと天井に向き直った。

「どうってことないさ」

と、私がつぶやく。美優が何かを言おうとして、言葉を本当にごくんと飲み込んだ。一瞬、時が弾け飛んだ、と、確かに私は感じた。

「旅、連れてってくれる？」

「……うん」

「何、怒ってるの？」

「……別に……。だから、どうってことないんだよ」

「不思議ね、今のあなた、まるで人生の苦しみ味わい尽くしたっていう顔してるわ。自分こそ、後悔してるんじゃないの？」

「旅……か」

私がつぶやくと、

「寒い」

と小さく言い、身を屈めて私の左腕にしがみついてきた。美優の細くて軽い髪の毛がハラリと肩に掛かる。上腕部に引き締まった鼻先を摺り寄せてくる。生暖かい息が私の官能を擽る。手の甲に秘密の森が微かに触れた。軽い欲情が再び私のものに脈打ち始める。「好きな時にこいつを自由にできる」。そんな通俗的な思いが、フッと私の内に芽生えた。

「けっこん」

ぽつりと美優が言う。最後を少し鼻にかけて言う。

「変わったな」

と、思わず私は口にした。

「……何が？」

「優しくなった」

「やーだっ、急に」

「俺に気を遣ってる」

「……何で……私が、あんたになんか……」

と、美優が、冗談に紛らわそうとして調子を高めた声を、最後の方で細くする。

「はしゃぐなよ」

私が追い打ちをかける。

「やめてったら、そんな言い方。本気で怒るわよっ」

と、美優が目を据えた。

「怒れよ。その方がおまえらしくて良い」

美優は黙って、顔がこわばった。


「腹、減ったな。何か食べるか」

私は美優の腕を振りほどくと、ベッドから降りてすぐ横の冷蔵庫に歩み寄った。

「あなたって、いつもそうね」

後ろから美優が、震えを抑え込むような抑揚のない声で言った。

「何がいつもだ」

「すぐ逃げようとする」

「何から？」

私は冷蔵庫の扉の陰にすっぽりしゃがみ込んで、ハムやチーズの塊、ビニール袋に入ったまま干乾びて茶色く変色したレタスなどをより分けながら、また例のやつか、と、腹の中で舌打ちしていた。

「何もかもよっ。てんで何にもできないんだから」

「おまえに、そんな事言われる筋合いはないよ」

「大ありよっ。……あなたは、責任取るのが怖いのよ」

「責任？」

扉越しに美優を見た。責任？　そりゃあ一体全体、どういうつもりだ？

「そうよっ。責任よ。私の事、どうしてくれるのよ」

ほんの一瞬のことだと思うが、私はただ口を開けたまま、半分上体を起こした美優のシーツに包まれた胸の辺りに、視線を留めるべき場所を探した。

「それって、どういう意味だ？」

私はようやく立ち上がって、バタンと冷蔵庫の扉を閉めた。無理な笑いで醜く歪みそうになる顔を、精いっぱいの威厳を取り繕って真顔に戻すと、美優を睨みつけてやった。

効果は十二分だった。しばらくの間、緊張のため瞳を凝縮させていた美優の目が、わずかに黒い部分の輪郭を緩めて下を向くと、例のいたずらっぽい上目使いとなって戻ってきた。

「冗談よっ。……もう、すーぐ本気になるんだからあ。……単純ねえ」

力が入るせいだろうか、丸味が失せて引き締まって見える口元から、唐突な甲高い笑い声を上げた。白く大きな前歯が、象牙の様な光を放つ。

「びっくりさせるなよな……。気が遠くなりそうだったぞ」

私は二、三歩よろめいて、ガクッとベッドに膝をついて見せた。

「あーあ、旅がしたいなあー」

美優は、上体を支えていた右肘を外すと両手を頭の後ろに組んで海老の様に跳ね、ベッドの中に倒れ込んだ。


そうだった。あの時俺は、わざと膝をついて見せたんだ、つきたくもない膝をさ。

寒い。身体の芯が冷えてきた。ふと煙草に目をやる。三分の一ほど残っている。こいつを軽く前方に投げ上げる。小さな赤い点がフワッと上がり、スーッと沈んで……。

「あらっ！」

突然美優が声を上げ、私を現実へ引き戻した。反射的に身を捩じって声の方をうかがうと、どうやら窓を開け、身を乗り出してこちらを見ているようだ。

「消えないわ」

「えっ？」

「火よ」

「……」

「ねえ、マッチはどこ？　あっ、あったわ」

美優は何かに興味を覚えたらしく、語調が活気を帯びている。ダッシュボードからマッチ箱を取り出したのだろう、陰影を刻まれてやつれた美優の顔がミカン色に染まって中空に、突如浮かび上がり、すぐに消えた。

美優は次から次へとマッチを擦り、それを放り投げた。炎は皆、頂点に達する前に姿を消した。

「どうせ水なんかありゃあしないのに……。みんな途中で消えちゃうのね。バカみたい」

「水がないって……田圃にか？」

私はあらためて、まだ消えずに暗闇の中に浮かんでいる煙草の赤い一点を凝視した。

「そういやあ、月の光が全然反射してこないものな、いくら弱い光でもさ」

「やーねっ。まさか、辺り一面が緑でいっぱい、だなんて、思ってたんじゃゃ……」

私は再び美優を見た。鼓膜が吸い出されてしまいそうな静けさの中、美優は執拗にマッチを擦り続けた。ミカン色のやつれた女の顔が現れては消え、消えては現れた。

光……女の顔……膨らむ……萎える……闇……光……女の顔……膨らむ……萎える……闇……光……女の顔……膨らむ……萎える……闇……。

「止めろっ！」

私は叫んだ。

「ステレオ、つけろよ」

一本、マッチが飛んで、美優は、サム・テイラーをかけやがった。

私は、今や、ただの荒涼と化した田圃の方に向き直ると、私だけの豊穣の香りを嗅ぎ取ろうと深く息を吸い込んだ。そういえば、こんな季節なんだな。吸い込んだ冷気が胸を突き刺した。

車に戻ろう。大きく背伸びをして首を回したら、ゴリゴリッと音がした。

左手で車体を辿りながらゆっくりと車の後ろを回る。何台もの車に踏まれたせいか、枯れた雑草が地面にへばり付いている。そこを歩く。サックスが鳴っている。他の車は来そうにないが、後ろを目で確かめながら運転席の扉を閉める。

エンジン始動。クラッチを踏んでギアをバックに入れ、サイドブレーキを外した。左足を緩めてクラッチを上げながら、右足で少しだけアクセルを踏んでバックし、クラッチを踏んでギアを入れ替え、ハンドルを右に切りながら左足を緩めて、一気に右足を踏み込んだ。キュルルルと車輪がきしむ。

アッ、ライトを点け忘れた。

ライトを点ける、空地から出て道路に乗り上げ、車体が大きく揺らいでドスンと元に戻る。まさか、と思いながらブレーキに足をかけ、ゆっくりとそれを踏む。

右手を探って計器盤の下に備え付けの懐中電灯を取り外し、恐る恐る車を降りた。

何かを見つけてしまうのが怖かった。前輪の辺りを一通り照らしてみたが、やはり何でもないようだ。途端に緊張が緩む。そういうものなのだ、一旦何でもないと思ってしまえば、今度はもう何でもないのが当たり前になる。

アスファルトの上の追い越し禁止の黄色いセンターラインに結びつけていた視線を、中腰の姿勢のまま前方の暗闇の中に移し変える。一刻《いっとき》に神経を集中しすぎたせいだろうか、空間がやけに希薄に感じられた。その綻んだ視野の中、道路の向こう側に何かしら白い物が横たわっている。上方に黒々と、暗闇よりも更に暗く異様に盛り上がっているのは、あれは、遠くの山々のシルエットだ。人間の遠近感などというものは明るい中で初めて作動するものらしい。かなり遠くにあるはずの山々がすぐ目の前の白い物体の上方に重なって見えるくらいなのだから。

一歩、二歩、三歩……と、文字通りそろりそろりと近づいてみる。先刻《さっき》の鼓動が速くなるような不安が甦ってきて、胃が迫上がり、息ができなくなりそうだった。およそ五メートル迄近づいた。やはりそこに何かがあり、懐中電灯の光の束がその物を右、左、上から下へと舐めまわした。

車、だ。私たちとは反対側から来てカーブを回り切れなかったのだろう。脇見運転か居眠り、さもなければ腕が拙いのだ。いずれにしても言い訳にはならないな。こんな所での事故は自分でひっくり返ったようなものだから、自業自得というやつだ。

純白のボディー、逆さま。深海魚のはらわたみたいなグロテスクなシャーシの凹凸。半分ほどに擦り減ったラジアルタイヤの八の字型の模様。普通あるはずのない位置にあるタイヤがやけに大きく不気味に見えた。華麗なスポーツカーもひっくり返っちゃ形無しだな。厄介なだけの、ただの鉄の塊。

おやっ、何かが光ったぞ。身を屈めてみる。液体。まだ固まり切らない表面がヌルリ盛り上がっていて、赤黒くゆったりした波長の光を弾き返してくる……血？

人がいるっ？　私は辺りを見回した。そして見回すべきではなかった。周囲が空漠と広すぎた。しかも、ずっと遠くに在るはずの物が身近に迫りすぎている。黒々とした山々のシルエットだ。私は夢中で美優のいる車へと逃げ帰った。強く振った手から懐中電灯がすっぽ抜けた。ゴロっと転がる感じが後ろでする。車の中にもつれるようにして転がり込んだ。幸いエンジンは掛けたままだった、すぐに走らせる。左へハンドルを切りながら右手の白い物体を目が捉えた。落とした懐中電灯から光の筋がまっすぐ伸びて、異形のタイヤを射抜いていた。

腕が硬直する。力が入らない。身の置き所がない。ハンドルが掌に埋没し、細すぎて力が伝わらない。何を握っているかわからない感じがして身体ごとしがみつく。

「美優っ！」

一人では耐えられなかった。私は、正面を見据えて運転しながら左手を伸ばして美優を揺り起こそうとした。グッと腕を伸ばす。更にずっと、更に……と、私の身体が大きく傾いで、ハッと突いた掌が小さく丸まった毛糸の帽子を掴んでいた。

横目で捉えた隣のシートには毛皮の半コートがすっぽりと掛けてあり、空虚な私の頭が美優の不在を知るのに数秒間かかった。いつの間にか後ろに移ったな、こんな考えを無理やり引きずり出してきて、ルームミラーで美優の姿を探しにかかる。リアウインドウ越しに見えたのは、テールランプがまき散らす赤い粉末に照らされた後ろの暗闇だけだった。

状況は明白のように思われた。が、何がどのように明白なのかはわからない。先刻《さっき》、美優と二人で同じように不思議な感じに襲われた時、ただ無闇に先を急ぎたかった。そして今もまた。

時折フッと、あの感じが心をよぎる。それを慌てて打ち消そうとする。いやいや何でもない、気のせいだ、ただほんのちょっとだけ鼓動が速くなった気がするだけだ、と。

ライトに浮き上がった人影……グリーンのアイシャドウ……ココア色の虹彩……白い車……大きすぎるタイヤ……血……とろり鉛色の光沢……美優の頬紅……ずり落ちた赤い靴下止め……どんより重たい反射光……ヌルリ盛り上がった液体……。

美優っ！

ここの田圃にはね、水がないんだよ。緑色の植物も、豊穣の香りも、みんな、みんな、俺の思い違いだったんだ。

私は車を反転させた。

いつの間にか深く立ち込めた霧雨の中を、国産車の中では高級な部類に属するこの純白のスポーツカーが、あの白い車目指して突っ走っている。

ヘッドライトの光の帯は、すでに輪郭を失った。私の車をのみ込んでなおも渦巻く銀色の粒子たちが次々と行く手に舞い降りてきては、ヘッドライトの光の帯に照らされて黄金色に膨らみ、膨らんでは消えていく。ライトの灯りに醸し出されたこの夢幻世界の周辺部一帯を、乳白色の絹地のカーテンが覆い尽くしている。これが瞬時に引き裂かれ、粉々に砕けて四散する。

一枚のカーテンが砕け散り、後方へ飛び去るそのたびに、私は一つ別の世界を体験する、と、すぐさま次のカーテンが……。このくり返しくり返しのうちに私は何かに酔いかける。幸福感でも不幸感でもない、何か大きなものに身を任せているという、無感動な安堵感にどっぷり漬かって、全身鳥肌が立つほど、自由になる……。

こうして今こそ本当に何にもできない人になり、考えることのできない物になっていくのだろう……。ちょうどあの、ただの鉄の塊と化した白いスポーツカーのように、どす黒いはらわたをあらわにし、異形の正体を曝け出すのだ。

「てんで何にもできないんだわ」と美優が言ったっけ。そうさ、俺は今こそ本当に何もできないただの物さ。

だが、決して逃げ出そうとはしていない。美優がただの女となり、そして俺は、わざと膝をついてみせた。あいつと俺との関係が次第に強度を増していく白々しいコンクリート塀に変貌し始めた時、俺はなけなしの最後の意志を立ち働かせて、一切合切の破壊を決意したのかもしれない。かねて思っていた通りに、社会的な意味を負わされた嘘の連帯よりも非日常的な真の孤独の方がどれ程ましなことか、と。

逃げてはならないもの、決して逃げることのできないものから、俺は今、逃げようとはしていないな、そういう自信は、確かにある。


ほとんど質量を持たなかった金色銀色の微粒子たちは、徐々にその濃密さを増していき、終いには一つの白い塊となって私と車とを包み込んだ。私の自慢のこのスポーツカーは、湿った真綿にくるまれた重さだけはいやに重い生意気な玩具のように、周囲の暗闇を引きずりながら何かによって運ばれる。

んっ、カーブ……だな。

スピードメーターは……百キロ……超えている。

あの白い車は……雨のせいか……まだ見えない。

干乾びて、地割れだらけの田圃に転がった、純白のスポーツカーが……そろそろ見えてきても……いい頃だ。


（了）

7

僕は明日、上野発二十時五十分の夜行列車「急行十和田三号」で北海道に向かう。その準備を終えて、今、久しぶりにモーツアルトを聴いている。夜の十一時を回ったところだ。父親が定年退職の年に衝動買いをしたマンションに、大学進学と同時に勝手に引っ越して、一人暮らしをしている。もちろん、両親のOKは貰ったが、せっかく自宅から通えるのに、と快く思っていない。特に母親は自宅から通うことを望んでいる。

入試に受かった頃、ラドュ・ルプーのピアノを好んで聴いた。モーツアルトのピアノ協奏曲第二十一番が特に好きだ。今、それを掛けている。第一楽章の出だしからヴァイオリンが軽やかに歌い、オーボエとフルートがそれを追いかける。様々な音の紡ぎ合いが少しずつ少しずつ高まって、春の陽射しの中で一本の川が流れはじめる。そして、そこに忽然と、ヒヤリとした小川のせせらぎが注ぎ込んでくるのだ、密やかに、確然と。初めはゆっくりと、少しずつ速さを増しながら春の初めの光を反射して、オレンジ色に輝きながらキラキラと流れ下る。ピアノの音は、登場の場面から終始、凛として清らかで、そして優しい。毅然としていて威張らない、少しだけ悲しみの籠ったこのピアノのような生き方を、僕はずっと望んでいたように思う。

中学一年生のある日、アンプとスピーカーが分離した当時最先端のセパレート型の大型ステレオが家に届いた。父親が買ったものだ。両親は自らレコードを掛けて聴くことはなかったので、今思えば僕が有名中高一貫校に合格したお祝いの意味だったのかもしれない。

父親は音楽の話を時々した。終戦の前後に青春時代を送った父親にとって、ダンス音楽、特にコンチネンタルタンゴは憧れの対象であり、クラシック音楽は希望の象徴だったらしい。おかげで僕は中学時代からクラシック音楽をよく聴いた。他のジャンルの音楽に対するレセプターは今のところまだ育っていない。

高校ではクラシック音楽研究会に所属して高二の三学期から高三の二学期まで、一年間、部長を務めた。楽器が弾ける者も弾けない者もいて、ひたすらクラシック音楽を聴いている、ただそれだけの部活はとっても気が楽で楽しかった。他校の学生でも可（数人の出入りあり）、実際にはいなかったけれど、たぶん大学生でも社会人でもＯＫだったと思う。

授業が終わると夕方五時頃から夜八時くらいまで部室に閉じ籠って、まずはただ聴く。楽曲は当日決める。聴きたいレコードがあれば勝手に持ち寄って、片っ端から聴きまくる。楽曲と演奏者についての解説は、聴いた後にレコードの持ち主がする。持ち込みがなければ部室に置いてある先輩たちから受け継いだレコードをかける。ウンチクがあればその場に居合わせた誰もがそれを語ることができた。

毎年クリスマスの夜はバッハの『マタイ受難曲』を一気に全曲聴くイベントがある。レコードをかけ替える手間を入れると優に三時間はかかった。粗末なプレハブ造りの二階の端にある部室は寒すぎて制服だけでは五分といられない。暖房器具の持ち込みは禁止されていたので、できる限りの厚着をし、コート、マフラー、手袋、ニット帽などで武装して臨む。

参加してもしなくても良い、いつ来てもいついなくなっても良い、そういう完璧に自由な伝統を持つ「クラ研」での繋がりはとても大切で何ものにも代えがたいものだった。大学に入ってからまだ一度も会っていないけれど、僕にとって特別な存在となった玲子とはそこで知り合った。その頃、有名音楽大学付属の高等部でヴァイオリンを専攻していた玲子は、今年、同大学のヴァイオリン科に入学したという事を、電話ではなく手紙で教えてくれていた。

玲子とは高一のクリスマスの晩にクラ研の部室で偶然出会った。「マタイ受難曲・全曲演奏会」というチラシが構内の部活掲示板に貼ってあったので、行ってみたら彼女だけが寒そうに座っていて、一人静かにこの宗教的な音楽を聴いていたのだ。最初にいた人たちが入れ代わり立ち代わりして、結局自分一人で聴くことになってしまった、と彼女は言った。まだ部員でなかった僕たちは、それから一時間以上を、たった二人きりで過ごすことになった。

学食前の自動販売機で買った缶コーヒーが、毛糸の手袋を通してけっこうな熱さだった。迷い込んだ子猫のように体を丸めて座っていた玲子は、厚い大きなピンクのマフラーと同じ毛糸の暖かそうな手袋をはめていた。その手袋に缶コーヒーを持たせてあげた。玲子は顔を上げ、まん丸い真っ黒い瞳で僕を凝視した、その瞬間を、僕は今でもはっきりと覚えている。

「キリストの受難は四月だけど、ぬくぬくと幸せな場所で聴くような曲じゃないでしょ」と僕は言った。玲子は大きな目をこちらに向けたまま無言だった。

僕は三人しか座れない粗末な木のベンチに玲子と並んで腰かけた。すぐ前のテーブルには、スナック菓子の食べかけ、折れて何枚も重なったコンサートのチラシ、開いたままの音楽雑誌、先が丸まった鉛筆、キャップの外れたボールペン、干乾びたミカンの皮。その向こうのターンテーブルの上で黒いグラモフォンのＬＰレコードが静かに、ほんの少し波を打つように回っている。

『マタイ受難曲』は粛々と流れる大きな川のように、少しずつ景色を変えながら曲が次々と流れて行く。部屋の両端に置いたスピーカーからライプツィヒ・ゲヴァントハウス管弦楽団の端正で落ち着いた演奏が静かに営々と響き渡り、軽快なテノール、厳かなバリトンの歌唱が交互に部屋の隅々にまで広がりゆき、ソプラノとアルトの二重唱、ライプツィヒ聖トーマス教会聖歌隊の合唱が清澄な湧き水のように部屋全体に満ち満ちてくる。

おおむね緩やかな川の流れは時に激しく、時に賑やかな様相を見せながら、止めどもなくどこまでも流れていくように思われた。凍りつくような寒さの中にいて、僕は居心地の良い空気に包まれて別世界の住人になった。何かはわからない、が、崇高な何かを確かに感じたように思えた。初めて会ったにもかかわらず、玲子はずっと一緒にいる人のようにそこにいて、僕と同じように身じろぎもせず、黙ってじっと座っていたのだった。

零時を過ぎた。北海道から玲子に返事を書こう。帰ったら、『マタイ受難曲』を二人で聴こう。そしていろんなことを話そう、自分のことも彼女のことも全部。そんなことを考えながら、僕は眠りに落ちた。

第二章 ―北海道― 僕とユミと秋桜と

一日目

石狩平野の夏を、黒く燻んだ汽車がかつては逞しく黒光りしていただろう巨体に気合いを入れながら車輪の一回転ごとに引きつけるように進んでいた。遙かに輪郭を浮かび上がらせている山々の漆黒、さらにそれらを輪郭とする空のコバルトブルー。その蒼さを微塵も滲ませない入道雲の白い輝き。そして何よりもそこに在るすべての物の上に及ぶ抗し難き烈々たる太陽の透明色の独裁。僕はそれらに象徴される真っ盛りの夏を体全体に感じながら浅い眠りの中を彷徨していた。

機関車特有の不規則な規則性を持つ振動が僕を眠りへと誘い、かつ熟睡を妨げていた。現実と重なり合った夢の中の汽車はその引きつったような駆動を無限に続けていくように思われた。そのことが、自分を乗せた現実の汽車の、したがって自分自身の運命でもあるかのように感じながら、意識に開いた針の穴ほどの隙間から無限の広がりを持つ眠りの世界へと引き込まれていく刹那の、あの快感とも苦痛ともいえる一種恍惚とした不安定な状態に身を任せていた。

　僕の頭の中に詰まったそういう感覚のもやっとしたゼリー状の塊には、僕にこの一人旅を余儀なくさせた重大かつ卑小なる現実という魔物が巣喰い這いつくばっていた。瞑った僕の目に涙を滲ませていたのもこの怪物の幻影であった。僕は怖れおののいていた。そして激した感情を抱き込むかのように窮屈に屈めた体には時折電気を通したような震えが走るのだった。それは皮膚から滲み出したこびりつく粘性の汗が北海道の乾いた冷気に触れる肌寒さからばかりではなかったのだ。

　汽車が停まった。狭い通路の無遠慮な足音。煤と手垢を時代という膠で固めたような黒褐色の車内のあちこちに荷物が当たる硬質な響き。それらが遙か遠くから打ち寄せる祭囃子のように夢の背景に鳴り渡り、渦を巻きながらみるみる夢の中央へ集合し、そして列車を打ち砕いた。

　ボーッとした僕の目に麦わら帽子に白い麻の着物の尻を端折った老人が杖を頼りにぎごちなく出ていく後ろ姿が映った。車内には僕一人だった。慌てて棚から白い麻のバッグを降ろす。中に詰まった本たちが片寄って平衡を失った弾みに前の座席につんのめる。列車が動き出すことへの不安に駆られながら、椅子にぶつかりぶつかりしながら出口へと急いだ。

　外に出ると、久しぶりの太陽が眩しかった。肉食獣の前にでも押し出されたかのように、一瞬、歩を進めることができない。そしてゆっくりと改札口へ進む。気楽な旅行者を装った。振り返って列車を見ると、扉を開けて停まったままだ。時間の流れがすでに変わっていた。

「いいねえ」

タクシーの運転手が話しかけてきた。こんな経験のなかった僕がすぐに言葉を返せずにいると、

「どこから来なすったかね。学生さんかね」

と、僕の困惑には一向に無頓着なふうに運転手が言葉を続けた。

「はい、東京から来ました」

本当は千葉だが面倒なので東京から来たことにした。自分でも驚くほど軽やかで弾んだ声が口をついて出た。

「学生さんはいいねえ。そうやって自由に旅して歩けんだもんなあ。いい御身分だよなあ」

「まあ、気楽なもんですよ。何か、申し訳ないみたいですねえ」

自分にもこんな話ができることを初めて知った。

十車線分くらいありそうな幅広の道路が駅前からまっすぐにあった。旧式の小型のタクシーが車体を軋ませながら大きく傾いで右折すると、道幅は急に狭くなった。

緩い下り勾配の両側には使い込まれた感じの無数の魚網が、竹で組んだ物干し台に延々と無造作に掛けてある。干乾びた海水の匂いと海藻特有の生臭い異臭とが鼻を突く。開け放った車窓から流れ込む風で、顔や腕の露出したところがピリピリと痛い。干された魚網から結晶した塩が飛んでくるのだろうか、手で触ってみると、じっとりと湿っぽかった。

「実はね、うちのせがれも東京の大学さ行ってんだよね」

運転手がしゃべっている。僕は運転手の日焼けした首筋に目を移した。半白の荒れた頭髪が親父のイメージと重なる。「こんな所にまで東京が繋がっている」、僕は、小さな、密かな舌打ちをした。

下り坂は勾配を失い、魚網の壁は姿を消した。海としてだけあった風景には、視界が開けた部分に防波堤が現れ、先端の小さな灯台の赤色が周囲と不調和だった。

港の平坦地に入ると車は大きく弧を描いて左旋回し、フェリーの待合所の前でつんのめるようにして止まった。車を見送ってから振り返って海を見やると、防波堤のこちら側に囲われた海の一部分は明るい深緑色に澄んでいて、波が揺らめくたびに紺碧の光を放った。北国の晴れ上がった乾いた空が海に映っていた。

一方、坂から見えていた彼方の水平線はここからは良く見えず、防波堤と防波堤の間からわずかに覗ける程度だったが、水平線があると思われる辺りの上空は暗灰色に曇っていて、その僅かな部分さえも使い古しの綿のように空と溶け合っていた。

待合所で切符を買い、小型フェリーに乗り込んだ。白いペンキは所々黄ばんで剥げ落ちていて、乱暴に扱われている感じがした。甲板は二段造りで、二段目の先端、舳先から十メートルほどの所にバッグを置いて腰を下ろした。前の一段目は物置のようになっていて、野菜、果物、セメント袋、ロープ、酒瓶、軍手の束など、様々な物資で埋まっていた。

五分ほどすると汽笛が長々と鳴いて、ゆっくりと滑るように離岸した。乗客は十人程度だった。わざわざ選んだ孤島なのだ。人は少ない程良かった。

二時間が経った。冷たい小粒の雨が霧のように降りしきり、薄ぼんやりとした視界を作っていた。島の港に近づくにつれ、うねりに連動した大きな視野の揺れは穏やかな一定の周期を持つようになり、目の前に、ルノアールの風景画のように輪郭の判然としない色彩がそのまま形となる不思議な光景が広がった。早朝の淡い陽光をレースのカーテン越しに眺めたような感じだ。

それはただ不確かな印象としてあるだけではなく、僕の有りようそのもののように感じられた。天候は乗船時とは真逆で、見下ろす海の色は灰色がかった暗い深緑色で、もはや大気の青さを映してはいなかった。「これじゃまずいな」と思った。もっと明るくなくてはならないのに、この島は。渡り板を降りる時、雨水をすっかり吸い込んだ運動靴は重く、足裏が粘つく感じがした。傘を持たない僕に打ちつける雨足は冷たく鋭くなっていた。

鄙びた感じの小さな漁港は、降り立ってみると印象派の絵画のようにロマンチックな感じは決してせず、むしろ貧しい空気に満ちていた。待合所の隣にある倉庫は木板の組み合わせでできたいわゆるバラックだったし、その横の岸壁に繋がれた小型のイカ釣船たちの群（もしかしたら廃船なのかもしれない）や、それらにぶら下がっている無数の割れた電球など、絶え間なく降りしきる雨の遮蔽がなくこれらの光景が直に目に飛び込んできたら、今降りたばかりの船に駆け戻り、「引き返してくれ」と叫んでいたかもしれない。

船着き場に人影はなかった。旅館の客引きの姿も見えず、ただ、「ホテル・オロロン」と、この島に生息する海鳥の名をそのまま黄色いペンキの稚拙な文字で右から左へと横書きした白いライトバンが一台、黒っぽい排気ガスを吹き出していた。待合所の外壁に掛かった掲示板に、四隅が破れ茶色く変色した地図を見つけ、予約しておいた旅館の名前と位置を確認した。

ライトバンに便乗を申し入れようと思ったが、運転手がいなかった。しばらく待ったが誰一人として見当たらず、一緒に下船したはずの乗客たちも、地図を見ている間にどこかへと消えてしまっていた。僕は覚悟を決め、三キロ先の鈴木旅館に向けて重い足を一歩ずつ引き寄せるようにして歩き始めた。

バッグが重すぎた。本をこれほど持ってきたことを後悔しながら、顔を足元からゆっくり上げて行くべき道を目で辿ってみる。

駐車場を兼ねたアスファルトの平坦地の向こうに丘陵が続いていて、斜面にへばり着くように生い茂った灌木群の深緑の中を、土色の道路が剥き出しの傷口のように延々と這い上がっている。左に折れ曲がった頂上付近で急峻な崖路の正体があらわとなり、それから先は緑の中を向こう側へ遠ざかって見えなくなった。

道路は舗装などされているはずもなく、流れてくる濁水に足元を取られながら、転ばないように自分の足だけを見て歩く。ようやくリズムをつかんだ頃、坂道は突然左に大きく曲がり、急になった。そこを十メートルほど歩くと、たぶん下から見えた一番高い所に立っていた。

急だった坂道はここから右直角方向に向きを変え、傾斜を緩めた。先方に目をやると、車がやっとすれ違えるだけの道路がまっすぐにあった。先の方はぼやけて良く見えず、そのまま空に溶け込んでいる。振り返って見下ろすと、思ったよりも遠くに港の全景が霞んで在った。フェリーがずいぶんと小さく見える。

やはりルノアールだと思った。ルノアールを水墨画に模写したらきっとこうなるだろう。不安をそのまま再確認した形の僕は、踵を返して再び歩き始める。道の左手から右手に向けて緩やかな勾配があり、右側の百メートルほど離れた辺りは台地になっており、それが道に沿って長く走っている。

生い茂った緑が今は霧雨で煙って見える。徐々に傾斜を緩め、ようやく平坦になったと思われた道は、しばらく歩くと依然上がり勾配を持つことがわかった、足の力が十分に地面に伝わらず後ろに滑って歩き難かったからだ。

さっきの白いライトバンが僕を追い越して、少し行ったところで不意に止まった。ドアを開けて外に出てきた運転手が白い傘を差してこちらを向いて立っている。僕は、転ばないことだけに意識を集中して一歩ずつゆっくりと歩いた。そしてようやくライトバンの横に差しかかった時、運転者が女性であることに気がついた。

「いらっしゃい」

と、当たり前の普通のことのようにユミが言った。東京のユミはあまり笑わなかったけれど、目の前に忽然と姿を現したユミはいたずらっぽい笑顔をまっすぐ僕に向けている。わずかにグレーがかった黒い瞳。大きくてきれいな、あの夜黙って僕を見つめていた、見覚えのある女の目だった。あの日のユミはタイトな白いミニスカートだったけれど、今は紺色のTシャツとジーパンだった。どうしてユミがいるのだろう。誰もいないことが前提だったのに、と僕は思った。

「そんな顔をして、私、いない方が良かったみたいね」

とユミは、傘を差しかけながら少し首を傾げて笑顔を見せた。

「もっと早く見つけて欲しかったよ」と、僕。

後ろのドアを開けながら、

「人生とは白いザックを担いで長い坂道を登るが如しね。渋くてカッコ良かったよ」とユミは言い、大きな目で僕を見た。

「びしょ濡れだよ」と、僕が言う。

「ヒロくんはびしょ濡れがお気に入りかと思った」と、ユミが笑う。

「ありがとう」

僕はバッグを奥に放り投げ、からだを屈めて乗り込んだ。

「ホテルのお客さんを探してたら、あなたを捕まえ損なっちゃった。お客さん、雨で来なかったみたい」と言って、ユミはアクセルを踏み込んだ。車輪が空回りして大きな音を立てる。何回か滑った後、ずり上がるようにして動き出した。

「東京で別れてからすぐ来ちゃったの。バイトしてるのよ」

「鈴木旅館よね」

と、僕の予約してある民宿の名前を言った。この夏の間にこの島に来ることしか話してなかったから、ユミはいろいろなことを調べたのだと思う。

道路に面して少し奥まった所にある大きいだけの粗末な看板の前でユミは車を停めた。車の半分を収めることができる程の僅かなスペースがあった。

「ここよ」と、ユミが車を降りたので、僕もドアを開けて外に出た。バッグを引きずり出す時、ユミは白い傘で雨を凌いでくれた。重いバッグをヨイショッと右肩に担いで振り返ったら、ユミが背伸びをして僕の唇にキスをした。柔らかくて温かい、あの夜と同じキス。

「これあげる」とユミが傘を差しだす。僕は黙ってそれを受け取り、「ありがとう」とだけ言って車を離れた。

「明日、来てもいい？」とユミが大きな声を出した。僕は振り返って白い傘を大きく振り、そして小道に分け入った。後ろでライトバンが遠ざかる音がした。

雑草が足に絡み付く。右側には畑が広がっていて、大きく葉を開いたキャベツが何個も何個も萎びて転がっている。畑の向こう側に、細長い馬小屋のような母屋が見える。そこに至るまでの小道の左側には、こちら側に迫り出して生い茂った濃い緑色の垣根が十メートル以上続いている。その最後の所が庭の向こう側で右に回り込んで視界を遮っていた。

庭に足を踏み入れると、母屋から黄色い傘を差した女の子が飛び出してきて、その垣根の前に立ってこちらを見た。と、妹だろうか、さらに小さな女の子が走ってきて姉の背中にくっつき、二人して垣根の向こう側に行って僕からは見えなくなった。僕はそっと歩いて垣根に近づいた。すると、子どもたちが垣根の陰で笑い声を立てた。僕は垣根の縁をぐるりと回ってそこを覗き込み、そして突然、色を失った。

乳白色の空気だけがそこにあり、立っているというより宙に浮く感じがする。ほんの短い時間の後、ここが高所だということを知った。乳白色に見えたのは空で、下には紺濁色の海が連なって見える。ここは断崖絶壁の端っこで、柵も手すりも見当たらない、灌木が二本生えてるだけだった。あと五メートルも歩けば、死ぬことができたと思う。

母屋の方で子どもたちを呼ぶ若い女の声がして、現実に引き戻される。いつの間にか姉妹は姿を消していた。できるだけ母屋に近い所を通って玄関まで辿り着く。戸口の前に、錆だらけの赤い三輪車がひっくり返って雨晒しになっている。横に引き開ける木の扉は塗料を塗られないまま灰色に汚れ、ささくれ立っていた。両手で開けるとガラガラと昔の音がした。

「こんにちはー」

薄暗い、と言うよりはむしろ暗闇に近い土間だった。ほんの僅かな空間の歪みがあり、そこを一瞬の、音のない時間が流れた。傘を戸口の横に立てかけ、戸をガラガラガラと閉めた。

「ごめんください」

と言うと、奥からバタバタバタと走ってくる音がして、障子戸がサッと開いた。まず活発そうな女の子が姿を現し、次いで若い女が続いた。女の古びた小豆色のスカートには、鼻汁で赤くなった鼻下を擦りつけるようにして、まだ赤ん坊のような女児がまとわりついている。

「あんれまあー、良ぐいらっしゃいましたあー。ひんでぇ雨だべえー。そんだに濡れでぇ」

女は、東北弁のような言葉を発しながら、いかにも驚いたというふうに少し体を反らして僕を見た。そして、下から上へと視線を動かした。

年長の女の子が奥へ走って消え、タオルを掴んで戻ってきた。モジモジしているその子の手から、僕には乱暴と思えるようなやり方でタオルをひったくると、若い母親は突然、叩くようなやり方で僕の体を拭き始めたのだ。僕はちょっと退いた。そして、タオルを受け取ろうとした僕の指が女の指に微かに触れた。途端に女の動作が少し遅くなり、今までと違う顔になった。何でもないというような、少し取り澄ました顔になった。

土間から部屋に上がる所に、踏み台のような木の板が横に一枚通してある。身体を拭いた後、その板に腰掛けてずぶ濡れの靴下を脱ぎ、足を拭いた。

踏み台に足を掛けて土間から中に入ると、六畳の畳の部屋で、中央に布団のない掘炬燵、正面にテレビ、左に茶箪笥があった。茶箪笥の前を通って左に進み、開けっ放しのドアから長い廊下に出る。右側に並んだガラス窓のおかげで、灯りがなくても歩くことができた。

女はそこをどんどん進み、障子を開け放した八畳間を二部屋通り越し、三部屋目の角を左に曲がった。廊下は古びた飴色をしていたが、意外にもツルツルした感触が足裏に伝わってくる。

ここから先の廊下は、左側にすべて締め切られた障子戸が続き、右側には雨戸が引かれていて暗く、まん中あたりに小さな裸電球が一個ぶら下がっていた。

そこをしばらく歩くと正面に雨戸はなく、最後の所を左に折れると、右側はすべて雨戸が開けられていて雨に霞む庭が見える。正面は剥き出しの土壁で行き止まりだった。このどん詰まりの角部屋が僕に用意された部屋だった。女たちの生活の場から最も離れた場所のように思われる。僕以外に客らしい人影は見当たらなかった。

女は障子戸をサッと開け、「どうぞ」と言った。「一番奥ですね」と僕が訊くと、「そうです」とそっけなく言い、「洗濯物があったら奥に置いといてください」と、行き止まりの土壁の方を顎で指し示した。「置いとけばいいんですか?」と訊いたら、首を縦に動かして、

「五時頃、ご飯持ってきます。お風呂は六時から入れます」と言い、暗い廊下を戻って行った。

しっかり拭いたので雫は垂れないが、身体もバッグもびっしょり濡れている。母親に言われて持ってきたビニールの風呂敷と袋が役に立つ。土壁前の廊下の一隅は格好の物置場になった。風呂敷を敷いてバッグを置き、濡れたTシャツ、ジーパン、下着をビニール袋に入れてその向こうに置いた。

紺のTシャツと白い綿パンに着替えてから腕時計を見たら午後二時半になるところだった。フェリーに乗ったのが午前十一時前だから三時間半くらい経っていた。フェリー乗り場の売店で買ったあんぱんと牛乳パックをバッグから取り出して食べることにする。船は揺れすぎて食べられる状況ではなかったのだ。クッキーにチョコが付いているスナック菓子とクラッカー、

柿ピー、それと、僕のお決まりのさきイカは温存しておくことにした。

あんぱんと牛乳パックを持って雨戸が開け放たれた廊下に出てみる。庇のおかげで雨が吹き込まず、少し濡れているだけだった。左手奥はさっきバッグと洗濯物を置いた行き止まりで、廊下のその部分に雨戸を収納する戸袋がある。庭に接するここの雨戸はすべてそこに収納されていて、廊下はあたかも庭に出るための縁側のようだった。

ここから外を眺めると、比較的広い庭ではあったが高い木は一本も生えておらず、庭からずっと遠方まで、さっき子どもたちの笑い声に誘われて垣根の向こう側を覗き込んだ時と同じ景色が連なっていた。空は降りしきる雨で乳白色に煙っており、その下に紺濁色の海が続いている。目を凝らして見ると、それら空と海との間には、ほんの微かに、黒い帯のように、北海道の本体の一部が見えていることに気がついた。

あんぱんの最後の一口を牛乳と一緒に味わってから、部屋に入った。

部屋は障子戸によって辛うじて廊下から区別されている。庭に面した障子戸の下から三分の一くらいの所に幅二十センチほどのガラス板がはめ込まれていて、屈んで覗いてみると廊下の向こう側、外の様子が良く見えた。

部屋の左側は黄土色の漆喰の壁と畳一畳分の押入れと半畳ほどの床の間があり、床の間には熊の彫り物が置いてある。右側は障子戸で、その外にはさっき通ってきた廊下がある。後ろ側は茶褐色に変色した襖で隣の部屋と仕切られていた。

濡れているバッグから中身を取り出して床の間の前に並べた。携帯ラジオ一個（単三電池四本）、小型懐中電灯一個（単二電池二本）、小型折りたたみ傘一本、装丁のしっかりした厚い本一冊、文庫本二冊、中間サイズの本三冊、ノート一冊、原稿用紙一冊、便箋一冊、封筒五枚、筆入れ・筆記用具一式、菓子類数個、洗面用具一式、電気カミソリ、ポケットティッシュ数個、ビニール袋数枚、学生手帳一冊、それから、玲子からの手紙一通。これらに加えて、下着類、パジャマ、タオル、Tシャツ、綿パン、ジーパンを全部並べた。

僕は蛍光灯を点け、その下にちゃぶ台を置いて本を乗せ、ガラス障子の方を向いてあぐらをかいた。

「社会学関連だと思う本を読み、人間社会という切り口で解説しなさい。原稿用紙十枚以内」という、今売り出し中の若き社会学者から出された宿題があった。好奇心から専攻した社会学という耳慣れない学科のその宿題（レポート）を書くため、今、国史の授業を受けている笠原一男先生の『転換期の宗教』を生協で買って読み始めていた。それを持ってきた。貴族社会から武家社会へ、封建国家から近代国家へ、帝国主義から民主主義へ、それぞれ大きな転換を遂げた鎌倉、明治、昭和の各時代にあって日本の社会に忽然と台頭した三つの新興宗教について述べた著作である。これを一週間で片づける。次いでサルトルの『存在と無』を読んでみたい。でも難しそうなので、『実存主義とは何か』か『嘔吐』を先に読んでしまいそうな気がする。持ってきた本を一冊ずつ手に取ってページをめくりながらそんなことを考えた。

最後に玲子からの手紙を手に取ってみる。一度ならず読んでいたが、もう一度読み返してから、今度こそ返事を書くつもりだ。マンションに置いておけずに持ってきたのだ。

桜の花びらが水色の空からひらひらひらと舞い降りてくる季節になってしまいました。あれやこれやしているうちにお手紙を書くのが遅くなってしまいました、ごめんなさい。本当はもっとずっと早くご連絡したかったのに、このお手紙を書き始めてから、そんなふうに思えてきてすごく残念な気がしています。もっと早く喜んでもらえたのに、もっと早くご報告できる喜びが味わえたのに、そんなふうに思ってしまって……。きりがありませんね、後悔はこの辺でやめにします。こういうの、あなたはきっと好きではないと思いますから。

あなたとのお約束、というより、あなたとの取り決めに従ってそのまま音大のヴァイオリン科に進みました。すごい倍率だったよと先生が教えてくれましたが、そういうのは関係ないと二人でいつも話していましたよね。だから、無事、進めたことだけご報告します。そして、たぶん、いやきっと、あなたも取り決め通りに普通に東大に進まれたことと思います。今頃はもう、ずいぶんと難しいお勉強をされているのでしょうか？　それとも……。

今、教養課程で一般的な教養を身につけているところです、私に一番欠けている所ですよね。それから、プライベートでは、サン・サーンスの『序奏とロンド・カプリチオーソ』の練習を始めました。伴奏はピアノ科に進んだ大親友にお願いしました。いつものようにクリスマスには間に合うように頑張ります。楽しみにしていてくださいね。いろいろな事をお話ししたいし、いろいろなことをご一緒したいです。
またすぐご連絡しますね。それまで、少しの間だけ、さようなら。

玲子より

淡いベージュ色の地にピンクの桜の花びらが舞う便箋は微かに良い匂いがする。それを絹の風合を持つ同じ柄の封筒に収めてちゃぶ台の上に置いた。形の良いしっかりした文字で書かれた玲子の名前と住所がそこにある。僕は持ってきた便箋をその横に置いた。ボールペンを持ってしばらく考えてから、「拝啓」と書いて、すぐに止めた。便箋を一枚剥がして丸め、次の一枚に「前略」と書き直した。

前略、お元気そうで良かったです。まずは予定通りのご進学、おめでとうございます。思い描いた将来に向かって着実に一歩を踏み出したわけですね。さぞかし晴れがましい日々をお過ごしのことと拝察いたします。僕までとても嬉しい気持ちになります。素晴らしい人たちとの出会いによって、あなたの人生がさらに豊かなものになりますように。そう願っています。

ところで、たった今、僕は北海道の誰も知らない小さな孤島に辿り着いたところです。荷物を片づけて一息ついたので、お返事を書き始めました。僕こそ、ご連絡が遅れてしまって本当に申し訳ありません。おっしゃる通り、この四月、僕も予定通りの第一歩を踏み出すことができました。あなたといつも話していた通り、普通にどうということもなく、です。その後、素晴らしい仲間もできたし、有名な先生の授業も受けたし、厳しい学問の洗礼も受けました。

で、どうして僕が今ここにいるのか、ということについて、あなたにだけはお話をしたいと思い、ペンを走らせています。

ここまで書いたところで女がやって来てガラス障子の前に立ち、「夕食です」と言った。腕時計を見ると五時ちょっと前だった。僕が「ありがとうございます」、と言い終わらないうちに障子が開いて、女は僕の前にお膳を置いた。そして、「座布団と座椅子がありますよ」と言いながら押し入れを開けて、下の奥からそれらを引きずり出してくれた。

僕は立ち上がって座布団と座椅子をお膳の傍に置き直し、それらの位置を整えて女を見た。女は廊下に出てガラス障子に左手を添えて立っていた。僕と目が合うと、

「お風呂も沸いてます。今日は早く入れるようにしましたから。廊下を突き当たって左がお風呂です」と言った。上気したようにふっくらと赤らんだ頬には艶がありずいぶんと若く見える。

一重瞼で目尻が少し吊り上がり、茶色掛かった目と細い睫毛を持ち、湿った唇はやや厚めで赤かった。

「他にお客さんは？」と訊くと、僕の目を一瞬見つめ、スッと逸らして、

「今日はお一人だけです」と言った。

「いつもこんなですか？」と訊くと、

「けっこう混む時もありますよ。この雨でキャンセルが出ました」と言った。

イカとホタテの刺身、少し色の悪いマグロの刺身、殻付きの生ウニ二個、ジャガイモと海藻の味噌汁、塩の掛かったトマトと白いタクアン、ご飯はお櫃から大盛二杯をよそって食べた。食べ終わると、まるで見計らっていたかのように女がむぎ茶を持ってやって来た。お膳を片づけるついでにと言いながら、マットと薄い木綿布団を押入れの上段から畳の上にどさっと引き下ろした。マットのまん中は使い古されて窪みができている。女は押入れの下段から、重ねて畳んであったシーツの一枚を取り出して布団の上に放り投げると、ガラス障子を後ろ手に閉めながら、

「これでおやすみ下さい」

と言って、サッサと戻ってしまった。

僕はちゃぶ台の下に座布団と座椅子を入れてガラス障子の前の右隅に寄せ、空いた所に布団を敷いてゴロンと横になった。そして、床の間の前に積み上げた本たちの中から、手を伸ばし

て『嘔吐』を取り出した。やるべき事よりやりたい事を優先する、いつものやり方だ。いともたやすく別のことをしてしまう。結局、ずっと読みたかった『嘔吐』から読むことにした。そして時々『転換期の宗教』を読もう。レポートは帰るまでには絶対に仕上げようと思う。

二日目

遠くの空のずっと上の方で生まれ、分厚い雨雲の中を何十秒間も駆けくだり、ようやくここの崖下まで辿り着いた雷の音。

徐々に強まり徐々に弱まり行くそれらが、実は波の音だと気づくのに少し時間がかかった。翌朝はこんなふうにして目が覚めた。八月中旬だというのに少し肌寒い。タオルケットを抱くようにして起き上がり、枕元に置いた腕時計で時刻を確認する、八時二十分。十時間以上寝たことになる。前を向くと目の前にガラス板がありそこから空が覗けた。灰白色に煙る昨日と同じ空、おそらく雨が降っている。

布団から出て洗面用具を持ち右側の障子を開けて廊下に出た。右に進んで突き当たりを左に行けば洗面台と風呂場がある。雨戸は引かれたままだった。裸電球の灯りを頼りに廊下の突き当たりまで進み左手の木戸を開け、すぐそこにある洗面台で顔を洗っていると、誰かが廊下をスッと通った気配がした。

洗顔を終えて部屋に戻ると、女が布団を片づけ終わったところだった。ちゃぶ台の横に朝食のお膳が置いてある。

「おはようございます」と言い、女の顔を見ると、昨夜唇が赤いと思ったのは口紅だと気がついた。女は、よく眠れたかと訊き、

「波の音がうるさかったでしょう」

と言った。

「遠くの雷がだんだん近づいてきて、遠ざかっていくのかと思ってたら、波の音でした」

と僕は言い、洗面用具をタオルに包んで床の間に置いた。

「遠くから近づいてきて、崖にぶつかって少し登るんです。登って止まったら、今度は下って遠ざかっていくんです。だから、雷みたいに聞こえることがあります。天気が悪い時は特に。波も荒いから」

と女は言い、褐色の目で僕を見た。そして、

「私も、初めの頃は雷だと思ったことがありますよ」と言った。

「ここの方ではないんですか？」と訊くと、

「嫁です」と言って目を伏せ、「お昼はどうしますか？」と言った。

今日は雨で出かけるつもりはないので、お昼もお願いできるんですか？と訊くと、「一時頃お持ちします」と言い、こちらを見ないまま横の障子戸から廊下に出ようとした。

「あのっ」と僕は言い、何とお呼びしたらよいですか？と訊くと、こちらに半分身体を向け、ちょっと黙った後、

「カヨコです、普通のカヨコです」と小さく言って、暗い廊下を戻って行った。

焼き鮭、アジの干物、かまぼこ、ワサビの酒粕漬、味付け海苔、キャベツの味噌汁、ご飯はお櫃から二杯食べて、お膳を今度はガラス障子の外に片づけた。

九時半、庭に面した廊下に出て庭を眺めた。前に石台が置いてある。その上のサンダルの横にユミから借りた白い傘があった。カヨコさんが土間から持って来てくれたのだろう。庭に出てみることにした。庇があるのでサンダルと傘はあまり濡れていない。

石台を降りると、時折吹く風にあおられて体を濡らす程度の雨が降っている。庭の前方は十メートルほどで空に接している、つまり崖っぷちのようだ。そこに一本だけ、肩くらいの高さの灌木が立っている。右は五メートルほどでキャベツ畑に、左は三十メートルほどで灌木群に接していた。灌木群の手前のスペースは緑の垣根が庭に回り込んでいる所で、昨日、子どもたちが一瞬姿をくらませ、そこを覗き込んだ僕が途端に色を失ってしまったところだ。

石台からまっすぐ歩き、灌木の横を通って庭の端に行ってみた。断崖の上端部なのだろう、いびつな形の岩がいくつも地面から顔を出していて、地面にへばり付く雑草がそれらを避けるように生えている。左の方に移動してみると、岩と灌木と雑草が疎らに並んで庭の左端まで続きそのまま灌木群に移行している。庭のまん中あたりの崖際に、断崖絶壁のてっぺんを象徴するような大きな岩があり、それに接して、思いがけずも何十本もの秋桜が立ち並びフワフワと揺れていた。雨の似合わない淡いピンク色の秋桜だ。

そこから引き返し、庭のまん中を通って部屋まで戻った。ちゃぶ台を蛍光灯の下に置き直し、座椅子と座布団を設えてガラス障子に向かってあぐらをかく。はめ込まれたガラス板から、灌木の先端とその向こうに広がる白い空が見える。

今日は『転換期の宗教』を書き出しだけでも読んでおこうと思う。「はしがき」によれば、日本の歴史における三大転換期とそこで生まれた新興宗教、すなわち平安末期から鎌倉時代にかけての浄土真宗、幕末から明治時代にかけての天理教、戦前・戦中から戦後にかけての創価学会について、その勃興の意味と民衆との関わり方を検証し、現代社会において宗教はいかにあるべきかを考察する、とある。

一．宗教の役割と宗教人の使命の1．現代社会と宗教、2．既成仏教と新興宗教、3．時代の転換期と新興宗教、までを読んだところで、ふと、子どもの声が聞こえたような気がした。どこかで子どもがしゃべっている、と思ううちに、すぐ後ろで子どもの笑い声がした。

後ろの部屋とは色褪せた襖で仕切られている。その襖の間から、こちらを覗く目があることに気がついた。昨日出迎えてくれた子どもたちが隣の部屋をぐるぐる走り回っては、襖の前で時々立ち止まってこちらを覗いているらしい。その小さな目を睨みつけてやると、彼女らは向こうへ飛び退いて畳の上を転げ回って喜んだ。キャッキャッと歓声を上げて同じことを何遍でもくり返す有様だ。

そこで僕は座布団から降りて、床の間の前に置いてある菓子類の中からクッキーにチョコが付いているスナック菓子を選んでその目に向かって差し出してみた。

「入っていいよ」

と言うと、彼女らは一瞬静まり返り、隣の部屋を出て廊下をぐるっと回ってガラス障子の前に移動した。一人は少し身を屈め、一人は背伸びをするようにして顔を並べてこちらを覗き込んでいる。僕がうなずくと、子どもたちは何ら警戒するふうもなく、ガラスがはめ込まれた障子戸を四つの小さな手でススッと押し開けて、

「おーじちゃん」

と言いながら入ってきた。

姉はカナ、六歳。妹はミナ、四歳だと、カナが教えてくれた。カナは箱から菓子を一個一個じょうずに取り出して指でつまんでそれを食べた。ミナはなかなか取り出せない、そこで僕は手を広げさせ、その上に箱から直接菓子を落としてあげた。するとミナは手のひらごと口に持っていき菓子をもぐもぐと食べた。その姿を愛らしいと思えたのが、自分でも意外だった。僕は元来そういう人間ではなかった。

二人は僕の手を取って襖の前まで行き、空いた手で襖を開けて僕を隣の八畳間に引き込んだ。廊下の薄灯りで部屋の中に何か丸い物が転がっているのがわかった。目を凝らすとスイカ模様のビーチボールのように見えた。腰をかがめて取り上げてみると、やはり空気の入ったビニール製のビーチボールで、僕がようやく抱きかかえられる程の大きさだった。

次の部屋もその次の部屋も計三部屋の襖が開いていて、自分の部屋と合わせて四部屋が連

なって開け放たれている。その広い空間の中で、二人はビーチボールを投げ合って遊びだした。当然僕も仲間に入れられた。大きなスイカは三人の間を行ったり来たりした。そして時には一番奥の部屋まで転がっていき、障子戸にぶつかって跳ね戻ってきたりした。

僕が取り損ねるたびに、そしてスイカが跳ね戻ってくるたびに、二人は大声を上げ、腹が捩れんばかりに笑い転げた。一時間ほど遊んだところで、姉妹はボールをほったらかしにしたまま薄暗い奥の部屋の方に戻っていった。

僕は自室に戻って『転換期の宗教』を閉じ、『嘔吐』を読むことにした。

昨夜から読み始めた『嘔吐』は、「はじめに」に相当する「日づけのない紙片」という小文から始まり、「本文」に相当する「日記」に進む構成になっていた。いずれも主人公のアントワーヌ・ロカンタンが書いたもので、三、四週間程度の時間的な隔たりがあることになっている。

ロカンタンは三十歳の自称・歴史家で、定職を持たず、遺産が生み出す利子で何ら不自由のない生活をしている。フランス南部の小さな港町のホテルに住みつき、図書館通いをしながら十八世紀のフランス人侯爵「ド・ロルボン氏」の評伝を書こうとしている。彼に関する簡単な注釈を読んだ途端に彼を愛してしまい、彼に関する資料の大半を蔵する市立図書館があるという理由だけで、三年も前からそこに住みついているのだ。

「日づけのない紙片」の中で、彼の内面に何らかの変化が生じたことが述べられる。何かを眺めて嫌な気分になった。何を眺めていたかは覚えていない。恐怖もしくはそのような種類の感情を確かに抱いたのだが、何を恐れたのかはわからない。それを知りたいと思う。

意味深長な語り口に興味をそそられたが、「嘔吐」という言葉もなく何が書かれているかわからなかった。そのまま眠ってしまい、昨夜は「日記」まで進めなかったのだ。今また最初から読み直してみる。

思わせ振りな言い回しの中に真実の萌芽が芽吹いている。そんな気がする。小説なので、一見無関係な事象が混在していてわかりにくい。メモを取りながら、きちんと整理をしながら読み進めることにしよう。今度はバッグからノートを取り出して、ちゃぶ台の上に置いた。

ロカンタンはすでに自分の仕事に嫌気がさしていて、「日記」を書き始めてからわずか四日目に次のようなことを書いている。

「小説の人物の方が、なんといってももっと真実な姿をしており、いずれにしてももっと心を楽しませるものであると確信する」

——•＊＊＊•——

(『嘔吐』メモ)一

「土曜日、子供たちが水切りをして遊んでいた。私も彼らの真似をして、海へ小石を投げようと思った。その瞬間に私は思い止まって、石を手放して立去った」

「私は確信する。それは、手の中の小石から起ったのだ。そうだ、それだ、たしかにそれだ。

手の中にあったいわば嘔気のごときもの」

五日目に、夜になるのを待って行きつけのキャフェに行く。女給から注文を聞かれた途端、強い嘔気に捉えられ、崩折れるように席につく。右隣には「まったく時間を満たすためにだけ」トランプ遊びに耽る男たちがいた。店に入るとき、ただ生暖かい一個の荷物があると感じただけの彼らだった。以後、嘔気から逃れられなくなる。

周囲には、男たちと同様のものが溢れていた。それらは嘔気を催させる、あるいは嘔気そのものだ。この時、自分もまたそうであることに気がつく。

——•＊＊＊•——

ふと、目の前のガラス板の所に視線が飛んだ。

座った位置のまっすぐ目の前にそれはある。ガラスの枠の中を黄色い物が出たり入ったりしていたのだ。枠全体が黄色くなったかと思うと、向こうに行って小さくなる。右から左、左から右へと行ったり来たりする。

黄色い傘だった。子どもたちが今度は庭で遊び始めたのだろう。五感というのはおそらくレーダーのような物で、種々様々な事象に対して逐一反応しているのだろう。それに気づくかどうかは人それぞれ、その時次第なのだろう。僕はこの時、カナの黄色い傘に反応したのだ。

十二時にカヨコさんが昼食を持ってきた。

レバニラ炒め、卵とソーセージとキャベツのチャーハン、とろろ昆布と卵のスープ、ナスの漬物と梅干。


ここで食べられるとは思いもよらなかった中華料理。これまで食べた三食とも、カヨコさんの料理は実に旨いということに気がついた。そのことを、食事を片づけに来たカヨコさんに伝えると、「函館駅の食堂で働いてました」と言った。買い出しに行った函館の市場で漁師に声を掛けられて、彼の故郷のこの島に二人で戻ってきたのだそうだ。

イカ、エビ、ウニ、ホタテ、海藻類は彼と仲間が獲った物、マグロその他はフェリーで持ち込まれた物だという。そういえばマグロの刺身は色が悪かったような気がしたが、それは僕には割とありがちな気のせいかもしれない。

「十年経ってようやく慣れました」

と、カヨコさんは言った。何に慣れたのか?と思ったが、

「十年もかかったんですか?」

と、言ってしまった。慣れるのに十年もかかることを、今は知りたくない気がしたのだ。

カヨコさんは、

「漁師の生活は別だから」と言った。

「それに」と言いかけて口をつぐみ、黙ったままお膳を持ち上げて廊下に出た。

そして、
「波の音だって、雷みたいだし」
と独り言ちながら、こちらを見ないで戻っていった。
昼食後は、重要箇所に赤線を引きながらずっと読書した。『嘔吐』、『実存主義とは何か』。そして『転換期の宗教』を少し。

——•＊＊＊•——

(『嘔吐』メモ)二
いたるところに嘔気が溢れている状況に耐えられなくなった彼は、「いつもの音楽」をかけるよう女給に依頼する。作曲者の確固たる意志により作られた音楽は意図的な形式を有し、再現された瞬間から予定通りに消えていく。
この音楽の持つ強い必然性が、嘔気を追いやったのである。この実体験により、嘔気が必然性の対極にある、つまり、嘔気の本質は偶然性にあることを認識する。

——•＊＊＊•——

三日目

朝、目が覚めたらチチチ、チチチという小鳥の声がした。小さくて短い清澄な音、今日は晴れてますよ、と告げて回るような音だ。

目を開けるとガラス板から透き通った黄金色の光が射し込み溢れていた。近づくと、ガラス板の中の光景は昨日までとは打って変わり、一面の青空と少しの白い雲を背景にして手前に濃い緑の灌木、根元には断崖の縁を形成するたくさんの石たちが見えた。時計を見ると午前八時を過ぎていた、ちょっと寝すぎたかな、という思いが頭をよぎる。

夜ずっと聴こえていた波の音は、陽が昇ると小さくなる。鳥たちがさえずり始め種々雑多な音が立ちのぼり始めると、まるでそれらが為せる業ででもあるかのように、波の音は減衰した。減衰はするが常にそこに在り、まるで風のようにある軽やかな質量を以て僕らを牽引もし放擲もする。

僕はガラス障子を開けてパジャマのまま廊下に出た。水平線の彼方に北海道本体の上っ面のごく一部が薄く黒くはっきりと見える。波の音が遠い雷のように、通奏低音のように微かに身体を震わせる。小さく鋭い小鳥の声が時折挟まる。

石台からサンダルを履いて外に出た。ガラス板から射し込んでいた黄金の光がここでは世界全体に広がり、動かずそこに漂っていた。風も吹かない静かな朝、ガラスの枠の中の景色が三次元的に拡散し、自分を基点として放射された無限の広がりを持つ空間の、そのどまん中に僕は立っていた。

　圧倒的に解放された世界の中心で、僕は、庭の中に群生する秋桜たちと再会した。晴れ渡った真っ青な空に良く似合う淡いピンク色の秋桜が、僕には感じることのできない風に吹かれてフワフワと揺れている。

「ごはん置いときますよ」と、いつもより大きいカヨコさんの声が後ろで聞こえた。振り向くと、ガラス障子の内側にお膳を置いたカヨコさんが立ち上がるところだった。立ち上がってこちらを振り向いたカヨコさんはライトグリーンの半袖ブラウスにベージュ色のスカートをはき、髪を上にまとめ上げて明るく見えた。

「秋桜が好きなんですか？」と、大き目な声で話しかけると、

「自然に生えたんですよ」

　と言いながら奥の廊下の方に行って、雨戸を戸袋に引き入れる作業に取り掛かった。手伝うため庭を横切り石台から廊下に戻ると、カヨコさんは「こっち半分はここの、向こう半分はあっちの戸袋に入れるんです」と、指をさして教えてくれた。四つの八畳間をつなぐ長い廊下の向こう半分の雨戸は風呂場に通じる木戸の手前の戸袋に、こちら半分は廊下の端の戸袋に収納されるようになっていた。

　カヨコさんが向こう側を、僕がこちら側を受け持った。廊下全体が外界の一部になると、カヨコさんは裸電球のスイッチを切った。

「日差しはいかにも八月なのに、そんなに暑くないですね。いつもこうなんですか？」と僕が

訊くと、

「雨が降ると涼しくなります。でも、陽が当たるところはけっこう暑くなりますよ、これから」とカヨコさんは答え、

「雨の後にこんなに晴れるとキャベツがダメになります、茹っちゃうんです」と言って、初めて笑顔を見せた。口紅を塗った厚めの唇から白い八重歯が覗いて、やはりずいぶんと若く見えた。


朝食。薄切りトースト二枚、一人用イチゴジャム、マーマレード、マーガリン各一個。ベーコン付き目玉焼き二個、レタスとトマトのサラダにフレンチドレッシング、牛乳一本、ブドウ一房。


九時半、いつものように朝食をガラス障子の外に片づけてそのまま廊下に出たら、少し離れた所で子どもの声がした。

廊下の端に行って庭を覗いてみると、左の方で子どもたちが遊んでいる。僕が初めて足を踏み込んだ時、子どもたちが突然現れて僕を出迎えてくれた辺り、濃い緑の垣根が庭を仕切るように回り込んだ辺りでビーチボールを投げ合っている。家の中では襖に当たって跳ね返っていた大きなスイカが、今は生い茂った垣根の葉っぱにぶつかって不規則な跳躍をくり返している。

子どもたちの所に行ってみよう。廊下から石台に下りたら、空気も光も、もう紛れもなく真

夏のものだった。サンダルを履いてふと目を上げると崖っぷちを形どる石たちが最初に目に入り、群青色の海、水色の空、それに連なって僕に向かって扇状に広がる紺碧の空が見えた。太陽の光は夜の静寂と清涼の一切合切を、その名残さえも駆逐しようと高い所から射し込み始めていた。

子どもたちは普通に遊んでいる。大きなスイカがあっちに行きこっちに行きしている。そのうち向こうに行くのだろうか？　向こうというのは、ここでは崖のことだ。ここの崖には柵状の物は一切ない、そのまま空か海に繋がっている。つまりは、ボール投げなどするべきではないし、してはいけない、ということだ。

子どもたちの方に歩き始めたところにボールが飛んできた。

「おーじちゃん」

と、一番遠くの垣根の前でカナが叫んだ。両手を上げてボールを放ってくれと言っている。僕は足元に転がってきた大きなスイカを抱きかかえ、

「危ないよ」

と言いながら子どもたちの方に歩きかけた。すると、ミナが三輪車にまたがってこちらに向かって懸命にペダルを漕ぎ始めた。一昨日、雨曝しになっていた錆だらけの赤い三輪車だ。

ボールを離さないで近づいてくる僕めがけて突進する。もうすぐ、という所でペダルから足を外し、思いっきり地面を蹴る。三輪車は向きを変え、ミナは一心不乱に崖に向かって漕ぎ始

めた。恐れていた事態が、今まさに起ころうとしている、と感じた瞬間、急カーブを描いて崖から離れ、姉の所に一目散に舞い戻った。

そうして僕から逃げ切ると、姉と妹は一緒になって、腹が捩れんばかりに大笑いをした。僕が近づくと二人は小走りに寄ってきて、ミナはボールを抱えた僕の左腕に両手を掛けて、ふざけ歩きをした。カナは僕の少し前を歩きながら、左手でボールをポンポン叩く。

子分を二人引き連れた僕は母屋の玄関まで歩き、ボールをカナに渡してから、例のささくれだらけの引き戸を横に引いた。最初の時と同じ昔の音がして戸が開くと、ミナがすぐ入り、次いでボールを抱えたカナがヨイショという感じで入り、最後に僕が入った。

正面の障子戸は開け放たれたままで、六畳間に人影はなかった。

「すいません」とカヨコさんを呼んだが返事がない。

カナは部屋まで走ると上半身を畳の上に預けて、「かあちゃん」と奥に向かって大声で呼びかけた。すると、右手奥のたぶん台所から、普段着に着替えたカヨコさんが白い割烹着で手を拭きながら出てきた。僕を見て驚いたように立ち止まり、口を半開きにしたまま黙っている。

少したって、「漬物をしてたもんで」と言い、こちらに近づき子どもたちを見た。

「びっくりしたので、一緒にやって来ました」

と、僕の第一声。

「外でボール遊びはまずいですよね」

と、子どものいたずらを指摘して母親から同意をもらうべく、子どもたちを諭すような言い方でカヨコさんに語り掛けた。カナとミナは例の踏み台から部屋によじ登り、母親にくっついている。

「そうですかぁ」

と、カヨコさんは言い、いつもずっと遊んでるけど困ったことは一度もないですよ、と、予想外の、まったく真逆の反応を示した。僕は困惑もし憤慨もして、「崖から落ちたら終わりですよ」と、少し強い言い方をした。

するとカヨコさんは、

「そうですかぁ」

と、また同じことを言って怪訝そうに、少し上目使いで僕を見た。そして、広い庭さえあれば庭からはみ出して遊ぶ子どもなんていませんよ、どこだっておんなじでしょ、というようなことを言った。

「普通の家には崖はないでしょ」と僕が言うと、

「崖は敷地の外です」とカヨコさんは譲らない。十分なスペースがあれば端っこに行く必要がない、こちら側で遊べば庭からはみ出すことは決してない。崖があるかないかとは関係ない、とカヨコさんは普通に主張した。当たり前のことを言う顔と声だったので、僕は特別なことを話しているのではないような気持ちになってきた。まるでご飯の話をするような、天気の話をするような。

予期せぬ反撃を食らって僕は困惑した。その様子を見て取ったか、

「お昼は何時頃にしましょうか？」と、カヨコさんは話題を変えた。

「十二時頃に」とお願いして、僕は自室に戻った。


さて、『嘔吐』でも読もうか。


『嘔吐』を読み続けていると、ふと、ガラス板の枠の中にビーチボールが見えた気がした。昨日は雨空を背景にして黄色い傘が、今日は真っ青な空に大きなスイカが行き来している。

庭の幅は、廊下の端から崖までせいぜい十メートル位しかない。僕は、ちゃぶ台の上に『嘔吐』を投げ出し、立ち上がって勢いよくガラス障子を開けた。

目の前にカナがいた。大きなスイカを両手で捧げるように持ち上げ、左の方に思いっきり放り投げた。スイカは三回バウンドし、庭の中央の岩のあたりまで転がった。それを拾い上げ、右腕に抱えた人がいる。

僕は思わず会釈する。左手を胸の前で振ったのはユミだった。突っ立っている僕に向かって、

「私たち、お友だちなのよ」と大きな声を上げる。カナはうなずき、走っていってユミからボールを受け取る。

僕はサンダルを履いて石台から庭に降りた。右上方から透き通った光線が射し込み、地面で反射して黄褐色の熱線になる。土気色に干上がった庭が、その熱線でキラキラしている。

「オロロン鳥、見に行かない？」

と、ユミが言う。

「昨日は雨だから来なかった」とも。

ボールごっこはダメだろうと、僕は思う。

ピンクの秋桜が、また、吹かない風に押されて揺れている。ライトグリーンの茎たちは細くて長いのに、てんでんばらばらにフワフワしていて決して絡まらない。少し手前の右側に大きな岩と灌木が並んでいて、その向こう側は空だった。

「オロロン鳥だよ」と、ミナが言う。いつの間にか足元に来ていて僕を見上げている。赤い三輪車に跨って、

「お庭を一回りしてきたところなの」と続けた。僕は思わず微笑んで、

「一回りできるんだね、すごいね」と言った。

ミナは「うん」と大きくうなずいた。そして向きを変えてユミとカナの所に辿り着くと、三輪車を乗り捨てて一目散に走って開けっ放しの玄関の中に消えた。

「かあちゃん、オシッコ」と叫ぶ声と、「あらあらあら」というカヨコさんの声が聞こえてきた。ユミとカナは顔を見合わせてニコニコしている。

カナはボールを地面に打ちつけ、跳ね返ったところを抱きかかえるということをくり返しながら、玄関に向かって歩き始めた。ユミもゆっくりと玄関に向かう。僕は部屋に戻ることにした。

「着替えてくる」と独り言のように言うと、ユミは振り返り、

「お昼のお弁当、持ってきたよ」

と言った。喜ばない、機嫌の良くない僕に接して戸惑っているようにも見えた。ユミの顔も笑ってはいなかった。


ユミは子どもたちとすでに顔見知りだった。僕より一週間早くこの島にやって来たユミは、「ホテル・オロロン」で働きながら、片っ端から宿泊業者に電話をかけた。そしていとも簡単に僕の予約先を見つけることに成功する。同業者の数が予想以上に少なかったからだ。以後、たびたびここを訪れていたらしい。

今日は気持ち良い晴天になったので、僕を誘いに来たのだという。最南端の崖まで行って天然記念物のオロロン鳥（ウミガラス）を一緒に見ようという誘いだ。旧盆以降は客足が減るので、ホテルが休暇をくれたのだそうだ。

「自転車で来たのよ、休暇だから車は使えないの」

「三キロあるけど大丈夫？」

と訊くので、「自転車借りようか」と答えると、

「行きはずっと登りだから、歩きの方が良いわね」

と言った。

昼食をキャンセルし、午前十一時、「海鳥の楽園」を目指すハイキングに僕らは出発した。庭の端から緑の垣根の前に出て小道に入る。左にキャベツ畑を見ながら歩き、主道路に出たら左折して登り勾配をひたすら歩く。

「相変わらずだね」

と僕は言った。突然現れて半ば強引に引っ張りだすこのやり方は、東京でのユミのやり方だった。バイトのリーダー兼運転手のユミは、強力なリーダーシップで僕らを引っ張り、ずいぶんと稼がせてくれた。バイト先の事務員から、優秀なグループだからまた来てね、と言われたくらいだ。

あれからもう二週間かと思う一方、まだ二週間なのかとも思う。ユミとの距離感がうまく掴めない感じがするのはなぜだろう。ついこの間、ユミと僕はずいぶんと親しかったのだ。

「何が？」

とユミが言う。アイボリーのデニムのパンツにベージュのTシャツ、白い運動靴を履いたユミが、東京でそうしていたように僕の右側を歩く、弁当が入っていると思われる同系色の布袋を右肩に掛けて。

「何が？」と、こちらを向いたユミは両端が少し吊り上がった感じの大きめの黒いサングラスを掛けている。形の良い鼻がスッと伸びて、奇麗だな、と僕は思う。つば広の白いキャップの下に少しウエーブしたダークブラウンの髪が見える。

「きれいだよ」と、僕は言った。「サングラス、似合ってる」

するとユミは右肩に掛けた布袋から小さな皮の袋を取り出して、これ、と言って差し出した。僕は丸い、しかもブルーレンズのサングラスを掛けて歩くことになった。ユミは、「ヒロくん、とっても素敵だよ」と、さも可笑しそうに笑った。東京の九段下のホテルで臙脂色のパジャマを着せられた時と同じだ。

道路は来た時と同じ、前を見ても後ろを振り返っても、ごく緩やかな上がり勾配が延々と続いている。自転車で来なくてよかったと思う。一昨日は流れ下る雨水に足元を取られてほとほと歩き難かったが、今や庭と同じ土気色に干上がった道路には半ば埋まり半ば露出した石たちが大賑わいで、これはこれでたいそう歩き難い。

「オロロン鳥ってね、日本ではここにしかいないの」と、唐突にユミが言った。まっすぐ前を向いている。

「他にもたくさん海鳥がいて、世界有数の海鳥の楽園なのよ」

「なのに」と言って、ユミはこちらを向いた。

「なのに、オロロン鳥だけが激減しているの。なぜだかわかる?」

と、僕の顔を見上げた。サングラスが濃くてユミの目が見えない。真っ黒なプラスチックを見つめながら、しばらく無言で歩く。そして前を向いたら乾いた土色の一本道のずっと向こうに紺碧の空があり、周囲一面には丈の短い黄緑色の草が一面に生い茂っていた。だだっ広い緑の草原の左端はそのまま、ただ碧いだけの大空に移行していた。右側は百メートルほどのごくなだらかな草原の斜面を経て灌木類が群生する丘陵に移行している。

ユミからは僕の目は丸見えだろう、何しろこちらは透き通ったブルーのプラスチック眼鏡なのだから。僕は見えないユミの目を見つめて、

「乱獲されるような鳥なの？」と訊いてみた。

ユミが首を横に振る。僕は前に向き直って本気で考える。乱獲でないとすると、病気、気候変動、環境汚染、どれも一種類の鳥だけを狙い撃ちするものではなさそうだ。もともと繁殖力が弱い、では話題にならない。ユミがわざわざ訊いてくるにはそれなりの答えがあるはずだと思う。

「人が良すぎるの」と、ユミが言った。

「おとなしくて弱いのよ、いい子過ぎるの」

そう言うと、ユミはサングラスを外して僕を見た。そしてまっすぐ前に向き直って、一本道とそれに続く碧空を見上げて眩しそうに眼を細めた。僕もサングラスを外す。クリスタルガラスに置き換わったように景色が一変する。北国のクリアな真夏の空気の中でユミの横顔を見る。睫毛が長く、形の良い鼻だと、やっぱり思う。

「他の鳥たちに卵や雛を取られてしまうのよ、いとも簡単にね。もちろん抵抗はするけど、がむしゃらじゃないの。おろおろするけど、アレッていう感じで取られちゃうのよ」と言った。

「状況が良くわかってない感じがして、一層悲しいよって、カヨコさんが言ってた」

ユミがホテル・オロロンで働いていると知って、カヨコさんはここに移り住んでからの十年

間に自分が見たこと、人から聞いたことをいろいろ話してくれたそうだ。

「取られちゃうけど取り返さない、彼らは他人の物に手を出さないの。興味もないし力もない」と。

年に一回の繁殖期だけ、これから行く辺りの断崖絶壁に集団で移り住んで繁殖、子育てをする。巣を作らず卵を崖棚にそのまま産み落とし、両親で交互に抱卵して約一か月で孵化、生後一月に満たないまだ飛べない時期に海に下りて、以降は海上で教育を受けながら成長し、四年で親鳥になる。年一度の繁殖期、六月の産卵から八月の巣立ちまでを崖で暮らし、一生の大半は海上で過ごすということだ。

「卵は一個だけ。それを失うともう一個だけ生むことがあるらしい。でも、原則年一回で一個だけだから、それを簡単に取られるようじゃ、数は減るわよね」

とユミは言う。

「つまり、この辺りの生態系の中で一番弱いというわけだね」

と僕は訊いてみた。でもそれは特別な答えではない、ユミが言いたいことではないような気がした。

「それだけじゃ激減にはならない」と、やっぱりそういう答えが返ってきた。

「オロロン鳥はね、潜水名人、泳ぎの達人なのよ。まるで空を飛ぶように羽ばたいて泳ぐの、そして何十メートルも潜れるの」と、ユミはオロロン鳥の熱烈なファンのようだった。

「だから、すぐ網に引っ掛かってしまう」

乱獲によって餌のニシンがこの地域で絶滅したこと、そしてその後行われるようになったさけ・ますの流し網漁の隆盛によって、泳ぎ・潜水名人のオロロン鳥が、特にその数を激減させることになったと、ユミは主張した。

つまり、鳴き声にちなんだ愛称を持つ、日本では今やこの島にしか生息しない貴重な海鳥が、その性格のおとなしさと品性の高さ、卓越した水泳・潜水能力の高さゆえに、群を抜いてこの地域で絶滅の危機に瀕しているということらしい。

またサングラスを掛けて黙々と歩く。オロロン鳥か。良い名前だ、と僕は思う。降りしきる雨の中、黒い排気ガスを噴き出していた無人の白いライトバンの横腹に、稚拙な文字で「ホテル・オロロン」と書かれていた光景が思い浮かぶ。黄色かった文字はいつの間にか黒に変わり、あの時の景色はもう白黒の世界に書き換えられてしまっている。

時計を見たら二十五分経っていた。黄緑色の草原だった景色が変わり、遠くに見えていた灌木群が間近に迫っている。坂道の勾配はきつくなり、丘陵を登り始めていることがわかる。遠景に小さく点在していた針葉樹の木立の様子が、肉眼で観察できるようになった。

手をつないで急坂を登る、東大の三四郎池の丘を登った時と同じように。

急坂が一段落すると、一本道だった主道路から右斜め方向にごく細い「けもの道」らしきものが分岐している所に至った。僕らは相談の上、そこに分け入ることにした。濃い緑色をした背丈のごく低い灌木と明るい黄緑色の雑草が生い茂るその辺りを通り過ぎると、草花が踏まれてできた明らかな一本道が現れた。白い小さな花を付けた二十センチ丈の草花が辺り一面を覆い尽くしている。そこをひたすら歩く。さっきまでのだだっ広いだけの野原とは違い、この細長い「けもの道」の周辺には何かが潜んでいそうな気配がある。

「ヒロくんは、よく時計を見るよね」と、ユミが言った。

三キロの上り坂なら長くみて一時間半くらいの行程だろうと踏んでいた。選んだ道が正しければ、あと三、四十分で行き着くはずだと思っていた矢先だった。

「飽きちゃったの？　時計ばっかり見ているよ」と、ユミは僕を見た。

ある事柄を遂行するのに要する時間に関しては確かにこだわりがある。そして、ほぼ正確に当てることができる。自分以外の場合でも、自分が周知している人物と事柄に関しては、その人がその事を何時間で終えることができるかなどは大よその見当がつく。時間に限らず計測できるもの、例えば二点間の距離、バイトでの今日の稼ぎ高の予想、身長、体重、人の体重の増減（この人は以前会った時に比べてどの位太ったか痩せたか）なども得意技だ。

「夕食前にやっておきたい事があるんだ」と、僕は答えた。

「だから時間が気になる」

「オロロン鳥を見るよりも大切なことがあるのね？」

とユミが言う。

「オロロン鳥は大好きだよ。『オロロン』が断然良いね」

と、僕は思った通りに答えた。

「何をするの？」と、ユミが訊く。

僕は、社会学のレポートの事、従って笠原先生の『転換期の宗教』をまずは読まなければならないことを伝えた。

「それから？」とさらにユミが訊く。

サルトルのことは言いたくなかった。ユミは文学部の学生で文芸部にも所属しているし、何よりもすでに「イリュージョン」という作家自薦の名作小説を書きあげている。とっくに読んでいる可能性も高いし、流行に乗ったと思われるのも心外だ。読み始めたばかりの現時点で話題にするのはよろしくないと思う。そこで、「手紙の返事を書く」と僕は答えた。

玲子への返事を途中までしか書いていなかったことに、今、気がついたのだ。


「糸杉よ」と、ユミが嬉しそうに声を上げた。右斜め前方、十数メートルの所に数本の糸杉が立っている。

真夏の日射しは、透明な白色光からより熱を帯びた黄色に変化してはいたが、北国の清涼な空気のおかげで気持ちの良いものだった。正面のほぼ真上から射抜いて来るその日差しの中に、糸杉たちはすっくと立っていて、目の覚めるような濃い緑色の葉を体いっぱいに湛えている。十五メートルほどの高さでまだ若々しく、周囲の景色と同化せずにそこにそうして佇んでいる。

僕らは糸杉の作る木陰で昼食をとることにして、「けもの道」を外れて彼らに近寄った。地表から一メートルまでが灰白色の剥き出しの幹で、そこから上は、細密なタイル画のような艶やかな構造を持つ枝葉が、幾重にも重なり合いながら上に向かって伸びていた。

糸杉の向こう側に立って、「けもの道」の行手を目で追ってみる。細長い一本道はまるで天国を目指しているかのように真っ碧な空に向かって登りつめていた。視認できる最後の所はさらに小高い丘になっていて、そこから先は、奈落にでも落ち込むようにパッタリと見えなくなる。

激しく照りつける黄白色の太陽光を避け、糸杉のこちら側に戻って彼らの足元にビニールシートを敷くことにした。

日陰のせいか、白い花も雑草も生え方が疎らで焦げ茶色の地面が目立つ。ユミはサングラスを外して左の胸ポケットに引っ掛け、少し後ろに下がって糸杉を見上げた後、布袋からピンクとオレンジ色の縦柄のビニールシートを取り出した。二人でそれを敷き、別々の幹に背をもたせて腰を下ろす。歩く時と同様、ユミはいつも僕の右側に位置取りをする。

「一人一本ずつの糸杉って、すっごく豪勢ね」と、晴れやかにユミが言う。

北海道の孤島の厳しいであろう自然の中、身を律するようにして自生する若き生き物たちと、僕らは一体化した。ぴったりくっつけた背中に木陰の空気と同じ冷たさが伝わる。

この低さから見える景色はとても奇妙で、記憶にないものだった。何かの掟を破ってしまったかのような、破戒の気分に囚われる。安堵と不安が同居した、これまで感じたことのない不思議な高揚感がある。登り辿ってきた「けもの道」を逆さに見下ろす形のこの位置取りによって、今から過去を俯瞰するような時間的な奥行きの感覚が僕の内側に芽生えた。

二人がゆったり座れるだけのスペースの周囲には白い花を付けた草花がびっしりと生い茂り、座った位置からそれらを眺めると、背丈二十センチのそれらの中にすっぽりと身を隠しているような感じがする。

「時間を気にしない生活って、すごく楽だよ」

ユミは白いキャップを脱いで向こう側に置き、両手で髪を整えながらそう言った。ダークブラウンのショートカットがサラッと広がる。水筒を取り上げて蓋を開け、氷水をそれに注いで僕に差し出した。水を受け取る時、僕の指がユミの手に触れた。ほんの一瞬、僕らの動きは止まり、音が消えた。

「でも、あなたは東京を引きずってるから、時計が必要なのね」

そう言って、ユミは、コップを持つ手をそっと離した。

大きめのおむすび二個（黒ゴマ塩と海苔）、卵焼きとウインナーソーセージ、ニンジンをバターで甘く煮た物、粉ふきいも、そして皮をむいて八等分に切った梨を食べた。

「たぶん、秋桜だね」と、僕がつぶやく。

「何が？」と、ユミがこちらを見る。

さっき見えた一番遠くの丘の上に、僕が大好きなピンク色の秋桜が生えているような気がする、と伝えると、ユミは「この島にはけっこう自生してるみたい、鈴木旅館の庭にもあるよね」と言った。

ユミはビニール袋から湿った手拭きを取り出して一つを僕に渡し、もう一つで自分の手を拭いた。ありがとう、と言ってユミに手拭きを返す時、ユミはまっすぐ落ち着いた眼差しで僕を見た、ずっと連れ添ってきた人のように。そして僕の右手をそっと両手で包んで引き寄せた。

僕がユミの方に体を向けてあの黒すぎない大きな瞳を射込むように見つめると、ユミは瞳孔を開け放したまま僕を見ていた。空いた左手でユミの右膝に微かに触れる。そのままTシャツまで指を滑らせてブラジャーを上にずらす。露出した乳首をそっと口に含む。前歯で軽く噛むと淡いピンク色のそれは小さな愛おしい生き物のようにスーッとまるまって形を変え、硬くなって先を尖らせた。

ユミの口が微かに開き、今まで耳にしたことのない声が出る。空間のどこかの隙間に投げ込もうとするかのような、細くて長い音の連なり。そしてユミは糸杉から背中を滑らせてビニールシートの上に崩れるようにして仰向けになった。ユミの足が思いっきり左右に開かれ、形良く整った細身の体が突如歪んでバラバラになる。僕は、まるで人生をいとおしむかのようにユミの中に入り、そして出たりした。ゆっくりと丁寧に、時に乱暴なやり方で。ユミは激しく、まるで人生にしがみつくかのように僕に絡みついた。

それから僕らは、東京での話をして笑い転げた。バイト先の営業所で初対面の時、ユミが車のトランクに上半身を突っ込んでいてパンツまで見えそうだったこと。自己紹介でユミが教師にでもなると言った時、サキコさんがすごく怒ったこと。サキコさんとイチヘイが駆け落ちしたとユミが真顔で僕に伝えたこと。そして九段下のホテルで臙脂色の女物のパジャマを僕に着せて可笑しそうに笑ったこと等々。

軽くなった布袋を今度は僕が左肩にかけて、糸杉の所から「けもの道」に戻り、さっき行手を追った時に見えた丘のてっぺんを目指して歩き始めた。

「秋桜が咲いている」

ユミがそう言って右腕を伸ばし、明るい水色に輝く空の方を指さした。

登り坂がまっすぐ続いて平らになる手前、右手の小高い丘の上に淡いピンク色の秋桜が群生し、風にそよいでいる。風はないと思っていたが、うす緑色の細長い茎を持つその花たちは、僕には感じない風に吹かれて左右にゆらゆら揺れている。鈴木旅館の庭と同じだった。昼食の時、糸杉の所から見えるような気がしたのが現実となった。

僕が好きだといった淡いピンク色の秋桜を見つけて、少女のようにユミは喜んでいる。

秋桜を右手前方に眺めながら、しばらく歩くと坂道は平らになり、さらに進むと左から近づいてきた道路に合流した。車が辛うじてすれ違えるだけの幅を持っている。「けもの道」に分け入った時に別れてきた主道路だろう。全長十キロメートル、島を一回りしていることをカヨコさんから聞いていた。

道路を渡ると、下り勾配の岩場があった。糸杉の所から「けもの道」の行く末を目で追った時、そこから先がパッタリと見えなくなった所、おそらくそこに立っている。眼下はまさに、奈落の底に落ち込むような断崖絶壁だった。午後一時半、天然記念物が棲息するという南の端の崖にたどり着いたのだ。

午後になって太陽は発光の烈しさと黄色味とを増していた。それが正面少し右側から照りつける。熱した地面からカゲロウが立ち上り清涼な空気の中にスッと消えていく。植物と共棲する世界を抜け出して、そうではない世界の前に立っていた。

灰白色の岩と茶色の土とが入り混じった乾いた景色が手前にあり、そのずうっとずうっと向こうの遠くまでが群青色の海で、天上に広がる水色の空とそれとが遥か彼方の中空でまるで蜃気楼のように混ざり、揺らぐのを望むことができた。ユミもサングラスを外してそちらを見ている。

たった二人っきりでこんな景色を眺めていると思ったら、よくわからない何かが湧き上がってきて、僕はユミの横顔を見た。じっと見つめていたら、遠くを見やっていたユミが突然こちらを向き、今まで見せたことのない顔をした。「はいチーズ」の口をして相好を崩し、小さな女の子のように「いーっ」と言って笑ったのだ。

二十メートルほど左に、木の手すりの付いたコンクリートの階段があった。手をつないでそこまで行き、一歩一歩、用心しながら降り始める。階段の周囲は比較的なだらかな斜面を持つ焦げ茶色の岩場で、海鳥の棲家だとユミが教えてくれた無数の穴が開いている。十メートルくらい降りると、空中にそっと置かれたという感じの二畳ほどの木製の見晴台に辿り着いた。その中で、ユミと僕は息を潜めて佇んだ。

見下ろした視野の先に、赤茶けた大きな岩が海面から屹立している。幅広のサバイバルナイフのような形をした赤岩と呼ばれるそれは、ほぼ真下を見下ろした視野の中で、周囲の岩々や波頭の大きさとは釣合いの取れない比率で存在感を示していた。少しずつ傾斜を増してきた僕とユミがいるこちら側の絶壁は僕らの足元からほぼ垂直に遥か下の海になだれ込んでいる。

紙飛行機のように鳥たちが飛び交う。岩肌に取りつき飛び立つをくり返す白い鳥たちと、ジッと居座る黒い鳥たちの群れ。

「オロロン鳥ってどれかな？」と僕がつぶやく。

「ウミガラスだから、きっと黒い方だよ」とユミが答える。

一番海寄りの木の枠に顎を乗せて崖下を見ていたユミが、「あっ」と声を発し、少し動いて僕の右腕を突っついた。ユミの視線を先まで辿ってみると、右斜め下の断崖絶壁から、木の枝のような物が突き出しているのが見えた。三十メートルくらい離れているだろうか。ほぼ真上からの眺めなので、それが何ものなのかを判別するのは難しかった。が、それは確かにそこにあり、目を凝らしてみると、比較的太い幹のような物の根元から先に向けて、濃い緑色の葉と思しき物が幾重にも纏わり付いているのが見て取れた。たったの一本だけ、それはあった。

「ヒロくん、鳥が一羽もいないよ」

帰りの階段を登り切る辺りで、ユミがつぶやいた。

階段が終わりに近づくにつれ周囲の環境は急峻な崖からなだらかな傾斜を持つ岩場に変わり、そこに無数の穴が開いている。鳥たちの棲家だと聞いていたそれらはもぬけの殻で、鳥はおろか生き物の姿を見出すことができなかった。

ヒナに餌をやるため親鳥たちが海との間を忙しなく行き来していると思っていた僕は、当たり前にそこにいると思っていた鳥たちがたったの一羽もいないことに衝撃を受けた。決して期待していたわけではなかったにもかかわらず、だ。

「オロロン鳥って、渡り鳥だったのかもしれないね」

しばらく無言だったユミが誰かを慰めるような声でそう言った。

残らず飛び去った後なのかもしれないという可能性に言及されて、僕の落胆はさらに大きなものになった。棲息時期を調べもしないで誘ったのだという思いが湧き上がり、落胆はユミに対する怒りに形を変えた。それは予想外の感情だったばかりでなく理不尽に激しいものだった。ユミに悟られることを恐ろしいと感じるほどだったそれを、僕は無言になることで辛うじて抑え込んだ。

そこからの帰り道、僕らは終始無言だった。「けもの道」には戻らず、主道路を歩いた。三十分ほどで左手の灌木群の中にホテル・オロロンの看板があり、そこでユミと別れた。ユミは何か言いたそうだったけれど、僕は言葉を掛けることをせず、「じゃあ」と軽く手を上げてそのまま歩き続けた。

ユミは看板の横の小道の入り口に佇んで僕を見送った。少し間をおいて、「明日、自転車取りに行くね」というユミの声が聞こえた。


「ただいまー」

開けっ放しの玄関から中に向かって大きく声を掛け、そのまま庭を縦に横切って中ほどの秋桜の所に行って海を見る。ピンク色の秋桜たちは、また、吹かない風に押されて揺れていた。この島でこの花は、動かない背景の前でいつもフワフワ揺れている。淡いピンク色は健気で優しい色だと思う。

そこから部屋の前の石台まで歩き、開けっ放しの廊下に上がり開けっ放しの部屋に入った。

「お帰りですか？」

と、奥の廊下の方からカヨコさんの声がする。僕がそちら側の障子を開けて声の方をうかがうと、風呂場に通じる木戸の前に初対面の時と同じ服装のカヨコさんがいて、僕と同じようにこちらをうかがっていた。

「ただいま」と僕は言い、軽く会釈した。

まっすぐこちらを見ていたカヨコさんはちょっと間をおいてから、

「オロロン鳥は全部海に降りたそうですね」と言った。「雨が上がったからかね」とも。そして「お風呂、入れるようにしておきましたよ」と言い、自分の居室の方に戻ろうとしたので、僕は「オロロン鳥って、渡り鳥なんですか？」と訊いてカヨコさんを引き留めた。

「いんえ」と、カヨコさんは不思議そうな顔をした。

巣穴の中にただの一羽もいなかった事を伝えると、

「あの穴はウトウの巣ですよ。七月で子育てが終わったから、昼間はみんな出払ってて空っぽです」と言った。

僕は、天然記念物のオロロン鳥に会ってみたい旨を伝え、

「オロロン鳥が全部海に降りた、というのはどういうことですか？」

と訊くと、カヨコさんはそれこそ訳がわからないという顔をして、

「オロロン鳥は天然記念物じゃないですよ」と言った。

海鳥の生息地一帯が天然記念物で、オロロン鳥が天然記念物なのではなかったのだ。

「それに」とカヨコさんは言い、申し訳なさそうな顔をして、

「オロロン鳥には崖では会えません」と言った。

六月から八月の繁殖期だけ断崖絶壁の岩棚で子育てをするが、とても人が近づけるような場所ではなく、

「子育てが一段落するとみんな海に降りるから、崖にはいなくなります」

と続けた。そして、「今朝、最後のヒナが巣立って、今年はこれで全部、海に降りたそうですよ。さっき組合から電話がありました」と教えてくれた。

僕は遠くの風の音を聴く人のようにしてそこにおり、なおも風のそよぎを聴き取ろうとして

いるかのようだった。
「オロロン鳥のヒナは生まれてから一月も経たないうちに自分で飛び降りるんですよ。高い崖から、滑空して着水します。海から親が呼ぶんです、早くおいでって鳴きます」とカヨコさんはなおも言い、そして、
「夕食は何時にしましょうか？」と続けた。
「六時半頃にお願いします」と僕は答え、まだ飛べないうちにたった一人で海に飛び込むんだ、と頭の中で反芻した。

何もかもがすべてお門違いで、その上、運が悪かった。

風呂を早く準備してくれたことに礼を言って部屋に戻った。まずは風呂に入り、それから『嘔吐』を読もう。あの不思議な木の枝の事は、夕食の時に訊くことにしよう。

夕食は、イカの刺身と姿焼き、カボチャと小豆の煮物、トマトとレタスのサラダ、ナスの味噌汁、炊き立てのご飯二杯、ブドウ一房、を食べた。朝食の時に氷と麦茶の入った大きな魔法瓶をカヨコさんが持ってきてくれる、それを一日かけて飲む。

朝より冷たさの緩んだ麦茶を湯呑に注ぎ、それを持って廊下に出る。日没直後の東の空には

まだ色があり、ここからは見えない月に照らされてレモンイエローの光沢を纏った白い雲が、背景のライトブルーよりずっと低い所を通って左から右へ、南に向かって流れている。オロロン鳥にはどうしても会ってみたいし、あの不思議な枝をもう一度この目で確認しないといけないと思う。夕暮れと共に波の音は高まり、昼間は聴こえない音がする。カヨコさんが表現した通り、海が断崖を駆け上り、止まり、駆け下りる。寄せては返す通奏低音に身を任せるうちに、微かな空気の震えを伴って、徐々に、確実に、夕暮が深まってゆく。

「そんな物のことは、私にはわかりません」

と、カヨコさんは言った。さっき夕食を運んでくれた時、あの枝のことを訊いた途端に彼女はこう言って、すっくと立ち上がり、引き返してしまったのだ。文字通り吐き捨てるように、彼女はそう言って立ち去った。あの枝を見つけた時のことをゆっくりと思い返してみる。

オロロン鳥と思しき黒い鳥の群れを海上の岩場に探していた時、ユミが「あっ」と言って僕の右腕を突いたのだった。ユミは一瞬こちらを見、そして、二人のいる見晴台から三十メートルほど右下の断崖絶壁から空中に向けてまっすぐ突き出た木の枝様の物に僕の視線を誘ったのだった。濃い緑色の葉らしき物を纏わりつけて、それは確かにそこにあった。木の枝のように見えたが、その先端からおそらく縄と思われる物が垂れ下がっており、その先の方が輪になっていたのだ。僅かに右、ほぼ真下の方向なので、縄の先端の輪っかの様子は良く見えず、ただの一本のロープなのかもしれなかった。そこのところをもう一度、しっかりと確認したい。遊覧船のようなものがあれば、明日、ユミと一緒に回ってみようと思う。

横になって、『嘔吐』を読む。

***

（『嘔吐』メモ）三

ロカンタンは、夏の日曜日の午後三時前、淡い青空の下、散歩に出て港の防波堤の散歩道に入った。「太陽の光は明るくて透明」である。様々な人々が三々五々行き交い、家族団欒の光景があり、夫婦の何気ない会話が聞こえる。

それら群衆の日常的な営みの中にあって、時は刻一刻と刻まれ、太陽は海へと落ちてゆき、やがて街路燈が灯るだろう時刻がやって来る。人の群れは疎らになり海の波音が明瞭に聞こえるようになる。

手すりに寄りかかっていた若い女がその青い顔を空に向けた時、ロカンタンは「人間を愛さないでいられるだろうか」と一瞬、自問する。港に近いカイユボット島の灯台に最初の灯りが点った時、一人の少年がロカンタンの傍に立ち止まりうっとりした表情で「ああ、灯台だ」とつぶやいた。その時ロカンタンは、「自分の心が、大いなる冒険の気持でいっぱいになるのを感じた」のだ。

『嘔吐』を三分の一まで読んだらこの箇所に出くわした。ここでこの小説の様子が変わったように感じる。キーワードは「冒険」または「冒険の気持」だろう。クールで厭世的な素振りをしながら書き連ねてきたロカンタンが人々、つまりは人間、に対する愛を、隠しようもなく表出してしまった場面だ。ここは本小説の著者サルトルの本音（本性）が垣間見えてしまった、最も重要な箇所の一つだと僕は思う。

彼は人間を愛している。愛を感じることと「冒険の気持でいっぱいになる」ことが同一なのである。それは、自分が「意味のある存在になろうとする」ことである、と、僕は感じた。そして、それはたぶん、実存主義的な考え方なのだろうと、僕は想像する。ただ在るだけの存在、つまり偶然的な存在は「嘔気」の原因となるが、意味のある存在、つまり必然的な存在は、「冒険の気持」をもたらすのだ。あるいは「冒険の気持」が「意味ある存在」へと繋がるのだ。小説という形態をとった『嘔吐』には、ここまでにまだ「実存」という言葉は出てこない。が、「ただ在るだけの存在」が哲学でいう「実存」なのだろうと、想像はできる。

「冒険」とは、意味ある存在＝必然的な存在になろうとすることであり、「冒険する」とは意味ある存在になるべく自ら行動することである。つまり、冒険とは実存から自らを解放しようとする行為である。防波堤に散歩した時、「自分の心が、大いなる冒険の気持でいっぱいになるのを感じた」ロカンタンは、アパートに戻る道すがら、わが身に一つの冒険が起きていて、「小説の主人公のように幸福だ」と感じる。そしてつぶやくのだ、「あの冒険の気持、これほど私が執着するものは多分この世にはない」と。

——•＊＊＊•——

四日目

目が覚めたら、子どもの声がした。

昨夜は電灯を消すこともせずに寝込んでしまい、夜中に目が覚めて、また寝たのだった。チチチ、チチチという晴天を告げる小鳥の声を、今日はずいぶん前に半分寝ながら聴いていた。

薄い掛け布団を除けて起き上がり、正面のガラス板を覗いてみる。大きなスイカがフワッと浮き上がり、落ちてはまた上がり、また落ちる。落ちたっきりしばらくの間、濃い緑色の灌木のてっぺんと紺碧の空だけが静止画像のようにガラス板の中に張り付く。すると子どもたちの笑い声がして、またスイカが宙を舞い、落ちて、また上がるのだ。

僕は布団から出て床の間から洗面用具を取り上げ、洗面所に通じる廊下側の障子を開けて廊下に出た。廊下はまるでその一部であるかのようにキャベツ畑に接している。外は晴天、廊下には東南に差し掛かった太陽が、透明より少し色の付きかけた光線を軒を掠めて射込んでくる。キャベツ畑の向こうには灌木群が見渡す限り続き、数本の背丈の高い木々のシルエットが散見される。この島特有の景色が、光り輝く広大なスカイブルーの下に広がっていた。何ということだ、と僕は感じ、しばらくそこに立ち尽くす。

歯を磨いて部屋に戻ると、朝食が運ばれていて、お膳の上にカヨコさんのメモが置いてあった。

「今朝九時にユミさんからお電話がありました。お部屋に伺いましたがお休みのようなので、そのように伝えました。今日は用事があってこちらには来られないそうです」とあった。

ユミに電話して遊覧船があるようなら一緒に乗ってみたいと思ったが、それじゃあ仕方がないから今日は一人で港まで行ってみよう。その後は一日、本を読んで過ごそうと思う。

遅い朝食をとり、お膳を持ってカヨコさんたちの居室まで長い廊下を歩く。遊覧船の情報を仕入れておきたいと思った。

左にキャベツ畑を見ながら風呂場に通じる木戸まで歩きそこの行き止まりを右に曲がって八畳間三部屋分を歩くと、カヨコさんたちの居室のドアに行き着く。ドアは向こう側に開いていてテレビの音が聞こえる。ワイドショーだろうか、男が何かを熱く語っている。

お膳をドアのこちら側に置いてそっと中を覗いてみた。部屋には誰もいず、テレビでは司会者らしい中年の男と若い女とが立ったまましゃべっていた。昨日、カヨコさんが「漬物をしてたもんで」、と言って出てきた奥の台所に向かって大きな声を掛けてみた。返事はなかった。

テレビの向こうにすりガラスの引き戸があり、その奥にも部屋がありそうだ。僕はドアから中に入り、引き戸の前までそっと進んでみた。堀炬燵の上にはコーヒーカップが二つ、一つは空で、一つにはミルクコーヒーが三分の一ほど飲み残してあった。すりガラスに近づき中をうかがってみる。物音は聞こえなかった。

僕はカヨコさんの居室を出て長い廊下を逆戻りして部屋に戻り、ちゃぶ台と座椅子と座布団を定位置に据える。ちゃぶ台の前に座る。正面のガラス板を見ると、灌木のてっぺんと青い空の静止画が見えた。大きなスイカは宙を舞わず、子どもたちの声も聞こえない。ちゃぶ台の上に置いてある『嘔吐』を開いた。

——•＊＊＊•——

（『嘔吐』メモ）四

ロカンタンは、自分には意味のある過去がないことに思い至る。そして自分を含め、偶然ただそこに在るだけの者たちを「記憶のない漂流物だ」と表現する。

「私は自分のからだしか持たない。まったく孤独で、自分のからだしか持たない男に、思い出をとどめておくことはできない」

「家庭を持っている人びとは彼らの家の中、彼らの思い出のまん中にいる。ところがここにいるわれわれは、記憶のない漂流物だ」

——•＊＊＊•——

『嘔吐』を閉じる。港に行ってみよう。港に行って遊覧船の情報を手に入れ、あの木の枝、特にその先にぶら下がっているかもしれない縄のことを誰かに訊いてみようかと思う。

僕は立ち上がり、カヨコさんが洗ってくれた白いTシャツとグレーのジーパンにはき替え、亜麻色の綿の靴下を履き、ガラス障子を開け、石台の上に脱ぎっぱなしだった白い運動靴に足を通した。真夏の乾いた空気に晒されていたそれは少し硬く窮屈に感じられた。

子どもたちの姿はなく、庭の中央の崖際にある大きな岩の前にスイカのビーチボールと赤い三輪車が置き去りになっている。岩の向こうに位置する濃い緑の灌木とピンク色の秋桜たちの横を通って玄関まで行き、開け放しの引き戸からがらんとした土間を覗き込む。

「港まで行ってきます」と、言ってみた。薄暗い土間はヒヤリとした静けさで二度目の僕を出迎えた。昔の音のする引き戸をこじ開けて初めてここに入った時、一瞬の歪み、時間と空間のズレを確かに感じたのを思い出す。今は懐かしい香りのする場所だった。人の気配はない。中に入ってすぐ右手に、八畳ほどの扉のない物置がある。入口の左横に掛けてある二つの麦わら帽子のうち大きい方を拝借することにした。

土間を出て左に進み、濃い緑の垣根に沿った小道に分け入った。雑草に足を取られながらキャベツ畑の横を歩いて看板の脇から主道路に出た。

看板の前に白い軽トラックが止まっている。初日に車で送ってくれたユミが僕を降ろした所だ。昨日は左に進んで最南端の断崖まで行った。今日は右に曲がって港を目指す。どちらもここから三キロの行程だ。初日、土砂降りの雨の中を、最初は歩いて、途中から車で上ってきた坂道を、今日は逆向きに歩いて下る。

遥か前方に水色の海が見える。この見晴らしの良さはまったくの予想外だった。気分は上々でせっせと歩く。黄白色の太陽光が背中を照らし、北の海から坂道を駆け上ってきた潮風が顔を撫でていく。北国の、起伏の少ないこの島で、それらはどちらも強すぎない、未経験の心地良さだった。

まっすぐ前を見て歩く。視線の焦点の辺りに港があり、その向こうに海が広がる。庭から見る海も最南端の崖のてっぺんから見渡した海も鮮やかな群青色だった。今見る海は水色で、それらより遠くに霞んで見える。

島を訪れた初日、最初の急坂をやっとの思いで登り切り、この道に入る直前に振り返って眺めた港を思い出す。雨に霞んだそれには輪郭も色もなく、ルノアールを水墨画で模写したような不思議な光景だった。それがもう、遠い記憶の中に逃げ込んでしまっている。

足がずいぶん重く歩き難かったのは、雨のせいばかりではなかったのかもしれないと、ふと思う。僕はあの時、バッグに入れてきた本たちの無駄な重さに見合うだけの大きな荷物を抱えていたのだった。それがゆえに、あれほどの本をこんな所にまで運んできたのだ。今さらだ。そうだ、僕は逃げたくてここに来たのだった。

「おーじちゃん」という大きな声がする。声の方を見る。左斜め前の小道から数人の子どもたちがこの主道路に入ってくるのが見えた。子どもたちの中の一人が手を振っていて、もう一人が今、両手を振り上げた。子どもたちが出てきた小道を辿ると、道路と同じ土気色の庭を持つ横に長い木造二階の建物があった。緩やかな傾斜を持つ黄緑色の草原の中にそれは建っていて、向こう側には灌木群の丘陵が続いている。

子どもたちに近づくと、最初から手を振っていたピンク色のTシャツがカナで、両手を振り上げた赤い半袖シャツのチビがミナだとわかった。僕は左手を振って二人に応えた。

「学校で遊んできたの」と、カナが大きな声を上げる。

「だるまさんがころんだと、てつぼうをやったよ」と、ミナが声を張り上げた。僕は道路を斜めに横切って子どもたちに近づいた。ミナが両手をグルグル回しながら走り寄り、僕の足にドンとぶつかって少し離れた。

「おじちゃん、どこいくの？」と、僕の顔をまっすぐ見上げて、

「おひるごはんのじかんだよ」と続けた。

「遅くなっちゃったから、かあちゃん、きっと怒ってるよ」

と、近づいてきたカナが言った。もうそんな時刻か、昼食のことをすっかり忘れていた。カヨコさんにメモを残さないで出てきてしまったことに気がついた。

「おかあちゃん、いなかったよ」

と僕が言うと、ミナは眉をひそめ、

「かあちゃん、いるよっ。だって、がっこうであそんでおいでっ、ていったもん」と言った。

「おひるにはかえっておいでって、いった」

と続けて、僕の左腕を掴んで左右に大きくユラユラした。

「家に帰っておかあちゃんに会ったらね、おじちゃんはお昼ご飯要らないって、そう伝えてくれるかな」

と、僕は二人を交互に見て言った。

「おひるごはん、たべないの？」

とミナが怪訝そうな顔をする。そして、「おかあちゃん、きっとおこるよ」と言って口を閉じ、「いーっ」の顔をした。ユミが最南端の断崖の上で見せたのと同じ顔、幼い女の子特有のあどけない愛情表情だと僕は感じ、

「そりゃたいへんだ」

と言いながらミナに掴まれた左腕を何度か振って、右手でミナの頭をポンポンした。

「たいへんだよ、たいへんだよ」

とミナがくり返す。カナは大人びた顔をして僕を見ていた。おじちゃんはお昼ご飯は要らないよ、と僕はもう一度言い、ごめんなさいって伝えてくれるように、カナに頼んだ。カナはうんとうなずいた。ミナはふざけてうんうんと顔を縦に動かした。そして子どもたちは道路の右側を一列になって歌を唄いながら遠ざかっていった。

学校に通じる小道の入口から主道路の右側に戻って歩き続ける。初日、雨水が流れ下ってひどく歩き難かった道路が今日は土気色に干上がっているが、海鳥たちを見に行った昨日ほど大きな石ころだらけというわけではなく、南端の断崖絶壁への行程に比べると北の端に位置する港に向かうそれは、道が下り坂のうえ勾配も緩やかでずいぶんと歩きやすい。

まっすぐ前方に水色の海を見ながら快調に歩く。さすがに汗をかくが、流れないし、こびり付かない。皮膚から滲み出し、Tシャツとジーパンに吸い取られて乾くのだ。顔には薄く塩の粉が吹く。

海が近くなった。二十メートルくらい先で、このごく緩やかな下り坂が急に左にカーブしているのが見える。どしゃ降りの雨の中、ユミが僕を拾ってくれた辺りに来たと思う。

立ち止まって背筋を伸ばしたら港の全景が見えた。まっすぐ見下ろした視線の先に船着き場があり、白いフェリーが停まっている。船着き場から小さな広場を挟んで左側に青い屋根が見える。フェリーの待合所だろう。

急カーブを左に九十度曲がったら、坂は突然勾配を増して危険な崖路になった。雨の中、ここを登るのは容易なことではなかったことを思い出す。石ころだらけの危険な崖路を十メートルほど下ると、右に折れて比較的緩やかな坂道になる。そこを麓まで下り切ると道路は舗装になり、右側にコンクリート塀が出現した。さらに歩くと塀越しに海が見えて、港に着いたのがわかった。

停留中の白いフェリーを目指して歩く。と、突然右側のコンクリート塀が消え、何艘もの船が現れた。白が基調の船体の所々に青いペンキが塗られている物が多い。皆こちらを向き、岸壁に垂直に停まっているが、一艘だけフェリーの手前に横付けされて、すぐにでも出航できるように見える。船体の中央を縦方向に大きな電球が並び、両側面にそれぞれ数基のオレンジ色のロールが取り付けられている。典型的なイカ釣り船だ。

船着き場の広場に入る。右側にフェリー、正面にこちら向きの数艘のイカ釣り船。左に曲がると、三十メートル先に二棟の粗末な倉庫が見えた。

電球の割れたイカ釣り船とバラックの粗末な倉庫、あの時、降りしきる雨の中で僕を出迎えた貧しく、荒んだ日常性の具現者たちは、今、打ち付けられた木片や割れた電球を夏の陽の下に曝け出し、むしろサッパリと開き直った風情があった。

倉庫に向かって左側、イカ釣り船たちと向き合う位置に、坂の上から見えていた青い屋根の建物があった。思った通り、「フェリー待合所」と書いてある。左端の白いドアを手前に開けて中を覗くと、外と同じくらい明るい。正面は、切符売り場の窓口以外はすべて白い壁で、壁の裏側が事務所になっているらしい。窓口のすぐ右横に事務所の扉があり、それより右側の壁一面に観光ポスターと時刻表が貼ってある。

高い天井に二基の大きな扇風機が回っているし、四つの窓はすべて開いていて、暑くはない。二脚一組で向き合って置かれたこげ茶色の長椅子が三組ずつ二列に配置されている。一番奥のレンガ色の壁の中には、ごく小さな売店が作り込まれている。

白い壁に沿って時刻表まで行ってみる。列車とフェリーのものだけで、遊覧船の情報は一切見当たらない。さらに売店まで行ってみる。チョコレート、ガム、たばこ類の入った棚の横に、写真入りペンダント、絵葉書などのごく簡単な土産物が並べてあり、アイスクリームボックスが売り場の外に置かれていた。

アイスクリームが食べたい。売店に人がいないので、切符売り場まで戻って窓口から中を覗く。丸椅子が一つ置いてあり、後ろのホワイトボードに何個かの文字と、数枚のメモ用紙が貼ってあるのが見えた。

ホワイトボードの右側の隙間から、男一人と女一人がデスクに向かって仕事をしているのが見える。「すいません」と言ってみる。俯いてペンを走らせていた男が顔を上げる。もう一度、すいません、と言ってみる。彼がこちらを見た。僕が会釈するとペンを置いて立ち上がり、隣の空席の後ろを回って歩いてきた。

白い半袖のワイシャツ、紺のズボン、黒縁眼鏡をかけた痩せた男だ。中腰のまま窓口のガラス扉を横に開けて、「こんにちは」と言った。思ったより愛想のよい少し高めの声だ。三十代半ば位に見える。

アイスクリームが欲しいが店員がいない旨を伝えると、窓口のすぐ右にあるドアを開けて「はいはいはい」と言いながら出てきた。サンダルをパタパタいわせて小走りに売店まで行き、売り場に上半身をねじ込んでいる。僕が追いつくと鍵を手に持ってこちらに向き直り、アイスボックスのガラス扉の鍵穴にそれを立て、左に捻った。

ガラス扉を横にスライドさせながら「どれにしますか?」と言い、僕の顔をうかがっている。僕は中を覗き込み、躊躇なくチョコモナカを手に取った。八十円ですね、と男は言い、自分もアイスボックスからあずきバーを取り出して扉を閉めた。「これ、たまらんっしょ」と言いながら鍵を右に捻って抜き取ると、上半身をまた売り場にねじ込んだ。

男が鍵を戻すのを待ってから、

「遊覧船って、あるんですか?」

と訊いてみた。男はその場であずきバーの包みを開け、売店右横奥のゴミ箱に捨てた。そして、

「うちはフェリーだからね。うちじゃないっすよ」

と言いながら長椅子に腰かけ、アイスを口に運び、よほど固いのか顔をゆがめてそれをかじった。僕もチョコモナカの袋を開け、彼の方を向いて長椅子に腰かけ、一口食べた。

「島巡りっすか？」

と男が訊いてきたので、赤岩まで行きたいと伝え、

「赤岩のすぐそばの崖にちょっと変わった物があるじゃないですか」

と言ってみた。男はあずきバーをかじりながら、ジッと僕の顔を見ている。

「岩から一本だけ木の枝が突き出ていて……」

と僕は言い、チョコモナカを一口食べる。

「鈴木さんとこのお客さんだよね」

と男は言い、あずきバーを一口かじった。そして、

「なしてこんなとこさ来たの？」と訊いてきた。

カヨコさんに初めて会った時と同じ、東北弁のような言葉遣いだなと思った。東京からできるだけ離れたかったこと、人のいない所に行きたかったことを、僕は正直に伝えた。男は、「その通りだぁ、東京からはずいぶん遠いし、人もほとんどいないっしょ」と言い、「だからすぐ知れちゃうんよ」と続けて、少し笑った。

僕は遊覧船とあの枝のことをどうしても知りたかったので、再度の質問の機会をうかがい黙ってチョコモナカを食べていた。すると、

「ユミちゃんと回るのかい？」と言い、

「島巡りは漁業組合だから、倉庫の所に切符売り場があるよ」と教えてくれた。

夏の観光シーズンだけ日に二度運航する島巡りの船があるらしい。結局、奇妙な枝のことは訊けなかった。僕は礼を言い、立ち上がって最後の一口を食べてからチョコモナカの袋をゴミ箱に捨て、白い壁に沿って切符売り場の所まで戻った。

ドアに向かおうとした時、窓口に若い女性が座っているのに気がついた。制服らしい青い半袖シャツを着ている。

「フェリーの乗船券、買えますよ」

と彼女は言った。僕は軽く会釈し、白いドアを開けて外に出た。

左の倉庫に向かう。二棟の倉庫の間に小さなプレハブが見えた。倉庫の一部だと思っていたそれが切符売り場らしい。

吹きつけた雨が乾いて汚れたままのガラス窓は開いていて、赤黒く日焼けした頬を持つ中年の女性が座っていた。左手に団扇を持ちしきりに動かしている。向かって左隣に少し若い感じの女が座っており、団扇を扇いでは中年の女に何か話し掛けている。

「こんにちは」

窓越しに声を掛けたが二人は話を止めず、少し間を置いてからこちらを見た。

「島巡りの遊覧船に乗りたいんですが……」

と言ってみた。

「遊覧船はないよ」

と女は言い、白い歯をむき出して、あははは、と笑った。

「カヨコさん、元気かい？」

突然、中年の方がこう言い放ち、二人の女は顔を見合わせて、また、あははと笑った。若い方の女は右手で口を押え、可笑しくてたまらないという風情で首をのけ反らせている。

「島巡りをしたいんです。船はどうしたら乗れますか？」

フェリーの待合所であの枝のことを訊く機会を失していた僕は、大きめの声でそう訊いた。

「ポンポン船が十一時と夕方四時にそこから出るさ。千円、大人だけだよ。乗る時買えばいいさ」

と言い、また二人で話し始めた。後ろで扇風機が回っている。窓口は開いたままだ。僕は思い切って、

「赤岩の前の崖、見晴台の少し下の辺りに、面白いものがありますよね。あれ、一体何ですか？」

と訊いてみた。中年の女は切符の束を右手に持ち、トントントンと机に打ち付けながら、しばらくの間若い女と話し続けた後、急にこちらを向いて、

「何にも知らねえな」

と言った。そして若い女の方に向き直り、「なっ」と、首を縦に動かして相槌を求めた。

「何にも知らねえよ」

若い女は無造作に独り言のような言い方をした。そして、スッとガラス窓が閉まった。

プレハブの前で戸惑っている僕に、後ろから声を掛けてきた男がいる。振り返ると黒縁眼鏡の男がいて、

「切符、買えたかなと思って」と言い、少し笑った。フェリーの待合所の男だった。

「山田です、サクって呼ばれてます」

「作る男のサクオです。昔の名前で出てますって感じっしょ」

と言い、山田作男はまた少し笑った。

「今日は乗らない」

と僕は伝え、「明日ユミと乗るつもりだ」と敢えて言ってみた。この男はさっき、「ユミちゃんと回るのかい？」と、確かに言ったのだ。ユミを知っていて、僕がユミの知人であることも知っている。何をどこまで知っているのかはわからない。

「ユミちゃん、友だち迎えに来てさ、ほんのさっきまでここにいたさ。赤岩まで行くって、ホテルの車でさ」

と、共通の友人の話をするような言い方をした。そして、

「鈴木さんちまで送るよ」

と言い、

「二時に戻りの船が出たら、仕事ないっし」

と言って、また少し笑った。さっきの便で誰かがやって来たのだ。一時着だから、確かにほ

んのさっきまでここにいたことになる。

二時過ぎ、戻りのフェリーが魚介類のウレタン箱と若干名の人間を積み込んで船着き場を離れると、山田作男は裏の駐車場に僕を連れていき、会社のだという軽乗用車に乗せた。

駐車場から舗装路に出て、このまま行けばあの危険な坂道に突入するという直前で右に大きくカーブを切って道なりに進んだ。眼前には緩やかな上がり勾配を持つ灰色の道だけが見えた。そこを今度は左にゆっくりとハンドルを切りながら上って行く。

「迂回路ですか？」と僕が訊くと、あの舗装のない急坂は島の北端の断崖を登るための旧道で、あれ以上広くも緩くもできない。近道だから、皆歩いては通るが、車では危険すぎるので迂回路が作られたのだそうだ。

「歩きだったら行き会えたタイミングだけどねぇ。ユミちゃんも車だからさぁ、こっちさ走ったさ。それですれ違いになっちゃったさ」

「車で旧道に入ることはないんですか？」

「まあないねぇ。今、あそこを車で通る者はいないよ」

「人が死んでるし」

と山田さんは言った。そんな危険な道にあの土砂降りの雨の中、わざわざ車を乗り入れたのだろうか、ユミは。僕を見つけるために？

車がまっすぐ進み始めた時、

「ユミちゃんも、ヒロくんと同じこと訊いてたよ。赤岩展望台の崖に、何かおかしな物があるけど、あれは何だって」

と、山田さんがしゃべりはじめた。僕が黙っていると、

「ヒロくんで、いいんだよね？」

と僅かに顔をこちらに向けた。僕は返事をする代わりに、

「何でも知ってるんですね」

と言ってみた。

「ほとんど人いないから」

と彼は言い、また少し笑った。そして、

「あれってさ、在るっちゃ在るし、ないっちゃないんよ」

と言った。

迂回路は小学校に通じる小道に抜けていて、学校の前を通って主道路に出た。少し遠回りだと思うが、安全運転の山田さんでもアッという間に鈴木旅館に着いてしまった。けっこう歩きのあった往きに比べ、拍子抜けするくらいあっけなく楽だった。もう歩きはないなと思った。

看板の前のスペースに軽トラックはいなかった。山田さんはそこに車を停め、「いないな」とつぶやいて、こちらを見た。

「軽トラ、いたっしょ」

と、まるで事実関係を尋問するかのような言い方をした。

「白いのが……」

と僕は言い、黙った。誰かを貶めてしまいそうな気がしたからだ。車を降り、運転席に近寄って礼を言った。山田さんは、

「島巡りの船長、カキタのじっちゃん、面白いよ。よろしく伝えて」

と言い、主道路に戻りながら少し右手を上げて僕に合図をし、Uターンして戻って行った。

小道から庭に入り、玄関まで行ってみる。子どもたちの姿は見えない。玄関の引き戸は閉まっていたので、庭のまん中を通って石台の所まで歩いた。太陽の位置は南中を過ぎていて、日射しは強かったものの、石台に近づくと軒に遮られて正面から僕を襲うことはなかった。

石台から廊下に上がり、海を見ようと振り返った時、濃い緑の灌木の向こう側に誰かが立っていた。崖の縁を形成する岩たちの手前、灌木との間の僅かな隙間にカヨコさんが佇んでいたのだ。あそこは崖っぷちのはずで、僕なら立てるような場所ではない。

彼女はこちらを向き、そしてまた佇んだ。目を伏せたまま、何も見ていない感じがした。ふと僕に気がつき、あどけない子どものような顔をしてまっすぐ僕を見た。驚いたように見開かれた眼はやはり少し吊り上がっていたが、以前見た時より丸みを帯びているようだった。

茶色がかった瞳は若い女性らしく澄み切っていたが、清澄な静けさを湛えて沈んで見えた。眉に褐色のラインを引き、淡いグリーンのアイシャドウに赤い口紅をつけている。カヨコさん

は足元に視線を落とし、一、二歩こちらに歩を進めて、

「ごはん、本当にいいんですか？」

と、少し上目使いにそう言った。僕は、

「すいませんでした」

と言い、お昼は要らないことをあらためて伝えた。

「港はどうでしたか？」

カヨコさんは灌木の脇をすり抜けて庭に戻ってから、そう言った。

「港には確かに行きましたが……」と、僕がまだ言い終わらないうちに、

「あの、子どもたちから聞きましたから」

と、カヨコさんは何か慌てた風情でそう言うと、

「子どもたち、お昼寝させてます」

と言いながら、庭のまん中を通って、玄関の方に足早に戻っていった。


『嘔吐』『実存主義とは何か』『転換期の宗教』、それから、ひときわ厚い『存在と無』とを床の間の上に出しておいた。筆入れとノートはちゃぶ台の上に置いてある。他の物はすべて、昨夜、麻のバッグの中に入れ戻した。そこからクラッカーとさきイカだけを取り出して食べる。毎朝カヨコさんが持ってきてくれるポットから冷たい麦茶を茶碗一杯入れて、それを飲む。

島巡りの切符売り場の女性たちは、何であんなに可笑しそうに笑ったのだろうか。「在るっちゃ在るし、ないっちゃない」と言った山田さんの言葉の意味は。カヨコさんはどうしてあんな所に立っていたのだろうか、そして、僕が港に行ったと、なぜ言い切れたのだろうか。山田さんは、なぜ、白い軽トラックがいたことを知っていたのか。

東側と南側の障子は常に開けっ放しで、部屋にはいつも海風がそよいでいる。「僕を探すために、あの雨の中、あの危険な坂道に車を乗り入れたんだ、ユミは」と、突然、僕はそう確信した。そうだ、今夜ユミに電話しよう。そして明日、赤岩展望台の崖にあるあの枝を二人で見に行こう、と思う。

車で送ってもらったので汗もかいていない。さて、『嘔吐』でも読もうか。

——*＊＊——

（『嘔吐』メモ）五

ロカンタンは美術館を訪れ、大部屋の入り口の上に掛けられた「独身者の死」と題された大きな絵を目にした時、ただ自分のためにだけ生きたことに対する当然の罰として、彼の死の床にやって来てその眼を閉じてやる者はただの一人もいなかった、とその「独身者」の人生を弾劾する。そして、「この絵は私に最後の警告を与えた」と感じる。自分の生き方に対する、明確な、自戒の、ロカンタン自身のコメントである。

その後大部屋の中に入り、この街を作ってきた人々の肖像画と遭遇することで、次のような見解を持つに至る。彼らは義務を果たすという立派な過去を持ち、義務に付随する権利を有し、指導者だった。義務を果たさない自分は、その対極にある一兵卒にすぎない。意味ある過去を持たない自分には、生きる権利はない。最も罰せられるべきことは、ただ自分のために人生を生きることである。

——•＊＊＊•——

夕食後、カヨコさんに頼んでホテル・オロロンに電話してもらった。ユミを呼び出して明日島巡りに誘うためだった。ところが、ユミは電話に出なかった。夜の八時だというのに、お客さんと出かけてまだ帰ってこないというのだ。明日の朝また電話することにして部屋に戻った。「誰がユミを尋ねてきたのだろうか?」という思いが初めて湧き上がり、落ち着かない気分になった。

五日目

今日は小鳥のさえずりと共に起きて、『転換期の宗教』を読んだ。『嘔吐』が少しわかりかけてきたらようやくレポートが気になりだしたということだ。義務を伴うことはいつだって後回しになる。

社会学のレポートに「宗教」を選んだことの明確な理由は自分でもわからない。が、まるで意味のないことではなかったはずだ。僕は、自力では解決不能と思われる問題を抱えているからだ。

このような時、人は神様にお願いしてきたのだろう、と思う。「自力で解決できない」ということには「自分以外の誰かに頼み込んで何とかする」という事を含まない。人に頼んで解決できたなら、それは広い意味で、自分で解決したことになるだろう。だから、自力で解決できないと本気で観念した時、解決をお願いするのは「誰かに」ではなく、超越的な存在である「神様に」になるのは自明のことのように思われる。

ただ僕に関していえば、今この時点において、神様にお願いしなければならないほどの自覚症状はないのだ。つまり、自力で解決できないと本気で観念してはいない、ということなのだろうか。「逃げるため」に遥か遠方の見知らぬ小島に恋焦がれてきたはずの僕が、なぜ、今、差し迫った自覚症状がないのか、に対する明確な答えは、これもまた今の僕にはわからない、不明である。

いずれにせよ、神様のことを語るなど、今の僕にはまだできようはずのないことだけは、今の僕にだってわかる。明らかに「力不足」である。

「こんにちは」
「おはようございます！」

庭で、聞いたことのある声がする。愛想のよい少し高めの声、山田さん、作男さんの声だ。開けっ放しの東側の庭に黒縁眼鏡に白い半袖ワイシャツ、紺のパンツの作男さんが現れた。そして後ろから、白い帽子、淡いレモン色の半袖ブラウスに白いパンツのユミが、その後に、水色に近いブルーのワンピースに同系色の日傘を差した女性が続いた。

僕はユミに電話することをすっかり忘れてしまっていたのだ。カヨコさんが用意しておいてくれた朝食をいつものように食べ、冷たい麦茶を飲んでから、ずっと『転換期の宗教』を読んでいたのだ。今、何時だかわからない。

「船、乗りましょうよ」と、山田さんが言った。石台の横まで来て軒下の日陰に身を隠し入れるようにしている。そこから向こうのカンカン照りの中に、白っぽい服装のユミと青い服装の女性が立っている。

透明の白色光に微かに混じったライトイエローがユミの服で反射する。隣の青いワンピースは同じ光を透過させ、むしろ涼しげな色合いに見える。僕は座椅子から立ち上がり、本のページが閉じないように開いた側をちゃぶ台の上に置いて、それをまたいで廊下に出た。

「ヒロくん、パジャマ着てるのぉ?」

ユミが大きな声を上げて可笑しそうに笑った。僕は着替えもせずに『転換期の宗教』に没頭していたのだ。第一章は総論的な語り口が目立ってサッパリ面白くなかったが、第二章以降、各論に入ってからは研究書らしく信仰の現場の具体的記述や詳細な文献的考察がなされていて面白く、僕は得意の赤線を引きながらレポートを書くべく読み急いでいたのだ。そこにユミたちが突然現れた。

「電話しようと思っていて忘れた」

と、僕はユミに白状した。すると山田さんが、

「ユミさんと今日島巡りするって、昨日言ってたでしょ。ユミさんに電話してみたら、ヒロくんから連絡がないっていうから。一緒に迎えに来たんよ」

と言い、廊下に腰掛けた。

「小百合です、覚えてますか？」

と、ブルーのワンピースの女性が日傘の中から会釈をした。東京のアルバイトがあと一週間で終わるという頃、九段下のホテルでユミから引き合わされた人だ。金沢大学の医学生で、病院研修に来ていた、そうだ、ユミの詩集「悲なるもの」のことを教えてくれた人だ、と思い出した。

たった三週間前のことだ、一度スイッチが入れば記憶が鮮明に甦ってくる。僕がベートーヴェンのピアノソナタを語り尽くした時、この人は焦点の定まらないような目をしてうなずいてくれた。ユミは、「そうなんだ」と言って、持っていたサンドイッチをパクっと食べたんだっけ。

「こんにちは」

と僕は、よく知らない人に対するような曖昧な会釈しかできなかった。この人にまた会うとは思ってもいなかったし、登場があまりに唐突だったからだ。

「ヒロくん、急ごっ。あと三十分だよ」

とユミが言う。僕は部屋に戻って着替え始めた。

「ここに座って海を見てるね」

とユミが続けた。


学校前を経由する迂回路を通って、山田さんはたったの五分で僕らを港まで運んでくれた。昨日、一時間近くかけて歩いたのは一体何だったんだろうかと、またあらためて思ってしまう。山田さんが駐車場に車を戻している間に、プレハブの切符売り場で大人四枚の乗船券を買った。そこには「島巡りポンポン船」と印刷されていて、確かに遊覧船とは書かれていなかった。赤黒く日焼けした中年女性は左手で団扇を扇ぎながら、「べっぴんさんが二人かい」と、また昨日のように白い歯をむき出して、あははと笑った。若い方の女性は今日はいなかった。


切符売り場からフェリーの待合所の前を歩いて船着き場に向かう。小型の釣り船が船首を左、つまり真北に向けて静かに横たわっている。白い船体の所々が茶色に変色しているが、少し後ろ寄りに位置する操舵室の側面は水色と白の横縞で装飾されていて、颯爽とした風情がある。船首から右に向けて黒い太字でしっかりと「オロロン2丸」と書かれていた。

駐車場に車を戻してから合流した山田さんに促されて、操舵室の後ろの甲板に船縁を跨いで直接乗り込む。白いペンキが塗られた三メートル四方のスペースだ。ボートほどではないが、思ったよりも揺れる。

操舵室の横の五十センチほどの通路を通って前のスペースに移動する。操舵室は全高二・五メートル、二層造りの立派なもので、上層のコックピットは二畳ほどの広さを持っている。山田さんは早々とそこに入り込み、船長と何やら話し込んでいる。

操舵室の前の船の半分以上を占めるスペースには水色のペンキが塗られていて、左右両側の船縁に沿って五人程度が座れる青色のプラスチック製のベンチが備え付けられていた。左側のベンチに僕、ユミ、小百合さんの順に座って、出航の時を待った。

午前十一時、汽笛が三度ゆっくり鳴って、全長十二メートル、幅三メートルの小さな「遊覧船」は、僕たち四人だけを乗せて、ポンポンポンポンと動き出した。

コックピットの右側に立つ船長は、あちこちに視線を向けては舵を切り、一瞬何かを凝視し、またくるくると舵を回して船を岸壁から引き離した。

船は大きく左右に揺れながらほぼ直角方向に進み、白い小さな灯台が立つ突堤の左脇を滑るように通過した。そして、港を左右から囲う一対の防波堤のうち、前方に大きく迫り出した左側のそれの手前でゆっくりと右斜め方向に進路を変え、海に出た。

穏やかに見えた海の色は、黄が僅かに溶け込んだ明るい緑色からにわかに青味を増していき、オロロン2丸の揺れは周期の短い横揺れからゆったりした縦揺れに変わった。青みを増した海は、船の揺れ具合や日光のちょっとした反射の加減によって、青とも藍とも紺ともつかない構成要素の素顔をあからさまに覗かせる。その変容の様を見つめていたら、底の知れない井戸を覗き込んだ時のような感覚に襲われ、吸い込まれそうになる。

「落ちるな」

ふとそう思う。するともっと能動的な感情の昂ぶり、スッと身を投じてみたいというような誘いの気分が、一瞬、頭をもたげる。

船が速度を落とした。ガクッと体が揺れ、海面から目が離れる。詰めていた息がフッと抜ける。頭を左右に強く振った。船はゆっくりと右に旋回し、島を回り始めていた。

初め右側にいた太陽が正面真上から照りつけてきた。昨日から借りっぱなしの大きな麦わら帽子のつばを深く下げる。周囲の色彩が深みを増し、輪郭がハッキリする。僕はようやく周囲を見回すことができた。

山田さんがコックピットを出て、僕らの前を通って右側の座席の一番前、僕の正面に座った。

「港の近くは水深が深く、岩場もないから白い波が立たない。だから一見穏やかに見える」と、山田さんが教えてくれた。

左側に座った僕らは島の姿を見ながら進むことになった。大部分が切り立った絶壁で、島を一周している主道路に沿って柵様のものが見られるが、道路のない場所には柵は見当たらず、宿と同様、島の端がそのまま断崖絶壁だった。崖下には崩れ落ちた大小の岩々が転がっており、海に浸かった所は波に削り取られて不均衡な形をしている。

いくつかの崖は崩れてからまだ間がないかのような生々しい地殻内部の赤銅色を曝け出して

いる。比較的なだらかな崖の下には白い砂浜があって海も浅く、黄緑色の海水の中に赤茶色に苔むした岩々が透けて見える。そこで海水が砕けてキラキラとオレンジ色に輝く。

島の形状に沿って南下するうちに太陽は少しずつ左に移動し、いつの間にか左斜め後ろから僕たちの背中を射下すようになった。船は島を巡ってずいぶん右に旋回したことになる。

「きれいね」

と言って、ユミが船縁から手を伸ばして指先で海水を弾いた。島から五十メートルくらいのこの辺りの海は、エメラルドグリーンの艶やかさも、濃紺の魔力も持ち合わせていなかったが、青に緑が混じる落ち着いた色で僕らの心を和ませてくれる。

「鈴木さんちだよ」

と山田さんが断崖絶壁を指さして大きな声をあげた。さっきから時々見かける崖下に白い砂浜を持つ比較的なだらかな断崖だった。そのてっぺんに鈴木旅館があるというのだろうか。僕は立ち上がってそちらを凝視してみたが、まったくわからない。ユミも立ち上がりそちらを見ているが、山田さんに相槌を打つことはしない。

船が大きな弧を描いてさらに右に曲がって行く。

「赤岩だよ」

という船長の声で、体の向きを変えて前方を見る。オロロン2丸が左にオーバーランし、島が右側に流れていくような感覚に囚われる。実際には、船が大きく右旋回したのだ。視野の遠くの方で、サバイバルナイフのような臙脂色の岩が島影から姿を現した。オロロン2丸は速度を上げ、まるでそれへの上陸が目的であるかのように、まっしぐらに進み始めた。

赤岩を通り過ぎた所で船長は緩やかに右に舵を切った。ゆるりとした旋回に合わせて、パノラマ映画のように目の前の景色が変わっていく。

「ここでしばらく止まるよ」

船長はコックピットを出て後ろに行き、何かの作業をした。赤岩の前の絶壁と赤岩とをほぼ正面、僅かに右斜め方向に眺められる位置にオロロン2丸は止まった。赤岩まで二十メートル、絶壁まで三、四十メートルはあるだろうか。

操舵室の向こう側の通路を通って前に出てきた船長は山田さんの横に立って、「浅い岩場だからこれ以上は近づけねぇ」と言った。

「カキタのじっちゃんだよ、ウニ取り名人さ。この辺りのウニはじっちゃんがみんな取っちゃうさ」

と、山田さんが紹介する。

「ウニは副業だ。ニシンはずいぶん取った、それこそみんな取っちゃったさ」

とカキタ船長は相好を崩した。コックピットの中にいた時から気にはなっていたが、やっぱり上半身は裸だった。焦げ茶色に日焼けした肌は磨き上げたブロンズ像のようだ。汗が油のような光沢を発する。髪は真っ黒に染めてあり前頭部は後退しておでこが広く、両側は耳下まで伸びている。落ち武者の相貌だ。

「カキタのじっちゃん、すごい」と、僕は思った。「どこから落ち延びてきたの」とユミが言い出しかねないほどの見事な落ち武者ぶりだったが、ユミは「こんにちは」とだけ言い、小百合さんはユミと一緒に丁寧なお辞儀をするのが精いっぱいのようだった。小百合さんは言葉を発することができないように見えた。

「じっちゃんがさ、赤岩とアレが一番良く見える所に停めてくれたのさ」

と山田さんは言い、覚悟の程はどうですかとでも言うかのように、後ろに手を組んで僕たちの顔を順番に眺めた。

見上げる限りずーっと上の遠くまで紺碧の空だ。一刷毛の真っ白い雲が光っている。猛烈な太陽光に曝されながら停留するオロロン2丸を、黄緑色に透き通った海水がサラサラと洗う。キラキラ輝く波の下で鮮やかな深紅の海藻が揺らめく。水中を透過したレモン色の光線が赤茶色に苔むした岩石に反射してピカッと光る。その岩の上に立ち、あの枝を見上げているような感覚に囚われる。僕らは皆何かを見に来、そして確かにそれを見ようとしているのだった。

赤岩の手前に海面から一メートルほど顔を出している大きな焦げ茶色の岩がある。鳥たちにとっては小さな島のようになっていて、たくさんの海鳥が止まっている。一昨日ユミと見たように、黒い集団は長く岩に留まり、時折海に行ってはまた戻るをくり返す。白い鳥たちは個々まちまちに岩の周囲を飛び交い、時々海に降りては上陸する。

「まっすぐ立ってる奴、背中が黒くて腹が白いのがオロロン鳥だよ」

と船長が言う。

「昼間はほとんど沖に出てるから、ここで見られるのはすっごく運がいいよ」

と山田さんが言った。

「黒いのが十羽、白いのは入れ代わり立ち代わりね」

と小百合さんは数を数えたらしい。

「黒いのが全部オロロン鳥というわけではないからね。足が赤いのはケイマフリだよ」と山田さん。

「今はオロロン鳥の一群が島を独り占めしてるみたいだわ」とユミが嬉しそうに声を大きくした。

「オロロン鳥も二羽くらいずつ海に入ったり出たりしているよ」と、僕も観察報告をした。

「昨日の夜はウトウが一斉に巣に帰るのを見に来たんだよ、すごかった」

とユミは言い、小百合さんに「ねっ」と、相槌を求めた。

「無数にある穴はウトウの巣なんだってね。カヨコさんから聞いたよ」

と僕が言う。

「オロロン鳥じゃなかったね」

とユミは言い、「ゴメンね」と付け加えた。

ユミの「ゴメンね」で、僕がいわばユミに騙されてオロロン鳥を見に来、オロロン鳥がいなかったことで強く落胆したことをユミに見抜かれていたことを知った。あの時、僕は急にしゃべらなくなり、別れる時まで無言を押し通して会話を拒絶したのだった。

「ヒロくん、ないよ」

ユミはそうつぶやくと、昨日、二人で赤岩を見下ろしていた断崖絶壁を指さした。赤岩は南西に向かって立っている。対峙する断崖絶壁は赤岩の前で南から西に向けてほぼ九十度の曲面を形成している。そのため、南から照りつける太陽は赤岩の左側面と断崖の西側面に影を作るようだ。南面の崖には、コンクリートの階段が白い傷跡のようにへばり付いている。その下端に見晴台があるはずだ。目を凝らしてようやく、それらしい人工物を識別できた。昨日あそこにいたと思うと本当に恐ろしい、二度と行くことはないだろうと思う。

階段の上端のさらにずっと上の方に、紺を思いっきり明るくしたような晴天の空が、カーペットのように広がっている。こちらの南面からほぼ直角に向こうに折れ曲がった西側の崖はただ黒いだけで、シートが掛かっているかのように何も見えない。

「この辺の崖が一番高いんよ。百十メートルはある。島は南の端のここまでずっと上りで、ここから北の端の港までずっと下りだ」

と山田さんは、よそ者の僕たちに解説してくれた。そして、

「そうだべ？」

と、僕とユミに念を押すように言った。僕はうなずいたが、ユミは山田さんの言葉を無視するかのように崖の方を向いたまま、

「やっぱり、見えない。何も見えないよ」

と、今度ははっきりとそう言って僕を見た。こちらから見て見晴台の左斜め下にそれはある

はずだった。

「ここが一番いい場所さ。だけんど、しょせん遠すぎて普通にゃ見えねえよ。それに、頼まれたから来たけどさ、この時間じゃ無理だ。太陽が西に傾けば、見える奴にゃあ見えるようになるさ。夕方からさ」

と、船長はそう言って、ただ黒いだけの西の断崖を見やって目を細めた。眼光鋭い褐色の目は、遠くの獲物に焦点を合わせて動かない猛禽類のそれだ。

「見える人には見える……、ですか？」

と、小百合さんが初めて独り言のように小さな声を発した。ブルーの日傘を右肩に背負うように差しているので、ノースリーブのワンピースから出た白い二の腕と上半身全体が、傘の影の中にすっぽり収まっている。

「木の枝ですよね？　それにロープの輪っかがぶら下がってるんですよね？」

と僕は、直接的な表現をして船長に訊いてみた。カヨコさんにも山田さんにも切符売り場の女性にも、遠慮がちにしか訊けなかったから、それでいつもまともに答えてもらえなかった、という思いが僕にはある。船長は崖の方を見たまま、

「オロロン鳥は完全におまけだわ。あんたたち、運いいわ。訳わかんねえけんど、いいことがあれば、それでいいのさ」

と言った。

「いつもいるのは朝だけだもんね。じっちゃんがオロロン鳥まで連れてきたわ」

と、山田さんがカキタ船長の肩を叩いた。

「沖の方であんべぇ悪いことでもあるかもしんねぇな」

と、船長は山田さんの方に向き直った。それから一呼吸置いて僕の方を向き、

「アレは、見てぇもんにしか見えねぇよ」

と言った。

「じゃあ、やっぱり、あるにはあるんですね」

とユミが言う。船長はゆっくりユミの方に顔を向けた。そして優しい顔になった。

「お嬢さん、見たんじゃないの?」と言い、「見たんじゃや、あるんでねえか」と続けた。そして、

「島のもんにとっちゃ、あってもなくっても、どっちでもいいものなのさ」

と付け加えた。

「じっちゃん、俺にしゃべったみたいに、みんなにしゃべってあげてよ」

と、山田さんが言う。

「みんな、座れさ」と船長が言う。

カキタ船長は、座った僕らの方を向いて舳先に立った。正面から真夏の太陽を浴びて褐色の肌がジリジリ焦げるような鈍い光を発する。この時間になって少し伸びてきたらしい髭が頬に白く目立っているような気がする。

うんだ」

「あと五分で船を出すよ。それ以上ジッとしてたら身が持たない。風を切らないと過熱しちま
「だから、五分でしゃべるよ」

と船長は言い、半身になって右腕を伸ばし、今は何も見えていない西側の絶壁の方を指さした。

「あそこに、何かがある、という人間がいるのさ、確かにそう言ってくる者が後を絶たない。でもさ、何にもないという人間もいるのさ。島の連中はほとんどがそうだ。訊いてみればさ、決して何もないと言うさ」

「そうだべ？」

と、僕に向かって首を縦に振って相槌を促す。僕は相槌を打った。確かにそうなのだ、カヨコさんも、券売所のおばさんも、若い方の女性も、僕が訊いた島の人たちは皆一様に、何もないと言ったのだ。山田さんだって、あるとは言わなかった。あると言えばあるし、ないと言えばない、と言ったのだった
「わしが最初に見たのはさ、十歳にはなってなかったな、六十年以上も前さ。親父の船でさ、今みたいにさ、この辺りから見たのさ」

「お父さんが見せてくれたんですか？」

と、ユミが訊いた。

「なんも。ニシン漁に連れてこられたのさ。この辺りから内地の沿岸にかけてさ、大量に押し

寄せるんよ。卵を産むためさ」

「二月になると外から若い衆が大勢やってきてさ、まず雪をどけるさ。それから船と道具を倉庫から引っ張り出してさ、みんなで網を整えるのさ、命の網だ。三月になると朝七時から船を繰り出してさ、五月まではまるでお祭り騒ぎさ。だからニシンは『春告魚』って書くんだべ。ニシンが多すぎてさ間に合わないからさ、子どもも手伝ったんだ。学校も休みになるんよ。ニシンがうんと獲れてた時にはさ、皆なそれで手いっぱいだし、大して喜ばしいことなのさ。島全体がお祭りみたいなもんさ。あんなもん、気にしてる暇なんてなかったさ。とっさんの時代もさ、その上のじっちゃんの時代もさ、誰も何も知らなかったんでねぇかな」

と、船長は神妙な顔で答えた。

「それじゃ、船長は、どうしてアレを見ることになったんですか?」

と、小百合さんが質問した。船長に慣れて、ようやく普通の声を出せるようになったようだ。

船長は猛禽類のような鋭い視線を小百合さんに向けた。小百合さんが一瞬、息をのんだように見えた。

「何かがぶら下ってるような、そんな気がしたのよ」

と、カキタのじっちゃんは答えた。

「この春のニシン漁は今日で終い、という日だったな。昼になって漁が一段落ついた時にさ、船が沈んじまうほどいっぱい積んでさ、港まで帰る途中にさ、ここに寄ったのさ。というより、ここを通りかかったのかもしんねえな。今考えてみても、どうしてここにいたのかわかんねぇのよ。とっさんがこの辺りに船を停めてさ。そして俺は初めてアレを見たような気がしたんよ。五月の陽はさ、今日みたいに強くないからさ、真っ黒い影だけじゃなくってさ、ちゃんと岩肌が見えたんよ。展望台なんかないしさ、ましてやコンクリの階段なんてねぇしさ。目印が何もねぇんよ。だからさ、アレだけだったら見えるはずがねぇんだ。小っちゃすぎるさ。予め知ってなければ、目の拠り所がねぇもんな。

だけんどさ、その時ゃあさ、崖の岩肌にさ、黒い何かがぶら下がってるような気がしたのさ。この時ぁさ、それだけだぁ。何かが見えたとか、それが何だとか、そういうふうにはならなかったさ。何かある、という感じさ。感じただけで終わりさ。通りがかりだからさ。そのまま港まで帰ったさ。船から溢れそうなニシンをさ、女、子どもも混じってさ、皆で浜に上げてさ、それで終わりさ。アレのことは、特別なこととしては何も残らにゃあせんかったな」

船長は遠くを見るような目をした。

「だからさ、本当にアレを見たわけじゃあないのさ。この時は、あの辺りに何かがぶら下がってるような気がしただけなのさ。それも、その後ずっと忘れてたのさ。それを思い出すまでにさ、四十年くらい間があったさ」

「四十年……、ですか？」

と、小百合さんが普通のことを訊くようにそう訊いた。

「忘れもしねぇさ、ある年突然、ニシンが来なくなったんだ、突然だ。だんだん減ってはいたんだけどな、昭和三十年にまったく来なくなってしまった。それから、はあ二十年たつさ」

船長はまた遠くを見るような目をして、僕らの頭を通り越した辺りに視線を結んだ。そして一呼吸置いて、

「その年の最初に船を出すのはさ、見張り衆から連絡が入るからさ。『群来《くき》』だぞーって、息せき切って走ってくるんだ。群来っていうのはさ、ニシンの大群が産卵で一気に押し寄せてくることさ。辺り一面の海が白子で真っ白くなるんだ」

と言って、船長は僕らの所に視線を戻した。

「だけんど、その年は四月になっても『群来』が来なかった。夕方まで待っても誰も走ってこなかった、そんなある日にさ、前の年まで若い衆と繰り出してた船をさ、一人で出してみたんだ。昔、親父に連れられて来てさ、不思議なものを目にしたことをふと思い出したのさ。他に何もすることがなかったからさ」

「四月の夕方さ。陽はゆるりとしてるけんど、この辺りはまだ寒いのさ。空気が固いからさ、方々に広がらないで物が良く見えるのさ。子どもの時に『何かがある』と感じた辺りをさ、ようく見てみたのさ。そしたらさ、アレがあったのさ、お前さんたちが気にしているアレがさ」

山田さんがコックピットに入り、双眼鏡を持って出てきた。しばらく覗いていたが、

「階段と展望台しか見えない」

と言って、僕に渡してくれた。眼鏡の山田さんから渡された双眼鏡は焦点がぼやけていて何も見えない。

まん中のダイアルをぐるぐる回してピントが合った時、僕は真っ青な空とサッと一刷毛掃いたような真っ白い雲を見た。視野を下におろしたら褐色の岩肌とそれにへばり付く緑色の植物の中に、まるで掘られたような階段が左端にあった。

視線をそっと左に移す。階段が右端に移動し、視界はすべて黒い断崖絶壁で占められた。肉眼と違って岩石の凹凸を区別することができる。その景色の中、一本の棒状の物が周囲とは僅かに違うこげ茶色の色彩を纏って突き出ているのが見て取れた。昨日ユミと見たのは木の枝のような物で濃い緑色の葉が絡みついていた。その葉の色が日陰の中で周囲の岩石と区別されて見えるのかもしれなかった。

ユミもおそらく僕と同じ思いでここに来たに違いない。どうしても確認したいことがある。しかし、今、それを達成することはできない。船長が言うように今はダメだ、陽が強すぎて影が深いのだ。僕たちが見たと思った黒いロープ様のものは影の中に溶け込んで息を秘めているのかもしれない。

双眼鏡をユミに渡す。少しダイアルを回した後、ユミは双眼鏡を動かさない。こんな時、ユミは勘が良いのだ。ジッと動かさない双眼鏡をそのまま小百合さんが受け取る。少し経って、

「一体何が見えるというの？」

と、小百合さんがまた独り言のように言った。ユミが耳元で説明を始める。

「白いのが階段よ。見えるでしょ」とユミが言う。小百合さんが小さく首を縦に振る。

「そのすぐ左下に葉っぱが沢山巻き付いている、太い木の枝が……」

「さあ、帰るべぇ」

と船長が言った。正午前、まだ若い真夏の太陽が後ろの高い所で燃えている。小百合さんが双眼鏡を僕に戻す、何も言わない。

「ジリジリするべぇ」

船長は後ろに行き、錨を引き上げにかかった。山田さんが一緒にロープを手繰り寄せる。僕はコックピットに入って双眼鏡を計器盤の上に置いた。ユミと小百合さんはベンチに戻り、日傘の下で身を寄せるようにして話し始めた。

オロロン2丸は後ろ向きにしばらく進んでから一旦止まり、ポンポンポンポンと頼りなげな音を発しながら前進し、右に進路を変えて赤岩を離れた。船長はコックピットに一人で立ち、出発の時とは違ってあちこちを見たりくるくると舵を切るようなことはしなかった。

赤岩を過ぎてからも船は直進し、振り返ってみた視野の中にいつまでも赤岩がいる。船は往路よりもずいぶんと沖に出たようだ。海の色は濃紺でむしろ黒に近く、往路に時折見せていたエメラルドグリーンの美しい姿を現してくれそうには到底思えなかった。港から海に出た時に感じた縦方向の揺れを、今は横からも感じる。長い周期を持つうねりが縦、横両方向から打ち寄せ、いわば落ち葉のように弄ばれている。体が浮き、ベンチに打ち付けられる。

僕の正面に座っていた山田さんが、「立ち上がっちゃダメだよ」と大きな声を掛けてきた。僕はうなずいてユミの方を見る。ユミと小百合さんが同時にうなずいた時、山田さんの体がべンチから離れ、前のめりになって足を踏み出した。僕の体は後方に引っ張られ、船縁に当たって仰向けになった。次の瞬間、今度は強い力で前方に放り出され、僕らは全員甲板に転がった。波の上でオロロン2丸が左に旋回したのだ。船長を見る。まっすぐ前を見て姿勢を崩さない。やっぱり、獲物を見据えて視線を外さない猛禽類のようだ。

仰向けになって見えた空は青かった。一刷毛の真っ白い雲が若い太陽に焙られて金色に輝く。僕らはベンチに戻り体勢を整える。船が向こう側に揺れた時、空はずっと遠くにあって水色に見える。遠くの空に光らない雲が広がる。水しぶきがかかる。僕は船縁に両腕を掛けて体を固定する。ユミは小百合さんと体を支え合うようにして身を屈めて小さくなっている。小百合さんの日傘が甲板の上を行ったり来たりする。

「やっぱり、沖の方で塩梅悪いことが起こってるな」

と船長が言うのが聞こえた。コクピットから上半身を乗り出して山田さんに言ったのだ。

「オロロン鳥がこっちにいたわけだわ」

と、山田さんが言葉を返す。

「明日は雨だからさ、アレを見に来るのは無理だねぇ。船は出ないよ」

山田さんは前後左右に大揺れしながら、怒鳴るような声でそう言った。僕はアレのことなど考えていない。ユミも小百合さんもそうだろう。この船の揺れと大きな波と水しぶき、青すぎる空と容赦ない太陽、金色に輝く雲だけだ、それらが今の僕らにとってのすべてだ。

光を吸い取って濃すぎる濃紺の海は恐ろしい。両腕で船縁にしがみついたまま船の軌跡を追ってみる。最後尾のマスト越しに見える海上にスクリューと船底によって作られたオロロン2丸の航跡が見て取れた。その遥か彼方に小さな赤岩が辛うじてまだ見えている。しばらく眺めていると、島の形状に沿った緩やかな左旋回によって島影に吸収されるように見えなくなった。ここから残りのほぼ半分、ひたすら北上して港を目指すことになる。あと十五分ほどでこの航海が終わる。

オロロン2丸は静かに接岸した。出航前と同じように左舷を船着き場に横付けにして、激闘を終えたばかりの戦士のように微かに身震いしている。カキタのじっちゃんはすぐにはエンジンを切らない。僕らは山田さんに促されて操舵室の脇を通って後ろのスペースに移る。山田さんがコックピットのじっちゃんに声を掛ける。

「こいつは、子飼いの弟子、腹心の部下、無二の親友と言ったところかね」

「なんも、偉大な先達さ。生まれた時からこの道一筋だぁ。こいつにゃ頭が上がらねぇ。まったく頭が上がらないさ」

と、じっちゃんは答えた。そして少し間を置いてから、

「命の綱さ」と言った。

「これがいなかったらさ、生きてはこれなかったさ」

そして、

「フェリーが来る前に係留場さ連れてかないと」

と続けた。

僕らは各々船長に礼を言い、船縁を跨いで陸に上がった。最後の山田さんが右手を上げてじっちゃんに合図を送ると、オロロン2丸はこれまでよりずっと小さなポンポンポンと共に静かにその場を離れ、そっと前進し、左側に弧を描きながら、防波堤の手前のスペースに吸い込まれて行った。数艘のイカ釣り船が繋がれている、あそこに行くのだとわかった。


「今日と明日、夏季休暇だから」と、帰りも山田さんが車で送ってくれた。後ろにユミと小百合さんが座った。駐車場を出てから右に曲がり、迂回路に入った辺りで、

「行きはよいよい帰りはこわい、だったね」

と、山田さんが初めて声を出した。

「行きは天国、帰りは地獄だったわ」

とユミが、少し不満げな言い方をした。

「往路は観光、帰路は現実さ。ここでの生活はつまりはこうなんだということをさ、じっちゃんが教えてくれたんだべさ。実際の漁場はさ、もっと遠くにあるんだからさ、アレのことなんかさ、思い描いてる暇なんかないべ」

と、山田さんは言った。

「今日、はっきり見ることはできなかった」

と僕が言うと、

「私には見えたよ。肉眼では無理。でも、双眼鏡には入ってた」

と、ユミが少し得意そうに言った。

「一体、何が見えたの？ 入ってたって、どういうこと？」

と小百合さんが言う。

「昨日、ユミから聞いてたし、さっき双眼鏡を覗きながらユミの説明を受けたけど、私には何も見えなかったよ。だいいち、ユミの言っている意味がわからない」

と、小百合さんが珍しく熱心に語る。

「船長も言ってたじゃないの。私は船長の話を聞いてゾッと鳥肌が立ったよ。何か黒い物がぶら下がってたって」

とユミが言う。

「『黒い物』じゃなくて、『黒い何か』よ、船長はそう言ったの。物とははっきり言ってないよ」

と、小百合さんは否定的なスタンスを崩さない。

「黒い物は物体だけど、黒い何かは、実体のない何か、影かもしれない。影なら納得できるし、その時の心理的な作用でそう見えることだってあり得るかもしれない、と思える。でも、黒い物と言われると、そんなことあり得ないと思う。あそこにぶら下がっている黒い物って、それ、アレのことを言ってるんでしょう？」

と、小百合さんは珍しく、強い言い方をした。たぶん、本当に珍しく。東京で会って話したことのある僕の感じでは、普段、この人はこういう言い方をする人ではないと思うのだ。

「そうよ、人よ。つまり、あそこに人がぶら下がれる太い木の枝があって、しかも、ぶら下がりやすいようにロープの輪っかが垂れ下がっているのよ。綱だかワイヤだかは、わからないの。ほんとはそれまで確認したかったんだけど、それはわからなかった」

と、ユミが言った。

「首吊り」

と、山田さんがつぶやく。それは、はっきりさせたくないこと、曖昧なままにしておきたかったことだ。

「話せばいろいろあるのさ。ここは厳しい所だから。今の季節だけなのさ、よそ者が喜んで帰っていけるのは。ちょっと時期がズレたらさ、二度と来る気にはなれない所さ。そういう所なのさ。だからさ、昔からいろんな事があったし、いろんな話があるのさ」

と山田さんが、こちらも珍しく、まともな言い方をする。

「例えばさ」

と、山田さんが話してくれたこと、それは、アイヌの人たちの話とニシンの話だった。「また詳しくしゃべるさ」と、山田さんは言った。

鈴木旅館の看板の前で僕だけ車を降りる。山田さんが雨だと言うので明日の約束はしない。小百合さんが、明後日の朝、金沢に帰ると言って窓から手を出した。僕はその白い、ユミほど華奢ではない、強い意志のこもった手を握ってサヨナラの挨拶をした。ホテル・オロロンに向かう車の中で、ユミがリアウインド越しに手を振っている。僕はその場に立ち、手を振って、右側の草原と左側の灌木群とに挟まれた一本道を真っ青な空に向かって車が引き込まれて行くのを、最後まで見送った。

今日はカヨコさんが準備してくれた昼食をいつも通りに食べることができた。ひじきの炊き込みご飯、アジの干物、大根とイカの煮物、ナスの味噌汁、キャベツの千切りとトマトのサラダにマヨネーズ。

最近は食事の時刻がほぼ決まってきて、朝八時頃、昼一時頃、夜六時頃になっている。最後に、少し冷たさの緩んだ麦茶を魔法瓶から茶碗に注いで、それを飲み干す。

さあ、気合を入れて『嘔吐』を読もうか、それとも『転換期の宗教』にするか。僕は今、一仕事終えてほっとしたような気分でいる。アレを皆で見に行ったことがそうさせているのか、あるいは、不完全であるにしろアレの存在の可能性を確認できたからだろうか。僕は双眼鏡のおかげでそれらしき物の一部を見ることができたし、ユミは、小百合さんに説明していた内容から判断すると、存在をより確信できたのかもしれない。しかしいずれにせよ、今日は二人とも、最後のところを確認できないまま戻って来たのだ。最後のところ、それは、「そもそもアレは何なのか」に対する答えになるはずのことだ。「黒い何かがぶら下がっているように感じた」とカキタのじっちゃんは表現した。「ロープの輪っかが垂れ下がっているが、それが綱だかワイヤだかはわからない」とユミは小百合さんに説明していた。山田さんは「首吊り」と言ったが、それは答えではない。彼がそれを見たわけではないからだ。彼は「昔からいろんな事があったし、いろんな話があるさ」と言っただけだ。僕らは、それを聞かなくてはならない。

「お済みですか？」

と、カヨコさんが庭に面した廊下から声を掛けてきた。食事を片づけに来てくれたのだ。僕が出しておいたお膳を両手で持ちながら、

「船はどうでした？」

と親しげに訊く。僕は開けっ放しのガラス障子のこちら側で、ちゃぶ台の前に座ったまま、

「船長が、カキタのじっちゃんがすごかったです」

と答えた。カヨコさんはちょっと間を空けてから、

「すごかったでしょう」と言い、

「ニシンの話とか、聞きましたか？」

と続けて、珍しく「あはっ」と小さな声を出して笑った。僕が話を続ける為に部屋から出ると、カヨコさんは少し後ずさりしてガラス障子から離れた。丸襟の白いブラウスにクリーム色の膝上丈のスカートをはいている。やや縮れ気味の茶色がかった黒髪は後ろに束ねてある。褐色の瞳と同系色のアイブロウ、薄いグリーンのアイシャドウ、いつもの赤い口紅はやはり少し

濃い目だ。

「赤岩までの往復が、行きは天国、帰りは地獄でした」

と僕が話すと、

「島巡りでは、普通、沖に出ませんよ。荒れると怖いから。カキタさんも一度沈んでるからね、昔」

とカヨコさんは言い、少し顎を引いて、恥じ入るような表情で僕を見た。そして、

「オロロン2丸だったでしょ」と続けた。

「そうなのか」と、僕は納得した。

「カキタさんとこは腕利きの漁師だからね、代々。何度も危ない目に会ったって、ときどきしゃべってくれますよ。島の周りがうねってる時は漁には出ないって。こっちの天気が良くっても、どうせ漁場は荒れてるそうです、そう聞いてます」

「今日はすごくうねってました。船縁にしがみついてないと振り落とされそうで。でも、腕利きの船長がどうしてわざわざ沖まで行ったんでしょうかね、あんなに波が高かったのに?」

と僕は訊いてみた。

「赤岩で何かありましたか?」

とカヨコさんは、まるで考え事でもしているかのように、ゆっくりと、おずおずとそう尋ねた。一昨日、赤岩展望台から帰った日の夕食前にカヨコさんにアレのことを尋ねた時、「そんな物のことは、私にはわかりません」とけんもほろろに跳ね返されたことが頭をよぎった。そ

れで僕は一瞬、言葉を止めた。するとカヨコさんは、意を決したかのようにこちらを見、言葉を繋いだ。

「カキタさんから聞いた話ですよ。毎年ニシンが押し寄せていた頃の話です。たくさん借金して、船と網と道具さ設えて、若い衆雇って、とにかく稼ぐ人がいたらしいですよ。ある年、ニシンがぴったり来なくなってしまって、すっかり首が回らなくなってしまって」

カヨコさんはここで言葉を切った、そして怯えるような目で僕を見つめたまま黙ってしまった。

「首を……」

と、静かに僕が言うと、カヨコさんはコクリと小さくうなずいて、

「……吊ろうとしたとか……」と独り言のようにつぶやいた。

そういうことなのか、と僕は思った。そして、僕の頭は、そういうこととはどういうことなのか、を考え始めた。

「でも、船長がアレを最初に見たのは六十年以上も前のことで、その時ニシン漁は真っ盛りだったと聞きました。今の話は、ニシンが来なくなった時のことでしょう？」

と、僕は訊いてみた。

「私がカキタさんから聞いたのは、最初は何かが見えたような気がしただけで、見たとは覚えていない、と言ってましたよ」

「そうだ、本当にアレを見たのは、四十年も後になってから、ニシンが突然来なくなったその

日だったと言ってましたね。子どもの頃最初にアレに出会った時は、黒い何かがぶら下がっているような気がしただけだった、と」

「そうです」

と、カヨコさんはうなずいた。そして、お膳を持って廊下を戻っていった。

最初に見たような気がしたのは何かの予兆。四十年後、実際に見たのは、現実の象徴。そして同時期に、そこを舞台にしてカヨコさんが話してくれた不幸な逸話が実際に起こってしまった、ということなのだろうか。漁が忙しくてお祭り騒ぎだった頃、その存在を感じるものの実際に見ることはなかったし気にも留めなかった。突然漁がなくなった時、その存在が気になりもし、実際に見ることにもなった。そして同時期、「首吊り」という具体的な事例が身の周辺に生じてしまった。以上が、船長とアレに関して、今、僕が承知していることだ。次に会った時、船長と山田さんにいろいろ訊いてみることにしようと思う。

僕はちゃぶ台に戻って『嘔吐』を読み始めた。

——•＊＊＊•——

（『嘔吐』メモ）六

ロカンタンは美術館で多くの肖像画と対面した。しかし、どのような過去であれ、過去は陳列されているだけで現存しなかった。そのことを、はっきりと認識した彼は、現存しない過去たちに対して、「さらば」と、決別を告げる。そして、自分こそが、今、存在しているということに気づく。

——•＊＊＊•——

夜中に目が覚めた、雨が強く屋根を打っている。雨戸は昨夕、子どもたちと手分けして閉めてある。気象に関する情報網があるらしく、大雨注意の有線放送が入ったと言って、カヨコさんが子どもたちを連れてきたのだ。

雨戸を締め切ると、僕の居室以外は真っ暗闇になった。初めてこの家に辿り着いた時、外は降りしきる霧雨で雨戸は閉まっていた。まん中に一つだけ灯っている小さな裸電球を頼りに長い廊下を歩くと、一番奥のこの居室の前だけ雨戸が開いていて、雨にかき消された庭の風景の彼方に混濁した空と海とが連なって見えた。

今はすべての雨戸が閉めてあり、寝ている位置から見て右手の長い廊下側の障子戸には、裸電球から浮遊してきた不揃いな粒子たちが取り付いて淡い鄙びたオレンジ色が滲んでいる。正面の庭側の廊下には灯りが届かず、ガラス板の向こうは暗闇だった。

今日の雨は粒が大きくて強い、そういう音がする。遥か彼方で鳴る雷のような波の音は今日は聴こえてこない。絶え間なく打ちつける激しい雨音が、ガラス板の外に広がる漆黒のイメージを際立たせる。この雨は明るい所には降らないだろう。

「とうちゃん」

と、聞こえた気がした。

「とうちゃん」
と、また聞こえた。大人の女の声だ。叫びではなく、呼ぶ声。少し離れた所にいる人を呼ぶ、しっかりとした、少し怒っている、絞り出すような声だ。雨は家の外では波音を根元から断ち切った。家の内側で発せられた音声は外の雨音にかき消されることなく、空気溜まりの中を伝わって僕まで届いたのだろうか。二度聞こえて、それっきり。後には雨音だけが残った。僕は再び眠りに落ちた。

六日目

目を開けても光らしいものは射し込んでおらず、夜が明けたのかどうかわからない。雨戸は閉まったままらしい。まだ降っている。激しい雨だけで、風はないようだ。半身を起こして床の間に手を伸ばし、久しぶりに時計を見たら八時半だった。ガラス障子の前に朝食が置いてあるだろう。僕は床の間から洗面用具とタオルを取り上げて右手の障子を開け、オレンジ色の薄明りの中、廊下を右に歩いて洗面所に行き洗面とトイレを済ませた。部屋に戻ると、思った通りガラス障子の前に朝食のお膳が置いてあった。

今日は一日かけて『転換期の宗教』をじっくり読もう。一気に読んで早くまとめてしまいたいと思う。

——•＊＊＊•——

（『転換期の宗教』メモ）

易行《いぎょう》と宿業《しゅくごう》

身近に存在する無数の神に漠然と功徳を求めるという古代宗教とは異なり、一人でも多くの民衆を、確実に救おうとした鎌倉時代の新興宗教（鎌倉仏教）（法然の浄土宗、親鸞の浄土真宗、一遍の時宗）に共通した特徴が、諸神・諸仏の中からただ一つを選び（選択）、その救世主だけにすがり（専修）、難しい修行や学問を必要とせず、ただ心から信じさえすればよい（易行）ということであった。

それらは、本書で扱われた新興宗教共通の特徴でもある。特に易行は、すでに権威付けされ学問と修行が必要であった既成宗教に比べ、知性と教養の裏付けのない民衆を対象とした新興宗教にとって、特有かつ当然のことであった。

さらに、個人では解決不能な困難（不幸）の根本原因を、努力や意思の及ばない前世の宿業《しゅくごう》の為せる技であるとし、一心に易行に励むことによって宿業を超克することができるとしたのも、共通する特徴であった。

——•＊＊＊•——

七日目

雨戸を開ける音で目が覚めた。右の廊下側の障子戸が白く光っている。パジャマのまま部屋から出ると、カヨコさんが一人で長い廊下の雨戸を開けていた。僕が庭に面した方の雨戸を開けにかかると、カヨコさんがやって来て、「お食事、お休みだったので置いときました。九時になったので開けに来ました」と言った。今日は化粧もなく、初対面の時のように着慣れた感じの普段着に白いエプロンをかけている。

ガラス障子の外に置かれていた朝食をとり、いつものように元の場所に戻した。昼食の時にカヨコさんが持ち帰ってくれるのだ。

『嘔吐』を読んでいると、今日のフェリーで帰ると言って、小百合さんが訪ねて来てくれた。というより、ユミが小百合さんを伴って例によっていきなり庭から現れたのだ。

ユミは縁側代わりの廊下に腰掛けて、

「船長に頼んで、夕方、アレを見に行かない？」

と言った。

小百合さんは少し後ろの、軒から外れた所に立ってブルーの日傘を差している。外人のように肩をすくめて、

「ユミ、ずいぶんとご執心なの」と言い、「困ったわ」という顔をした。

僕もアレにはけっこうご執心だが、今日見に行きたいと思うほどではない。むしろ、別にもう見なくても良い、話だけいろいろ聞いてみたい、と思っている。そのために、カキタのじっちゃんと山田さんには必ず会いに行こうとは思う。と、そう告げると、ユミは、

「じゃぁ、自分一人でお願いする」

と言った。

これから港に行くというので、僕も白いライトバンに乗せてもらうことにした。船長と山田さんに会って話がしたかったからだ。チャコールグレーの地に白い星模様の小型の旅行ラゲージを左の奥にずらして、僕はユミのすぐ後ろの座席に座った。古いライトバンにヘッドレストはない。乗り込む時、後ろに束ねたユミの髪からシャンプーかリンスの良い香りがした。記憶の中ですでに懐かしい、ペパーミントの香り。

降りしきる霧雨の中、濃い緑の灌木群と草原しか見えなかった坂道を、今、抜けるような晴天の下、ユミの運転する同じ車で下っている。

雨上がりの道はまだ濡れていて夏の日の光を反射して白く輝く。点在する家々にはそれぞれの色があり、木々の緑は種類によってまったく異なった色合いを見せている。草原では、背の高い草と地を這うような草とが陣地を分け合って各々別個の世界を形成していた。学校があり、そこに通ずる小道があり、子どもたちが隊列を組んで歩く様が記憶の中に甦る。これらは皆、すでに経験済みの普通の景色としてそこにあり、僕を安心させ、日常的な喜びの中に導いてくれる。

ユミは小学校に通ずる小道の入り口に近づくと速度を落とし、一旦停止した。本道の最後にある危険な坂道を避けるために作られたという迂回路に入るのだろう。しかし僕のこの島での最初の日、ユミはあの雨の中であの急坂を登ったはずなのだ。重い荷物を背負いやっとの思いであそこを登り切った僕は、後ろから来た車に拾われたのだから。そのことをユミに訊くと、

「危ないとは聞いていたけど、通行止めじゃないし、緊急の時は通ることもあると言われてたの。だから、働き始めた日からずっとあそこに入ってたわ。一週間練習してたようなものね」

と言った。そして、

「あなたって、いつ来るかわからない人でしょう」

と続け、ハンドルを左にゆっくり切って小道に入った。

「でもあの時は、少しやばかったんだ。雨で視界が悪いし、上からどんどん水が流れてくるし。最後、崖を斜めに登ってから直角に右折して本道に入るんだけど、スリップしてすぐには曲がれなかったの。何度か行ったり来たりして、やっと曲がれたのよ」

短い小道の坂を登り切り、左に学校を見ながら右折して緩やかな舗装道路を下り始めた。

「そしたら、あなたがいたの。坂道の続きの所をウンウン言いながら登ってた。まだ平らじゃなかったから追い越して、安全に駐車できる所を探したのよ」

「けっこう先まで歩かされた」

と、僕が口をはさむ。

「一週間待たされたから、少し意地悪になってたかも」

とユミは言い、少しアクセルを踏み込む。

「車から出て待ってる間、可笑しくって、泣きそうになったよ。びしょ濡れで、大きな荷物担いで、ウンウン登ってくるんだもの」

「ウンウンなんて言ってないよ」

と僕は抗議した。左斜め前の助手席で小百合さんの横顔が微笑んだ。彼女は終始にこやかな表情でユミと僕の会話を聞いている。

「亡くなった人がいるって、山田さんが言ってたよ」

と僕が言うと、ユミは少し口を噤むようにした。そして、一呼吸置いてから、

「カヨコさんのご主人らしいよ」

と言った。ホテルの人から聞いたところによれば、五年前のちょうど今頃の大雨の日だったそうだ。漁を早めに切り上げて、獲物の一部を軽トラに積んで帰宅する途中、あそこを登り切れなかったらしい。

「その日から何日も記録的な大雨が続いたそうよ」

とユミは言い、それきり黙ってしまった。


駐車場に車を停めて、歩いて山田さんを訪ねる。ユミは白い長袖のシャツを肘までまくり上げ、白いジーパン、白い運動靴を履いて白いライトバンを運転してきた。今日は仕事で小百合さんをホテル・オロロンから港まで送ってきたことになる。車から外に出る時、つば広の白い

キャップを被った。小百合さんは帰るつもりだから、よそ行きだ。中袖のスカイブルーのワンピースに白いベルト、白いパンプスを履いて白いレースの付いたブルーの日傘を差している。

　フェリー待合所の白い扉を開けると、白色蛍光灯はやっぱり外と同じくらい明るかった。正面の窓口からホワイトボード越しに中を覗くと、右側の手前から二番目の机で仕事をしている山田さんを見つけた。勝手にガラス戸を半分開けて「こんにちは」と声を掛けてみる。最初の時と同じだ、一瞬何かを片づけてから、「はいはいはい」と言いながら席を立った。僕らだとわかると、窓口ではなく扉を開けて出てきて、

「船に乗るんかい？」

　と訊いてきた。そして、ラゲージを引いている小百合さんに気づいて、

「あっ、もうお帰り？」

　と話し掛けた。僕らは売店まで行って、山田さんが開けてくれたアイスボックスから好きなアイスクリームを取った。山田さんはベンチに腰かけながら、

「俺のおごりだよ」

　と言った。そして、あずきバーの袋を外しながら、

「ところでヒロくん、今日で一週間だよ、この島に来てから」

　と教えてくれた。

「明日から二週目か」と僕は思った。曜日の感覚はなくなっているし、日数を数えることもしなくなった。

「どうだったかい？」

と、山田さんが小百合さんに訊いた。

「おさかな、特にウニがおいしくて」

と、小百合さんは言った。山田さんは笑っている。小百合さんはすぐ、

「正直、ユミが心配で」

と、続けた。

「島巡りしてから、アレのことばっかり言ってるんです。私には何も見えなかったんだけど、葉っぱがいっぱい絡まった太い木の枝が岩から出ていて、その先に輪っかになった黒いロープが下がっている。とても象徴的で美しい、とまで言うんですよ」

と、僕と山田さんに言いつけるような言い方をした。

「何の象徴なの？」

と、山田さんはユミに尋ねた。ユミは、何でばらすのよ、とでも言いたげに小百合さんの方にちょっと目をやった。そして少し笑いながら、

「私たちの置かれている状況、と言うか、私の置かれている状況かな。小百合は違う。ヒロくんも、一見似てるけど、実はだいぶ違うと思う」

と言った。

「私は対象外ですか？」

と、山田さんが言う。そして、

「私こそ、資格有りなんじゃないかと思うけどね」

と言って、ユミと同じような笑い方をした。自嘲的なと言うか、バレたかとでも言うような感じの静かな笑い顔。

「何の資格ですか？」

と小百合さんが尋ねる。

「ユミさんのお仲間としての資格です」

と山田さんが答える。

「私は、こう見えて、フェリーから飛び込んだことあるからね」

と、山田さんは思いがけないことを口にした。そして、ユミを見た。ユミは、続けて何かを言うことはしなかった。その代わり、黙ってしばらくの間、山田さんの顔を見つめていた。

「ヒロくん、何とかしてちょうだい」

と、小百合さんは真剣だった。一体、ユミからどんな話を聞いたのだろうか。ユミの秘密、とでも言うような、白いもやっとした日暈のようなものが僕の頭の中に芽生えた。僕はそいつの正体を暴こうとジッと凝視した。言葉を発しない僕に向かって、小百合さんは
「自分の彼女一人救えないで、医者になりたいなんて思わないでね。そんなへなちょこな人間には医者になって欲しくない、絶対に」

と、言い切った。やっぱり、東京で感じたような彼女ではなかった。こんな言い方をする人だとは思ってもみなかった。でも、それは小百合さんの方の台詞かもしれない。これ程までの

へなちょこだとは思っていなかったのではないか。それにしても、「救う」とは、一体どういう事だろう。

「ユミ、死ぬほど危ない場所に立ち入ってたのよ、毎日。いつ来るかわからない、悩み多き東大生を探すためによ」

小百合さんは僕が医者になりたいという事を知っている。ユミが言ったのだ。

「医者になりたいけど、医者にはなれない。だから決して医者になりたいなどとは思わない」

と、僕はそう言いたかった。

「じっちゃんに会って、一緒に話さ聞いてってよ」

と、小百合さんに向かって山田さんは言い、両手を合わせて拝むようにした。そして、あずきバーの最後の一口をかじり取ると、

「じっちゃんに連絡入れるよ、明日帰ればいいさ」

と言って、座ったまま棒をゴミ箱に放り込んだ。

「私は別に……」

と小百合さんが言いかけると、山田さんは掌でそれを制するようにして立ち上がり、右手でダイヤルを回す身振りをしながら急ぎ足で事務所に戻った。窓口の前にある黒い電話の受話器を外し、ダイヤルを回す。半分開きっぱなしのガラス戸から話し声が聞こえる。

「もしもし、フェリーの作男だけど、船長いる?」

「もしもし、じっちゃん? 作男だけど。今日、出て来れないかね。東京のお嬢さんがさ、

じっちゃんの話が聞きてぇってさ」

　と言っている。東京のお嬢さんになっている。遠来の客は皆、とりあえず東京からということになるのだろうか。

「また、あそこさ連れてってやってよ」

　とも言っている。ユミと僕はともかく、小百合さんはまた行きたいなどと思っているだろうか。

「それじゃよろしく頼むわ」

　と、最後に聞こえた。山田さんは扉を開けて出てくると、

「四時の船、じっちゃんが出してくれるってさ」

　と嬉しそうに言い、

「ユミちゃんと一緒に、じっちゃんの話聞いてあげてよ」

　と、また両手を合わせて拝むようにして小百合さんに笑いかけた。

　ここで僕は事務所の電話を借りてカヨコさんに昼食のキャンセルを伝えた。また言うのを忘れていたのだ。「大丈夫です、まだ作ってませんよ」とカヨコさんは言ってくれた、間に合って良かったと思う。

　午後一時ちょっと過ぎにフェリーが到着した。これが二時に帰路に就く。小百合さんはそれに乗ることになっている。切符はここの窓口で直前まで買うことができる。

僕は待合所の一番奥、売店のすぐ前の四人掛けの長椅子の左端に売店を背にして座っている。左の大きなガラス窓を通して、左斜め前方、広場のコンクリートの地面のずっと向こうにフェリーの白い左舷が見える。僕の右隣に山田さん、前にユミ、ユミの隣に小百合さんが座っている。向き合って置かれた長椅子が三対ずつ二列に配置されているから、全部で四十八人が座れる計算だ。僕の位置からは左の窓を通して広場と船着き場が見えるし、待合所のほぼ全体を見渡すことができる。

白い扉がこちら側に開いて、淡褐色の麻のジャケットにやや白っぽい同系色のズボン、灰色のハットを被った老人が、ごく薄いグレー地に藍色の朝顔の模様の入った涼しげな長袖のワンピースを着た老婦人の手を引いて入ってきた。二人とも七十歳台半ばだろうか。老人が窓口で何か言うと、女性事務員がドアから出てきて話し始めた。山田さんが勢いよくベンチを立ち上がって三人の所に小走りで近づいた。

「電話して迎えに来てもらうから、どっかに腰掛けててください」

と言う、山田さんの声が聞こえる。きっと老人の耳が遠いのだ、山田さんは明らかに大きな声を出している。山田さんは事務所に入って窓口の電話の所に行き、何かのノートを見ながらダイヤルを回し始めた。

二人は女性事務員に連れられて一番前の長椅子まで行き、こちら向きに腰掛ける。向かって右側の壁寄りに老婦人が、左側に老人が座り、老人は持っていた土産物らしい紙袋を二人の間に置いた。時折、老人が話し掛け、前を向いたまま老婦人がうなずく、そんな光景がよく見えた。声は届かないが、仲睦ましい夫婦の会話が聞こえてくるようだ。

少し経ってから、白っぽい服装の若い男女が入ってきた、男が青色の大きなラゲージを転がし、女は薄茶色の小さめのボストンバッグを持っている。男はブルーのキャップを被り、女は同系色のバンダナを巻き、目が透けて見える濃さのブルーのサングラスをかけている。窓口で切符を買い、窓側の一番前の列の長椅子に向こう向きに座った。話はせず呆然と前を向いている感じ。旅の余韻に浸っているようにも見えるし、これで終わりだと思っているようにも見える。

次に入ってきたのは小学校一、二年生くらいの男の子だった。白いドアが小さく開いて、濃紺の巨人軍の野球帽が最初に見えた。白い半袖シャツに濃紺の半ズボン。次いで、薄ピンクの服を着た二歳くらいの女の子を抱いた母親が入ってきた。紺の水玉模様の白いブラウスにベージュの膝下スカートをはき、買い物袋を提げている。

野球帽の男の子は窓口の下を通り過ぎ壁際を歩いて売店に近づいてきた。僕の視界の後ろ側に回って売店に辿り着き、僕のすぐ後ろにあるアイスボックスの前で立ち止まった。母親が窓口で切符を買った。事務所の扉が開いて女性の事務員が出てきてこちらに向かって歩いてくる。母親が女の子を抱えて後を追う。男の子が「ホームランのアイス」と言うのが聞こえる。「二本ください」と母親が言った。事務員が売店から鍵を持ち出してアイスボックスの扉を開ける。子どもが自分でアイスバーを取り出して嬉しそうに微笑む。「ホームランが当たるといいね」と事務員が笑い返し、「ありがとうございます」と母親が会釈する。そんな光景が僕の後ろでたぶん広がっている。
親子が先に僕の視界の中に戻ってきた。事務員が後に続く。親子はさっきのカップルの後ろの長椅子まで行ってやはり向こう向きに座った。左側に大きな窓があり、親子の坐った長椅子のすぐ横には何種類もの植物が植わった木製の直方体のプランターが置いてある。母親から降りた女の子がそこに行って、明るい黄緑色の葉っぱを触っている。

老夫婦を背の高い男性が迎えに来た。四十歳くらい、背が高いせいかずいぶん痩せて見えるが、筋骨たくましく肌は真っ黒に日焼けしている。たぶん漁師なのだろう。淡い茶色のサングラスを掛け、白いポロシャツにベージュの綿パン、茶色いベルトを締め、履き古した感じの白いズック靴を履いている。山田さんは男と親しげに話しながらドアを開け、三人を見送って外に出た。

十四時発のフェリーが船着き場からゆっくり滑るように出ていく。僕らは待合所の窓からそれを見送った。山田さんは持参の弁当を食べると言って、一旦事務所に戻った。ユミと僕は、売店の横にある自動販売機でカップラーメンを買い、一個目を熱湯の注ぎ口にセットしてできあがりを待っている。小百合さんはフェリーに乗らなかった。ユミの隣に座ってラゲージから取り出したこの島のパンフレットを眺めている。カップラーメンは買わない。
「ヒロくんにはアレが見えないかもしれない」

とユミが言う。

「見たい人にしか見えない、って船長は言った。私はどうしても見てみたい。でもヒロくんは、別に見なくてもいいいって言ったよね、朝、迎えに行った時」

と、ユミは同意を求めるように小百合さんの方を向いた。小百合さんは、

「アレって、何？」

と、さっきと同様、素っ気ない、というか、冷たい言い方をした。言ってから、パンフレットの上に置いていた視線をユミの顔に移した。面白がっていない顔だ。興味のない事を話題にしなければならない時の白けた表情。小百合さんの顔からこの種のサインを読み取れるとは思ってもみなかった。

「山田さんに拝まれたから、残ったわけじゃないよ」

と、小百合さんは続けた。

「私はユミが『悲なるもの』とか『イリュージョン』とか書いて、もがいてるのを知っていた。そしてさっき、フェリーから飛び込んだことがあると言う山田さんが、ユミを仲間だと認定した。これが私が残った理由。漠然と気になってたことの正体が見えたの。山田さんは助けてあげてって、私に頼んだのよ、船長の話を一緒に聞いてくれってていうのは、そういうことでしょう」

「ありがとう」とユミは言い、

「でもね、私、助けてもらわなければならないような事、何もないんだよ」

と続けた。

「それが変なんだよ、ユミ」

と、諭すような口調で小百合さんが言う。

「冷静な風情でいるのがかえって変なのよ。それでいて、訳のわからない物のことを話し出すのがおかしいの。私にはそんな物さっぱり見えなかったし、たとえあったとしてもよ、そんな変な物にこだわるのは止めなよ。アレを見たいとか見たくないとか、まるでお誕生日会のサプライズみたいに接するの、正直、止めて欲しいのよ」


ガタンと事務所のドアが開いて山田さんが出てきた。僕が一人でここに来た時、アイスクリームを食べたいと窓口越しに伝えたのが山田さんとの初対面だった。あの時、「はいはいはい」と言いながらドアから出てきてくれた、あの感じで小百合さんの所まで行き、

「腹へったっしょ」

と言って、手に持っていた袋を差し出した。どこから持ってきたのか、あんぱんの袋だった。驚いたようにそれを見ていた小百合さんは、本来の優しい顔になってそれを受け取り、

「いただきます、ありがとう」

と言った。そして袋を小さく破いて少しずつ食べ始めた。

僕は立ち上がり、売店の右横の自動販売機の所に行った。熱湯の注ぎ口に置きっぱなしだったカップラーメンを取り出してユミに渡し、残りの一個をセットして注湯ボタンを押した。小

百合さんがあんぱんを少しずつ袋から出す時の音と、ユミがプラスチックの小さなフォークでカップラーメンを食べる音しか聞こえない。二人は黙ってそれぞれの昼食を食べている。

三分経った。僕が立ったままカップラーメンの蓋を剥がし、フォークでかき混ぜ、それを食べ始めると、二人の女性よりよほど大きな音がした。そこで僕は、「この音じゃぁないと決してこれを食べることはできない」と言った。すると二人の女性は僕の住むこの世界に戻って来て、親友に相応しい他愛のないおしゃべりを始めてくれた。


「さぁ」と言って、山田さんが事務所から出てきた。

「今日の仕事は終わったようなもんさ」

と言いながら僕の座ってた所の横に座って、向かいの小百合さんの顔を、それから隣のユミの顔を見た。

「フェリーから飛び込んだって、どういうことなの？」

と、いきなりユミが問いかけた。山田さんは驚いたふうもなく、むしろ意を得たりという感じで僕たちの顔を見回すようにした。そして、

「船尾に俺一人だった。目の前には晴れ渡った水色の空と見渡す限りの紺碧の海。船底から二本の白い波がまっすぐ長ーく伸びていて、先の先の遠くの方まで航跡が連なって見えた。その更にずーっと遠くの水平線の彼方にさ、さっき「さよなら」してきた内地がさ、蜃気楼のように薄うく貼り付いていたのさ。だんだん遠ざかってるんだなぁと思ったらさ、すぐそこの真っ

青な所に入ってみたくなったのさ。それで、ポンと飛び降りたんだ」

「そうだ、思い出した。飛び込んだんじゃなくて、飛び降りたんだ、実際。ポンッていう感じだった」

と言って笑い顔になった。

「それだけのこと？」

と、ユミが少し首を傾げた。

「たったそれだけのことさ。ただまっすぐドボンと落っこちただけ。もちろんいろいろあってのことだけどね」

僕たちは皆、山田さんの次の言葉を待った。すると山田さんは、

「話はここまでさ。まだ人生を語れる歳じゃあないし、そもそも人生って、自分だけのものっしょ。人に語るもんじゃないよね」

と言って両手を膝に当て、両腕をつっかえ棒のように立てて肩を怒らせた。そして、

「ここからが面白いんだ」

と言って、僕らをぐるっと見渡した。

「泳げる人間に入水自殺はできない、ということがはっきりしたね。特に海は浮くからね、自分で潜らないと下には行けない。自分で潜ったら本能的に息継ぎしたくなる。重しがない限り、そのまま下にはいられないと悟った」

「それで、どうして今ここにいるの」

ユミが好奇心いっぱいにそう尋ねた。山田さんは、そこだよ、という顔になって、

「じっちゃんに助けてもらったんよ」

と言った。

「どうしても沈めないから、しばらく浮いてた、というか、結局泳いでた。立ち泳ぎだね。しばらくしたらさ、ポンポンポンポンポンってさ、遠くの方からだんだん大きくなってさ。じっちゃんが拾い上げてくれたのさ」

「たまたま近くにいたんですか？」

と小百合さん。

「フェリーが港に着いてさ、乗客が一人足りないことがわかったのさ。たまーにあるんよ、行きにも帰りにもさ」

と山田さんは言った。

「それで、じっちゃんが捜索に出てきたってわけ。フェリーの航路を辿ればさ、大抵はどこかに浮いてるものなのさ」

「どっちにしろね」

と、少し意味ありげな言い方をした。

「で、港に戻るまでの間にさ、じっちゃんがいろいろ話してくれたんよ。それからいろいろあってさ、じっちゃんや漁業組合の人たちが口をきいてくれてさ、この仕事にありつけたっていうわけ。その上、会社のご配慮でさ、待合所の当直室に住まわせてもらうことになって、島

の住人にもなれたというわけさ。嫌な顔もせず毎日当直してくれる人間なんて、そうそういるもんじゃないからね。会社にとっても願ったり叶ったりらしいのさ」

山田さんは島の生まれではなかった。札幌で生まれて、高校卒業後に一旦東京に出てまた戻ってきた、いわゆるUターン組らしい。十年前まで故郷で会社員をしていたが、あることをきっかけに、ほとんど人の行かない孤島に行ってみたいと思い立った。そして夏季休暇を使ってフェリーに乗り込んだ、ということだ。

「だからさ、一人で島に渡って来る者にはさ、注意が向いちゃうのよ。気になるっていうこと。若い一人旅は特にね。実際、訳ありが多いしね」

と言い、まず僕の方に顔を向け、次いでユミを見た。そして小百合さんに向かって、

「さて、アレのことを話さないとね」

と言い、真顔になった。

山田さんの初めて見る顔だと思った。僕が一人で港に行った時、初対面の山田さんから、アレは「在るっちゃ在るし、ないっちゃないんよ」と言われたのを思い出す。

「島で暮らし始めた頃さ、誰もが行くように赤岩展望台に行った。普通の旅行者は海鳥ばかり見てるから、アレを見つけることはまずない。鳥が目当てでない連中の中からアレを見つけてしまう者が出てくるのさ。彼らのほとんどは訳ありだから、孤島の絶壁が大好きで展望台がお気に入りとくる」

山田さんはここで一旦、言葉を切った。

「そして、いろいろ見てるうちに、アレを見つけてしまうのさ」

「見つけてしまったのね」

「いや、俺はもう新しい生活を始めてた、フェリー会社の社員として、島の住人としてね。だから、オロロン鳥を見に行ったのさ。ここに住んでてオロロン鳥を知らないわけにはいかないさ、会ってみたいと自然に思ったのさ。だから、アレには気づかなかったさ」

「その後何年も住んでるんだから、見たことはあるんでしょう？」

とユミが訊く。

「わざわざ見に行ったのは、この前の島巡りが初めてさ。今まで、気にもならなかったね」

「島巡りの時も、見えないと言ったわよね」

とユミが言う。

「階段と展望台しか見えなかった」

と山田さんがうなずく。

「でも、島民なら知らなかったはずはないわよね」

と、小百合さんが珍しく口を挟んだ。

「あんたたちみたいに訊いてくるのがいるからね。待合所の人間は観光係だと思ってるんだから、みんな。最初はやっぱ、東京の学生さんだったわ。彼から逆に教えてもらったんよ。島の人間は決して話さねぇかんね。実際、ほとんどの人間は知らねぇんでねぇかな」

「何で知らないでいられるの？」

と、眉をひそめるようにしてユミが言う。

「暮らしに関係ねえからさ。この前も言ったけど、ここの暮らしはけっこう厳しいのさ。小さな孤島でいろいろ不便だし、ひどく寒い時期が長いし。そもそも漁師は命がけなのさ、俺たちみたいな会社員とは違ってさ」

「命がけなら、接点がありそうだけど」

と、ユミが言った。

「命がけの人間には接点はないのさ、見つける暇がない。アレは、暇な人間の目にしか留まらないのさ」

「アレが見えるのは暇人の証拠？」

と、ユミが訊く。

「見えるかどうかではないよ。見つけるには暇が必要だということだ。ここで暮らしてる人間にはその暇がなく、わざわざやって来る人間にはその暇があるというわけさ」

「じゃあ、見えるかどうかは何と関係するの。見える人と見えない人とでは、一体何が違うというの？」

「見たい者にしか見えない、とカキタのじっちゃんが言ってたよね。つまりはそういうことでないかな」

「人間は見たい物しか見ようとしないから、結局見たい物しか見えないことになる。これはじっちゃんから聞いた話さ、いわば、じっちゃんの持論だね」

「だからさ、逆に、見たくない物は見えないのさ」

「じゃあ」

とユミが言う。

「じゃあ山田さんは、アレを見たくないということなのね」

「まあ、そういうことになるんかな」

「どうして見たくないの？」

と、ユミが食い下がる。

「一度見たからさ。もういいのさ」

と、山田さんが言う。

「どこで見たの？」

「フェリーで見たさ、そして真っ青な海の中で見た」

「それを卒業して今の生活がある。今さら、見たくもないのさ」

と言って、少し笑った。

「見たのに、見えない人？」

と僕が訊く。

「見れども見えずが一番いいこともあるさ。今の俺だわ」

と山田さんは答えた。

「もう見たくない山田さんが、どうして私たちに付き合ってくれるの？」

と、ユミがまた首を傾げる。

「アレを見つけて、冒険したがる者がいるからさ」

「冒険？」

「いろんな所で冒険するのさ。この島では何でもできるからね。そこらじゅうが断崖絶壁で、人がいない。帰りのフェリーだって、俺がやったようなことは容易にできる」

「そして」

と言いかけて、山田さんはしゃべるのを止めた。目を伏せて、黙ったまま動かない。僕らはまた、山田さんの次の言葉を待った。

一呼吸おいて、山田さんは目を上げた。真っ先に正面の小百合さんの顔を見、次いで左斜め前のユミに視線を転じてじっと見つめた。そして最後に、左斜め後ろにつっ立っている僕の方を向いて、

「頼むよヒロくん」

と言った。

「だからさ、みんなでじっちゃんの話を聞かなければならないのさ。ユミちゃんとヒロくんと小百合さんと、せっかくおんなじ所にいるんだから。こんなに遠くの島にさ、奇跡的に一緒にいるんだから」

山田さんに従って待合所を出た。船着き場にオロロン2丸が静かに身を横たえている。午後

四時の落ち着き始めた陽光が辺りに漂い、白い船体はまるで何かの記念碑のようにしてそこにある。

山田さんが小走りに近寄って操舵室に向かって何か言うと、ブルンとエンジンがかかり、ポンポンポンポンと出発の準備を始めた。僕らはまた後ろの船縁を跨いでオロロン2丸に乗り込み、操舵室の横を通って前のスペースに移動する。左側の青いベンチに僕と山田さんが、右側のベンチにユミと小百合さんが座った。

僕の後ろに太陽がある。少し離れた所にある防波堤も、すぐそこの突堤も、突堤の先に立つ白い灯台も皆、淡いみかん色をまとい始めている。港はこれまでとは違って見えた。僕は、たぶん他の三人もまた、穏やかな航海を予想している。

ここに来てから一週間が経った。ユミはもう二週間もここにいる。僕らはいったい何をしに来て、何をしているのだろうか。小百合さんだけだ、立ち位置がはっきりしているのは。彼女は何かをしにここに来たのではない、だからニュートラルなのだ。何かのバイアスが掛かっていないのだ。山田さんと船長はここの人だから、バイアスの呪縛から解放されているはずだ。彼らに任せてみよう、と、ふとそう思った。

汽笛を三回鳴らして、オロロン2丸は船着き場を離れた。カキタ船長はコックピットの右側に立ってまっすぐ前を向いたまま動かない。山田さんは今回もまたコックピットに入って船長と話し始めている。

船は前回同様、ほぼ直角方向に進み、白い灯台が立つ突堤の左脇を静かに通過した。前回は行手に迫り出している左側の防波堤の手前で進路を右斜め方向に変えて島巡りの旅に向かったが、今回はほぼ直進して、その防波堤の右横を掠めるようにして海に出た。

港を出た途端に大きく縦揺れするのは先刻承知のはずだった。しかし、と思って船長を見た。揺れが急に大きすぎるのだ。オロロン2丸はいきなり翻弄されている。大きなうねりの頂上からボトムへと墜落する航行をくり返し始めたのだ。船長はがっしりと舵を掴んで渾身の力を込めて舵取りに懸命だった。

山田さんはコックピットを出て僕の座るベンチまで辿り着き、隣に転がり込んできた。すると、オロロン2丸は極端に速度を落とし、ゆっくりと左に旋回し始めた。船体が大きく右に傾く。「こっちなの?」と僕は思わず口にして山田さんを見る。

「初めて知った」

と山田さんは言い、後ろに腕を回して船縁にしがみつく。少し経ってから、

「普通はこっちには来ないさ」

と、独り言のようにつぶやいた。

カキタのじっちゃんは通常とは反対回りにオロロン2丸を駆り出したらしい。「波の気性が荒いから、こっち回りは島巡りから外れたのさ」

と、山田さんが大きな声で説明した。夏の午後の太陽が熟れかけた果実のような光の束を左斜め後ろから射し込んでくる。それをユミの身体が跳ね返し、繭のような光沢を放つ。なるほ

ど北に向かっているらしい。確かに前回とは反対回りだ。ほどなく左に曲がって西に向かい、さらに左回りに南下して赤岩を目指すのだろうか。

僕らは皆、船縁に掴まらなければベンチに座っていることができない。小百合さんは今回もまた傘を甲板に放り投げた。ユミと小百合さんの背景に黒っぽい海が見え隠れする。海が船縁に隠れると紺碧の空が現れる。海は時々光り、空は時々眩しい。僕らの世界はまだ夏の太陽光の放射に曝されている。前後、左右、上下にぐらぐら動く頭が、ぐらぐら動く空を捉える。真っ青に真っ白い雲がサッと一刷毛描かれた空。ただ深く青いだけの空。宇宙的な深遠さを湛えた空。そしてまた別の、遠くの水色からグッと手前で濃くなるグラデーションを持つ空。真っ青なシルクの敷物。その上にふわふわと浮かぶ白い鳥。

オロロン2丸がさらに左に向きを変えた。船体がまた大きく右に傾く。僕と山田さんは前につんのめり、「おお」と声が出る。ユミと小百合さんは後ろにひっくり返り、「きゃあ」と声が出る。僕らは皆、船縁にしがみついてベンチから振り落とされないよう足を踏ん張る。

旋回が終わると船は左に少し揺れ戻った。そして次に向こう側に振れた時、ユミと小百合さんの背後に紺色の波が立ち上がり、二人を飛び越えて僕らに迫った。白く泡立つ波頭は目の前の甲板に向かうように見えたが、本体が覆いかぶさるようにして二人を襲う。「きゃっ」という声が聞こえる。波頭が甲板にザブンと落ちた時、ユミと小百合さんはすでにずぶ濡れだった。僕と山田さんは、甲板で跳ね返った大量の海水を浴びてびしょ濡れになった。

午後の熟した太陽が背面から少しずつ、徐々に、狡猾なやり方で位置をずらしていた。今や正面やや左側に回り込んでほんのちょっと低い所から、ずぶ濡れの僕らをまるで嘲るように照りつけている。オロロン2丸は南西方向に進路を取り、島の反対側に沿って南下し始めていた。

「とんだとばっちりを食らったもんだ」

と、船長が叫んでいる。

「内地からの折り返しとオホーツク海から来るやつの折り合いが悪いんだ」

と、山田さんが補足を入れる。

海神は船をグイと持ち上げては手を離す。僕らは船に押し付けられて天に向かい、ベンチを離れてフワッと宙を舞う。このくり返しくり返しが永遠に続くかと思われた時、

「気持ち悪い」

と、ユミがつぶやいた。身体に張りついていた白いシャツが少し乾いたのか、急峻だった胸のふくらみが目立たなくなっている。濡れて黒味の増した髪の毛が白いキャップからはみ出して額と耳の辺りに纏わりついている。船体が落下し身体が浮き上がった瞬間、ユミは身を翻して上半身を船外に出そうと試みた。が、うねりによって引き戻され、振り子のようにぐらぐらした後、白いキャップを脱ぎ取り、その中に嘔吐した。それは発作のように何回も続き、最後は開いた口から乾いた咳と嗚咽のような声だけが聞こえた。

船のでたらめな揺れに翻弄され、体が回転する。キャップから嘔吐物がこぼれ出し、ユミの

白いシャツが汚れる。小百合さんは抱き抱えるようにしてユミにしがみつき、放り出されそうになるユミを必死の形相でベンチに留め置こうとする。山田さんは、嘔吐物が浮遊する海水の中を這うようにしてユミに近づこうとしている。僕は両腕を広げて船縁を掴み、ベンチから転げ出さないようにしっかりと足を踏ん張った。そして、これらのことのすべてを、その一部始終を、ベンチにしがみつきながら見ていた。

船は浮き沈みをくり返している。船縁にしがみつく僕の目の前に、白いシャツを褐色に汚したまま喘ぐユミがいる。びしょ濡れの髪を振り乱し必死の形相でユミを守ろうとする小百合さんがいる。甲板には海水の中に這いつくばる山田さんがいる。

この時、僕はまったくの完璧なる傍観者だった。何をする術もなく、一瞬の出来事のように思えた。だが、僕の隣にいたはずの山田さんは、もうちょっとでユミに手の届く所にいたのだ。

カモメの声がする。

ユミの後ろの遥か向こうに、手前の紺碧からスーッと薄まった遠くの水色の空の下に群青色の海が見える、水平線だ。僕はようやく平らな視野を取り戻した。

バサバサバサッと、白いものたちが僕らを追い越した。そちらを見る。白い鳥だ。抜き去ってから反転して戻ってくるのもいれば、羽ばたきを止めて自分の速度を落とし、船に追いつかせるのもいる。十羽以上の真っ白い鳥たちが周囲の空間に浮かんでいる。バサバサと羽音を立てて船の周囲を飛び交い、時折、コックピットの屋根や船縁、マストにとまって羽根を休める。かと思えば、あたかも僕らに寄り添うかのように手の届く所を並走する。

僕から二メートルほど離れた所で一羽のそれが羽ばたいている。小さな真っ白い頭は僕よりほんの少し前にあり、船縁に半身に寄りかかって左を見ると、彼の全身を間近に見ることができる。

人間の肩幅ほどの白い体が、ほぼ同じ長さの灰青色の羽根を羽ばたかせて宙に浮いている。赤と黒で縁取られた淡黄色の端正な目が、まっすぐ前を見据える。まん中で動かない黒い瞳は、おそらく僕を見ている。

黄色い口ばしの先の方は黒く、オレンジがかった赤が混じる先端は少し下に曲がっていて真一文字に結んだ口のようだ。眼光鋭く前方を見据え、口を真一文字に結んだ顔つきは精悍で、カキタのじっちゃんに重なる。真面目で誠実な人柄と、厳しかった人生がうかがえるような面構えだ。

羽根のひとかきごとにバサッと音がする。音とともにフワッと浮き上がり、次の瞬間、スッと落下する。水の中の魚のように自由で滑らかだ。羽ばたきを調整しながらその場に留まって浮き沈みしている。ホバリングのように見えるが、実際には、僕らの速度に合わせて飛んでいるのだ。こちらを見ながら、意識しながら移動している。同志のような感情が芽生える。間違いなく、僕らは互いに意志を疎通させている。

「カモメよ」

と、ふとユミが顔を上げ、泣き笑いの顔をした。オロロン2丸は、大きすぎない波に身を任せている。まるで祭りの後の余韻に浸っているかのようだ。海神は船を持ち上げることも、離すこともしなくなった。もう十分だと思い、姿を消したのだろう。その通りだ、僕らはもう十分味わった。

「ウミネコだよ。カモメなんだけどね、ミャーミャー鳴くからウミネコにされちゃった」

と、ユミの隣に座りながら山田さんが言う。

「ほんと、ごめんなさい。私、だらしなくって。本当にもう……」

と、ユミが言う。小百合さんは、

「こういうのは仕方ないよ」

と言いながら手を伸ばし、ユミの左頬に張りついた髪の毛を耳の後ろに持っていった。

山田さんが船長の所に行ってプラスチック製のバケツを持ってきた。「こんなことはよくあることとさ」と言いながら、ユミが抱えていたキャップをそっと取り上げて海に放り投げ、バケツで海水を汲んでユミに差し出した。

ユミは両手で水をすくってシャツの汚れを洗い流し、次いで口の周りと頬を洗った。それから口に含んでうがいをし、山田さんに促されてバケツの中に吐き出した。

山田さんはバケツの中身を海に捨て、空になったバケツで足元の海水をすくい出した。汚物処理を始めたのだ。

横を飛んでいた奴が突然「アーァッ」と言い、激しく羽ばたいて左上空の彼方へ飛び去った。彼は覚悟をし、青空の中の白い一点となって消え去ったのだ。一瞬の出来事だった。覚悟を決めた刹那の横顔を、なお一層厳しいそれを、僕は生涯忘れない。


この時僕は、船の上で、たったの一人ぼっちになった。


ポンポンポンポンと、オロロン2丸の音が聞こえる。ウミネコが盛んに鳴いている。

「ミャー」「アー」は聞きなれた声だ。

「こいつら、海に潜れないからさ、手っ取り早く漁船の分け前を狙ってるのさ」

と山田さんが笑顔を見せた。作業を終えてバケツを操舵室に戻してきたところだ。

「カモメ科カモメ属だけど、日本名はウミネコさ。カモメと呼ばれたいだろうにさ。カモメと呼ばれるのは渡り鳥で、夏には日本にいないのさ」

と言い、飛び交う鳥たちをぐるりと見渡した。

「私は元気をもらったよ。君たち、どうもありがとう」

と、ユミも鳥たちをぐるりと見渡した。

「もう大丈夫だね」

と小百合さんが言う。

「ウミネコが多いのは魚がいる証拠だって、じっちゃんが言ってたさ。ウミネコは盗人じゃなくって、魚の居場所を教えてくれる大事な相棒だってさ」

と山田さんは言った。そして、

「じっちゃんに文句言ってきたさ、こっち回りは聞いてなかった。こっちは海が荒いから島巡りはしないことになってるのさ。まったく、何考えてるんだか」

と、僕の隣に腰掛けながら言う。

「しかも、この辺りで死にかけたことがあるって言うのさ。今聞いて、びっくりしたさ」

と、僕らの顔を一人ずつ覗き込むようにして見回した。前回の乗船から帰った時、サキコさんが「カキタさんも一度沈んでるからね、昔」と言ったのを思い出した。

そんな所なのかと、あらためて海を覗いてみる。黒に近い濃紺の海だ。幅の広い大きな曲面を持つ波が常にそこにあり、うねり、混ざり、形の定まらない異形の姿を曝け出している。波打つ表面にヌルリとした光沢が宿り、底知れない深さを感じさせる。前回の島巡りの時、島に近い所で見たエメラルドグリーンの美しい海はここにはなかった。

まだ眩しい太陽が真正面のかなり高度を下げた所にいる。南西に向かって航行してきたオロロン2丸は速度を弱め、左斜め方向に滑るように島に近づき始めたような気がする。

島を見る。五十メートル位の所に濃い緑と黒褐色の断崖が迫る。島の北西部の側面だ。まだ個々の木々を識別できない。赤岩展望台の辺りが一番高いと山田さんが言っていたが、そこと同じ位の高さがあるように見える。前回の島巡りでは所々に崖崩れの跡があり、生きている証のような赤銅色だったり、白っぽい砂浜だったり、赤や緑色に苔むした岩が転がる浅瀬だったりと、活き活きとした表情を垣間見られた気がする、それに比べると、こちら側には生き物の表情がないように思える。夕方の低い位置の太陽に照らされた海はキラキラとは輝かない。時折、ヌルリとした光沢を放つのみだ。

無数のウミネコが舞っている。ムクドリのように群れず、渡り鳥のように隊列を組まない、てんでバラバラに好き勝手に飛び回っている。何をしているのかわからない。岩壁と海の間を行き来しているようにも見えるし、空から何かを狙っているようにも見える。

さらに島に近づくと、黒い海面にほとんど波は立たず、鉛のように無表情だった。降り立っては舞い上がるウミネコたちを押しのけるようにして僕たちは島に近づいている。我々の侵入に出くわして、魚をくわえたまま飛び上がるものもいる。

カキタ船長はオロロン2丸のエンジンをほとんど響かせない。なお一層静かに、そっと島に近づく。ウミネコたちの「ミャーォ」「アーァ」だけが聞こえる。連続して鳴かない彼らは静寂を破らない。僕らにとってここは、沈黙の、静まり返った世界だった。

更に近づくと、ようやく島の様子がわかるようになった。あと二十メートルほどで断崖絶壁の足元に到達する。遠くてできないと思っていた木々たちの識別は、ここまで近づいてもできなかった。上から下までまったく木が生えていないのだ。濃い緑、薄い緑の草々が幾重にも重なり合い、不整形の角張った所にしか岩肌は露出していない。反対側の南東の側面とはまったく様子が違う。

島から十メートルの所をしばらく進むと、崖の裾野が海側に迫出して行手を塞ぐように広がっている箇所に出くわした。岩肌が剝き出しになっており、草に覆われた他所とは違い、風化が進んでいるのか白っぽく見える。形状も大きさも異なる様々な岩が重なり合っており、麓の海中には一個の巨大な岩石とそれより小さい数個の岩々が浸っている。崖崩れの痕跡のように見えるそれらの上に、ウミネコたちが群がり集っている。

崖の下端は庇のように出っ張っていて海上の岩々との隙間が明るいトンネル状になっている。そこをオロロン2丸は滑るようにして通過した。振り返って断崖を見上げると、剝き出しの岩壁は層を成しており、最下層の岩棚からピンク色の花たちが水色の空に向かって突き出していた。オロロン2丸はここでエンジンを止め、静かに接岸した。ほとんど波のない世界だった。

「ひどい目に合わせちまったな」

コックピットから出てきた船長は、第一声をユミに向かって発した。今日初めての面会だ。眼光鋭い相変わらずの落ち武者ぶりだが、前回より白髪が目立つ長髪は後ろにまとめてあり、奇異な感じは薄れている。

びしょ濡れの僕たちの方がよほど奇異だったかもしれない。皆、見事に非日常の風情をしている。ユミと小百合さんは乾き始めた髪を気にしている。山田さんは外した眼鏡をしきりに振る。僕は前髪を両手で整えた。小百合さんのよそ行きのワンピースが身体にぴったりくっついていて、一番気の毒に見えた。

船長は後ろのスペースまでゆっくり歩いて行き、そこに僕らを呼び寄せた。僕らが集まると、「この下の深い所に海の道があってさ、魚たちが行ったり来たりしてる。何かあったら逃げ込める場所さ。ここに定置網を仕掛けたのさ。ニシンが来なくなってからのことさ。二十年前のちょうど今頃の話さ。

その日は海が時化《しけ》てて、ここに来るまでにさんざんやられて、後ろのマストが折れたほどだったさ。ようやくここにたどり着けてさ、網を引き揚げる時に船が真っ二つに割れちまったのさ。親父から引き継いだ大切な船がさ、あっという間に壊れたさ。すごい数の魚が逃げ込んでたのは確かさ。それに、網が何かに引っかかったのかもしれない。とにかく、巻き上げ機ごと海に引きずり込まれたのよ。前半分はあっという間に沈んださ。わしも巻き上げ機と一緒にドボンよ。

最初は一緒に落ちるのさ。グルグル引っ張り込まれた後に、フッと体が軽くなって目が開けられるのさ。そしたら、泡だらけの向こうに水色の空が見えたのさ。息が吸いたくなったけど、必死に我慢した。それをしたらおしまいだって、親父がよく言ってたのさ。それこそ、死ぬほど我慢してたら自然に浮いた。

海面から顔が出てぷわーっと息を吸ったらひどくむせた。よほど苦しかったさ、まあ、生きてた証拠みたいなもんだ。ようやく息ができるようになって目を開けたらさ、これが見えた。生き延びて最初に見たのがこれさ。水色の空が後ろにあってさ、その前でこいつらがふわふわ揺れてたんだわ。こりゃあ天国に来ちまったと思ったさ」と言った。

しゃべり終わると船長は、目の前の崖から水色の空に向かって突き出ているピンク色の花びらたちを指さした。そして、「さぁ」と声を出し、左舷の船縁から断崖の下端にある岩の段差に右足を掛け、乗り移った。そして、崖を登り始めた。

あっけにとられている僕らに、「ついて来い」と船長が声を掛ける。まず山田さんが、次いで小百合さん、ユミ、僕の順に崖に乗り移った。移ってみると、庇のように張り出した所には崩落した岩々が自然の階段を作っていて、最後の所だけは這いつくばったものの、前人未到の難所というほどのものではなかった。

船長が、岩の階段のてっぺんに右足を掛けて立ち止まった。登り切らないでまっすぐ前を見たままじっとしている。僕らが追いついた時、最後の一歩を踏み出し、「どうだ」と言った。顎を前に突き出している。

見渡す限りのコスモス畑。辺り一面を埋め尽くすピンクの花びらたち。明るい緑の茎から数本の枝が分岐し空に向かう。伸び切ったそれらの先で五センチの花頭がたわわに揺れる。無数のそれらが好き勝手にふらつきながら、動物のようにここで生きている。西に傾いた太陽がまだすべての花を照らし、花たちは皆、自在に揺れながら顔だけを彼女に向ける。可能な限りの恩恵を受けようとする、その様こそが生き物だった。

「ヒロくん、大好きな秋桜だね。淡いピンクの秋桜だね」

と、ユミが弾んだ声で言う。僕は無言でうなずいた。

「こりゃー、まっこと、天国に来ちまったたぁ」

と、山田さんが声に出して言う。小百合さんは、ただ佇んで扇風機のように首をゆっくり左右に振っている。

「あの時、海から這いずり上がって、ここに来たのさ。生き延びて最初に見たピンクの花びらに導かれたのさ。神様がこれをわしに見せてくれたのさ。これが生きるってことさ、生きてるっていうのはこういうことなのさ」

「何て美しい景色なの。ほんと、見事に生きている」

と、小百合さんが言った。

「バラバラなのに、みんなで活き活きしてる。でも、一人一人が皆別々に揺れていて、孤独で寂しそうにも見えるわ」

と、ユミが言う。

近くの花から遠くの花に視線を移してみる。個々の区別はつかず、集団で体を揺すり群舞をしているように見える。一人一人の寂しさが全体に吸収され、何か別なものが生み出され、活き活きとした表情を集団に与えていた。

何か別のもの？　寂しくはない、孤独なだけだ、孤独であって何が悪い。そう言っているように見える。個体が違うとは、別の命を宿す別な存在だということ。別であるとは孤独であるということ、孤独が前提なのだ。皆で生きるとは、孤独な者同士が結びつくということ。生きるとはそういうことだと、ピンクの秋桜たちはそう語っているように僕には思えた。

花たちの中に分け入ってみる。膝の高さから目の高さまで様々で、色も微妙に異なっている。それらが互いに接し合い、入り混じり、絡み合ってうごめいていた。一人佇んで孤独に揺れているだけではなかったのだ。

ユミも小百合さんも山田さんも、皆、花たちの中にいる。しばらくの間、僕らと花たちは、ここでこうして安らかな時を共に過ごした。

気がつくと、僕の左側の少し後ろにユミがいた。声を出さずに、そっと、そこに立っている。淡いピンクの秋桜たちに同化して、僕の内側の柔らかな世界に身を潜めるようにして。僕はそれを絹の布で包んで静かに抱える。

僕らは岩棚の崖っぷちで海に向かって立っている。すっかり西に傾いた太陽が、左斜め下から、まだ少し眩しい橙色を放つ。水色に変わった空がピンク色の花びらたちの背景に広がり、群青色の水平線と交わるあたりが霞んでいる。

「ヒロくん」

と、ユミが言う。独り言のように聞えて、僕はすぐには返事をしない。もう一度「ヒロくん」とユミがつぶやく。僕は振り返り、抱えていた絹の包みをそっと覗いてみる。ユミはまだ僕の内側にいて柔らかいままでいた。無垢の瞳をこちらに向け、返事をしない僕の左腕に腕をからませ、頬擦りをした。そして、小さな小さな、囁くように小さな声で、

「ごめんね」

と言った。

「ヒロくんの左腕、初めてだね」

とユミは続ける。確かに、ユミはいつも僕の右側にいて少し先を歩いていたのだった。

「こっちの方がぶら下がってる感じがして、すごく楽だよ」

「不思議だね」

と言って、僕の腕をブラブラ揺すって屈託なく笑った。この感じはどこかで経験したことがある。そうだ、一人で港まで歩いた時だ。学校の傍で子どもたちに出会った時、ミナが駆け寄って来て、僕の左腕を掴んで左右に大きくユラユラしたのだった。あの時の感じに似ていると思った。


「ごめんね」が僕の周りを静かに飛び交う。小さな「ごめんね」がチカチカと浮遊する。それは、可愛らしく、健気で、そして哀しい。青空に舞い上がる直前のウミネコの覚悟の横顔が眼前に甦る。あれも美しく、健気で、哀しかった。

僕にはない何かが僕を哀しくさせる。僕には欠落感がある。それがないことを、いつも感じる。それに憧れ、それがないことを寂しいと感じる。この寂しさが哀しみに転化するのだろう

か。

　自分のことしか考えず、他人のために生きることをしない。他人の立場を理解せず、他人に同情しない。自分勝手に解釈し、間違いだとわかると誰かを非難したくなる。他人に非寛容で、人の失敗を許さない。利他的誠実さの欠如、つまり、健気でないということだ。

　そして何よりも、覚悟しない、何ごとに対しても。


　ユミが「ごめんね」と言った訳を、僕はすぐに理解できた。唐突に言ったにもかかわらず、だ。なぜなら、僕はそのことを、ずっと思っているからだ。四六時中、気にし、こだわり、怒っているからだ。そのことをいつも、ユミは知っている。だから「ごめんね」と言ったのだ。

　オロロン鳥のことが頭を離れないでいる。人生初めての一人旅をこの島で、と決めたのは、ここがその鳥の日本唯一の生息地だからでは、むろんなかった。誰も行かないであろう無名の孤島であることが重要だった。僕は誰とも会いたくなかった。そしてはるばる来てみたらユミがいて、誘われるままに天然記念物だというオロロン鳥を見に行ったのだ。

　独自の巣を持たず岩棚に直に産卵し、つがいで抱卵し子育てをする。その卵は円錐形で偏在する重心のおかげで崖外に転がり出ない。生後一月ほどで断崖を飛び出し滑空して海に出る。たったの一個しか産卵しない、人が良い上に弱くて卵や雛を簡単に奪われてしまう、人間の乱獲による餌の減少、稀代の潜水名人であるがゆえに人間の流し網漁の犠牲になりやすい、等々の理由から数が激減し絶滅の危機にある。これらのことをユミから聞きながら歩き、僕は、その語呂も併せてオロロン鳥というものを気に入り、興味を持ち、是非会ってみたいと思うようになっていた。東京から逃げてきて、非東京的なるものに飛びついたのかもしれない。

そしてようやく赤岩展望台に辿り着くやいなや、ほどなく、その場でオロロン鳥の不在を知ることになった。赤岩展望台からの帰り道、僕は一言もユミに話し掛けなかった。ホテル・オロロンへの分かれ道で「じゃあ」とだけ言って、ユミの顔を見なかった。以後、ユミとは話らしい話はしていない。

宿に帰った時、すでに巣立ち後で断崖には一羽もいなかったこと、そもそもあそこでは彼らに会えないこと、巣穴だと思ったのが他の鳥類のものだったこと、天然記念物ですらないことを、カヨコさんから知らされた。そして僕の身の内に、思いがけずも激しい怒りがこみ上げることとなった。自分勝手に解釈し、間違いだとわかると誰かを非難したくなる。他人に非寛容で、人の失敗を許さない、という特質に火が付いたのだ。

知りもしなかったオロロン鳥に即席の興味をそそられ、勝手に膨らませた期待が思い通りに叶わなかった、たったそれだけのことで、僕の怒りは頂点に達したのだった。遠方の誰も知らない孤島にわざわざ会いに来てくれ、そして、僕が興味を持ちそうなオロロン鳥を一緒に見に行ってくれ、どしゃ降りの雨の中を大きな危険を冒して車で迎えに来てくれた、そんな健気な一人の女性に対して、僕はこんなふうに接したのだった。

そしてさらにその後もずっと、まったく理不尽なことに、ユミに対する正当性のない怒りが僕を捉えている。僕のこだわりに気づいているという、そのこと自体が、さらに僕をイラつかせ、不機嫌にさせているのだ。僕とは、そういう人間なのだった。

「ごめんね、は僕のほうさ」

と、僕は言った、いささかぶっきらぼうに。この期に及んで、僕はまだ怒りの名残りを引きずっている。

目の前に夕方の大海原が広がる。海の藍色は濃さを増し、空の水色はさらに優しさを増している。光は跳躍せず、大地と海の表面にそっと降り来て、一層の膜となって広がる。陽の光が西の空の低い所で褪めたオレンジ色に灯っている。ユミは僕の左腕に身をもたせ掛けジッと動かない。うっとりと眼前の景色を眺めているようだった。

頬の柔らかい感触とそれよりやや硬い乳房の感触が直に伝わる。ユミと同化し、僕の怒りが少しずつ薄れていき、そして、「この娘に怒る理由など何もない」という自明のことを悟る瞬間が、僕の内側に訪れた。理由のない怒りの滓《おり》が溶け、嘘のようにスッと消えた。

それからしばらくの間、二人で静かに、ただ立っていた。

風を、寒いと感じた時、

「ヒロくん、彼女いるでしょう」

と、ポツリとユミが言う。

「すぐわかるよ、慣れてるもん。でも、今のままじゃ、ヒロくんに人は愛せないと思う」

僕は、寒い風のそよぎのようにその声を聴く。

「私は絶望者だった。ヒロくんは不満を持つ人なの。似て非なる者よ」

「不満分子には人は愛せないよ」

　と、ユミは続ける。

「もっとずっと遅く出会いたかったな。あなたがいろんなことを体験して、必死で頑張って、たくさん失敗して、反省して、そして何かを知ってから、出会いたかった」

　ユミはそう言うと、僕の腕から腕を解きそっと両手で触り、そして離した。これでおしまい、とでもいうように。

「僕は不満分子なの？」

　と、僕は訊いた。この時すでに、ユミを利他的誠実さの具現者、つまり健気な存在と捉えることができていた僕は、以前のように素直にそう訊き直すことができた。でも、ユミはもう僕から離れた所にいる。ほんの少しだけ間《ま》があった。そしてユミは、

「不満は、劣等感に端を発するものなの。いや、もっと正確に言うとね、劣等であるかないかを判断基準とした世界観から生まれるものなの。ヒロくんのは、それよ。悪いけど、底が浅いわ。自分の状況が変われば簡単に解消されるの。例えばね、ある試験に落ちたら別のに受かれば良いの、もっと難しいのに受かれば完璧ね、それでご機嫌になれる。失敗しても、次に成功すればいいのよ。劣等感が払拭されればそれでＯＫ。すべてが自分と他者との順位の問題なの。本質を問わないから、優劣でさえない。内面の問題ではないから、底が浅いの、単純なのよ」

「でも、成功の代替物がなかったら、どうなるの」

「その時は、自分以外のものに責任を押しつけることになるわ。自分を救済するため、自分が劣等でないと思えるために、何かに、誰かに、責任を転嫁せざるを得ないと思う。興味の中心は自分だけ、そういう世界観の住人に、人を愛することはできないと思う。好きになることはできてもね。愛の向かう先には自分はいないものなの」

「僕の抱える問題は、僕の内面にあるものではないの？」

「内側にあるだけよ。浅い所にある」

とユミは言って、少し笑った。

「内面はもっと深い所。内面にある問題はより複雑で、そう簡単には解決しない。解決の糸口が無限にあるともいえるし、ゼロだともいえる。二者択一の世界観では解決不能なの。そこから出て来るのは、不満ではなく、絶望よ。奥が深くて厄介者。悪いことは何でも、底が浅くて単純な方がましなのよ。奥が深くて複雑なのはたちが悪いわ」

「でも、絶望の方が、人を愛することにはよほど近い。絶望に、自分の居場所はないから」

これ以上、僕に話すことは何もなかった。何かが腑に落ちた気がした。僕は前を向いたまま、

「ありがとう」

と言った。ただそれだけだ。「健気さ」こそが、僕に決定的に欠落している要素だと、あらためて思った。

正面の少し翳った水色の空に、光らないオレンジ色の太陽がいた。濃紺になった水平線のす

ぐ上に、サイズを少し増して絵画的に静止している。

「さあ」

と僕は言い、後ろを振り向いてユミを見た。ユミはあどけない顔をして、例の黒過ぎない大きな瞳で僕を凝視した。僕はそれをほんのちょっと見つめ、すぐに視線を外した。愛おしい気持ちが込み上げたが、卑怯者にならないため、それを回避したのだ。

「もどろうか」

と、僕はみんなに向かって大きな声で呼び掛けた。

岩の階段の近くに三人はいた。僕とユミが話し終えるのを待っていたのかもしれない。三人は、岩の階段を降り始めた。僕はユミに続いて最後に岩の階段のてっぺんに立ち、日没前の大海原を見渡した。そして、ユミの下る様をしっかりと見守りながら、しんがりを務めて断崖を下った。

「ゆっくり行くべ」

と船長が言う。僕らは所定の位置に座ってうなずいた。

小百合さんのよそ行きのワンピースが台無しになっている。それを言うと、破れてないからクリーニングに出せば大丈夫、ジーパンで帰るわ、と言って笑ってくれた。

甲板は大方乾いていた。山田さんのおかげで、見かけはきれいになっている。船長と山田さんは船尾に行って錨を上げている。ユミと小百合さんは右側の青いベンチに腰かけていつものように話をしている。

カモメ、いやウミネコの声がする。お馴染みの懐かしい声だ。それらは静寂を邪魔しないどころか、カモメの声しかしないという、静かで長閑《のどか》な雰囲気を演出している。僕らは普段のいつもの世界に戻ってきた。

オロロン2丸は、静かなポンポンポンポンと共に岩壁を離れる方向に進み出した。ウミネコたちの声が後ろに遠ざかる。彼らは追ってくることをしなかった。まだ十分に明るいが、一日を終わらせなければならない時刻が近づいている、夕闇が確実に迫っていた。

しばらく誰もしゃべらない。

「次は、いよいよアレだね」

と山田さんが言った。誰にという訳ではない言葉は、そのまま空気の中に消えた。

後ろの遠くの方でウミネコたちが鳴いている。スピードを上げるとオロロン2丸のエンジン音は重くなる。全体のリズムは速まるがポンポンポンポンの「ン」の音が大きく低くなる。タイミングが僅かに遅れるので、止まってしまわないかと心配になる。生真面目だが危うい感じのするエンジンによって、僕らは行くべき所に向かって運ばれている。

僕と山田さんの位置からは海しか見えない。沿岸に岩らしいものは見当たらず、海の色は岩棚から見ていたよりもさらに濃さを増し、ほとんど黒と言って良かった。波は穏やかだが水深は深いように思われる。振り向くと、濃い緑の草に覆われた相変わらずの断崖絶壁だった。こちら側の景色はやはり変化に乏しい。

目の前の左寄りの低い所でオレンジ色の太陽がジッと動かない。辛坊強く一日の最後の仕事に耐えているようだ。

「赤岩だよ」

船長が大きな声を上げた。皆の視線が前方に集まり、焦点が一つに合わさる。

赤茶色の大きな岩が（四十メートル弱だと聞いている）、島からは明らかに独立した存在として、海中から屹立している。僕らの間に緊張感が漂う。

「もうどうでもいいんじゃないかしら」と、小百合さんが言った。

「秋桜の圧倒的な光景を見たら、こんなこと、もうどうでもいいように思えるわ、私には」

そして、「もともとそうだけどね」と付け加えた。

山田さんは立ち上がり、赤岩の方を見つめながら、

「ずいぶん暗くなっちまったな」と言った。


オロロン鳥を見に行った時、ユミと僕は赤岩展望台で、ある物を見つけた。それは確かなことだ。展望台の右下の断崖絶壁から、多くの葉が纏わりついた木の枝が垂直に突き出ていた。その先端に何かがぶら下っているような気がしたのだ。その何かが問題なのだ。

この前船長に連れて来てもらった時、ユミは双眼鏡で確認し、黒いロープの輪っかだと言う。僕はそれほどはっきりと認識できていない。最初見た時、黒いロープのような物がぶら下っているような気がしただけだ。前回来た時は、双眼鏡でもよく見えなかった。

今の僕は小百合さんに近いと思う。今日味わったことを考えると、アレはもうどうでもよいような気がしている。見えようが見えまいが、あろうがなかろうが、大したことではない気がする。

もちろん、明らかに見えたなら、それはすごいことだ。どうしてこんな所にこんな物が、という普通の疑問が湧くだろう。もしも何もなかったら、それは普通の、当たり前のことだろう。では、見えそうで見えなかった時は？　今の僕なら、もうどうでもよいと思うだろう。これ以上追及するつもりはないからだ。

ユミはどうなのだろうか？　さっきの体験を踏まえてもなお、アレに対する執着心は揺るがないのだろうか。

オロロン2丸は静かに赤岩に近づき、赤岩の手前の大きな岩の横で錨を下した。前回、海鳥たちが集まり、オロロン鳥を初めて見ることができた場所だ。夕暮れ時の今、鳥たちの姿はずいぶんと疎らで、岩の上にたむろする集団はいなかった。

まだ明るいが太陽の色はもう届かず、無色の光だけが力なく事物を覆っている。赤岩に対峙する断崖は島の南西に位置する岩壁の一部で、前回は南中する太陽との位置関係から、西側の側面は南側の断崖の影に隠れて観察が困難だった。従って、そこに突き出ているであろう木の枝の観察もまた然りだったのだ。

今は間違いなく西側に太陽があり、西側の側面全体がよく見えている。ただ明るさが足りないせいなのか、その辺りにはほとんどコントラストがついておらず、濃い緑の草が岩壁全体を覆っているようにしか見えない。今日一日ずっと見てきた島のこちら側の、変化に乏しい景色そのもののように見える。

「これなら、見えるものは見えるし、見えねぇものは見えねぇさ」

と、船長が言う。五人全員が前のスペースに立って、南西の岩壁の西側の断崖を見ている。見るべき所は前回の探検ですでに確認済みだった。展望台に通じる白い階段が良い目印になっている。

「光が当たりすぎるのは良くないさ、余計な影ができて正体を見誤る。今時分が一番いいのさ」

と船長が言う。

「間接照明ね。確かに本当のところが見えるかもしれない」

と小百合さんが引き継ぐ。

「あるものはあるし、ないものはない、ということだね」

と山田さんが後を追う。「それにしても、よく見えないな。少し暗すぎないかい？」

「あの手のものは、こんなふうにして見るものなのさ。じっくり見極めるのさ」

と船長が言う。

「一発で目に付くのは、大抵は勘違いさ。でなければ、本物の化け物だ」

「実はな、アレには伝説があってな」

と、船長が話し始めた。

「大昔の話じゃない。ニシンでひと財産作れるようになってからの話さ。初めの頃はずいぶんアイヌの連中に助けてもらったらしいのさ。

他所から来てこの漁場で一山当てたニシン大臣《でぇじん》がいてな、それがひどく邪《よこしま》なことをしたらしいのさ。船、網、道具、若い衆を揃えねぇとニシンは獲れねぇ。それに倉庫も必要なのさ。船、網、道具は十分持っている、これ以上あってもしょうがねぇ、とその大臣《でぇじん》は考えたのさ。そこで一計を案じたのさ。人が好いアイヌの若者に金を貸してさ、船、網、道具を買わせてさ、また金を貸して若い衆を雇わせてさ、そうして獲ってきたニシンの大半を借金の形に取り上げたのさ。その者の手元には僅かのニシンと船と網と道具が残った。

翌年から若い衆を雇ってニシン漁に出たけんど、若い衆を雇うのにまた借金が必要で、獲ってきたニシンで返すのさ。火の車操業ってやつさ。すぐに底がついてさ、かわいそうに、アイヌの若者は赤岩の真ん前のあそこに自身を吊るしたのさ。何せ赤岩はこの島のシンボルだからさ、そこでそれをやられたことがさ、悪徳大臣《でぇじん》にとっちゃ最高の見せしめになったんだ。追われるように、逃げるようにして島から出て行ったとさ」

「これだけじゃ、伝説にはならない」

と、山田さんが合いの手を入れた。

「そうだ、これからが伝説だ」

と言い、船長は僕らの顔を一人一人見比べるように覗き込んだ。

「邪《よこしま》なことを考えてる奴には、それが見えるんだ」

僕たちに言葉はない。そういうことだとは思ってもみなかった。邪《よこしま》な、という響きがショックだ。木だけ見えたんでも、それが見えたことになってしまうの？　そんなことが頭を巡り始めた。

「邪《よこしま》、にもいろいろあるさ。自分らには何がいけねぇのかわからないからさ、神様がいけねぇとお考えになることが邪《よこしま》なことだ、ということになったんだべ。しばらくは神事も盛んで、漁師が時々寄っては御神酒を海に奉納したりしてたらしい。子どもの頃、親父に連れて来られたのも、そんな時なんだべな」

と船長は言い、断崖の方を見やって、遠い昔に思いを馳せるように目を細めた。

「だども、肝心のニシン漁が途絶えちまってからは、すっかり忘れ去られてしまったのさ。じっちゃんの頃までだべ、みんな知ってたのは。今じゃ、この島でも知ってる者はほとんどいないのさ。前にも言ったけど、あんな物のこと、気にしてる暇はないのさ」

と、山田さんが補足すると、

「作男さ、それは今も昔も同じよ。ニシンで溢れかえってた頃はさ、毎日がお祭り騒ぎで、あんな物、気にしてる暇はなかったし、そもそも気にする必要はなかったさ」

と、船長は付け加えた。

日没を見るため後ろを振り返る。陽の光は一日の仕事をようやく終え、今、水平線の下に姿を消したところだ。その名残りが、雲の一部をローズピンクに染め上げ、輪郭に陰翳を作っている。後ろの高い所にある空はまだ水色で、水平線からこちらに向けて白っぽいオレンジ色が広がる。

船長は僕らの顔をぐるっと見渡して、

「二十年前の、ニシンがぴたりと来なくなってしまったその日にさ、一人で船を出してここに来てさ、よーく見てみたらアレがあった、という話は、この前したべ」

と言った。

僕らは緊張し、前回の探検で船長が語った言葉を思い出そうとする。少しだけ空気が止まる。

船長がまた話し始める。

「その時さ、わし、けっこうな借金を抱えてたのさ。親父がブローカーの口車に乗っかっちまってさ、息子のわしに一稼ぎさせようとしたのさ。金借りて若い衆を雇って、ニシンで返す話さ。伝説と同じことが我が身に起こったわけなのさ。大借金して雇った若い衆が家にごろごろしてるのに、ニシンがまったく来ないのさ。恐ろしかったさ。途方に暮れて一人で船を出してみたのよ。そしたら、邪《よこしま》な考えが次から次へと頭に浮かんできてさ。このままニシンが来なかったら、とても生きてはいられねぇな、そんな考えよ」

「邪《よこしま》な考え、って、やっぱりそういうことなのか」と、僕は思った。

「そんな気分のままフラフラさまよってたらさ、ここに来てたんだわ。赤岩だからさ、昔、親父に連れて来られた所だとすぐわかったさ。目を凝らしてようく見たらさ、木の枝の先に黒いロープの輪があって、そこに何かがぶら下がってるように見えてしまったのさ」

「確かに見えたんですか?」

と、僕が訊く。船長は答える代わりに、猛禽類のような鋭い目を僕に向け、そして話を続けた。

「伝説のことは親父から聞いて知ってたさ。邪《よこしま》なことを考えてる奴にはそれが見える、って話さ。えらく恐ろしくなって逃げ帰ったのよ」

「邪《よこしま》、が何を意味するのか、その時はサッパリわかってなかったけどさ。ただ怖くて家でジッとしてたさ。だけんど、待てども待てどもニシンは戻ってこなかったのさ。そしたら親父が自分で自分に始末をつけたのさ。この時、邪《よこしま》、の意味がわかった気がしたさ」

一呼吸あったので、

「どういう意味なんですか?」

と、小百合さんが訊く。船長は小百合さんの方に視線を向け、

「まずは普通に、悪徳大臣《でえじん》のように悪事を企てるということさ。悪いやつらには見えるのさ」

と言った。そして声を潜め、一音ずつ囁くように、

「もう一つは、死ぬることを考える、ちゅうことさ。安直にそこに近寄る、ちゅうことさ」

　と言って、言葉を切った。

「まっこと、恐ろしかったさ。親父もアレを見たんだ、と思ったらさ。このままじゃわしも、と本気で感じたさ。それで、親父から引き継いだ船と網と道具の全部を形《カタ》にして、また借金して、船を大改造してさ、置き網漁を始めたのさ」

　船長はここで話すのを止めた。僕らはしばらく待った。が、それっきり語らなかった。そこで山田さんが後を引き取って、

「それから、さっきの話に繋がる。置き網漁で親父さんの形見の船を、あっという間に失ってしまったのさ。

　あの時、もし花を見てなかったら、あの場所に行き着かなかったら、とても今まで生きてこれなかったって、じっちゃんは言いたいのさ。あの時一度死んでさ、お花畑で生き返ったと、じっちゃんは本気でそう思ってるのさ。だから、今日わざわざ出てきて、お前さんたちに旅をさせたのさ」

　とつないだ。そして、

「そうだべ、じっちゃん」

　と、船長を見た。

　いつの間にか空には白っぽい光だけが残り、岩壁の向こう側からこちら側に薄暮のベールが

敷かれ始めていた。反対側の西の空ではローズピンクが減衰し、淡いレモンイエローをまとった白い雲が漂っている。南東の空の低い所に浮かぶ満月を少し欠いた月が、周囲を自分の色に染め始めていたのだ。船長は口を真一文字に結んで、その月を見ていた。

「あらやだ」

山田さんから渡された双眼鏡を無言で覗いていたユミが、突然、声を上げた。

「ウミネコが見晴らし台の手すりにいるよ」

「たったの一羽だけ。まだいるの」

「何してるのかしらね」

そう言いながらユミは僕の方を向き、双眼鏡を差し出した。僕はそっとそれを受け取り、目に当てて展望台の方を覗いてみた。ようやく焦点が合った時、ウミネコはもうそこにはいなかった。

「本当だ、たったの一羽だ。脳天気なやつだ、歌でも唄ってるんだろ」

言いながら、僕は泣きそうになった。アイツかもしれないと思ったのだ。

でも僕は我慢した、卑怯者になるわけにはいかないと思ったからだ。しばらく覗いてから、双眼鏡を山田さんに返した。

「やっぱりアレは見えない」

と僕は言った。

「すっかり暗くなった。帰るべえか」

船長はそう言い、船尾に向かった。僕らは一旦、所定の席に戻る。

「寒くねぇか？」

山田さんが言う。岩棚にいた時から風が少し冷たい。この地では、お盆を過ぎたら長袖が必要かもしれない。

「おしくらまんじゅう、しよう」

小百合さんはそう言うと、ユミを立たせ、体を擦りながら体当たりし始めた。二人はキャーキャー騒ぎながら、僕と山田さんにぶつかってきた。僕らも引き下がってるわけにはいかない。四人はウンショウンショ言いながら、互いに体をぶつけ合った。そして最後は円陣を組むようにして互いの肩を抱き合って笑った。

「さあ、帰るべぇ」

船長の声が聞こえた。オロロン2丸は汽笛を三回、高々と鳴らした。そして初めは弱々しいポンポンポンポンの音と共に、やがて低く大きいポンポンポンポンの音を発しながら、気心の知れた東側の海岸沿いを北上して港を目指した。

月の色が濃くなった。波が輝く。薄暮のベールを敷き終えてもなお青い空にレモンイエローを纏った白い雲が浮かぶ。海は黒いが穏やかだった。僕らはそれぞれベンチに腰掛け、思い思いに最後の航海を楽しんだ。

送ってくれた山田さんの車を見送るため、鈴木旅館の看板の前に立つ。ユミと小百合さんを乗せてホテル・オロロンに向かう車は徐々に輪郭を失い、赤いテールライトだけが小さくなって、真上に懸かる月光に近づいていく。月は船で見たよりもさらに明るく、雲はおろか空さえも自分の色に染めようとしていた。

その月明かりのおかげで、小道に分け入ることができた。庭に出ると、母屋の屋根に隠れて見えない月が、庭の半ばまで伸びる淡い影を作っていた。その影に寄り添うように秋桜たちが佇む。モノクロ映画の一場面のように存在し、いつものように揺れている。偶然ではない、「必然的存在」としてそこに在り、生きている。

石台で靴を脱ぎ、廊下に上がり、振り返って庭を眺める。パールグレイの空間が静かに横たわっている。右側から注ぐ月明かりによって、秋桜たちがそうであるように、ごく淡く彩色されたモノクロ映画のような世界が広がっていた。

あらゆるものたちが、素のまま、あるがままに在ることのできる世界のように見えた。アレの存在を見極めるにはうってつけの環境のように思える。船長が言っていた、「光が当たりすぎるのは良くない、余計な影ができて正体を見誤る」と。そして、「あの手のものは、こんなふうにして見るもの、じっくり見極めるもの」であり、「これなら、見えるものは見えるし、見えねぇものは見えねぇ」だろうと思えた。

部屋に入り電灯を点ける。瞬時に、普通の色が満ち溢れ、眼前に当たり前の世界が出現した。

在るものはあり、ないものはない世界だ。もう一度、外に目を向ける。

正面の崖っぷちにはいつものように灌木がうっすらと見え、その向こうの崖の外は相変わらずの漆黒だった。月の光でしか見ることのできないものが確かにありそうな気がする。一人で港に行ってきた時だ、灌木の向こう側、崖の縁にカヨコさんが佇んでいたのだった。物思いに耽るように下を向いていたのを思い出す。何をしていたのだろうかと、ふと思う。

カヨコさんには遅くなるかもしれないとは言っておいたが、思ったよりもだいぶ遅れてしまった。まずカヨコさんに「ただいま」を言いに行こう。それから風呂に入り、夕食を取りに行き、食べ終わったら『嘔吐』を読もう。そして早く寝よう。明日は『転換期の宗教』を一気に読んで、早く宿題を終えてしまおう。

僕は床の間からタオルと洗面用具を取り、バッグから下着とパジャマを取り出して、廊下を歩いてカヨコさんの居室に向かう。帰りに風呂に入るつもりだ。

風呂場に通じる木戸を通り過ぎ、すぐの突き当たりを右に曲がる。正面の扉の隙間から、いつものように明かりが漏れていない。外出でもしているのだろうか。僕は引き返して、先に風呂に入ることにした。

風呂から出て木戸を開け、廊下に出る。カヨコさんたちの居室の方はまだ暗かった。僕は部屋に戻って『嘔吐』を読むことにする。

バッグから、今日は柿ピーを取り出してちゃぶ台の上に置く。ガラス障子のすぐ内側に置いてある魔法瓶から麦茶を湯呑に注いで一口飲む。それを持ってちゃぶ台の前に行き、溢さないように注意しながらガラス障子に向かってあぐらをかく。いつものお決まりの動作だ。本とノート、鉛筆、赤鉛筆はちゃぶ台の上に常駐させてある。

誰かが急ぎ足で廊下を通る。「遅くなってすいません」と声がする。僕は『嘔吐』を裏返して畳の上に置き、立ち上がってガラス障子を開ける。

カヨコさんがお膳を持って立っていた。泣きそうな、困ったような顔をしている。褐色の瞳が少し震えて見える。外出から帰ったばかりなのだろう、褐色のアイブロー、淡いグリーンのアイシャドウ、今日は少し薄目の口紅をつけ、ライトグリーンのワンピースの上から割烹着を着ていた。

「僕こそ、帰って来たばかりです」と僕は言い、お膳を受け取った。僕の指がカヨコさんの指に触れる。初対面の時、雨で濡れた僕をタオルで拭いてくれた時と同じだ。あの時は弾けるように手を引っ込め急によそよそしくなったが、今日はそうではなかった。僕らはしばらくの間、手を触れ合ったままでいた。

「何かありましたか？」

とカヨコさんは言い、そっと手を離した。お膳を受け取って、僕は、

「コスモス畑のこと、知ってますか？」

と訊いてみた。

カヨコさんは褐色の目で僕を見つめ、そして、

「船長ですか？」

と、逆に訊いてきた。僕がうなずくと、

「私も連れていってもらいました」

と言い、さらにジッと僕の目を見つめてきた。綺麗な褐色の瞳は瞳孔が開いていて、僕はまったく思いがけずも、甚だ不謹慎なことに、股間が熱くなりそうになった。カヨコさんは僕から視線を離さなかった。そして、

「主人が亡くなった時です」

と、小さな、しかし、しっかりした声でそう言って、今度は僕を睨みつけるようにした。僕はただ突っ立っていた。さぞやあっけにとられた間抜けな顔をしていたに違いなかった。

「そのおかげで、こうしてまだ生きています」

と、カヨコさんは言った。

僕が何も言えずにただ立っていると、カヨコさんは部屋に入り、ちゃぶ台を脇に除け、お膳を置く場所を作ってくれた。僕はそこにお膳を置き、なお黙っていた。

東京で、ユミが僕を責めて言った言葉が胸をよぎる、「すぐ優しい言葉を掛けてくるような人間が優しいわけではない」と。今、僕に言える言葉はない。カヨコさんは「おやすみなさい」と言い、廊下を戻っていった。廊下全体に月明かりが降りかかる。軒下から見える月は一段と明るく、サイズを増したようだ。南の空が晴れていた。

遅い夕飯は、ウニ、イカの刺身、中華丼風あんかけ八宝菜、玉ねぎとジャガイモの味噌汁。それから、珍しい、ここで食べられるとは思ってもみなかった冷たい水羊羹のデザート。腹ぺこだったせいもあって、すごくおいしかった。

お膳をいつも通りガラス障子の前に片づけて、『嘔吐』を読むことにする。

***

（『嘔吐』メモ）七

ロカンタンが独学者と呼んでいる人物は、毎日図書館に通い、アルファベット順に並べられた本をその順番通りに読むということを日課にしている。いや、それしかしていない人物である。ロカンタンは独学者を自分と同類だと見抜いている。孤独で、ただ自分のために人生を生きる者である。独学者は、自分の何たるかに気づいていない。そして、自分の独善的な見解で事物にレッテルを貼ろうとする男であった。

レストランで会食した時、「結局あなたは、人間を愛しておられるのです、ぼくのように」と言って、自惚れの強そうな笑いを浮かべているのを目にした時、ロカンタンは、突然、これまでで最も強い嘔気の発作に襲われる。自分の正体に気づかずにいる者と、もうこれ以上同じ場所にいるわけにはいかない。自分に相応しい場所へ行きたいと思う。

独学者から逃れて公園のベンチに辿り着き、マロニエの節くれだった幹と向き合っているうちに、存在と嘔気の正体について天啓を得る。その日の日記の中で、偶然性が肝要で、「存在とは必然ではないという意味である」「存在するとは、ただ単にそこに在るということ」との定義に行き着く。これが「実存」である。つまり実存とは、偶然的存在である。

次に、嘔気の正体にも辿り着く。偶然的存在は無意味、無価値でまったく何ものでもない。自分自身もそうであることに理解が及んだ時、人はむかつくのだ。この気持の悪さが嘔気の正体であった。では、なぜ気持が悪いのか。その理由はまだわからないままだ。


——•＊＊＊•——

八日目

チチチ、チチチの小鳥の声で目覚める。障子にはもう陽の光が映り、ガラス板は晴天の日の朝の空気を透過させている。『嘔吐』はだいぶわかりかけてきた。今日は『転換期の宗教』を一気に読んで、下書きを書いてしまおうと思う。

昼食後、『転換期の宗教』を読み続けていると、子どもたちの声がした。ガラス板を見る。真っ青な空と灌木のてっぺんが奥にあり、輪っかになったピンク色のヒモが手前の空間で見えたり見えなかったりしている。今日はなわ跳びだ。ピンク色の輪っかがガラス板から外れて時々見えなくなる。

子どもたちはいつも、断崖絶壁に連なるこの庭で普通に遊ぶ。僕が来た時からずっとそうだ。庭を移動する際、四歳のミナは姉から引き継いだ赤い三輪車を漕ぎ、六歳のカナはなわ跳びをしながら庭の中を行ったり来たりすることが多い。こちら側へ来るとき、宙を舞う縄がガラス板越しに良く見え、向こうに行くと、それが見えなくなるのだ。

今、赤い輪っかが舞った。ピンクと赤が見えたり見えなくなったりしている。今日の笑い声は二人だけのものではないようだ。時々近所の子どもたちを連れてきて、ボール投げやなわ跳び、だるまさんが転んだなどをやるのだ。「おーじちゃん」と言って呼び出されることもある。子どもたちは時々小学校に遊びに行く。小学校から帰って来る子どもたちに出会ったのは何日くらい前のことだろうか。

柵のないこの庭でボール遊びをすることを注意した時のことを思い出す。ここに来てすぐの頃だ、雨が上がってふと見たガラス板の中で大きなスイカのボールが行ったり来たりしていた。あまりに危険なので当たり前のように子どもたちに注意した時、僕の進言に対してカヨコさんは意外にも不機嫌な応答をしたのだった。何かを言わなければならない程のことではないという、そんな言い振りだった。わざとでもない限り歩道をはみ出して歩く人はいない、まして、これ程の広い庭をはみ出して遊ぶ者はいない。万一ボールが飛び出してしまったら、その一個を諦めればよいだけのことだ、という考え方だった。

久しぶりに子どもたちに会ってみよう。ガラス障子を開けて廊下に出た。思った通りだ、カナがピンクの縄を飛んだり振り回したりしている。赤い縄を持った別の子が同じように遊んでいる。ミナの三輪車を探してみたが見当たらない。石台に降りてサンダルを履き、庭に出る。ミナがいた。カナや友達から離れて、母屋の玄関付近でなわ跳びの練習をしている。と言うより、なわ跳びをしようとして、できないでいた。黄色い縄を持って飛ぼうとしては足に引っ掛けている。明らかに扱い慣れていない、縄を振り回すこともできない感じだ。

僕は玄関に向かって庭をまっすぐ歩いた。カナがなわ跳びしながら近寄ってきて、

「おーじちゃん」

と言った。赤い縄の子は、僕の部屋の前で盛んに飛んでいる。カナは、

「おじちゃん、いつ帰ってきたの？」

と、なわ跳びを止めて訊いてきた。ミナがなわ跳びへの挑戦を止めてこちらを見、おもちゃのスイッチが入ったように小走りで近づいてくる。

「夜遅くなっちゃったんだよ」

と僕が言うと、

「どこ行ってたの？」

と、カナは一歩近づいて僕を見上げた。

「港に行ったよ。船に乗ったんだ」

と僕は答えた。

「カナも港に行ってお船に乗ったよ。おじちゃんのお船に乗せてもらった」

とカナは言い、にっこり笑った。僕が黙っていると、ミナがドンとぶつかってきた、いつも

のご挨拶だ。そして、

「おじちゃんじゃないおじちゃんだよ」

と、体を捻ってさも面白そうに口を開け、笑った。最初に出会った日、家の中でボール遊びをした時のように、二人は可笑しくてしょうがないというふうに、大声を上げ体を捩って笑い転げた。

それから僕たちは、子どもたちが持っていた長い縄を使って、二人が回して他の二人が飛ぶ、なわ跳び遊びに興じた。うまくいっても三、四回しか続かないのには、正直参ったが、子どもたちとの交流で心が緩んだ。そして三十分ほどで子どもたちが先に飽きた。赤い縄の子は「バイバイ」と手を振って小道から帰っていき、残された二人は僕の両手を取ってユラユラを始めた。振れ幅がだんだん大きくなり、最後はまた体を捩って笑い転げた。

カナが家に入り、土間に置いてあったのだろうか、スイカのボールを持ってすぐに出てきた。玄関を出た途端、上に向かってそれを放り投げる。スイカはフワッと風に乗り、僕とミナの頭を通り越して庭のまん中あたりに着地した。二、三度バウンドして大きな岩にぶつかり、少し跳ね戻って止まる。

僕は、自生する秋桜たちの横まで歩き、大きなスイカを取り上げ、両手で抱きかかえた。すでに懐かしい何日か前の記憶が甦る。空を飛び交う大きなスイカを見て部屋を飛び出した僕の目の前にカナがいて、カナが放り投げ、転がったスイカを拾い上げたのがユミだったのだ。

乾き切った庭で金色の光が反射する。大きなスイカを抱えたあの時のユミと今の自分とが重なる。ユミをとても懐かしいと思うのは、一体どうしたことだろう。強い日差しの中で、淡いピンク色の秋桜たちがいつものように揺れている。

僕は大きなスイカを、母屋の玄関のずっと向こう、小道に沿って生い茂る緑の垣根に向かって思いっきり放り投げた。そこはカナとミナに初めて出会った辺りだ。スイカは最初は勢いよく飛んで行き、途中でフワッと上に向かい、最後、垣根に届かない所でストンと落ちた。カナとミナが走ってそれを追いかける。二人は転げるようにしてそれに追いつき、最初手にしたミナからカナが奪い取り、こちらに向けて思いっきり蹴り上げた。方向が逸れてまっすぐ崖の方に向かい、大きな岩の手前で一度バウンドして弾みながら転がり、秋桜群の向こう側半分をなぎ倒して止まった。

僕は濃い緑色の草の中までそれを取りに行き、母屋の玄関付近にいるカナとミナに向かって力いっぱい放り投げる。大きなスイカは二人を飛び越して直接玄関の庇に当たって跳ね返る。初日に家の中で遊んだ時のように、二人は笑い転げながらボールを追い回し、それを抱えるようにして投げ返してくる。こんなことをまた三十分くらい続けると、二人はあの時と同じようにすっかり飽きてしまい、僕のところにやって来て両腕につかまり、ユラユラをし始めた。

「おじちゃん、もう帰っちゃうの？」

と、カナが言った。

「かあちゃんが言ったんだ」

「君たちともずいぶん遊べたからね、そろそろ帰らなくっちゃね」

と、僕は答えた。

「いやだ、いやだ、いやだ……」

ミナが僕の左手を握りグルグル回しながら言い続ける。カナは僕の右腕に重心をもたせ掛け何かを観念したかのように押し黙っている。いつかしたように、僕らはゆっくり歩き、開けっ放しの玄関から母屋に入った。

土間に入ってすぐ、カナは僕の腕を離して庭に戻り、大きなスイカを抱えて再び玄関に入ってきた。スイカを引き戸の傍に置くと、無言で僕の横を通り過ぎ、踏み台によじ登って開けっ放しの六畳間に入った。ミナは僕の手を握って離さない。僕は六畳間に少し首を突っ込んで、

「こんにちは」

と、奥に向かって声を掛けてみた。

「はぁい」

とまず返事が聞こえ、右手奥の台所から白い割烹着で手を拭きながらカヨコさんが出てきた。そして、

「漬物をしてました。いつもです」

と、屈託のない笑顔を見せてくれた。ミナはようやく手を放し、カヨコさんを見上げて、

「おじちゃん、まだ帰らないよね」

と言い、首を何度も縦に振りながら返事を待つかのようにカヨコさんを見上げている。カヨ

コさんはしゃがみ込んで畳に膝をつき、ミナを呼び寄せるように両手を出した。しばらくジッとしていたミナは、突然踏み台に手を掛け、よじ登り、母親に飛びついた。そしてワーワー泣き出したのだ。カヨコさんは立ち上がり、ミナを抱いたまま正面奥のガラス戸を横に引き開けて、中に消えた。奥からミナの泣き声が聞こえてくる。僕はしばし佇んでいた。

「おじちゃん」

と、カナの声が聞こえた。カナは開け放たれた障子戸を左手で持ち、こっちを向いて立っていた。

しばらくじっとしていた後、静かに、

「ありがとう」

と言った。僕はすぐに返事ができず、しばらくカナと向き合った。そして、言うべき答えが見つかった。

「おじちゃんこそ、どうもありがとう」

カナは障子戸に手を掛けたまま動かない。ずっとこちらを見ている。僕はカナに歩み寄り、頭を撫で、ポンポンし、

「すごく楽しかったよ、ほんとにありがとう」

と付け加えた。そして振り返って玄関に向かった。

開きっぱなしの引き戸から白い光が差し込んでいる。右側に赤い三輪車、左側に大きなスイ

カが見える。スイカの手前に物置部屋の入口があり、脇の土塀に大小二個の麦わら帽子が掛かっている。

光をくぐり抜けて外に出た。右上から夏の日差しに射込まれる。まっすぐ歩いて大きな岩に向かい、海を見る。晴れ渡った青空のずっと向こう側で水色になった空が藍色の海と接している。岩の左側に自生する淡いピンクの秋桜たちの一部が不揃いに向こう側に傾いている。カナが蹴ったスイカがなぎ倒した所だ。しゃがんで茎を持ち上げてみる。折れているものはなかった。手をそっと離す。離した先からパラパラと倒れて傾き、それでもいつものように、しかしちょっと窮屈そうに、健常なものたちと一緒になってフワフワと揺れ始めた。

僕は立ち上がり、小道に沿って生い茂る緑の垣根の方に向かう。垣根の最後の所が庭の中に回り込み、東側の十畳ほどのスペースを仕切っている。初日に子どもたちが隠れ、僕が覗き込んで目を眩ました所だ。黒っぽい雑草に覆われ、褐色の岩で縁取られ、崖際に濃い緑の灌木が二本生えている。灌木越しに、遠くの水平線に北海道の本体がごく薄く黒く横たわっているのがハッキリと見えた。

僕はそこから出て庭に戻り、太陽に向かってまっすぐ歩き、石台から部屋に入った。『転換期の宗教』を今日中に読み終わり、宿題の下書きを書いてしまおうと思う。

ずっとここにいたので、今日は、夕食のお膳をカヨコさんから直接受け取った。

殻付きウニ二個、イカの刺身、ホタテ貝の炊き込みご飯、ナスとミョウガの味噌汁、ナスの辛子漬け、ポテトサラダ、ナシ一個。

『転換期の宗教』を読んで」の下書き（抜粋）

『転換期の宗教』を読んで

一．はじめに

本文章の目的は、『転換期の宗教』における記述から、社会構造の時代的変遷と宗教との関係を読み解くことである。

本書で記述される宗教は主として仏教であるにもかかわらず（神を奉るものは本書では天理教のみである）、筆者には神についての記述書として違和感がなかった。宗教的信者であるかないかにかかわらず、筆者にとって神とは、神と仏の区別のない、唯一無二の超越的存在である。したがって本文章においては、すべての超越的存在を神と表現することにした。

尚、本書では、全人口の九十パーセント以上を占める（本書の記述による）一般大衆のことを民衆と称している。本文章でもこれに倣うことにする。

二．『転換期の宗教』を読み解く

民衆は神に何を祈ってきたのか。時代の変遷に伴う民衆の社会的地位の変化と、民衆が宗教に求めたものの時代的変遷に関する考察。

古代、民衆は、物心両面においてまったく救いのない生活を強いられていた。合理的に悩む知性を持つ術なく、健康に生きる肉体を維持する術なく、ただあるがままに生きることしかできない民衆にとって、神は認識外のものであった、つまり神は存在しなかった。古代において、神は国家のものであり、支配者のみが国家との関わりにおいて神を認識した。

封建時代への移行期、民衆とはまったく無縁の場で、これまでなかった規模での権力闘争が行われるようになった。権力闘争の主現場である支配階級の中にあっては、神は公的機関としての国家のみならず、私的機関である家（氏）の守護者として認識されるようになった。

権力闘争は規模と激しさを増し、民衆の生活の場になだれ込むようになり生活を脅かすようになった。あるがままに生きることしかできなかった民衆の生きるということが、これまで以上に困難なものになった。一方、支配階級の中においても主流から外れた者にとっての生きるということは、これまで以上に困難なものとなった。合理的に悩む術すなわち知性、教養を持つことのできたそれらの者の中から、自己を救済する存在として自分にとっての神を認識する者が現れた。

つまり、神はより私的な存在となり、国家、家の守護だけではなく、個人の守護を祈念される存在となった。自我を捨て一切を神に委ねることで救済された知識人の中に御恩報謝の観念が自然発生し、それが民衆への布教という形態を取るようになった。このことにより、神は民衆によっても認識され、かつ、彼ら一人一人の私的な存在となった。

（中略）

以上を総括すると、我が国にあって、その時代時代に民衆を捉えてきた宗教（新興宗教）は、その時代の国の社会構造と密接に関連して発生、存続してきたことがわかる。社会構造とはつまり、民衆（一般国民、大多数の人々）がどのような立場に置かれているか、ということである。

放置され、ただそこにあるだけの存在だった時、彼らは、ただ生きられることのみを神に祈った。支配され自由を奪われ抑圧された時、自らが神となり反権力によって現状打開を図ろうとする者が現れた。支配者が絶対権力者となり、反権力ではまったく生きる余地がなくなった時、権力者側に回ることを選択する者が現れた。そして、絶対権力者が消滅した時、自らが政治的権力者になろうとするものが現れた。

後は東京に戻ってから追加、推敲すれば良い。本件に関する目的はほぼ達成できた。

『嘔吐』は文学作品なので表現は学術書のように直截的ではない。進んでは戻るをくり返しながら読んできて、今、感じていることがある。それは、思ったほど複雑なことを言おうとしているわけではない、ということだ。

そもそも数式で明快に解説できる分野ではない上に、小説という形態を取ったがゆえに、主題とは直接関係のない言葉が多くなり、説明がくどくなり、重複が目立つようになってしまったのだ。その事は著者にとっても大変もどかしいことであったろう。そのもどかしさがさらなるくり返しの元凶となり、本作品に難解な相貌を付与するに至ったのだと思う。

そもそも小説は、何かを直に言うためではなく、状況をあらわにして真実を炙り出すためのツールだと僕は思っている。『嘔吐』もまたそうなのだと、僕には思える。言いたいことはむしろ単純だ。ただ、世界は呆れるほど複雑で、人は皆、それぞれ別々なのである。だから小説は時に難解な相貌を帯びるのだ。順を追って整理すれば、僕なりの理解ができるだろう。そして、作者が言いたいことは、おおよそわかりかけている。


時計を見る。零時を過ぎたところだ。四時間近く座っていたことになる。日が変わるまで起きていたのは久しぶりだ。

蛍光灯の真下とは言え、部屋の明かりだけでの読書と作文はさすがに疲れる。原稿用紙から目を離した途端、部屋の暗さにまず驚いた。そして少し寒い。風呂から出てパジャマに着替えたままでいたのだ。やけに暗く感じる部屋の明かりが、開けっ放しの廊下に滲み出している。その向こうは、薄墨のように曖昧で希薄な暗がりだった。その中を、遠雷のように微かな空気の揺らぎが伝わってくる。久しぶりに対面した旧知の友のように懐かしい。

僕は彼と抱擁するべく外に出た。パジャマの上から長袖シャツを重ね着し、サンダルを履いて石台を降りると、部屋の明かりは廊下の端で減衰し、庭の全体が濃淡だけで描かれた奥行きのない展開図のように暗がりの中に浮かんで見えた。月が照らしているのだ。ここからは見えない南西の空の低い所、丘陵地の後ろから今宵最後の務めを果たしているのだ。

僕は庭の右端からキャベツ畑に入り込み、そこから見える限りのキャベツ畑と主道路、遠くまで広がる丘陵地とを見やった。丘陵地に接する辺りの空は他よりずっと明るく、その分、丘陵地のシルエットは黒かった。昨夜、オロロン2丸から見えたほぼ満月の月が、今は僕から見えない所にいて僕と庭のすべてを照らしている。彼（あるいは彼女）もまた、旧知の友人のようだった。

空気の揺らぎは徐々に大きくなり、一瞬止まり、そして静かに遠ざかっていく。ここでの初めての夜、そして初めて目覚めた朝に聴いたあの波の音だ。彼らは常にそこにいて、日常の中に溶け込み、ついには自らの気配を消し去っていたのだった。なぜなら、僕は今、久しぶりに彼らの声を聴くのだから。

あの時、カヨコさんが佇んでいた辺りに行ってみよう。まっすぐ歩き、灌木の手前で立ち止まる。サンダルの下に崖際を這うように生い茂っている草の厚みを感じる。カヨコさんはこの木の向こう側に立っていたのだ。木の枝葉に触れながら左側を回り込むようにして進み、向こう側を覗いてみる。草で黒く見える地面を縁取るように灰褐色の岩々が見えた。崖っぷちだ。カヨコさんはこんな所に立っていたのだろうか。

恐る恐る上体を伸ばしてさらに下を覗き込んでみた。深淵なる暗闇の代わりに、白っぽい物が見えた。目を凝らすと、干乾びた砂利道のように見える。一歩近寄り、真上から見下ろしてみると、石ころだらけの見慣れたような坂道が月明かりに白く浮き上がって見えた。さらによく見ると、庭と同じような雑草が所々に生えている。

僕は確信をもって第一歩を踏み出した。人が普通に通れる六十センチ以上の道幅はあるが、一メートルはなかった。急だが滑り落ちてしまうほどではない。デコボコしているがつまずくほどではない。ただ、石ころには十分気をつけないと思わぬ転倒をきたしかねない。サンダルの裏側に、時々、雑草の感触が伝わる、そんな坂道をジグザグと折りたたむようにして下った。最初の折れ曲がりを曲がったら月の光は届かなくなった。まだ明るい空のおかげで、足元から三メートル位までは辛うじて判別できる。次々に現れる三メートルを何も考えずただただ歩き繋ぐ。坂道は、終わらない夢のように長い。

五、六回向きを変えただろうか、最初と反対向きに歩いていた坂道が砂利道に変わり、サンダルがキュッキュッと鳴り始めた。坂道を下り切り、砂浜に降り立ったのだ。オロロン2丸で東の海岸沿いを航行した時、麓に白い砂浜を持つ断崖絶壁が何箇所か見えたのを覚えている。山田さんがその一つを指さして、あれが鈴木旅館だと教えてくれたのを思い出す。あまりにも崖が高すぎて、あの時は、僕もユミもそうだとは確認できなかった。

今、白い砂浜に降り立ったのだとわかる。が、それ以上は何も見えない。目を凝らすと、少し先に何個かの岩が見えた。色はわからない、ただ黒かった、崖崩れの痕跡だろう。ひっきりなしに聴こえる波音は、浜辺に打ち寄せては引き返す普通の波の音だ。近い分、見えない分、非常に大きく感じるが、雷のようには轟かない。上で聴こえた雷鳴のような音は、ここではない所に打ち寄せる波の音なのだろうか。

せめて月でも見えたら、と思う。今ここで月に出会えたら、もしもそれが満月ならば、きっと僕は神様に何かをお願いし、本気でお祈りをし、神様はそれを叶えてくださるのだろうと、そんなふうに思う。空を見上げてグルリと見回してみたが、少し明るいだけで、月の欠片《かけら》も見えなかった。

寒い、戻ろう。砂浜をキュッキュッと踏みしめて坂の麓まで戻り、上がり始める。最初の坂は右に向かって登る。サンダルの上で足が滑って歩きにくい。来た時よりよほど時間がかかりそうだ。小石を踏んだり、サンダルを踏み外したり、滑ってバランスを崩すようなことがあれば、命を失うことにもなりかねない、ということに、今さら気がついた。見えない分、怖さは軽減しているのかもしれないが、見えない分、確実に危険度は増しているに違いなかった。足元と坂の前方を交互に見極めながら、最大限の注意を払って一歩一歩、足を運ぶ。

ようやくの思いで三つ目の折れ曲がりの所まで到達できた時、地面が崩れてこちら側に傾いており、ほんの一歩の距離だが、そこだけ道がないことがわかった。踏み出した一歩に力を込めて登ろうとすると、まずサンダルが坂を滑り、次いで足がサンダルからずり落ちてしまう。下りでは通れた所が、どうにも登れない。

体を左に向け、次の坂道に両手を掛け、上半身を這わせるようにしてよじ登る。右足を次の坂道に掛けて踏ん張り、左足を引き上げようとした時、サンダルが脱げ落ちた。初めは微かに音がし、その後、何も聞こえなくなった。反射的に僕の体はこわばり、動けない。何もない、這いつくばった自分だけだ。音さえも、自分の立てるもの以外は消えた。ようやくの思いで左足を引き上げ、新しい坂道に立った時、僕は右足のサンダルを脱ぎ捨てた。裸足でなければ先に進めないとわかったのだ。

歩いたら、ずいぶんと痛い。裸足がこれ程痛いものだとは知らなかった。サンダルではわからなかったが、小石が多いのだ。体重が掛からないように、膝を曲げてそっと歩く。小石を踏みつけると痛くて声が出る、飛び上がって反対の足が出る。こんなふうにして重心を左右に移動させながらヨチヨチ歩いた。何か冷たい物を踏みつけ、瞬時に全身に緊張が走る。恐る恐る足を上げてみたら、雑草だった。まだ十メートルも歩いていなかった。僕は感じたことのない心細さに見舞われ、右側の崖に体を預けてしゃがみ込んだ。

雷の音が聴こえる。麓の白浜で聴いた音ではない、部屋で聴こえた音だ。今、断崖絶壁の中腹にうずくまり、月明かりの届かない暗闇の中、遠雷のように近づき、雷鳴のように轟き、静かに遠ざかっていく波の音を聴いている。

何ということだ。僕は生きているのだろうか、それともそうではないのだろうか、あるいは、そうではない所に行くところなのだろうか。突然、目くるめくような恐怖が僕を襲った。僕は岩肌から背中が離れないよう細心の注意を払いながらおずおずと立ち上がり、両腕を広げ、手のひらで岩壁をしっかりと捕まえた。そして、そうするべきではなかったことを知る。

見開いた瞳孔が、ずーっと遠い所で起きていること、濃紺の空と真っ黒な海とが混じり合うのを見てしまったのだ。何も見えない中で、遠くの水平線を視覚が捉えてしまったのだ。不幸なことに、それだけがわかる程の明るみがその辺りにはあったのだろう。

途端に、高さの実感が飛び込んできた。生身でこの高さに立ったことはない。生まれて初めて、足が竦んだ。岩壁に張り付いたまま動けない。しかも、張り付いた岩壁がゴツゴツしていて密着することができない。

急斜面での斜めの態勢が不安を増幅させる。どうしても動くことができない。怖くて涙が出た。心細くて「あはははは」と情けない泣き声が出た。が、悲しいわけではないので本当には泣けない。そのまま、立ち尽くす。つっかえ棒をしている左足が疲れる。力を緩めるとズズッと滑る。右足で踏ん張る。と、左足がスッと流れてバランスが崩れる。慌てて尻もちをつき、両手で坂道にしがみつく。

本当に、人っ子一人、誰もいない。今なら泣くこともできるし、笑うこともできる。そこで僕は泣きそうな顔のまま、「かみさま」と、つぶやいた。「神さま」と、またつぶやいてみる。そしてまた、「神様」とつぶやく。そしてまた「かみさま」と……。

また涙が出た。僕は何かを強く反省した。一体何を？

目を逸らせ、しらばっくれてきたことたち。凶暴な自尊心、頑なな正論、開き直った利己主義、上っ面の優しさ、上限付きの親切、薄っぺらな正義感、見え透いた謙虚さ、隠し持った優越感、身を焦がすような劣等感、隠しきれない傲慢さ、狡猾な自己憐憫、お手軽についてきた嘘、ほったらかしてきた人々、死なせてしまった愛犬チコ、本心を隠す癖、クールを装う臆病さ、ごまかしてきた非力さ、そして、覚悟のない生き方……。

そんな事々が混ざり合い、シュレッダーで粉砕され、大きな雨雲から落ちてくる夏の雨のように絶え間なく、グルグルと渦を巻きながら、僕目がけて降り注いだ。僕はそれらに打たれて濡れそぼり、為す術もなく、ぐしょぐしょになって立ち尽くした。

「ごめんなさい」と、言葉が出た。「かみさま、お許しください」と、はっきりと声に出して言った。そして、泣いてしまう。泣きながらまた、「神さま」とつぶやく。固く目を瞑り、「神様、なにとぞ、こんな僕ですが」と、「僕をお守りください」とお祈りした。「かみさま」と言い、「なにとぞ」と言い、「僕をお許しください」とくり返す。そして最後に、「どうぞ僕をお守りください」とまた言い、遠くの空に向かって、水平線の辺りに向かって深々と頭《こうべ》を垂れた。

三十分は経っただろうか。少し落ち着いた、というより、腹が定まった。

夜が明けて朝八時頃、いつものように朝食を持ってきたカヨコさんが僕の不在に気づくだろう。この時点ではまだ大きな問題にはならない。朝の散歩かもしれないし、それ自体はたいした事柄ではない。でも、昼食の時には大きな出来事になるだろう。朝食が手付かずのまま残っているからだ。

それから捜索が開始され、誰かが僕を探し出してくれるのは、早くて午後一時、遅ければ夕方だ。今から十二時間以上もここにいなければならない。それに、明るくなったら恐怖は想像ではなく現実のものとなって倍増するだろう。ここは高層ビルの屋上より遥かに高い所なのだ、耐えられずに飛び降りてしまうことだって、ないとは言い切れない。

そう思ったら、動かないわけにはいかなくなった。わざとでもない限り、道をはみ出して歩く者はいない。はみ出さなければ良い、ただそれだけのことだ、と自分に言い聞かせた。

それでも、この高さで、ほぼ暗闇の中を、幅一メートルに満たない急坂を歩くことはどうしてもできなかった。そこで僕は腹這いになり匍匐前進をすることにした。地面にぴったりくっついていれば落ちることはないだろうという考え方。実際にやってみたら、すごく大変だった。右肘が岩壁に当たるので、左にずれて道のまん中を進む。すると、左腕を前に出した時に左肘が崖からはみ出した。これは恐ろしいことだった。それよりも何よりも、とにかく疲れるし、進み具合が遅すぎる。上まで行き着けるのは無理だと判断し、四つん這いになることにした。

絶対に崖端に行かないよう右肩で岩壁に触れながら登り始めた。掌と膝と足指が痛い。掌と足指は状況に応じて加減ができるので、痛みを最小限に抑えることができた。一方、重心を支える膝には小技が効かず、すごく痛かった。小石に乗ってしまった時には、声が出る。四つん這いがこれ程大変で時間がかかるとは思いもよらなかった。特に膝が痛くて長く続けられない、休み休み進む。時々掌がすごく痛いのは大きな石ころがあった時だ。雑草の上に乗った時はホッとする。硬くない物は本当にありがたかった。

何回目かの折れ曲がりを這い上がり、今度は左肩で岩壁を確認しながらハイハイを続ける。疲れるのでハアハアと息が切れる。僕はわざと「ハアハア」と息を吐き、「ヨイショッ、ヨイショッ」と声を出す。そうすると気が紛れた。多分、膝から血が出ているだろう。岩壁にもたれ掛かって確かめてみた。パジャマは破れ、そこが黒いのだけはわかる、手で触るとヒリッと痛くてヌルリとした。両膝から出血していた。パジャマを膝までまくり上げ、膝当てのようにしてからまた四つん這いになってハイハイを続ける。

坂道の前方を注視すると、これまで何も見えなかったのに、薄ぼんやりと次の折れ曲がりが見えてきた。視界に空が入り、手前に断崖の上端らしき物が見える。庭の崖っぷちだっ。そう思って岩壁に寄り掛かり、もう一度そちらに視線を向けてみる。月明かりはだいぶ力を弱めていたが、没するには至っていないのだろう、ここの空にはまだ白味が残っている。そんな紺色の空とそれに接する断崖絶壁の上端とが辛うじて見えた。

折れ曲がりの直上あたりの岩壁から、月明かりが僅かに届いている空間に向けて何かよくわからない物が飛び出しているように見える。僕は身を乗り出してそれを凝視する。そして、一本の枝のような物が突き出ているのを発見した。

そっと置かれただけのような月明かりを受け、それは弱々しく白んでおり、光りもせず影も作らず、ありのままにそこにいて、静かに居住まいを正しているように見えた。僕はしばらくそれを見つめていた。そして岩壁から身を起こし、その場に正座してさらに見つめ直し、おもむろに深々とお辞儀をした。そうしたくなったのだ、自然に、そうなった。

「よしっ」と、声が出た。膝はもう限界だった。僕は立ち上がり、左手で岩壁に掴まりながら一歩ずつ歩き始めた。わざとはみ出さない限り、崖から落ちることなど決してないのだ。

僕は生まれて初めて覚悟した。最後まできちんと歩き通そう。足裏が時々痛いが、膝よりはましだった。小石を踏んだ時の衝撃が少しでも和らぐように膝を曲げ、そっと一歩を前に出す。四つん這いより時間が掛かるが、もうすぐそこに庭がある。こうやって最後まで歩き通すのだ。

最後の折れ曲がりが近づいた。僕はもう一度、アレを見上げてみる。黒っぽくしか見えないおそらく深緑の草に覆われているだろう岩壁から、赤岩展望台で見たのと同じようにそれは突き出していた。月明かりが届かない根元の方は漆黒の中にあり、今にも消えそうな薄明りに晒された所だけがほんのり微かに白んでいる。赤岩展望台のと同じように多くの葉っぱを湛えているような気がする。

アレのほぼ真下、最後の折れ曲がりをまた四つん這いになって這い上がる。折れ曲がりを歩くのは難しい、滑って転落する危険を考えれば、膝がすごく痛いのも我慢できる。ここで左に向きを変えて立ち上がり、今度は右手で岩壁を掴みながら、なおも慎重に歩を進める。あと三十メートルほどで庭に辿り着けるはずだ。滑らない、つまずかない、転ばないことだけを念じながら、「ヨイショッ、ヨイショッ」と声を出して、一歩一歩、足を運んだ。

ようやく庭の崖っぷちを形成する断崖絶壁のてっぺんに到達できた時、足裏がズキンズキンと脈打って限界に達していた。立っていられない。僕は、崖っぷちの岩の上に腰掛け、そのまま横向きに庭の中に倒れ込んだ。生い茂る雑草たちが優しく受け止めてくれる。ヒンヤリと柔らかい感触がとっても心地良い。途中何度も味わった、それはありがたい感触だった。

しばらくじっとしていた。それから仰向けになり、大の字になって天を仰ぎ見た。満天の星空。月が完全に没していたのだ。星だけの空の色は濃くて深い、明澄な濃紺色だった。天国だ。地獄に通じる場所を放浪し、ようやくそこを逃れ、天国に行き着けたのだ。

「ああ」

と、声が出た。何という光景だろう。深淵なる真っ暗闇と、絢爛たる光の輝き。それらが同じ空間に同時に存在している。同じ瞬間を共に生きる、完全なる共生だった。僕は、彼らの中で、彼らと同じように、存在している。僕と彼らは区別なく生きている。そのことを、僕は実感する。

つまり僕は、「助かった」のだ。僕は生まれて初めて、「形なき存在」に対して、覚醒した。

「かみさま、ありがとうございます」

と声に出して言い、心から感謝した。僕の神様は、この時初めて姿を現されたのだ、深淵なる暗闇と絢爛たる無数の光の輝きの中に。僕は感じ、安堵し、幸せだった。


ハッとした。一瞬、眠ってしまったようだ。寒い。視野の左の方に灌木があり、それ以外はすべて濃紺の空と満天の星だ。僕の頭の位置は、ちょうどカヨコさんが佇んでいた辺りだろうか、と、ふとそう思った時、ササと雑草の擦れるような音がした。そちらに目をやる。灌木のすぐ横に人が立っている。僕は、死ぬほど驚き、「しまった！」と思った。眠ってる間にあっちの方へ来てしまったのだ。どうりで寒いわけだと納得し、そして観念した。力が抜けた。ボーっと焦点の定まらない僕の目の前に、女の顔が現れた。僕は目を瞑り、いよいよ観念した。

「見たのですね」

という声がした。ゾクッとして、瞑った目をさらに固く閉じた。

「大丈夫ですか？」

と、今度は聞いたことのある声だった。そっと薄眼を開けてみる。見慣れた女の顔、カヨコさんが心配そうに僕の顔を覗いていた。

「ぜんぜん大丈夫です」

と僕は言い、起き上がろうとした。足裏がジンジンし、膝が痛くてまっすぐ立てない。膝を伸ばさず、足裏の外側だけで立とうとしたら、よろけて灌木の上に倒れ込みそうになった。両手を伸ばし枝葉を掴んで体を支えたら、両手がズンッと痛かった。カヨコさんは僕を灌木から引き起こし、肩を貸してくれた。僕は、たぶんこれまでの人生で最も無様な格好で部屋まで歩くことになった。

カヨコさんが少し笑ったような気がした。僕も笑ってしまう。怒るのは変だし、男子たるもの人前で泣くわけにはいかなかった。廊下に座りながら、

「歩いたり這ったりしただけだから。ぜんぜん大丈夫です」

と言った。匍匐前進のことには触れなかった。

「お風呂に火を入れ直してきますね」

と、カヨコさんは小走りに廊下の奥に消え、そして、風呂場に通じる木戸を開ける音がした。

廊下に一人で座っていたら、外が真っ暗なことに気がついた。どこかに月がいるのといないのとでは、これほどまでに様子が違うのか、と驚く。ほんのさっき、僕はここから庭に出て、崖っぷちだと思っていた所に道があることを知ったのだ。月明かりに照らされた光景は昼間とはまったく別物で、濃淡のある展開図のようで面白かった。白みを帯びた紺色の空は幻想的で美しかったが、月が没して濃さを増した空に無数の星たちが突然現れたのは、それ自体が夢のように美しかった。

太陽と月と星たちが順番に主役になって他の邪魔をせず、退くべき時に退き、いつまでも出しゃばらない。それぞれが分をわきまえるのだ。世界はかくも巧くできている。僕たちの住む世界は決して僕たちだけのものではなく、多種多様のものが複雑に絡み合い、それぞれが分をわきまえて成り立っている。そして何よりも、天国と見まがうほど美しいということに、ついさっき気がついたばかりだ。

水の入ったバケツとタオル、おそらく薬の入った小箱を持ってカヨコさんが廊下を戻ってきた。僕の右隣に腰掛けたカヨコさんに対して、「風呂に入ってから自分でやります」と僕は言い、廊下に座り続けた。手も足もジンジンしていたが、もう少しこうしていたかったのだ。

カヨコさんは膝に乗せた小箱に視線を置いたままじっとしている。何か言いたそうなので、僕から口を開く。

「なかなかの経験でしたよ」

するとカヨコさんは心配そうな顔になり、

「浜まで下りたのですか？」と訊いてきた。

僕がうなずくと、カヨコさんは、そっと視線を暗闇に移す。僕に言葉の準備はない。沈黙が暗闇と重なって、小さな声を発する。

波の音がする。遠くで生まれ、そっと近づき、崖を駆け上り、去っていく音だ。いつもここにあり、慣れ親しみ、ついに聴こえなくなってしまった音が、今、二人の間に揺蕩《たゆた》っている。

「浜では、波の音が違ったでしょう」

と、カヨコさんがポツリと言う。

「浜からニシンを引き揚げるための道なんです。道の両側は手付かずのままの急な崖です」

と、少しこちら側に顔を向けた。

「そこに打ちつけた波は崖をさかのぼって雷のような音になります。浜辺の波は上までは上がって来れません」

カヨコさんは僕の言葉を待つかのように、ずっとこちらを向いている。

「確かに。浜辺では、波の音が違うと感じました」

と、僕は答え、

「それが、どうかしましたか？」

と、訊いてみた。

カヨコさんは、膝の小箱の辺りに視線を戻し、しばし黙っていたが、

「坂道の両端は断崖絶壁のままです。こちら側はキャベツ畑の所、向こう側は庭の一番奥がそうです。恐ろしく急な崖なんです」

と言い、一呼吸置いてから、

「飛び降りるならキャベツ畑の所、と決めてたんです」

と続けた。

僕は驚いて、

「それでこの前、崖っぷちに佇んでたんですか？」

と訊いた。

カヨコさんはフフッと声のない笑いを漏らし、

「あの時は見つかっちゃいましたね」

と言った。

「時々、キャベツ畑からウニの殻を捨ててます」

と、今度は本当の笑い顔になった。

そしてまた、ふわっと沈黙が膨らむ。僕は無言で顔を綻ばすことしかできない。するとカヨコさんは、

「コスモス畑をご覧になったから、もうこれ以上、島に留まることはないと思ってました」

と、僕にではなく、まるで台詞を口にするような言い方をした。

「子どもたちにも、そう言って聞かせたんですよ。突然だと、子どもたちがかわいそうだから」

とカヨコさんは続けた。僕が返答に困っていると、

「ご覧になったんですね？」

と、僕を見る。

なおも僕が黙っていると、

「今度こそ、この島に留まる必要はなくなりましたね」

と言い、少し俯いて微笑んだように見えた。

そして僕はようやく、本編の入り口を口にすることができた。

「すごかったです、いろいろ。ほんと、すごかったです」と。

するとカヨコさんは、

「十年かかったのですよ」

と、考え深そうにつぶやいた。

「前にも言いましたっけ。慣れるのに、十年かかりました」

十年かかった、とカヨコさんが言ったことを覚えている。僕がここに来たばかりの頃だ。あの時も、波の音の話が出たような気がする。

「あの時は、何のことだかわからなかったし、知るのが怖いような気もしました。それで、十年もですかなんて、適当に答えてしまって」

「今はおわかりでしょう？」

カヨコさんは顎を引き、試すような目で僕を見る。

「私、まだ見えるんですよ。いつも、いつ見ても、あそこにあるんです」

暗闇に目を戻し、静かに告白する人のようにカヨコさんは言う。

「僕も、見てしまいました。いや、見えてしまいました」

「私たち、見えてしまうんですね」

とカヨコさんは言い、微かな微笑を口の端に乗せ、それから目を凝らすような視線を暗闇に向けた。

僕はカヨコさんが薬の小箱を持つ手の上に自分の右手をそっと重ねた。カヨコさんはそのままでいる。僕は彼女の左手を取り二人の間の廊下の上で握りしめた。彼女は特に手を動かすようなことはせず、されるがままにしている。彼女の左手は僕の右手の中で柔らかく、静かなままでいる。僕の掌の痛みが吸い取られ癒される。

「波の音が……、下とここでは違うんです」

と、波の音のことをまた、独り言のようにつぶやいた。

「また、お話ししましょう」

カヨコさんは左手をそっと外し、薬の小箱を僕に渡しながら、

「消毒薬と塗薬、ばんそうこうが入ってます。それから、ガーゼと包帯も。パジャマはお風呂場に置いといてくださいね、洗って縫っておきます」

そう言うと、立ち上がり廊下を戻っていった。

僕は身体をずらして見送った。彼女が廊下の奥で右方に消え、居室のドアを閉める音が聞こえた。長い廊下に、たった一つの小さな裸電球の灯だけが残った。

水の入ったバケツを石台の上に置いて手足を洗う。

両手は乾いた土で真っ白だった。親指の付け根辺りに出血の跡があり、手のひら全体に血が滲んでいる。こんな手で……、カヨコさんに悪いことをしてしまった。足指の付け根あたりがひどく痛む。土と混ざり合い赤黒く変色した血液が足裏全体に付着している。水の中に入れるとそれらがジンジンと疼き始めた。現実そのものだ。カヨコさんが持ってきてくれたタオルで手足を拭き、水はその場に流して捨てた。

僕は立ち上がり、暗い蛍光灯の点る部屋に入った。床の間から洗面用具とタオルを取り上げ、バッグを探ってパジャマ代わりの綿パンとTシャツを取り出し、それらを抱えてオレンジ色の裸電球の下を風呂場に向かってヨチヨチと歩いた。

九日目　昼

「大丈夫ですか？」

カヨコさんに声を掛けられ、目が覚めた。ガラス板の向こうで昼の空が光っている。眩しくて目を細める。手足が痛み出し、気がつく。カヨコさんにまた悪いことをしてしまった、と。無駄に朝食の準備をさせてしまったことになる。

「大丈夫ですか？」

またカヨコさんの声がする。

首まで掛けていたタオルケットを払いのけ、起き上がってガラス障子を開ける。カヨコさんは昼食のお膳を足元に置き、食べられなかった朝食を持ち上げるところだった。僕が謝ると、

「起きられないのが普通ですよ」

と言い、点検するように僕を眺めた。そして、

「今日はカナの登校日なんです、もうすぐ夏休みが終わるから。ミナもついて行きました」と続けた。

「カヨコさん」

と、僕が言う。少し大きな声に、カヨコさんがビクッとする。

「お話がしたいのだけど」

と僕は続ける。今朝カヨコさんが、「ここと下とでは波の音が違う。また、お話ししましょう」と言ったからだ。

「これ、片づけてきます」

少し考えてからそう答えると、カヨコさんは廊下を戻っていった。

昼食を食べ終わり、麦茶を二杯飲んでも、カヨコさんは戻ってこなかった。

廊下に立つと、外には相変わらず夏の光が溢れてはいたが、庭の様子は少し落ち着いているように見えた。白く乾いた土から、いつものようにカゲロウが立ち昇っていないからだろうか。石台から外に出ようとしたら、サンダルがなかった。仕方ないので廊下の右端に立ち、庭の中央の崖っぷちにある岩と、その向こうに群生する秋桜たちを見やってみる。秋桜たちの倒れた左半分は岩の陰にあってここからは見えない。そのせいか、秋桜たちの揺れる様が、以前よりダイナミックさを欠いているように見える。

しばらく庭を眺めていると、

「すいませんでした」と、カヨコさんが戻ってきてくれた。振り返った僕は、彼女がお化粧をしていることに気がつく。

「子供たちが帰ってきたので」

「ご飯食べさせてから、一緒にお昼寝してしまって」

僕は廊下のまん中まで行って腰を掛け、彼女にも座るように促した。

「カナちゃんたち、大丈夫ですか?」

「まだ寝てます。あの子たち、よく寝てくれるんです」

もう会えないと思っていた恋人が突然現れたような、心に灯が点ったような、ちょっと不思議な感じがした。僕はパジャマ代わりに着た白いTシャツと白い綿パンのまま。カヨコさんは半袖のベージュのポロシャツに膝下丈の白っぽいフレアスカートをはいている。

「何から話しましょうか」

と、カヨコさんは言った。

僕は、崖を這うように作られている坂道のことを詳しく知りたいと伝えた。今朝、すんでのところで地獄から引き戻ってきた道だ。カヨコさんは前の灌木の辺りに視線を置きながら、しゃべり出した。

「港が整備される前は、獲れすぎたニシンを収容する場所がなくて、腐らせてしまったり、泣く泣く捨てざるを得なかったことがあったそうです。それで、港の他に魚を取り込める場所が探されて、何箇所かに白羽の矢が立って」

「浜辺がある所が選ばれた」

と、僕。カヨコさんはうなずいた。

「浜から物を運び上げるための道を作ることになったんだそうです。どうにかこうにか人が通れる道はできた。でも、荷を上げるとなるとそう簡単にはいかなくて、少なからぬ人が亡くなったそうです。それから長い時間が経つうちに伝説ができたんです。赤岩展望台のと同じようなものです」

ある時、庭の東側の断崖絶壁に、ジグザグ折れ曲がりながら麓の浜辺に通じる坂道ができた。この坂道のこちら側と向こう側には人の手の加わらない急峻な崖がそのまま残った。坂道を下って最初の折れ曲がりの上の崖から、アレが突き出ている。その崖は、初日、垣根の向こう側を覗き込んで、僕が目を眩ましてしまった場所の直下の崖だということがわかっている。

「一体、アレは何なんですか？」

と、僕は思い切って訊いてみた。カキタ船長も山田さんも切符売り場の女性たちも、そしてカヨコさんも、誰一人としてまともに答えてくれなかった質問だ。ここに来て初めての晴天の日、三日目だろうか、ユミとオロロン鳥を見に行った日の夜、赤岩展望台の傍のアレについて僕が質問した時、「そんな物のことは、私にはわかりません」と、カヨコさんが吐き捨てるように言ったのを覚えている。

「神様だと、今は思っています」

と、今日は迷う素振りもなく、アッサリと答えた。

「函館で知り合った主人に連れられて、この島に住むようになったのが十年前です。このことは、もうお話ししましたよね」

「伺いました。そして、ほどなくアレを見つけたんですね。それとも、誰かに教えてもらったんですか？」

「年寄り以外、アレを知る人は少ないし、知っていても、誰も気にも留めません。主人もそうでした」

昔も今も、皆、生活に精いっぱいでアレを気にしている暇などない、と山田さんも船長も言っていた。現地ではやはり、そういうことなのだろうか。

「でも、伝説のことは教えてくれましたよ。どうせいつかは知るだろうからと。この家に代々伝わってきたことだと、言っていました」

「赤岩展望台のことも、その時に？」

「ええ。同じような話だと」

「じゃあ、アレの存在は知ってたんですね」

「はい、知ってはいました。そんなことがあったんだ、という感じで」

「島に来てすぐの頃、主人が下の浜辺に連れて行ってくれたんです、船で。白い砂が綺麗だからって。浜辺を歩くとキュッキュッと音がして、腕を組んで二人で笑いながら歩きました。砂浜から草の生えた所を通って崖の麓までいって、そこで坂道に気がつきました。

崖を見上げながら、坂道は危ないから絶対に入らないようにと、主人からきつく言われたんです。普段、そんな言い方をしない人だったので、坂の存在よりも、その言われ方の方に驚いたのを覚えています。そして、あの伝説の話をしてくれたんです。

主人の、後にも先にも決してなかったあのきつい言い方は、危険だからというだけではなくて、主人があの伝説を信じていたからではないかと、今思うと、そんな気がします。私には見せたくなかった、坂道に入らせたくなかったんだと思います。

坂の麓から船に戻るまで、二人とも黙ったままでした。波の音がずいぶん大きく聴こえて、その時、上で聴くのと全然違うことに気がついたんです。雷の音ではなかったからです。ここに住んでみて一番印象的だったのが、雷のように響くあの波の音だったものですから。初め、ずいぶんうるさいと思ってたものですから」

「その訳が知りたくて、家に戻ってから、波の音が一番よく聴こえる場所を探し回って、崖の傍まで恐る恐る行ってみたんです。その木の向こう側です」

カヨコさんは目の前の灌木を指さした。あの時カヨコさんが佇んでいた所、地獄から逃げ帰った僕が寝転んでいた、あの場所だ。

「そこから恐る恐る下を覗いてみたら、思いもよらないことに、こんな所にも坂道があったんです。坂をなぞって見てみたら、行き当たって折れ曲がる所のすぐ上の崖から、太い枝が飛び出しているのが見えたんです」

「ご主人の言いつけを破って、坂道に入ったのですね」

「道には入りません。その時はただの枝にしか見えなかったので、無理して道に入る理由も必要もありませんでした」

「僕は道に降りてしまって、ひどい目に遭いました。カヨコさんと同じで、あそこから下を覗いてみたら道があったものだから、思わず。魔が差したっていうか、元々、僕にはそんなところがあるんです」

カヨコさんが少し微笑んだような気がした。

「崖の縁に立ったら、波の音の秘密がすぐにわかりました。雷の音は、キャベツ畑の前の崖から立ち上っていました。道ではない断崖絶壁の所からです」

ここまで淀みなくしゃべってきたカヨコさんが、急に口を噤んだ。そして、右手を口に当てて、ハハっと息を吐いた。

それが嗚咽だと気づくのに、僕には一瞬の間《ま》が必要だった。それで不用意に、「アレを意識したのはいつ頃から？……」と、核心的質問を挟んでしまう。「？」がフワフワと宙を舞う。

カヨコさんの目から涙が溢れる。

「飛び降りるならキャベツ畑の前の崖、ぶら下がるなら庭の向こう端のあの枝。そう決めてました」

とカヨコさんは言い、目頭に当てた指を何度も動かして涙を拭った。

音のない僅かな時間を経て、僕の質問が羽毛のようにカヨコさんの肩に舞い降りる。

「アレを意識したのは、主人が亡くなってからです」

と、カヨコさんは答えた。

「主人は突然いなくなってしまったんです。ミナがお腹にいた時です。もう五年も経ちますが、たったの五年という感じもします。カキタ船長は漁師仲間で、ずいぶん心配してくださって。ちょうど今頃でしたから、コスモス畑に連れて行ってくれて……、それで後を追うのを思いとどまりました」

「初めはただの枝でした。それが、主人のことと伝説とが折り重なって、やがて忌むべきもの、考えるのも嫌なものに変わりました。

でも五年経ったら、時々近くから見ていたいと思うようになったんです。近頃は、いつも心の中にあって、私を支えてくれるものになりました。

時々見に行っては、何でもお願いするんですよ。毎晩毎晩、お月様の光の中で拝んでいます。私たちをお守りください、って、お祈りするんです」

と、カヨコさんは続けた。そうだったのか、その時、僕を見つけてくれたんだ、と合点がいった。

「忌むべきものでもあり、拝むべきものでもある、んですね」

と僕は、半ば独り言のような言い方をして尋ねた。

「最初は亡くなったことが悲しすぎて、とても受け入れることができなかったんです。ただ悲しいばかりで主人のことを考えられなかった、思い出すのが嫌だったんです。主人が思い出になるのを避けてたんだと思います。それが五年経ったら、懐かしく思い出せるようになりました。そしたら今度は、主人がいないということを実感するようになったんです。

亡くなったことの悲しみより切実なのは、いないことの寂しさなんです。それで、主人に話しかけるようになりました、自然にそうなったんです。アレに向かって毎日お祈りするんです。主人が教えてくれた物だから、アレを通して主人と会えるような気がするんです。

大っ嫌いだったアレに向かって、毎日毎日拝むんです。『子どもたちが平穏無事で幸せな人生を送れますように』って、主人にお願いするんです。毎日拝めば、毎日生き返ってくれます。主人はもう、神様なんです」

「死の象徴から、生の甦りの場所に」

僕は、そんなふうに感じた。

『その事の成就のために私をお守りください』『私だけのために私を守らないでください』とも、お願いするんですよ。自分のためだけに、本気でお祈りすることなどできない、ということを知りました」

「自分だけのために神様にお祈りすることはない、ということですか？」

と、僕は尋ねた。

「そうです。心から神様にお願いできるのは自分のことではない、と知りました。天地神明に誓ってということは、私にとっては自分のためではなかったのです。子どものためにだけ、天地神明に誓える、ということを、主人にお願いすることを通じて知りました」

「子どもが幸せでなければ、自分が幸せであることは決してない、ということですか？」

カヨコさんは、ちょっと首を傾げた。そして、

「違います」と言った。

「そうなんだけど、違うんです」

「自分の幸せはどうでもいいんです。子どもが幸せならそれでいいんです。このお話は、子どもが幸せなら自分は不幸でもかまわない、というお話です。子どもが幸せになるために私が持たなければならない最低水準の必要不可欠なものだけを、私にはお与えください、それ以上は決して望みません、というお話です」

「でも実際には、神様が子どもをお守りくださる、と思えることで、十分幸せになれるんです。自分自身ではなく自分以外の者の幸せを心からお祈りできている、という確信が、自分自身を

幸せにしてくれるんです。それが、自分だけの神様と自分との、確固たる固有の関係性の為せる業だと思います」

「『自分自身』が見え隠れするお願いは神様には通用しない気がします。自分のことは自分で何とかするべきなんです。どうしたって自分にはどうすることもできないこと、つまり、自分以外のことを神様にお願いするべきなんです」

「自分以外のことをお願いする、っていうのは、自分より大切なものについてお願いするということですよね。そういうものがない場合でも、自分だけのためにお祈りすることは、いけないことなのでしょうか？　というか、そういうお祈りは、神様から叶えてもらえないのでしょうか？」

カヨコさんはすぐには答えてくれない。しばらく沈黙が流れた。

「さっきも言いましたが、そのようなお願いの仕方を、私はしません」

「神様のお考えを推し量ることなど、私にできるはずもありません。神様がお決めになるんです、ただそれだけです」

「でも」

独り言のようにカヨコさんは言う。

「自分より大切なものがないということ、神様はお好きではないかもしれませんね」

カヨコさんは、考えながら、一言ずつ、静かに語る。本当のことを言う人の言い方だ。そして、

「神様はすべてお見通しですから」

とつけ加えた。

「自分ではどうすることもできない自分自身のことって、カヨコさんにはないんですか？」

「ありますよ、いっぱい」

「それをお願いすることは、ないんですか？」

「お願いしてはいけないんです。例えば、どうか私を幸せにしてくださいは、ダメなんです。そうお願いすれば、神様は私を幸せにしてくださるかもしれません。でも、たぶん、私がそのことを実感できないんです。実感できないことをお願いするのは、どなたに対しても大変失礼なことだし、ましてや神様に対して許されることとは思えません。

幸せは、なるものではなくて感じるものだから、与えられたものを、それがそうだと実感するのは、難しいことなんです。主人がいた時がまさにそうだったから、与えられた幸せは実感しづらいというのは、私にとっては想像の話ではないんです。事実なんです」

「自分ではどうすることもできないことの一番は、生きるということです。主人が亡くなって、『それでも自分は生きている』ということに気がついた時があるんです。自分は、特に生きようと思って生きているわけではない、つまり実感なしにただ生きているだけだし、主人は死にたくて死んだわけではない、ということに思い至ったんです。

どっちに転んでも、自分ではどうすることもできないことの一番は、生きるということなんです。さっきも言ったように、与えられた『生きる』ということは実感できていない。だから私は、生きていける力を私にお与えください、とお願いするんです。そしたら頑張れるんです。頑張れることで、神様のお助けを実感するんです。そして、自分の力で幸せになります。そういう幸せは実感できるんです。

頑張れる力を与えてくださる存在として、私は神様を実感します。それは、事実がそうだから、そうなんです。そのようにして、私は実際に神様に助けていただいてきましたから。絵空事ではないんです」

カヨコさんは一旦言葉を切る。そして、

「神様とか、お祈りとか、生きるとか、幸せとかは、頭で考えることではないんです。実感なんです。どうのこうの言うようなことではないんです。事実なんです」

僕が、全面的に合点したというふうには見えなかったのだろう。カヨコさんは僕の顔をまっすぐ見据え、最後のダメ押しをするように、言い含めるように、そう言った。

僕は自分のことを考える。昨日僕は、自分のためにだけ神様にお祈りをした。まさに、生きる力をお与えくださいと、お祈りしたのだ。そして、自力で地獄から逃げ出すことに成功できた。これまでの生き方を謝り、懺悔し、泣きながら神様にお願いをした僕は、間違いなく神様に助けていただいたのだと、今、確信している。自分のためにだけ、お願いしたにもかかわらずだ。

「昨日僕は、自分のためにだけ神様にお祈りをしました。そして、助けていただけたという実感が、確かにあります。自分のことしか考えない僕は、本当に助けていただけたのでしょうか?」

カヨコさんは、やっぱりすぐには答えてくれない。そして、

「これからです。それは、これからわかってくると思います」

とだけ言った。


車の音がする。裏の主道路を走り抜ける音ではない。そもそも主道路に車はほとんど通らない。皆、行ったり来たりしないのだ。鈴木旅館の看板の前に白い軽トラックが止まっていたことがあったが、僕がいる時に車が止まったことは一度もない。もっとも、雨でも降っていれば、僕の部屋までは聞こえないのかもしれないが。

今、エンジン音が止まった。近くに停車したのだと思う。やはり看板前の駐車スペースだろうか。耳を澄ましてそちらに注意を向ける。

同じように耳を澄ましていたカヨコさんが突然立ち上がり、「すいません」と言い残して、急ぎ廊下を引き返していった。お客さんなのだろうか。


カヨコさんから思った以上の話が聞けて良かったと思う反面、申し訳ないという思いが募る。ご主人が他界されたことなど、本当は話したくないのに決まっているのだ。もう十分だ、そろそろ東京に戻ろう。

僕は立ち上がり、足を開いて思いっきり背伸びをした。上に向けて伸ばした手のひらが雨戸

の鴨居に当たり、ドスンと鈍い音を立てる。けっこうな痛みが走り身を屈める。合わせた両手から思いのほか速やかに痛みが消えた。木製の鴨居はそれほど大きく僕を傷つけることはしなかった。僕は安堵し、何ものかから解放されたと感じる。これから僕は、しかるべき場所できちんと生きていこうと思う。

カナとミナの声が聞こえる。玄関の方から、いつものように少しずつ近づいてくる。走り縄跳びのカナと三輪車のミナが左側から姿を現し、庭の中央辺りまでやって来るのを、僕はいつもここに立って、こんなふうにして出迎えるのだ。

そのつもりで待ち構えていると、縄跳びも三輪車もない二人がスキップとふざけ歩きをしながら現れた。背の高い男性の左腕にカナが、右腕にミナがぶら下がるようにして、大笑いしながら近づいてくるのが見える。

「おーじちゃん」

と、ミナが僕に向かって叫び、走ろうとして男の手を強く引っ張る。男は少しだけ引っ張られて二、三歩、歩みを速める。カナは黙ったまま、男と歩調を合わせてスキップをする。

「おじちゃんじゃないおじちゃんだよ」

と、ミナが大声で叫んで笑い転げる。

「おじちゃんじゃないおじちゃん」は聞いたことがある。「港に行っておじちゃんの船に乗せてもらった」とカナが言い、「おじちゃんじゃないおじちゃんだよ」と、ミナが大笑いをした、あのおじちゃんだろうか。
白いポロシャツにベージュの綿パン、白いズック靴。それに茶色いベルト。どこかで会ったことがあるかもしれない。いや、この島で出会った男性は、船長と山田さんだけのはずだ。見たことがある？　淡い茶色のサングラス。フェリーの待合所だ！　僕らが二回目の島巡りに出る前、仲睦まじい老夫婦を待合所まで迎えに来た、あの男だ。山田さんが電話で呼び出して、親しげに話をしていた、あの人だ。
カヨコさんが三人の後を追うようにして現れた。カヨコさんが呼びかけ、男が振り返った。二人は立ち止まり、何か話し始めた。カヨコさんはミナの手を取り、カナの頭に手を乗せた。今度は子どもたちに向かって何か言っている。それからミナの手を引き、カナの肩を抱くようにして向きを変えさせ、四人して玄関の方に戻っていった。岩の向こうの秋桜の辺りで左に曲がり、ここからは見えなくなった。

昨日は『転換期の宗教』を読み切り、レポートの下書きを終えた。次は、『嘔吐』を読み切ろう。実存主義の何たるかを知りたい。それが僕にとって何ものなのかを、知りたい。

―――・＊＊＊・―――

(『嘔吐』メモ)八
ロカンタンは、日記を書き始めてから間もない頃、元恋人のアニーから、パリで会いたいという手紙を受け取っていた。二、三日を共に過ごすつもりでいたが、会ってみるとそれほど長い時間は必要ではなかった。アニーは疲れ切ってしまっていた。かつて必然的存在であろうとしていた彼女は、「自分は何から何まで変わってしまった」「生き延びている」と言った。生き延びるとは、実存から逃れようとしない、偶然的存在であることに甘んじて生きることである。

——•＊＊＊•——

九日目　夜

夕暮れと共に波の音が高まり、夜が深まるにつれ波音は身体を微かに震わすようになる。カヨコさんが表現した通り、海が断崖を駆け上り、止まって、駆け下りた。

夕食をとり、早めに風呂に入ってから、またずっと『嘔吐』を読んでいる。大詰めに差し掛かっているのだ。今日中に読み終えることができそうだ。

また車の音がする。看板の前の駐車スペースだ。昼間の「おじちゃんじゃないおじちゃん」の時と同じだから、すぐにわかる。ドスンと、ドアが閉まる音がした。今、誰かが車を降りて、たぶん、あの小道を通ってこの家を訪ねてくるところだろう。

しばらく気にしてみたが、何も起こらない。僕には関係なさそうだ、そう思い『嘔吐』に戻る。

——•＊＊＊•——

（『嘔吐』メモ）九

最後に、「観念」について考えよう。「観念」はこの小説を理解するための最も重要なキーワードだ。日記の初日から最後まで全編を通じてたびたび登場する。

この港町を去りパリで暮らすことにしたロカンタンは、列車が発車する四十五分前に、行きつけのキャフェ「鉄道員さんたちの店」の中にいる。マダムにお別れの挨拶に来たのだ。小説『嘔吐』の最後の場面である。周囲には実存するものが溢れていた。すべてが醜かったが、みな自分と同じであるため、かえって家族に囲まれたような寛いだ気分になれたほどだった。ここで、最も重要な「観念」が述べられる。

「少し前、たしかに私の気持は至福の中を漂うどころのさわぎではなかった。うわべでは、私は機械的に計算をしていた。しかしその下には、あの不快は観念がすべて澱んでいた。それははっきりしない疑問とか、沈黙の驚きとかの形をし、昼も夜ももはや私から離れないのである。アニーについての、私の台なしになった人生についての観念である。それからさらにその下には、曙のようにおどおどした〈嘔気〉があった」

彼は、女給の勧めに従って、お気に入りのジャズを聴く。ここでまた例のくり返しによる説明があり、初めから終わりまで作曲者の意図が行きわたっている音楽だけが必然的存在で、それ以外はすべて偶然的存在であることが語られる。

音楽が、「あたしたちのようにするべきだ、〈拍子をとって〉苦しむべきだ」と言っているように聴こえたロカンタンは、これを「ダイヤモンドの小さな苦しみ」と称した。それは、「だらしない恰好でいた私たち、ふだんのあなたまかせでいた私たち」の不意を襲ったのである。自分自身を含め、ただそこに在るものすべてが、「ダイヤモンドの小さな苦しみ」を前にして恥ずかしいと、ロカンタンは思う。

そして彼は、自分もまたそのように苦しみたかった、と思うのだ。「ダイヤモンドの小さな苦しみ」とは、瞬間瞬間に一心に執着し、「冒険の気持」を持ち続け必然的存在であり続けようとすることであり、それには苦しみが伴う、ということに気がついたのだ。

アニーがそうであったように、自分もまた冒険の持続に失敗し、偶然的存在であることに甘んじ、ただ食べただ寝るだけの生活から抜け出そうとしていない。この「生き延びている」様を、ロカンタンは恥ずかしいと思ったのである。この、「生き延びていることを恥ずかしいと思う気持」こそが、あの「観念」の正体であろう。

この観念のさらに下には「嘔気」があったとある。恥ずかしいと思う気持が嘔気を催させていたのである。そのことがわかる場面だ。そしてロカンタンは、「自分は馬鹿だ」と思う。ここにきてようやく眼が覚めたのだ。

「あの観念」の正体は「生き延びていることを恥ずかしいと思う気持」であり、恥ずかしいがゆえに嘔気を催すのだった。吐きたくなるほどそれは恥ずかしい、つまりはそういうことだったのだ。

***

いつものように、ふと目を上げて暗闇に視線を移す。見えるか見えないかくらいの所にある灌木の辺りに焦点を落とし、目を休めるのが癖になっている。

その僕の目の前、四メートルほど先の廊下の端に腰掛けて、庭に向かってジッとしている誰かがいた。何気なくものすごく恐ろしいことに出会ってしまった時、声というものは出ないのだと、この時知った。僕はただ、小さく身震いした。目は釘付けになって動かすことができない。言葉を出せないでいると、その気配を感じ取ったのか、その者が振り返ってこちらを見た。

この時、さすがに声が出た。「おおっ」と言う僕に向かって、「カヨコさんにさよなら言ってきたよ」と、ユミが言う。僕はまたしてもユミの奇襲攻撃を食らったのだ。

「ずいぶん熱心なのね、何読んでるの？」

とユミは、いつもの普通の会話のように訊いてきた。

「『嘔吐』だよ、サルトルの」

と、内緒にしてあったことを白状してしまった。奇襲攻撃が功を奏したのだ。

「そうなんだ」

と、ユミは言った。

「明日、帰ります」

と言う。そしてまた前に向き直り、黙ったまま腰掛けている。この時僕は、ユミがしたいようにさせてあげたいと思った。それで僕も黙って何もしないでジッとしていた。静かで気持ちの良い時間が、温かい川のようにゆったりと、滑るように流れて行く。

「ずっとこうしていたいね」

と、ユミが独り言をつぶやく。それからずいぶん長いこと、静かな時と空間の漂いの中を僕ら二人は浮遊した。それから、

「ずうーっとだよ」

とユミは言い、こちらを向いた。

「『石の眼』っていう変わった題名の詩が『悲なるもの』の中にあったけど、『嘔吐』を読んでたら『石の眼』という奇妙な単語が出てきたんだ。わけのわからないもの、奇妙なものの例えの一つとして。これだっ、て思ったけど、やっぱり、そうなの？」

と、僕はとんちんかんなことを言ってしまった。

「やっぱり、今のあなたに、人は愛せないわね」

とユミは言い、庭の方に向き直って「あーぁ」と、自分だけの小さな笑い声を立てた。

「あっ、これだっ、見つけたっ、て。すごく嬉しかったから。どうしてもユミに伝えたいと思ってた」

と、僕は正直に言った。

「自由詩なの。思いつくまま、自由に書き連ねるの。きっと、頭のどこかに入ってたのね。自分じゃ気がつかなかった」

やっぱり、ユミは読んでいたのだ。『嘔吐』の世界ではユミにはかなわないだろうと思う。でも、僕にも何かがわかりかけている、読み終わったら話してみるのも面白いかもしれない。

「あのさぁ」

と、暗闇に向かってユミが言う。

「結局、ヒロくんはアレを見たの?」

ゆっくり滑るように流れていた時間が止まる。ユミは決して逃がしてくれない、僕はきちんと対応しなくてはならない。

「赤岩ではよくわからなかった。絶妙な時刻のおかげで、ぼんやりと薄暗かったし。でも正直言うと、コスモス畑の後だったから、もうどうでもよかったんだ、小百合さんの言うように」

「船長の言葉通り、『見たい者にしか見えない』だったのかもしれない」

僕はそう言って、読んでいた『嘔吐』にしおりを挟んで閉じ、ちゃぶ台の上に置いた。

ユミは少し後ろに置いた両手で体を支えるようにして座っている。足をブラブラさせるのだろうか、少し揺れるように見える。そして、

「もう、本当にどうでもいいの?」

と、訊いてきた。

本当は、どうでもよくなかった。なぜなら、僕は今朝、実際にアレを見たし、カヨコさんといろいろ話をして、アレの何たるかがやっとわかったような気がするからだ。だから、今やむしろ、どうでもよい物ではないのだった。

でも、ユミに今朝のことを話す気はない。アレは僕にとってすでに一つの既成事実であり、これ「話の種」として誰かと議論するようなものではなくなっていたのだ。もうアレについてあれこれ語るつもりはない。語るつもりはない。山田さんが「人生は自分だけのもの、人に語るもんじゃない」と言っていたのに似ている気がする。それで、黙っていた。

「私には見えなかったよ」

と、ユミが力なくつぶやく。下を向き、うなだれているように見える。

「でも、どうでもいい物ではないの。決して」

と、自分に言い聞かせるような言い方をした。ユミに見えなかったのなら、そして、アレについて僕の本当のことを知りたいのなら、ユミには語ろうと、この時翻意した。ユミを、もうこれ以上ほったらかしにはできない。

「赤岩では見えなかった。でも、ここの、庭の向こうの崖で見た。見ただけじゃない、正座してお辞儀をして、助けていただいた。今朝、僕は神様にお会いしたんだ」

ユミが顔を上げ、背筋を伸ばしたような気がした。それから、こちらを向いた。

「ここにもあるの？　神様なの？」

首を縦に動かして、確かめるようにそう訊いた。僕も首を縦に振り、「そう」と、心の中でユミに伝えた。ユミは目を大きくして僕を見ている。例の黒すぎない、美しい大きな目だ。ユミの目に見入って見つめる僕は、相変わらずの卑怯者だった。

「アレは、神様なの？」

と、また訊いた。僕はまた心の中で、「そう」とユミに伝えた。

「でも、人それぞれかもしれない。死の象徴でもあり、生の証もしくは生きるための支えみたいなもの、かもしれない」

僕は、カヨコさんのことは決して話さない。自分の人生が語るべきものでないなら、他人の人生を「話の種」にして良いはずがないのだ。僕は、今朝、自分自身の身に起こったことをできるだけ正確かつ簡明にユミに話した。ユミは両手を廊下の縁に置いて少し前屈みの姿勢で辛抱強く聞いてくれた。時々体が揺れるのは、たぶん、足をブラブラした時だ。

最後に、這う這うの体で庭に倒れ込んだ時、濃紺の空に満天の星が輝いていたこと、一瞬眠ってしまったこと、カヨコさんに声を掛けられた時、てっきりあっちの世界に来てしまったと思ったこと、を話した。

「悪いけど、笑っちゃう」

僕が話し終わった時の、ユミの最初の言葉だ。

「いつも一人相撲取ってる」

とも言った。たぶん、足をブラブラさせていて、こっちを見ない。

「でも良かったね、生きてて。ヒロくん、もう大丈夫だよ。何でもできるよ」

と続け、ヒョイと廊下から降りて僕の方を向いた。そして、

「私はあんな物、どうでもよかったんだ、最初っから」

と、僕に聞こえるように、やや大きな声で言い切った。

「決してどうでもいい物ではない」と言ったばかりなのに、僕がきちんと対応した途端に、

「あんな物は最初からどうでもよかった」とユミは言う。

『最初からどうでもよかったが、決してどうでもいい物ではない』って、謎々みたいだね」

と、僕は少しくだけた言い方をして、ユミの謎解きを期待した。ユミは時々、こんな仕掛けを放り込んでくる。

「私、見たことあるから」

と、ユミは言った。

「『一度見たから、もう見なくていい』って、山田さん、言ったよね。私もそうなの」

「フェリーで見て、真っ青な海の中で見て。もう卒業したから、今さら見たくもないって、山田さん、言ってたね」

と僕は応じた。

「私のこと仲間だって、山田さんは、ちゃんとわかってた」

「私にとっては、すでに解決済みのこと。そういう意味では、どうでもいいことだったのよ、最初から」

「でも、決してどうでもよい物ではないって、さっき言ったよ」

「ヒロくんと同じものを見ていたかったの」

雷鳴のような波音が割り込んでくる。外に立ったユミの声が、少し聞こえ難くなった。ユミは向こうを向いて、まっすぐ立っている。

「私は、ヒロくんが心配だっただけ。それで、こんな遠くまでついて来ちゃった」

「でも、再会した瞬間に後悔したよ。ヒロくんは私を必要としていなかった。車で出迎えた時、ヒロくん、嬉しそうじゃなかったもの。そういうの、下手だもんね」

僕はやっぱり、利他的誠実さ、つまり健気さに決定的にかけた人間だった。そういうのが下手、なのではない。つまりは、そういう人間なのだ。優しくない、本心を収めることができない未熟な人間なだけだ。

「そんな私を心配して小百合はこんな所にまで来てくれたの。今日、帰ったわ」

と、ユミは言う。

そしてこちらを向いた。

「私も、明日帰ることにしたよ。カヨコさんたちにさよならしてきた」

僕はまだ自分のことの中にいて、ユミの言葉にまで意識が届かない。ユミが言うことの意味がわからない。

「あなたは、ついでよ」

と、ユミが言う。

僕は「おや」と思い、ユミを見る。ユミは頬を膨らませ、口を尖がらせている。僕は何だか泣きたい気持になる。でも、卑怯者にならないため、軽々しくものを言わない。ユミは黙って僕を見ている。これ以上の沈黙はユミを困らせてしまいそうだ。

「一羽のカモメは、本当にいたの？」

と、僕は訊いた。ユミと本当の話をしよう、という思いが高まったのだ。ユミは一瞬、「何？」という顔をしたが、すぐにわかったらしい。わかったが、答えるのに少し時間が必要のようだった。

「いたよ、あなたみたいなのが。たったの一羽で、手すりに掴まってた」

「僕が見た時は、もういなかった」

「厳しい顔をして、孤独で、カッコよかったよ」

ユミは向こうに数歩歩いて、部屋の灯りの外に出た。

「どこかに飛び立つ直前だったのね」

声が小さく、さらに聞こえにくくなった。

下の、遠くの方に、波の音が静かに横たわっている。遠雷が時々聴こえるが、今日の海はおとなしい。部屋の薄暗い蛍光灯の灯りが廊下の縁辺りまで漏れ出している。その微かな光の向こう側に、ユミは立っていた。

「私は、生き・・めに、何か・、ある・は、誰・に、掴まっ・いた・った」

波の音と重なって、完全には聞き取れない。僕は立ち上がり、ちゃぶ台を離れて廊下の端に立った。ユミは、灌木の手前まで行って、こちらを向いていた。

「ヒロくんと同じものを見ていたかった。一緒に何かに向き合っていたかった。だから、ヒロくんが『別にもう見なくてもいい』と言った時、行き場がなくなってしまったの。引き戻すこともできない。梯子を外されたのね。結局、見える振りをするしかなかったわ。小百合には、余計な心配をかけてしまって、本当に悪いことをしてしまったの」

僕はサンダルを履いて石台を下り、ユミに近づいた。ユミは動かないでジッとしている。僕はそのまま近づき、二人は静かに衝突した。僕らは微かに触れ合いながら薄暗闇の中を漂い、そっと、灌木の後ろまで移動する。僕は雑草の感触を足裏に感じながら、ユミの肩を抱いて崖っぷちの岩の上に立たせた。月明かりが、昨日の今頃と同じように右後方から注ぎ、淡く彩色されたモノクロ映画のような世界が広がっている。あらゆるものが、素のまま、あるがままに在ることのできる世界だ。

ここから右斜め後ろを振り返って月を見る。キャベツ畑の遥か向こう、裏の主道路がまっすぐ進んで見えなくなる辺りの上空の低い所に、昨日と同じやや満月を欠いた黄色い月が懸かっていた。僕は崖の方に向き直り、右手でユミの右肩を強く抱いて安全を確保した。それから左腕を伸ばし、ずっと左奥の崖の方を指さしながら、

「カキタ船長が言っていた、うってつけの光加減だよ。僕の指の先をよーく見てごらん。崖から海に向かって突き出しているのが、アレだよ。赤岩のと同じ物だ」

と言った。僕の右肩にユミの柔らかい頬が触れる。そっと引き寄せると、ユミは力を抜いて

顔を僕の肩に乗せるようにした。懐かしいミントの香りがする。しばらくの間、ユミは僕の腕の中でジッとしていた。そして、ハッと気がついたように頬を離し、「ありがとう」と言った。

「月の明かりがちょうど当たるのね。これで思い残すことなく、明日、帰れる」

ユミは岩から降りて僕を離れ、灌木の横を通って庭に入った。僕はユミを追うようにして振り返り、灌木の横に突っ立った。ユミは庭に入るとこちらを向き、右手を肩の所で小さく振った。そして、無言で小道の方へ戻って行った。

色のない秋桜たちが微かに揺れている。その横を通り、ユミの後ろ姿がモノクロ映画の一シーンのように遠ざかる。次第に小さくなるユミの上の方で、深海の底に棲息する小さな夜行生物のように幾つかの星が光る。それら静謐な生き物たちの中にユミが混ざり同化する。ユミの歩く微かな足音が、動かない暗闇に張り付いて聞こえなくなった。

それから、車のドアが閉まり、エンジンが掛かり、車が去っていく音が聞こえ、ほどなくして、それが消えた。

———・＊＊＊・———

(『嘔吐』メモ)十

たった今、『嘔吐』を読み終えた。『嘔吐』には、作者サルトルそのものが表出していた。遥かに遠く、巨大な存在だったあのサルトルが、今、僕のすぐ傍にいる。小説とは、文学とは、ものを書くとは、そういうことなのかと、今思う。

海で石投げに興じる子どもたちに交じって小石を手にした時から、それは始まった。彼は気分が悪くなり、小石を放棄してその場を立去った。「ただ単にそこに在る」ものを初めて感じた瞬間である。それが「嘔気」をもたらしたのだ。

小説『嘔吐』は、自分もまたその小石と同じものであるという世界観の獲得と、それとの決別を描いた物語だった。

仕事に嫌気がさしていた彼は、夜の来るのを待って行きつけのカフェに行く。そこで、「時間を満たすためにだけ」トランプ遊びに耽る男たちと出会い、あからさまな「嘔気」に見舞われる。世界は、彼ら同様「ただ単にそこに在る」ものに溢れていた。そして自分もまた……。以後、「嘔気」から逃れることができないようになる。

彼はまた、音楽を聴くことで「嘔気」が消えることを体験する。製作者によって意図的に構成され、決められた手順通りに生まれ、消えていく在り方は、厳密な意味において「偶然的」ではなく、「必然的」である。いわば、音楽という必然的存在に感化されることで嘔気が消えたのである。必然性の中に理想的な在り方を見出した瞬間だ。この時、「嘔気」の本質が必然性の対極すなわち偶然性にあることに気がつく。「ただ単にそこに在る」ものとは、つまり「偶然的存在」であった。

「偶然的存在」は、ただ単に偶然そこに在るものであり、まったく何ものでもない。何ら義務を果たさず、したがって、何ら権利を有さない。義務を果たさなかったということにおいて、意味のある過去を持たない。自分こそそういう者であるという意識の醸成があり、自分には生きる権利すらないと、彼は思う。そのような在り方は、「ただ自分のために人生を生きる」ことと同義であり、それこそが最も罰せられるべきものであるとの考えに至る。

「嘔気」とは、自分が「偶然的存在」だと気づいた時に感じる気持ちの悪さだと、彼はまず理解する。ではなぜ、気持ちが悪いのか？ 偶然的存在であることに甘んじて、ただ食べただ寝るだけの生活から抜け出そうとしないことが、とても恥ずかしかったのだ。吐きたくなるほど、それは恥ずかしいことだったのである。そのことに彼は気がつく。

さらに、一瞬一瞬に執着し必然的存在であり続けようとすることこそ、自分が最も望んできたことだった、ということに思い当たる。そして彼は、作曲家が確固たる意志をもって音楽を創作したことにより、偶然的存在であることから逃れられたように、書くことしかできない自分は、小説を書くことで必然的存在であろうと努力することを決心する。

小説を書き上げたなら、自分以外の人間から認識もされ、そのような過去を持つ自分を認めることができるようになるかもしれない。つまり、自分の存在を正当化できるかもしれないのだ。無縁だと思っていた自己の存在理由を得られるかもしれない。それは、「自分のためだけに人生を生きる」ことからの決別を意味するのだ。

人間は、本来何ものでもなく絶対的に孤独である。であるがゆえに自由そのものだが、拠り所をまったく持たない。だから人間は、自ら主体的に生きざるを得ない、というのが実存主義のようである。

——•＊＊＊•——

十日目

久しぶりに早く起きて庭に出た。カヨコさんが用意してくれた新しいサンダルを履き、中央の岩の向こう側に佇んでいる秋桜たちに会いに行く。チチチ、チチチと、どこかで小鳥たちがさえずる。それを今日は外で聴く。

ほぼ正面から、若い太陽が新鮮で生きの良い光を投げかけてくれる。早朝の、色のない透き通った光のおかげで、見慣れた庭の風景が冷水のシャワーでも浴びたかのようにスッキリと輝いて見える。空の色は優しく澄んだ水色で、遥か彼方で紺ではない青色の海と交わっている。

それらを背景にして、淡いピンクの秋桜たちがいつものように揺れている。カナが蹴った大きなスイカになぎ倒された左半分は今や完全に地面にひれ伏して、そこで微かに動いていた。花びらは干乾びて縮まり、紫がかった褐色の身を横たえている。倒されなかった右半分も、一番上の花たちの幾つかは枯れ、幾つかはもうそこにはなかった。倒れた秋桜たちを手のひらに乗せ、倒れていない一群に並べてそっと立たせてみる。倒れていないものたちはゆらゆらと揺れ、手のひらの上で褐色の花びらたちは動かない。それらをそっと、地面に戻す。

僕は立ち上がり、踵を返して垣根が庭に回り込んでくる所にまっすぐ歩いてみた。二メートルほどこちらに回り込んだ濃い緑の葉っぱの垣根の右側、崖側のスペースが、あの時子どもたちが隠れ、僕が目を眩ました場所だ。そこに入ってみる。背の低い灌木が崖に沿って二本生えている。そのせいで、崖下を覗くことができない。つまり、ここから直接アレを見ることはできなかった。

灌木越しに遥か彼方に視線を延ばすと、空の色は手前の澄んだ水色から彼方で少し白くなり、そのまま水平線を画して鮮やかな青色の海へと連なっていた。遥か彼方には、北海道の本体が薄く黒く、くっきりと横たわっている。

慣れ親しんだ景色は心地良く、いつまでも眺めていられそうだった。目が眩んだことが懐かしい、不思議な感じがする。

僕は石台まで引き返してサンダルを脱ぎ、廊下に上がった。

今日のフェリーで僕も東京に戻ろう。

部屋に戻り、ここでの仕事を終わらせなければならない。一つは、社会学の宿題だ。『転換期の宗教』を読んで」に一項目追加する、そして下書きを完成させてしまう。もう一つは、書き出したまま放置してあった玲子への返事だ。この島で完成させなければ、すべてを書き直さなければならなくなってしまう。

どちらかを書き終えた頃、カヨコさんが朝食を持ってきてくれるだろう。その時、今日お暇することを伝えることにする。支払いさえできれば、急であることは特に問題にはならないだろう。いつかまた必ずここに来て、お世話になるつもりだ。

「『転換期の宗教』を読んで」の下書き、追加分

三.「あとがき」に代えて
私見、神に帰依するということ、神に救われるということ。

時代の転換期に勃興した新興宗教を特徴づけるキーワードは「易行」と「宿業」であった。ただひたすら拝めば(易行)、自分では解決不能な前世からの決まり事である困難(宿業)から解放される、というのが、これら新興宗教に共通する考え方である。

多くの民衆にとって宿業を乗り越えることが人生の目標となり、彼らは、そのようにして宿業から解放されることを選んだ。換言すれば、宿業という概念を導入しなければならないほど、理不尽にこの世で不幸な人々がいた、あるいはいるのである。

どうにも解決不能な困難に見舞われた時、確かに人々は神の救いを求めてきた。しかし、必ずしも「宿業」というプラットホームを通らずして、神に救われた人々がいたはずである。なぜなら、自然発生的に神の救いを求めた時、当初、自身の外にあるこの概念(宿業)に気づく

ことは、むしろ、なかったであろうから。それは、知性と教養と思索の産物だからである。

幸運にも困難の原因を自分自身の身の内に見出せた者は、「宿業」を必要としない。別の概念を経由せずとも、解決不能は解決不能なのである。遠回りする必要がないのだ。宿業を帳消しにする宿業転換を祈るのではなく、我が身の過ちに覚醒し懺悔し改心を誓うことで、神に助けていただくのである。

この場合、自分の過ちを自ら見出すことこそが困難なのであり、神に一心におすがりすることによってのみ、それが示されるのである。救われ方は、宿業を経由したか否かで変わることはない。すべてを神に委ねることにより、救われる者は救われるのだ。心が落ち着き、ホッとし、「よしっ」と思えるのである。

しかし、宿業を経ずして救われた者はよくよくの幸せ者である。なぜなら、自分自身の身の内にではなく外側にある困難こそが、正真正銘の厄介ものだからである。それがない者はすでに神の祝福を受けている。この事を、重々心に留めて生きていかなくてはならない。

玲子への返事

前略、お元気そうで良かったです。まずは予定通りのご進学、おめでとうございます。思い描いた将来に向かって着実に一歩を踏み出したわけですね。さぞかし晴れがましい日々をお過ごしのことと拝察いたします。僕までとても嬉しい気持ちになります。素晴らしい人たちとの出会いによって、あなたの人生がさらに豊かなものになりますように。そう願っています。

ところで、僕は今、北海道の誰も知らない小さな孤島にいます。ここでの生活にもようやく慣れたので、お返事を書き始めました。僕こそ、ご連絡が遅れてしまって本当に申し訳ありません。おっしゃる通り、この四月、僕も予定通りの第一歩を踏み出すことができました。あなたといつも話していた通り、普通にどうということもなく、です。その後、素晴らしい仲間もできたし、有名な先生の授業も受けたし、厳しい学問の洗礼も受けました。

で、どうして今、僕がここにいるのか、ということについて、あなたにだけはお話をしたいと思い、ペンを走らせています。あなたは僕との約束を忘れることなく、サン・サーンスの『序奏とロンド・カプリチオーソ』の練習を始めてくれています。僕も、あなたとの約束を決して忘れません。「まともな人間になる」、でしたね。僕は漠然としたこの約束を敢えてした。それは、勉強だけできても一文の価値もない、とあなたが言い（もちろん、別の言い方でしたが）、僕がこれまで最も時間を割かないできたことがそのことだったからです。

ところが、入学早々、そのお約束の大前提となる「勉強だけはできる」ということに翳りが生じ、その途端、あからさまに「まともな人間」ではなくなりそうになったのです。これまでの自分なら起こり得ないような「事態」が身の内に生じたのです。僕という人間の基盤は実に脆弱だったということがわかりました。あなたが危惧された通り、「勉強ができる」ということにしか基づいていなかった。その結果、とても厄介な自尊心というモンスターに身を滅ぼされそうになったのです。この辺のことは手紙で正しくお伝えするのはとても難しいので、いつかまた、直接お話ししたいと思います。

それで僕はどうしたかと言うと、東京からできるだけ遠く離れた、誰にも会わないで済みそうな所を探して、この島に逃げてきたのです。

あなたは「今頃はもう、ずいぶんと難しいお勉強をされているのでしょうか？　それとも……」と書いてくれましたよね。あなたが「それとも……」と書かれたこと、そうです、ずっと前からあなたにだけお話ししていたように、小説を書いてみたい、ということのスタートを切りました。ここに来たことの目的ではありません、その結果としてです。書かざるを得なくなって、書き出しました。

もうこれ以上、僕は僕を騙せない、君やごく身近な人たちを欺き続けることはできない。真実から目を背けたままこれ以上生きては行けない、そこまで追い込まれたのです。まともな人間になるために、僕にはこの道が示されたのです。昨晩、突然に、です。

書いてみたかったから、原稿用紙は常に持ち歩いていました。でも、僕にとって実際に小説を書くということは、書いてみたいという願望の果実としてではなく、自分自身に対する幻滅と絶望から自身を救うための便法として突然姿を現しました。そのことが、昨夜以来、僕自身が知り得ている驚きの新事実です。

ただ、今の僕にとって、とても大切なある人から、僕が直面しているのは絶望ではなく不満だと指摘されました。それほど深い所に根差したものではない、という意味です。そして僕は、この事こそが僕の抱える本質的な問題点だと考えるようになりました。

まだ書き出しの部分だけですが、この手紙の最後に添付します。題名は未定です。本体は原稿用紙ですので、今度お会いする時、書いたところまでのすべてをお持ちします。

この島で出会ったある人が、「人生は自分自身のものだから、人に語って聞かせるようなものではない」と言いました。まったくその通りだと思います。人生は誰のものであれその人自身のものだから、「話の種」にするべきものではないのです。だから僕はこの小説を、そのようなものにするつもりはありません。ただ、自分の大切な人が生きる上で参考にできるような、反面教師でもよいのです、「遺言」のようなものになることを目指したいと思っています。

もう一つの、医者になりたいという夢については、さっき書いた内容と直結しますので、今度お会いした時、直接お話しします。では、それまで、さようなら。

一九七六年　八月二十二日

〇〇　より

玲子様へ

題名未定

ジーンズに白いTシャツの僕は十九歳になったばかりで、快速が停まるようになってから間もない頃の東西線浦安駅で快速を待っていた。白い麻のバッグを右肩に掛け、ポケットに手を突っ込んだままホームの端まで歩くと、まっすぐ伸びた線路の先に、まだ暮れきらない東京の空が見えた。八月の風が前から吹いて、少し伸ばした髪がそれになびく。背景にはチューリップの『心の旅』が流れ、そして僕は、理由のない悲しみの中にいた。

第三章　―金沢―　雨の中のレインボー

I

一九七五年六月下旬

「カトーチョー！」

小林が後ろから声をかける。ぼくはそれを無視して自転車をこぎ続ける。兼六園の石垣の下をぐるりと右に回って小立野台地まで、坂道を一気に駆け上がる。

この坂は急で長い。国の重要文化財に指定されているお城の石川門をくぐって橋を渡ると兼六園にぶつかる。自転車では通れないから少し左に下ってから右に曲がると、この坂、上坂がある。途中で止まると稽古の疲れがどっと出て上までたどり着けない。だからここは頑張らなければならない。小林に同調して止まるわけにはいかないのだ。坂の左側はさらに下を走る県道（百万石通り）からこの道を護るかのように紫陽花の垣根が続いている。

日曜日の午前中、本学の剣道部とお城の中にある道場で合同稽古をする。帰りはいつもきつい。ぼくら医学部剣道部は本学に比べるといわゆるサークル並みの力しかないから、いつも、こてんぱんに打ちのめされて、昼頃にはお城を引き上げてくる。

防具は、木元先輩が車で持ち帰るが、車は一台で足りる。医学部剣道部員十人全員が揃うことは、まずないからだ。自由参加だと、外せない用事がある者が、必ず何人かはいるものだ。本学剣道部なら「絶対に」あり得ないことだとは思う。

お城から出てこられる大学生は世界中でここ金沢とドイツのハイデルベルクにしかいないことをぼくは知っている。それを少し得意に思う。小林はたぶん知らないだろう。知らない小林はまるで敗走する足軽仲間に声をかけるような感じで、後ろから大声を張り上げていつも休もうとする。知っているぼくは武将の気分でいるから、負け戦とはいえ一気に坂を駆け登ることができる。

しかも雨だ。小林はすぐにはついてこないに決まっていた。上坂が百万石通りに合流する手前、右に大きく曲がる辺りに紫陽花がひときわ多く群生する場所がある、自転車を降りて、そこで小林を待つことにした。

前を見ると、自転車のハンドルを持ってこちらを向いて立っている女の子がいる。ジーンズに茶色のハーフブーツで、髪は短くまとめ上げてある。ぼくらと同じように傘を差さないでこちらを見ている。

「あなたがカトーチョーさんね」

梅雨の中ごろ、由美とぼくは小林の大声のおかげ様をもって知り合うことになった。ぼくは医学部の、由美は国文科の二年生。傘を差さないぼくらはけっこう濡れた。彼女の頬には細い髪の束が張りついていた。

「アジサイが真っ青だ」

とぼくは言った。生きのいい群青色と気持ちの良い水色の塊。

「水が弾けてる」

彼女は大きな瞳でまっすぐぼくを見た。それから子どものように少し首を傾げた。

ぼくは生まれて初めて女の子の瞳を凝視した。深く黒く濡れていてとても美しかった。ぼくに向かって無防備に開かれた瞳孔を見て、生理的に気恥ずかしい感じがした。

「誰か来るの？」

「将来の教授が来るけどいいんだ」

「ユミって呼んで」、言い切らないうちに向こうを向いて歩き出した。自転車をヨイショ、ヨイショていう感じで押しながら。

それ以来、日曜日はたいてい由美が石川門の外で待っている。ぼくと小林と由美の三人で兼六園を左に迂回してこの坂の麓まで下り、由美とぼくの二人だけが一気に小立野台地まで駆け上がる。小林は坂の下から声を掛けてくる。ぼくらは時々それを無視して二人だけで昼食をとる。善良で少し変わり者の優等生の小林は、そのことに対して取り立てて文句を言ったことはない。

ちなみに、カトーチョーは、小林がそう呼ぶだけだ。地元の有名なうどん屋の屋号を掛けている。ぼくの一般名ではない。

七月中旬

上坂を登り切り、兼六坂に合流して道なりに右に進み、兼六園の小立野口前の交差点を右斜め方向に横切ると、石川護國神社がある。

鳥居をくぐって右手の建物の外階段を二階まで上がると、透き通ったガラス扉に突き当たる。藍色の草書体で「雅」と書かれたそれを押し開けると、今日も誰もいなかった。明るいベージュ色の調度品でまとまった店内を見回し、左の窓際のいつもの席に座る。梅雨明けの金沢の空は清涼なサイダーのようだ、澄んだ水色をしている。

日曜の午前中、喫茶店に来る人間はそうはいない。他の友人と神社にはまず来ない。ここで由美と会うのは、密会の趣があってちょっと面白い。梅雨の中ごろに出会ったその日から一か月間、ここでランチしながらいろんなことを話してきた。

由美が大学の軽音楽部でロックバンドのボーカルをしていること。ハードロックを好んで聴くこと。クラシック音楽ファンのぼくが、自己流でエレキギターを弾くこと。なぜかと言うと、女子にカッコよく思われたい一心から。そんなことが、ここで明らかにされてきた、というか、白状させられてきた。

そしてめでたいことに、この七月から、ロックバンド「ブルー・ファイアー」のギタリストとして、ぼくは軽音楽部に迎え入れられることになった。このバンドはメンバーを代えながら十年以上も引き継がれてきたそうだ。四月初めの新入生歓迎祭でのライブが最大のイベントになる。

来年四月のライブの打ち合わせだと予め告げられていた。ぼくらはお気に入りの「白味魚フライのトマトクリームソース掛け」とアイスコーヒーを注文した。由美はトートバッグからノートを取り出してテーブルの上に広げる。

「ベンチャーズの『パイプライン』から初めて、ビートルズ二曲、ディープ・パープル二曲、クイーン二曲、アンコール二曲でどうかしら？」

由美はボールペンで曲名を書く準備をする。

「『パイプライン』はさんざん練習したよ」

「次は？」

「『プリーズ・プリーズ・ミー』、『オール・マイ・ラヴィング』なんかなら弾ける」

由美はノートに書きこむ。

「次は？」

「『ブラック・ナイト』と『スモーク・オン・ザ・ウォーター』」

「これらを弾くためにエレキを始めたと言っても過言じゃない」

と、ぼくはもったいぶってみせた。

「次は？」

と由美が訊く。

「何でも弾けるわけではない」と答えると、

「私は『ナウ・アイム・ヒア』が好き。ユーとミーっていう、ごく当たり前の言葉が歌詞に入ってる。ユ・ミよ」

由美が嬉しそうに笑う。

それはOK。他の曲はぼくには無理だと伝えると、残りの選曲はギター・ボーカルの近藤に任せようということになった。

八か月でまとめるには九曲は多すぎる。全七曲、うち二曲をアンコールでくり返すことにした。一時間で九曲演奏は収まりが良さそうだ。リードギターが弾けない曲ではバンドが成り立たない。だから、この選曲で近藤とドラムの山岡、ベースの藤田にお伺いを立て、了承が得られれば大筋が決まる。後は練習あるのみである。楽器の腕前は練習時間に厳密に比例するのだ。そのことを、ぼくは良く知っている。


「加藤くん、臭い！」

突然、由美が素っ頓狂な声を出す。しかめ面だ。鼻が少し上がって付け根の横に小皺ができている。華奢で形の良い鼻が台無しだが、それでも、可愛い小鼻に見える。今まで普通にしゃべってきて、何で突然そうなるの？と思ったら、すごく可笑しくなった。由美らしいのだ。まるで子どもだ、可愛いったらありゃあしない、と思ってしまう。

「剣道の直後だよ、臭いのが当たり前。今まで騒がれなかったことがむしろ不思議だよ。やっぱり、夏になったということかね、汗の出方が見違えるほどだ」

「見違える、の使い方が変！」

と、由美は口を尖がらせた。

本学剣道部との合同稽古は、今季は今日でお終い。再開は九月の第二週から。高原での合宿でもなければ、夏に剣道は無理がある。油断すると防具が真っ白になる、カビが生えるのだ。

「今日が最終日、九月の第二週から再開」

とぼくが言うと、

「しばらく臭い思いしなくてすむね」

由美はパチッと瞬きし、イーという顔をした。

「白味魚フライのトマトクリームソース掛け」とアイスコーヒーが来た。由美は、ボールペンを挟んだノートを閉じ、トートバックに戻す。食器の位置を直して、「いっただきまーす」と言って食べ始める。

「におい、大丈夫？」と訊くと、「食べる時、お鼻はお休みしてるから大丈夫なの」と言った。食べ始めると、由美はこちらを見ない。会話をしながらは食べられないらしい。やっぱり子どもだと、ここでも思う。

アイスコーヒーがストローを登っていき、由美の口に吸い込まれた。

「剣道って、楽しいの？」

突然、由美が訊く。まっすぐぼくを見ている。やっぱり、飲みながら、はないみたいだ。

楽しいわけではない。むしろ、つらい、苦しい、きつい。あらたまって訊かれると、何でやってるんだろう、と思ってしまう。強くて勝てるなら、それなりの楽しみはあるんだろう。勝てる勝負事は楽しいに決まっているから。勝てなくても、楽しい？　いや、やっぱり楽しくはないな。試合で勝ったことが、まだ一度もないのだ。たったの一度もだ。楽しみでやっていられるわけがない。

でも、正座して、息を静め、面を外した時の気分は、何ものにも代えがたいのだ。一仕事終えたあとの清々しさ。この時、そこに他人はいない、いるのは自分だけだ、自分だけと向き合っている。そして語り合うのだ。今日も目いっぱい頑張ったなー、練習終わってほっとしたー、死ぬかと思ったけど生きててよかったー。こよなく自分を褒められる瞬間なのだ、間違いなく。

それほど、練習はきつい。あんなに重い物を身につけて、全力で動きまわり、思いっきり振りまわし、押し合い、体当たりし、跳ね飛ばされるのだ。

「楽しくはないね。でも長くは休めない、恋しくなるから。恋焦がれるんだ、どうしても、やりたくなってしまう」

と、ぼくは答えた。

「修行なのね。私欲を捨てて、何かのために励んでる。自己犠牲の感覚が癖にさせるんじゃない。自己陶酔に近いかも」

目を伏せてアイスコーヒーを飲む、そしてまた、ぼくをまっすぐ見据える。

「私が気になるのは、いったい何のために、ということかな。剣道に限らないけどね」

由美は勘がいいのだ。直感的に正解のそばにスッと近寄ることができる。

いったい何のために、ぼくらは励んでいるのだろうか。

「何のために、とか、考えたこともないよ」

「けっして自己陶酔ではない。でも、何のてらいもなく自分を褒めてあげるため、とは言えるかもしれない。似て非なるものだよ」

「どう違うの?」と由美は訊く。そして「どうせ男子は、女子にモテたいからでしょ」

こげ茶色の液体が、ツーっとストローを登った。

自己陶酔では決してない、むしろ正反対だ。夢心地などではいられない、現実としっかり向き合うのが剣道だと、この時初めて、そう思った。

こんなふうにして、由美はいつも、真実に近い所までぼくを連れて行ってくれる。

2

八月

初めての合わせ（一緒に練習すること）が、八月最初の土曜日に行われた。由美から渡された楽譜で自己練習を行い、その成果を確認し合うのだ。

そこでちょっとしたトラブルがあった。ぼくの連符の弾き方にクレームがついたのだ。最初の三曲では四連符、三連符が当たり前に登場する。地味だが、演奏のクオリティーを大きく左右する、できて当たり前のテクニックだ。

近藤が、音がばらついてうるさい、テンポが先走って余裕がない。あげくに、この演奏ではバンドは無理だとまでのたまった。最初は言いがかりだと思ったぼくも、その場で録音を聴き直してみて、納得せざるを得なかった。

固定した音源に合わせて自己流の練習しかしてこなかったぼくのギターは、生演奏では当たり前の、他の奏者の息遣いに寄り添うということができなかったのだ。音量もリズムもタッチも自分勝手で、バンドの音が個別の演奏を重ねただけの代物になってしまっていた。

音を音源に重ねるのではなく、音源に寄り添う音の出し方を工夫する、他の音を聴き分けながら演奏する練習をするように。したがって、速いよりはほんの少し遅いくらいの方がベターだと、近藤から指導が入った。

それから二週間、今日が三回目の合わせだ。残りの一曲はまだ決まっていない。

「シーシャープマイナーからシーオーグメントに変わるところ、気をつけないとな」

首をぐっと垂れ、コードを押さえる左手を覗き込みながら、近藤が言った。黒いボディーに白いピックガード。憧れのギタリストと同じデザインのエレキギターを抱えている。間奏の前とエンディングの前に入ってきて楽曲を締める、このコードが曲者なのだ。

『オール・マイ・ラヴィング』は、愛がすべてと歌う純粋なラブソングだ。何の疑いもなく愛を語れる若い人の歌。別れさえも、さらなる純粋へと愛を昇華させてくれるもの。

「三番だけ、最初から行こうか」と、ドラムの山岡が言う。

カチカチとスティックが二拍、近藤のボーカルが二拍、次の第二小節から一斉に音を出す。ぼくは目まぐるしく変わるコードを三連符で弾きまくる。メロディーとズレないように、目立ち過ぎないように、隠れ過ぎないように軽やかに。休む間もなく忙しい。

近藤は、小節ごとにコードを押さえながら唄い、間奏でギターを奏でる。藤田はベースを弾きながら、コーラスを唄う。

ぼくは絶対に声を出さない。どんなに勧められても、コーラスさえ唄わない。そんな練習を一切してこなかった者に、今さら弾きながら唄うことなど、絶対にできっこない。

楽器を弾かないボーカルには、演奏上の欠点がよくわかるらしい。由美の指摘によって、音のクオリティーが上がる。山岡は、時々早くなる癖を指摘された。藤田は音の間違いに気づかれてしまった。そしてぼくは、歯切れが悪い、もっと軽やかに、弾むようにと。レコードの中のギターは、確かにそのように弾んでいる。彼らはギターがうまいのだ。

近藤から厳しく責められることはなかった。自己練の頑張りの程度は、演奏を聴けばすぐにわかる。明らかに上達していれば良いのだ。まだ十分時間はあるし、ぼくらは楽しむためにバンドを組んでいる。


「今日は、こんなところかな」

だいたい、由美の一言で練習が終わる。


土曜日の午後五時から七時が定例の合わせ。今後、進捗状況に応じて不定期に入ることになるだろう。

ブルー・ファイアーは、原則として二年生のバンドだ。二年の夏休みから選曲、練習を重ねて、三年の四月に新入生歓迎祭でお披露目興行（ライブ）。ライブ終了後、即、解散し、就活、卒論の準備にかかる。医学生なら、すぐに骨学の試験が待っていて、その後、解剖学実習に突入する。

人数が揃えば、一年生からバンドを組む。二年でブルー・ファイアーに移行し、解散後も元のバンドは存続することが多い。当然、活動は鈍るが、余裕があれば、趣味としてクラブ活動は続くことになる。

喫茶店「純風」の地下が練習場だ。マスターの高梨純さんは、金沢大学文学部卒で軽音楽部の先輩。店名の馴染みもあって、後輩連中から純先輩と呼ばれている。同人誌を主宰していて、小説家の肩書を持っている。由美も同人で、そこを作品発表の場としている。

練習が終わると、飲み会になる。食事とアルコールが出るが、先輩は代金を受け取ろうとしない。さすがにぼくらも子どもではないから、同人誌を定期購入させてもらっているが、実費だから安い。したがって飲食代は限りなくゼロに近い。先輩とは、本当にありがたいものである。

「原曲は多重録音だからね、『キラー・クイーン』はちょっと無理があるかも。彼らのコーラスは、そもそも真似できるレベルじゃないから、みっともないことになるよ」

と、純先輩が言う。ぼくには最初からわかっていたが、近藤がどうするかだ。

「キッスは？」

と、近藤が言う。少し機嫌が悪いかもしれない。

「それなら、私、唄えないよ」と、由美もややご機嫌ななめのようだ。

「決して過激ではない、超一流バンド」

と、純先輩が救いの手を差し伸べる。一同、静まり返る。

「クリーデンス・クリアウォーター・リヴァイヴァル、ＣＣＲ」

一同、合点がいく。ぼくらが中学から高校くらいに一世を風靡した伝説的なバンドだ。ベトナム戦争の時代と重なって、伝説的な名曲を残している、曲名がすぐには出てこないが。

「『雨を見たかい』ですか?」と、山岡が訊く。

純先輩が、黙ってうなずく。一同、納得。全会一致で、決定。

「大好きだった。今すぐ聴いてみたい」と藤田。ベースが良いと言う。

「反戦歌というイメージもあって、あの時代を見事に映し出していた。ボーカルと歌詞が渋くて、文学的で奥が深い。演奏も、落ち着いた良い演奏だった。シンプルだけど奥深い、明るいけど心が痛む。名曲中の名曲だよ」

と、純先輩が解説してくれた。奥からLPレコードを持ってきて、かけてくれる。

しゃがれた声が、抑え気味に、ゆっくりと、多くない言葉をくり返す、問いかけるように、言い聞かすように。くり返される自問自答。


「雨、なのね」と由美がつぶやく。

「いつも降っている」と純先輩が言う。

「それって、つらい人生のこと?　それとも何か、別のこと?」と、藤田が誰にともなく訊く。

「ナパーム弾のことだとも言われているよ。ベトナムにばら撒かれた。ついこないだのことだ」

「ひどい人生だ」

「そういう話でもある。まさかこんなことが、よりによって自分の身の上に」

純先輩はプレーヤーをリピートに設定した。

その雨は、くり返し降り続ける。

ぼくらは足で拍子を取りながら、自分のパートを聴き分ける。自分で弾くように聴き、体がそのように揺れる。素朴な歌詞が体に染み込む。それを由美が口ずさむ。

突然、涙が出そうになった。ひどい話だ。慌てて目を伏せる。

「この歌、私が唄っていい？」と由美が言う。

誰にも異存はないだろう。由美が唄うのがいい。

「スローなブルースがいい」。手足でドラムを叩きながら、山岡が言う。

「ジャニス・ジョプリンのように唄えばいい」と近藤が言う。


音が止まる。純先輩がレコードを外してジャケットにしまう。

「君たちにも雨は降る」

「そして、人生の雨は、突然降ってくる」

純先輩は、カウンターに入ってコーヒー豆を挽き始めた。


練習前に聴いた『ナウ・アイム・ヒア』のレコードを、由美がかける。

二連符のギターリフが三小節続き、四小節目の三拍目から突然、ボーカルが一言入る。そこを由美が唄う。スムーズに入るのは、けっこう難しい。ここで、由美は音量を上げた。

刻むようなギターリフがコードを変えながら延々と続く。

ボーカルが一言唄った直後、パシパシッとドラムとシンバル。

ギターリフが続く。

ボーカルが同じフレーズを一言、またパシパシッとドラムとシンバル。

くり返すギターリフ。

ボーカルの小さな叫びを合図に、バンド全開、大音量。

カッコいい。テイストはロックそのものだが、構成がしゃれている。

レコードプレーヤーが曲をリピートする。

ぼくらは聴衆として新しいロックを聴いている。演奏者としては、まだ聴けない。誰の体も、そのようには動かない。自分のパートを聴き分けることが、まだできないでいる。

「彼ららしい音だ。間違いなくハードロックだけど、オシャレで洗練されている。ボーカルもドラムも、ギターでさえも入りが変則的で、コピーは容易ではないよ、きっと」

純先輩がコーヒーを持ってきてくれた。お盆からそれぞれカップを取り上げる。先輩がレコードを止める。

「プログラム、決まったね」と由美が言う。

「一曲目、エレキ定番のテケテケテケテケで乗ってもらう。二曲目、三曲目で良質の音楽を提供する。四曲目、五曲目でロックバンドの本領発揮、シビレてもらう。六曲目で大事な何かを感じてもらおう、僕らが感じたように。最後は僕らの腕試しだ。新しいロックに挑戦、卒業試験と言ってもいいんじゃない」

近藤が、リーダーらしくまとめる。全員、異存なし。

3

大工の棟梁だった人の屋敷内にある、木造二階建ての離れがぼくの下宿だ。一階は大家さんの倉庫になっている。小立野台地の縁に建っているから、すぐ裏が高い崖っぷちだ。トイレ、キッチン付きの六畳二間。手前が洋間、奥が和室で、間に5センチの段差がある。低い方の洋間がオーディオルーム兼寝室、高い方の和室が勉強部屋だ。一軒家なので何かと便利だ。ギターの練習だって、少し音を絞ればいつでもできるし、友達を何人連れてきても構わない、女子だって出入りはお構いなしだ。

北向きの窓から、眼下一面に田圃が広がる。田圃の向こうに卯辰山という丘陵が長く横たわり、遥か右の彼方、東の方向に医王山という霊山が連なる。この山はなだらかで高くはないけれど、良く晴れた日には、紺碧の空にそっと蒼く沈んで見える。その在り方が、ぼくは好きだ。

卯辰山からぼくに向けて一面の緑だ。深緑だったのがずいぶんと黄色味がかってきて、もう十分穂がついているのだ。すーっと伸び切った後、少し前かがみになって揺蕩っているように見える。もうすぐだ、九月になれば刈入れが始まるだろう。

色のついた重めの空気が盆地全体に満ちていて、勝手にはそよげないという感じ。空気の層がムッと場所を変える時、稲穂たちをごそっと揺すっていくから、田圃の色がガラッと変わる。太陽の光に百ワットの裸電球を溶かし込んだような色合いの空気が、眼下一面に満ちている。

今、下の県道を、色褪せたクリーム地に赤いストライプの入った大型バスが、左から右に向かって走って行くのが見える。道なりにカーブして、スローモーションのように、ゆったりと、音もなく、遥か彼方の医王山の方に遠ざかって行く。

練習を中断して、休憩に入ったところだ。キッチンで紅茶用のお湯が沸く音がする。由美がケーキの準備をしてくれている。

ギターがコードを刻んでいく曲では、ギターさえあれば効率の良い練習ができる。ギターの伴奏に合わせて唄えるようにしておけば、そこにドラムとベースが乗っかってバンドの音になるからだ。バンドは自己練が基本。練習不足は他のメンバーに迷惑をかける。多大な迷惑とならないよう、自己練の手は抜けない。

「高梨さんてさあ、学生運動の過激派だったって知ってた?」

由美が、紅茶をカップに注ぎながら話しかける。キッチンは玄関の右横の奥まった所にあるから、少し大きな声になる。ガスコンロが一個あり、お湯は鍋で沸かす。流しとコンロの間に軽食なら作れるほどのスペースがあり、ケーキも紅茶も一旦そこで待機する。

「時々いなくなるのは、ヤバい時らしいよ」

と答えて、ぼくは窓を離れる。

「それ、単なる噂でしょ」

由美がお盆を持って来て、二人分のケーキと紅茶を机の上に置く。

適当な食器がないから、ケーキは手に持って食べる。机は北東の角にあるから、さっきの北側の窓と、東側の公園を見下ろす窓から外を眺めつつ、お茶をする。

「本当に、ヤバいにはヤバいらしい。昔の仲間が頭を割られたって、純先輩から直接聞いたことがある。東大でやられたらしい。授業を受けてる時に襲われて、後頭部をパイプで思いっきり。逃げおおせたけど、頭がい骨骨折だって」

「まだそんなことやってる人たちがいるのね。内ゲバって言うんでしょ？」

「セクト間の勢力争いだよ。昔敵対してたことで、今だに狙われる人がいるんだって。この話をしてくれた時、先輩はさらにこんなことも語ってくれたんだ。

『反権力者は最も権力的であることがある。反権力の最大の成功は、権力を奪い取ること。つまり、無理やり前権力者に取って代わることだ。これは紛れもなく権力的な行為だ、それも、とびっきりのね。暴力で主導権争いを目指した時、自ら権力に堕したと言える。つまり、本質的に、あるいは体質的に、民主主義ではないということだ。だから、自分は足を洗った』と言っていたよ」

ぼくは由美にこう語った。それは純先輩から本当に聞いた話だったけれど、ぼくらしい話ではまったくないのだ。今までのぼくなら、由美に話すようなことはしない。そもそも、本当に興味がなかった。

でもこの前、純先輩がレコードを掛けてくれた時、そりゃあひどい話だって、思わず泣きそうになった時から、何かが少し変わった気がする。ぼくら「ブルー・ファイアー」は、ただのコピーバンドではなくなった。由美が「この歌、私が唄っていい？」と言い、ぼくらが皆、由美が唄ったらいい、と思った時から。そんな気がしている。


「気持ちいいわね」

さっき、ぼくが見ていた景色を見ながら、由美が言う。

「遠くのお山の方に向かって、車がゆっくり進んでいくわ。だんだん小さくなって……、おとぎ話の中に消えていくみたい。とても懐かしいのはどうしてかしら。不思議な景色ね、眠くなっちゃいそう」

「音もなく、滑るように、ゆっくり昇っていくみたいに見える。静かな風景だ。子どもの頃の心象風景なのかもしれない。さざ波さえ立っていなかった頃の」

由美が振り返って、笑顔を見せる。

「柄にもないこと、言っちゃった」と、ぼく。

「私も、そんな感じがしたよ。こんなふうに、人生が進んでいけばいいなっていうような」

「幸せなんだよ」

「恵まれている」

ぼくらは、顔を見合わせる。それから、窓の外に視線を移して、二人で同じ景色を眺める。右手に紅茶を持ち、左手のケーキを頬張りながら。ぼくらはきっと、すっごく幸せなんだと思う。

4

九月の第一週までで、夏休み終了。先週から生理学、生化学、公衆衛生学、解剖学等のいわゆる医学部専門課程が始まった。午前は教室で座学、午後は場所を変えて実習を行う。実習は、教養課程の化学実習以来だ。

実習の形態には、単独、二人一組、四人一組がある。手始めの今期はすべて単独。終わり次第、帰宅できる仕組みだが、どうしても早く終われない。自分で思っていた以上に要領が良くない上、隠れていた完璧主義が顔を覗かせる。この二つの性癖を以てすれば、帰宅は夜八時を過ぎることになる。このままでは部活どころではない。


ところが、我が剣道部は、再来週から二週間にわたって試合週間に入ってしまうのだ。

本学の剣道部なら初心者は異端だが、医学部では珍しくない。ぼくもそうだし小林もそうだ。入部した去年、初段を取った。今年は二段に上がる予定だ。きちんと指導され、ちゃんと稽古さえすれば、剣道では二段まで、柔道では初段までは上がれるらしい。剣道は三段、柔道は二段の手前にちょっとした壁があるらしい。

今年の入部は一人だけ。寺田部長が頭を下げるようにして勧誘し、ようやく九月になって入ってきた。部長の富山の高校の後輩で三段、鳴り物入りだ。医学部に三段で入ってくる者はめったにいないらしい。現最高位、四段の寺田部長も、二段で入って一年後に三段、そこから三年後に四段だそうだ。

その山下三段と試合をすることになってしまったのだ。十月の最初の二週間、もちろんぼくだけではない、一日二人ずつ、全員と総当たりの山下こそ、気の毒な気がする。夏休み中の自己鍛錬の成果を試す、というのが表向きの大義名分だが、十一月の昇段審査会を視野に入れてのことだろう。

実習が始まったのと同時に部活も再開。まだ二週目に入ったところだというのに、先輩たちは普通に動いている。休み期間中、素振りを中心に、ランニング、腕立て伏せ、スクワットなどで自己鍛錬を行うのが、不文律の掟。

その点、初心者のぼくらには、その習慣というか、実感というものがない。よほど心しないと、何もしない日々の重なりのうちに、九月の再開日を迎えてしまう。去年がそうだった。十一月に初段への審査会を控えていたぼくらは、そのつもりで鍛えてくださる先輩たちによって、ボコボコにされた。その苦い思い出が、今年のぼくを自己鍛錬に向かわせてくれた。

「もう一本」と、寺田さんが中段に構える。

昇段審査会に向けての掛かり稽古だ。寺田さんが有効打突だと認めれば、サッと面を空けてくれる。そこに「メーン」と打ち込んで、終了。これが普通のやり方だ。ここで「もう一本」と来るのは、いつものことではない。特別に鍛えていただけるありがたい稽古である。ぼくや小林は二本でフラフラになる。寺田さんもそれ以上は言ってこない。本当に死んでしまっては元も子もないからだ。

息が上がっている。すぐには打ち込めない。無闇やたらに突っ込んでも、押し返され、跳ね飛ばされ、あちこち叩かれて、挙句の果て、後ろに転ばされてしまうのが落ちだ。二段になろうかというこの時に、今さら、そんなブザマなことにはなれない。

大きな声で気合を入れ、正しく正眼に構え、間合いを整える。寺田さんが剣先を跳ね上げたその瞬間、ぼくは渾身の力を込めて飛び込み、面を打つ。寺田さんの剣先を擦るように掠めて、手ごたえあり。

ボコッという音と共に、体が交差する。振り向きざま、寺田さんが「参った」と言う。そして面を空けてくれる。そこへ、「メーン」と一本入れてすり抜ける。すぐさま振り返り、残心を残す中段の構え。「よしっ」と寺田さんが言い、終了。竹刀を収めて一礼し、後ろに下がる。

ぼくの心がものすごく喜んでいる。清々しさに魂が大笑いをする。でも、それを表には表さない。あからさまには喜ばない。他者に対して表現するものは何もない。すべてが自分の内面のことがらなのだ。それを感じればそれで良し。

これは剣道だから、こうなのだ。


竹刀を左横に収め、正座して面を外す。面を前に置き、手ぬぐいを頭から取り、顔の汗をぬぐう。それを畳んで面の中に収める。両手を膝に置き、目を閉じて呼吸を整える。音が消え、静寂の中の住人になる。

目をそっと開けると、別のぼくがいる。そして、生き返る。


「俺、吐いちゃったよ」

帰りの道すがら、小林の元気がない。ぼくと同じ中肉中背だが、少し痩せている。髪は坊ちゃん刈り、黒縁めがねでまったく洒落っ気なし、高校生のまま現在に至る。学業は学年一、二位を争う優等生。天才ではなく、努力家タイプだ。

「寺田さんに、もう一本と言われて、がむしゃらに掛かっていったら、足がもつれて転んじゃったんだ。もう限界だったから、うまく起き上がれない。もたもたしていたら、どんどん打ってくるんだ。面、小手、面、面、面、小手」

「『どうした!』って活を入れられて。フラフラになってメンッと飛びかかったら、胴を真っ二つにされたよ」

「昇段試験まで二か月を切ったからな。寺田さん、ずいぶんと気合を入れてくれる」とぼくが言う。

「正直言うと、夏休み中、鍛錬をサボってしまった。とてもじゃないが、体がついていかない」と、小林が言う。

「子どものころから、夏休みは田圃の草刈りと決まってる。大きくなってからは防虫剤の散布も手伝う。朝早いから、昼寝しないと身が持たない。だから、昼間の鍛錬はなし。百姓仕事は疲れるだけで、一向に鍛錬にはならないとみた。現に、今日なんかフラフラの果てに、ゲロだよ。掛かり稽古の後、便所に行くふりして、吐いてきた」

時々、朴訥な一本調子に聴こえるのは、福井弁だと、自分でそう言っていた。今日は、小林のお国が全開だ。話しぶりにリアリティーがある。


「彼女でもいればな、こんな時には、きっと癒してくれるんだろうな」

しっかりと、切実感が伝わってくる。

「加藤はいいよな」と、小林が言う。

「どうして？」とぼくが訊く。

「彼女がいるから、なんか、余裕がある」

ぼくに彼女がいるって？

「去年、初心者しか入らなかったのは一大事らしいよ。我々だよ。将来、部長が二段止まりじゃカッコ悪すぎるって、先輩たちは思っているらしい。

問題なのは、優等生の小林には免罪符が与えられていて、俺は、日曜日の午前中に用事を入れられないような雰囲気になってきている、ということだ。毎週、ボコボコにされに、お城に出向かなければならない」

ぼくは、「彼女」のことを棚上げにするため、話を変えた。

「免罪符はもらっていない。お城にだって行くし、『もう一本』で、しぼられもする」

小林が、お国ことばで抗議した。

5

歩道に小さな看板が置いてあり、「純風・地下スタジオ」とある。階段を下って金属製の重いドアを押し開けると、常設のドラムセットが目に入る。ギターアンプ三台。ボーカル用アンプ一台。そこから左に、コンクリートに囲われた二十畳ほどのスペースがあり、左奥の隅にカウンター席が設えてある。奥にもう一部屋、純先輩やライブの出演者にとって必要不可欠な倉庫兼休憩室があり、クラシックとロックのレコード、ライブ用の折りたたみ椅子、楽譜立てなどが収納されている。

ドラムとドアの直上の壁にスピーカーが取り付けてあり、純先輩はカウンターに置かれたレコードプレーヤーでレコードをかけ、テープデッキで録音し、テープをかける。

『雨を見たかい』が流れている。

「マスターは、学生運動してたんですか?」

カウンターの椅子に座った由美が訊く。由美は純先輩のことをマスターと呼ぶ。純先輩はカウンターでコーヒーを淹れている。

「一九六〇年、二十歳の若造。無知で、非寛容だった」

ぼくらは次の言葉を待つ。

純先輩が、無言でコーヒーカップを渡してくれる。

「でも、まじめで、純粋だったんでしょ?」

由美が訊く。

純先輩は、コーヒー豆とフィルターを処分して、容器を洗う。レコードの音に流水の音がかぶさる。

ぼくらは、まだ次の言葉を待っている。同じ曲がくり返し流れる。ボーカルが悲しい物語を唄い続ける。


「その頃、この国は、まだ戦争から完全に抜け出せていなかったんだ」

純先輩はカウンターの中の椅子に腰掛けながら、そう言った。

「敗戦国日本が独立を回復したのは、たったの八年前だった。そこに、きな臭い安全保障条約だ。それも、ついこないだまでの仇敵国とだよ。何かが変だと思った。少なからぬ国民が、戦争の臭いを感じてしまったんだ」

「それで、若い人たちが立ち上がったのね」と、由美が確かめるように訊く。

「狡猾な年寄りに押されて、若い世代がいつも先頭に立つことになる」

純先輩は、静かだけど、憤りを吐き出すような言い方をした。

「まじめで、純粋な人たちが」と由美が言う。

「ふまじめで、不純な人間なんて、そうはいないさ」

と、純先輩の顔が少し和らぐ。

「ほとんどの人間は、皆、ただの普通なんだ。時代がいろいろなことをさせるのさ」

「あれから十五年経って、今、君たちはここでこうしている。あの時の僕たちの十五年前、同じたったの十五年前だよ、僕の先輩たちは、戦争をしていたんだ。周りにはいつも、汚い年寄りたちがいる。後ろから押したり前から抑えたり、若者たちを袋小路に追いやっていく」

「いつも、お年寄りが、汚いの」

由美が、合点がいかないという顔をした。

「年を取れば、皆いい人と言うわけじゃない。年を取っても、悪いやつは悪いのさ」

「若い私たちだって、悪い人は悪い」

「本当に悪くなるには年季が要る。いろんなことを知ってから、本物になるのさ。悪さでは、年寄りには勝てない」

「若さに内包する本質的な悪は、無知だ。無教養といった方がいいかもしれない。偏った知識を駆動力にして這いずり回る。物事の実相を理解するための知恵も経験もない。多くは本人のせいじゃない、何としても生存期間が短かすぎるんだ。若い人間は、その自覚を持たなければならない。無知は不寛容と親和性が高いから、それと直結してしまう」

珍しく、純先輩の弁舌に熱がこもる。

「最後に。年寄りって、何歳くらいの人？」

由美が、首を傾げた。

純先輩は考える。そして、

「僕ら以降だ」

と答えた。


扉が開いて、近藤が現れた。紺のTシャツにジーパン、ギターを担いだいつものいでたち。こちらを向いてちょっと手を上げ、ギターを出して準備を始める。ギター立てにギターを立て、アンプの上にあったコードでギターとアンプを繋ぐ。

ドラムの山岡とベースの藤田が一緒に登場した。ぼくらに向かって、まず手を上げる。山岡は濃いブルーのポロシャツにカーキ色の綿パン。藤田は白のTシャツにグレーのジーパン、大きなベースを背負っている。藤田はベースをアンプに繋ぎ、山岡はドラムを軽く叩きながらセッティングする。

準備が終わると、三人はカウンターに近づいてきて純先輩に挨拶する。先輩は「ヨッ」と軽く手を上げる。

ぼくは椅子を降りて、ギターに向かう。ギターとアンプの間にオーバードライブ・エフェクターをセットしてある。これを踏めば、歪んだ大きな音が出る。今日は、リードギターの覚悟を示すつもりでいる。

由美が椅子を降りて歩いてくる。クリーム色のTシャツに白いデニムのパンツ、白いテニスシューズ。

純先輩がレコードを止める。

楽譜台にスコアを置き、ぼくらは、それぞれの楽器を調整する。シンプルなフレーズのくり返しだから、大きな間違いをすることは、まずないだろう。ただ、楽譜がないと、まだ安心できない。

イントロを練習する。ぼくのギターから、この曲は始まる。

「いい？」

と、近藤が言う。

シャンシャンシャンシャンと、山岡がスネア・ドラムを強めに叩く。

ダダン ダ ダ ダ ダンと、藤田がイントロの最後のところを弾《はじ》く。

ジャカジャンと、ぼくは曲の始まりの音を出す。

「アーアー」と、マイクを使って由美が声を出す。

「いい？」

と、近藤がくり返した。

ぼくらは、うなずく。


山岡が、スティックをタッタッタッタッと四拍鳴らす。

ぼくがジャカと音を出し、シャカシャカシャカシャカとリズムが刻まれる。イントロのコードがエーマイナー、エフ、シーと続き、四小節目を六弦のベースラインでラソミッミソッと弾く。五小節目シーコード、六小節目を六弦でドシラッラソッと弾く。

四小節目から藤田のベースが参入、六小節目でイントロの最後をダダン　ダ　ダ　ダと弾《はじ》き、七小節目第一音のファをダンと打ち鳴らすと、半拍後、由美が静かに入ってきた。大切な物語を語るように、唄い始める。

ぼくはギターでひたすらコードを刻み、時々、藤田に合わせてベースラインを弾く。そして、由美に重ねてユニゾンで唄うことにした。

由美は、最後で二回くり返されるサビとサビの間に、「イエーッ」と、絞り出すように叫び声を入れた。原曲と同じ、絶望と怒りの叫びだ。この曲の意味が、ここで初めて、そしてただ一度だけ噴出する。由美は大きな声は出さない。静かに、呻くように、そっと、悲しい声を出した。

コードを刻み続け、バッキングに徹していた近藤が、一番最後の所で、由美のボーカルに重ねて、サビのフレーズを口ずさんだ。

そして、演奏が終わる。


近藤が静寂を破る。

「イントロ、すっごく良かった。けど、藤田と合わせるところは、エフェクター要らない、ベースの良さが消えてしまう」

ぼくは由美と目配せした。リードギターの役目を果たすことができたようだ。由美は、ブルースのように唄い、そして何よりも、由美自身だった。静かに、そっと、優しく、情熱を燃やしている。


「もう一回、いこうか」と近藤が言う。

ぼくらは、楽譜を最初に戻して準備を整える。

6

一九七五年十月七日、火曜日

予定通りだと、今日から来週にかけて、山下三段との試合週間になる。普通は弱い方から順次当たるから、第一日目の今日は小林、加藤の順で試合のはずだ。

本業の実習が長引くため、平日六時からの部活は難しくなっている。だから、土曜の二時から四時の稽古と、日曜十時から十二時の本学との合同稽古は皆勤をめざしている。土曜日は、五時からバンドの定例会があるので、道場から順風・地下スタジオに直行する。

試合は練習の後というのが相場だから、練習で疲れ切ってしまうと、ぼくや小林の実力では、たとえ相手が無段者でも試合に勝てるとは限らない。しかし、三段ともなれば練習には左右されないだろう。ということは、しょせんぼくらが勝てる見込みはないということになる。今さらながら、それに気がついた。

由美が応援に来てくれることになっている。というか、好奇心が旺盛な由美は、剣道というものにすごく興味を持ったらしいのだ。本業の実習がハンパなく忙しくなった今、バンドは趣味だから、心のバランスを取るのに必要なのかもしれない。でも、楽しいものでは決してない、と本人が言い切ったにもかかわらず、ボコボコにされるために毎週日曜日の午前中を捧げている剣道とは、一体、如何なるものなのか、と言うことらしい。

今日は、第一解剖学の組織学実習を、超特急で片づけた。

人体の主要臓器を網羅的に顕微鏡で観察する。この実習を一言で説明すると、こういうことになる。標本は、もちろん自分では作れない。顕微鏡標本はピンセットでつまんだ先の処理が不可欠である。組織自体を壊す前提がなければ作れない。だから、倫理的観点からも、ぼくらに作れるはずがない。

つまり、しかるべき研究者によって作成された標本を顕微鏡で観察し、人体として看過してはならない要点をスケッチして提出するのだ。その気になれば、手を抜くということではなく、急ぐことが可能な作業である。他方、少し考えればわかるように、要領が悪い、もしくは完璧主義者には、けっこう、時間がかかることになる。

今日は、心を鬼にして、急いだ。

六時ぎりぎりにすべり込む。着替えて道場に入ると、準備運動中。

いち、に、さん、し、の掛け声とともに、ラジオ体操に準じたオリジナル体操をする。適当に、輪の中に参入する。

次いで、うさぎ跳びで道場一周。まだ防具は付けない。竹刀を中段に構え道場を縦に使ってのすり足、そのまま上下素振りと前後素振り。

ここで防具を付け、元立ちに向かっての切り返し。元立ちが縦に構えた竹刀めがけて、左右交互から面を打ち込むことを、前進しながらと後退しながら行う。ここまでで、ほとんどくたくたである。

これから、掛かり稽古に入る。ここで、例の「もう一本」が来ると、状況によっては小林のように「嘔吐」の憂き目を見る。

今日は、四段の寺田部長と、三段の本間副部長が元立ちになる。二人の前に四人ずつ並んで、順番を待つ。掛かり稽古一分一本が終わると、別の元立ちの方に移って、最後尾に並ぶ。これをくり返して、合わせて四、五本くらいを行う。一本ずつなら休むことができるが、「もう一本」が来ると、死ぬかも、と思う。

今日はまだ、「もう一本」は出ていない。この後、試合があるからかもしれない。早く終わることを密かに期待したが、そうはならなかった。いつも通り、四本の掛かり稽古をこなし、ぼくらはフラフラになった。「もう一本」は、ぼくらには来なかったが、三段は全員が食らっていた。

「小林、加藤、山下以外は、防具を外して正座」

寺田部長の声が響く。

ぼくら以外の全員が、いつものように窓際に並んで正座し、防具を外す。

寺田部長、本間副部長、木元さんの三人が立ち上がり、道場の中央に集まる。両手に赤と白の旗を持っている、審判団だ。主審の寺田部長は右手に、副審の二人は左手に、赤旗を持つ。

木元さんが旗を置き、ぼくらに近づいてきた。背中で交差する胴ひもの中央に、目印のタスキを結びつけてくれる。山下は赤、ぼくら二人は白。

小林と山下が呼ばれる。「ハイッ」と返事して中央に出る。赤の山下が主審の右側に、白の小林が左側に立ち、向き合って一礼。竹刀を中段に構え、しゃがんで蹲踞《そんきょ》の姿勢を取る。

「始めっ」と、寺田部長。

両者、立ち上がり、正眼の構え。共に中肉中背、小林はやや痩せ型、山下はガッシリ型。

「イヤーッ。イヤーッ」

小林の、甲高い掛け声が響きわたる。

「エーイッ」

山下の、腹の据わった気合が応じる。

カシ、カシ、カシと、両者、剣先を軽く合わせる。小林が、左に、前にと動き回る。山下が、前に出るぞと、フェイントを掛ける。その度ごと、敏感に反応して小林が引き下がる。何度目かのフェイントの直後、山下が飛び込んで小手を放つ。

「コテーッ」

バシッと音がして、赤旗が三本、パッと上がる。

瞬間、身を翻して左後方まで走り抜け、山下はこちらを向いた。小林の返し面を避けたのだ。当の小林は、呆然と立っている。右手首がスッパリなくなっていることに、気がつかない。山下が小走りに元の位置に戻る。小林がようやく気づく。元の位置で中段の構え。赤旗が下がると同時に、試合再開。

小林の、一段と甲高い声が鳴り響く。

「イヤーッ、ィエーッ」

「エーイッ」

山下は、腹の底から声を出す。今度はジッと動かない。相手の動きに合わせて向きを変え、膝で体を上下させる。

小林が、メンを打とうと竹刀を上げた瞬間、低い体勢から大きく踏み込んだ山下が、胴を打つ。バシャッと大きな音がして、赤旗三本。さすがの小林も、真っ二つにされたことを、瞬時に悟る。天を仰いで中央に戻り、中段の構え。寺田部長が右手の赤旗を高々と上げ、山下の二本勝ち。

蹲踞の姿勢を取り、竹刀を収めてから立ち上がり、後ろに下がって互いに礼を交わす。今季の練習開始から約一か月、それを恐れ、緊張していた小林の試合が、二分足らずで終了した。

勝った山下は、屈伸したり背伸びをして、その場で待機する。ぼくは、少し離れた所で、しゃがんだり足踏みをしながら、呼ばれるのを待つ。

少し時間が経ってから、「加藤、山下」と、寺田部長から声が掛かる。ぼくは、竹刀を左手に持って山下の前に立つ。そして、互いに礼。前に進んで蹲踞の姿勢。

「始めっ」

ぼくらは立ち上がる。中段に構え、間合いを遠めに取る。竹刀を合わさず、相手の喉元に切っ先を定めて、出方を探る。

「エーイッ」と、腹の据わった掛け声が聴こえる。

「オャーッ」と、ぼくが応じる。

少し前に出ては戻る、をくり返す。つつっと出て、すすっと戻る。左にゆっくり回り、止まっては間合いを測る。山下がつつっと出た瞬間、渾身の力を込めて飛び込み、「メーン」と打ち込む。ボコッという音を聴きつつ山下を通り過ぎ、振り向きざまに、山下のメンを食らう。頭を左に振って辛うじて直撃を免れる。ここまでに、旗は上がらない。

ぼくらは、間合いを詰めない。時々飛び込んでは、打つ。この試合は、そんな試合になった。長引くパターンだ。先に疲れた方がポカをする。三段が普通に勝つやつだ。

山下が、ジリジリと間合いを詰める。ぼくは、後ろに下がりながら左に回って小手をうかがう。と瞬間、「コテッ」と山下が飛び、ぼくが後ろに下がるところに「メーン」ときた。頭頂部に打撃を感じた時、目の前には誰もいない。ただ、サッと赤い旗が上がるのだけが見える。一瞬ボヤッとし、それから元の位置に戻る。

中段に構える、上がっていた赤旗が下ろされる。試合再開。

山下が「メーン」と飛び込んで来る。頭を振ってそれをよけ、体を寄せて鍔迫り合《つばぜあ》いに持ち込む。

面の隙間から相手の目のあたりに視線を置き、「エーイッ」、「オヤーッ」と、やり合う。相手の竹刀の根元、鍔のすぐ上に、自分の竹刀の根元を押しつけ、足さばきと連動させてグイグイ押したり引いたりする。右足が少し下がり、左足に重心が移る瞬間、左足を蹴り下げて後退、間髪を入れず「メーン」を放つ。パコーンという音が鳴りわたり、白旗が三本、サッと上がる。

元の位置に戻り、中段に構える。白い旗が下ろされる。

「エーイッ」と、山下が気合を入れる。

「オヤーッ」と、ぼくは自分を鼓舞するために声を出す。

「勝てるかも」が一瞬、頭をよぎる。

と、山下が飛ぶのが見えた。頭にコッンと何かが当たり、サッと赤旗が上がる。

ぼくの試合は、このようにして終了した。


医学部の道場から石引通りに出て、剣道部御用達の餃子店に直行。餃子定食大盛を食べて、少しは元気が回復する。

石引通りを戻る。ぼくの下宿まで十分、由美のマンションまで二十分、犀川の方に坂を下れば、小林のアパートまで二十分。

九時を過ぎている。いつものように、由美をマンションに送りとどけるコースを歩く。その後、ぼくと小林は銭湯に行くことになる。

「小林くん、負けるの、早すぎ」

からかうように、由美が言う。小林は、そのことを気にしている。

「早く攻めすぎたかな。もっとじっくり料理すればよかった」

料理された者の言い草ではない。由美が、クスっと笑う。

ともあれ、終わって良かったと、小林は思っている。

ぼくは小林とは違う、本気で悔しいと思う。あの引きメンは見事だったし、最初の飛び込みメンだって、一本だったと思う。二本勝ちの金星を逃した悔しさでいっぱいなのだ。

「最後、簡単にやられ過ぎよ」

と由美が言う。からかうような調子はない。むしろ、非難しているのだ。

「だって、せっかくカッコよく決めたのに、アッという間に取り返されちゃうんだもの。それこそ、ゆっくり料理してやればよかったのに」

「油断したでしょ」

と、決めつけてきた。

「油断はしないけど、正直言うと、勝てるかも、と思ってしまった。本来、勝てる相手ではないのにね」

「たしかに、すごいお面だったよ」と由美が言う。

「お面とは言わないよ。あれは、引きメンって言うんだ。あんなに見事に決まることは、めったにない」

「俺との地稽古で、時々、練習してたよな」と小林が言う。

「まずはメンを修める。コテはともかく、ドウは、もっと上になってからでいいと思っている」

今日のぼくは、少し力が入る。

「全身全霊が、あの引きメンの奇跡を呼び寄せたんだ」

「じゃ、すぐにやられちゃったのは、その逆ね」

由美がまた、ぼくを真実に近づける。

「全身全霊のわずかな隙間に、『勝てるかも』が、顔を出したんだ」

「それを、あの人が打ち取った、というわけね」

「そういうことか」と、小林が納得する。

「それにしても」と言いかけて、由美は言葉を切った。

「何？」とぼくが訊く。

「それにしても、あなたたちの、何て言ったらいいのかしら、掛け声というか、雄叫びというか」

「気合いだ」と、小林。

「あれって、気持ち悪いんだけど。何とかならないものなの？」と、由美が真顔で訊く。

「気持ち悪いと言われても。あれは、昔からああいうものだよ」

「でも、あの人のは、そうではなかった。君たちに勝ったあの人」

「あなたたちには、無理やり自分を奮い立たせようとしているような、悲壮感みたいなものが溢れていた。いまだ覚悟の定まらない、臆病者のようにね」

由美の指摘は、いつも厳しく、的を射ている。

「でも、あの人のは確かに違ったの。もう覚悟はできている、そう宣言するような声だった」

「そうは言うけどさ」と、小林が不満げに言う。

「ああでもしないと、剣道はきつすぎる。殺されるかもしれないんだ、どうしても、ああなる」

「でも、けっして殺されることはないわ」

小林は、少し考える。

「俺にとっては、ストレス解消の良薬だ。今、気がついた。あそこで叫んで、バランス取ってるのかも」

「な、加藤」

と、こちらに下駄を預けた。

「そうなの、加藤くん」と、由美がこちらを向く。

「あれはあそこだけのことで、ぼくの全体とは関係ないと思うよ」

とぼくは答える。しかし、臆病者と言われて、ぼくの剣道は少し変わるような気がしている。

「由美は、何かでバランス取ってるようなことって、あるの?」

と、ぼくが訊く。

「別に」と、そっけなく答えたあと、

「詩とか、小説とか。ロックが、そうかもしれないわね」

と言い、由美は少し足を速めた。

7

十一月九日、日曜日

本日、昇段審査会終了。剣道形と筆記試験は万全、実技もキチンと打てた、たぶん三分の二には入れると思う。

夜の八時、大家さんが、「近藤さんという方から、お電話ですよ」と呼びに来てくれた。由美以外からの電話は珍しい。サンダルを履いて大家さんの母屋に向かう。バンド練習の件だとわかっている。日程調整か練習曲の確認だろう。先週と昨日の二日間、練習を休ませてもらっていたから。

「由美と一緒か?」と、近藤が訊く。ここ二週間会っていない、と答えると、

「由美が練習に来ない」と近藤が続けた。二回続けて無断欠席はおかしい、と。

「連絡してみた？」とぼく。

「連絡先を知らないんだ。加藤なら知ってるかと思って」

「今日は由美は唄わない曲だからと、先週は軽く流したけど、二週連続の無断欠席はおかしい」

近藤らしくない声が言う。

「わかった、由美の親友に電話してみる」とぼくは答える。

大家さんに断って、小百合に電話する。小百合は、高校時代からの由美の親友で、ぼくの四人組の実習グループの仲間だ。地元金沢で実家暮らし。由美は実家が遠いので、小立野台地の兼六園に近い所のマンションに一人暮らしをしている。

小百合は、「加藤くん」と言ったきり、しばらく言葉を発しない。そして、

「やっぱり知らないのね」と言う。そしてまた、沈黙。

ぼくは、じっと待つ。そして、「もしもし」と言いかける。

「入院してるわ」

根負けしたように、小百合が言う。

「同乗してた車が事故ったの。命に別状ないけど、全身打撲と左腕の骨折」

ぼくは、言葉が出ない。ようやく、

「会えたの？」とだけ。

「二回、会ってきた」

「病院は？」

「高岡で一番大きい病院。車でも電車でも、一時間くらい」

富山に行ったんだ、とぼくは思う。

「でも、行かないで」

と、小百合がおかしなことを言う。

「加藤くんにはぜったい知らせるなと、きつく言われてるの」

小百合の言うことの意味がわからない。それでぼくは、また黙ってしまう。

「もしもし、もしもし」と小百合がくり返す。

「事情があるのよ。もしもし」と、小百合が言った。事情？

「事情？」、とぼくはつぶやく。

「今、そっちに行くから、待ってて。加藤くん、わかった？」

と、小百合が言った。

「ラ・メールで会おうか」とようやく、ぼくは答えることができた。

「わかったわ」と小百合が言う。

「急がないでいいよ」と言うのが、ぼくの精いっぱい。

離れの一軒家を出て五分で石引通りに、通りを横切りしばらく坂を下った右カーブの所に、コンクリートのトーチカ風の造り、紫色のガラス扉が見える。場末のバーの趣があるこのスナックが、ぼくらの夜のたまり場、「ラ・メール」だ。

いつものように、扉の外から中を覗いてみる。誰もいない。扉を押して中に入る。

「あら、ケーシ、お久しぶり」

と、ママが驚いたような顔をした。四十歳くらいということになっているママは、背は中くらい、細身のちょっとグラマーな美人だ。眉はブラウンで細く、一重まぶたの目はスッキリと良い形をしている。瞳も透き通ったブラウンで、ぼくなどは少しクラっときてしまう。ケーシはKATO氏のことで、ラ・メールではこう呼ばれている。

入ってすぐ左側に、三人掛けの黒いレザーのソファとテーブルがあり、奥に向かって、八人掛けのカウンター席がある。カウンターは暗い朱色で、色褪せたピンク色の壁には数枚のジャズプレーヤーのポートレートが掛けてあり、いつも彼らの曲が流れている。反対側の壁には三段の長い作り付けの食器棚があり、その下がキッチンになっている。奥の突き当たりのドアの向こうに鏡付きの洗面台があり、さらに奥に男女共用のトイレがある。

「由美のこと、知ってますか？」

と、挨拶もせずにぼくは訊いた。ママが、ちょっと変な顔をした。そして黙っている。

「ママ、そんなに困らなくても大丈夫。もう知ってるから」

と言ってみる。

ママの顔が複雑に歪む。そして、少し間を置いてから、

「何を知ってるというの？」と、静かに訊いてきた。

ぼくは、ドキッとする。何をって？　一体、どれほどのかん口令が敷かれているんだろうか。

「由美が、自動車事故で入院してるという……」

ママがぼくから目を逸らせ、黙ってしまう。

いつものジャズが、サックスとベースの静かな演奏が、二人の間を行き交う。おかげで、ぼくらは気まずくならないでいられる。

ドアが開いて小百合が現れた。ママの表情が普通に戻る。小百合はママに「こんばんは」と言い、すぐさま、ぼくに視線を移す。

「加藤くん、ママから聞いた？」と、小百合が言う。ママは黙ったまま、首を横に振る。そして奥に行って、外の灯りを消した。

「そうか……」と、小百合がつぶやく。ぼくの緊張が増幅する。

小百合は、カウンターの一番手前の席に腰掛ける。その横にぼくが腰掛ける。テーブル越しのぼくらの向かいに、ママが丸椅子を持ってきて座る。三人の輪ができた。

顔をわずかに右に向け、小百合がぼくに話しかける。

「由美からは、きつく止められているの。あなたには何も話さないでくれって。でも、あなたに言わないわけにはいかない、それが、私たちの話し合った結論よ」

最後のところで、小百合はママの顔を見る。ママがうなずく。

サックスとベースだけが、ゆったりと、静かに、三人の間を漂う。

「車を運転していた人、重体らしいの。自損事故らしい、カーブを曲がりそこねたって」

それきり、何も言わずに前を向いてしまった。ぼくは、唾を飲み込む。

ママと小百合が顔を見合わせる、そして、ママがぼくを見た。

「小百合、その人のことで、相談されてたのよ」

小百合が、重い口を開く、

「大学の先輩、大学院で言語学を研究してるって。男ことばと女ことばみたいなこと」

「由美はつき合ってるとは思っていなかった。でも、その人は、そうじゃなかったの。ずいぶん強引に誘われるようになって、困ってたのよ」

「いつ頃から？」と、ぼくは訊いた。

「ホントに困ったっていう感じになったのは、十月になった頃。ここひと月くらいかな」

「学食でランチしてる時、白いスポーツカーで迎えに来たことがたびたびあった。最初の頃は、親切な先輩と後輩のつもりでいたから、断れないって言って、乗ってたわ」

いつの間にか、レコードが終わっている。ヒヤリとした静寂の存在に気づく。

「白いスポーツカーに、由美が？」

あまりに意外すぎて、独り言にしかならない。

「今回、どんないきさつで車に乗ることになったのかは、わからない。でも、決して由美に訊いてはいけないということだけは確かなの。由美の沈黙がそう訴えてるの。彼女が、自分から言ってくるまでは、決して」
小百合が意を決したかのように、言った。
「そのことだけは、言っておこうと思ったの、加藤くんに」

8

十二月初め

医者になるためにどうしても通らなければならない関門がある。その特殊性と試練ともいえる困難さから、関門なのである。肉眼的解剖学がそれだ。二か月前から、すでに先陣を切って、骨学がスタートしている。

来年の四月、三年生の初めに骨学の試験が終わると、即、肉眼的解剖学実習に突入する。そして翌年の三月いっぱいまでのおよそ一年間、連日、進捗状況によっては休みなく実習が続く。ここまでが第一関門である。

実習を無事終えられても、進級後の四年生の六月から始まるその試験（教授自らによる口頭試問）は、先輩たちによれば、人生最大の大試練になるらしい。これが第二関門である。

このように、二年生後半から四年生初めまでの一年半以上にわたって、連綿と関門が続く仕組みができ上っている。ぼくらは篩《ふるい》に掛けられるのだ。ここを突破できなければ、医者への道は、ここで閉ざされることになる。

実習は今、組織学実習の真っ盛り。日々、顕微鏡と格闘している。夕食はほとんど外食だから、帰宅時刻は九時近くになる。

こんな状況なので、無事二段に昇段できた今、平日の剣道部の部活は緩くしてもらっている。勉学優先の医学部運動部ならではの話ではある。ただし、土曜日午後の稽古と、日曜日午前の本学との合同稽古は、休ませてもらえない。

バンドの定例会（合わせ）は、剣道の昇段審査絡みの二日間以外は、皆勤している。

由美とは、十月二十五日のバンド練習以来、一か月半くらい、まったく連絡が取れていない。加藤には何も話すな、会いたくない、の一点張りらしいのだ。小百合とは、毎日大学で顔を合わせるが、由美のことは話さない。ただ、時々、情報を流してくれる。

十月二十六日、日曜日に集中治療室に入院、四日で一般病棟に移れるも、全身打撲に伴う筋肉の損傷と皮下出血、左肘関節骨折の手術、さらに心的外傷に対するカウンセリングの必要から、十二月いっぱいの入院とのことだ。

「ユーミン、マジ心配だよ。とんでもない事になっちまったな」

今、ラ・メールにいる。小林が、珍しく酒を飲んで酔っ払っている。オンザロックでグラス半分ほどの梅酒を飲んだ。ぼくより、弱い。ユーミンは、小林がそう呼ぶだけで一般名ではない。

「由美が事故った日の前日に、一緒にバンド練習してるんだ。でも、その時のこと、一向に思い出せない」

「何にも？」と、ママが訊く。

「練習のことは、普通に覚えてる」

「その日、由美のボーカルはないから、いつもなら、いろいろ気がついて大事な指摘をしてくれるんだけど。何も思い出せないということは、ただ聴いてるだけだったのかも」

「いつもは、純先輩の店で一緒に夕食なんだけど、その日は、やることがあると言って先に帰った。あと、バンドの練習中、純先輩とずっと話してたこと、それだけ、思い出した」

「純さんに、お話を聞いてきたら？」

ママが言葉少なに言う。

小林をママに託して、純先輩に会いに行く。


「『スモーク・オン・ザ・ウォーター』が、すごくいいって」

あの日、由美とどんな話をしたのか、というぼくの質問に答えて、純先輩は開口一番、こう言った。それから、キッチンを片づけながら、

「君の演奏のことだよ」

「誰もが知っている有名なリフだけど、『ディストーション（歪み）・エフェクターのおかげで、

パワーコードが際立ってカッコいい。エフェクターを外してのソロは、アンプの調整がハマってて、独特ないい感じの音になっている』、これは、あの日の彼女の感想だよ」

と続け、手を休めてぼくをまっすぐ見た。それから、カウンターの後ろのドアを開けて奥の部屋に入り、電気をつける。

「由美さんの小説だよ。去年の同人誌に載って、評判になった」

純先輩は一冊の本を持ってきて、ぼくに手渡す。白地にオレンジ色の毛筆体で縦に『北陸の風』、下の方に十月号とあった。表紙を開くとすぐ目次で、三篇の作品と作者名が印刷されている。二番目に、「イリュージョン　橘 由美」とある。本名だ。


私が初めて美優を見てからすでに十数年の歳月が流れている。寒天のように白く濁った記憶の塊の中に不思議なほど無関係に、何の脈絡もなく点在する数々の出来事の断片の中で、美優のいる幾つかの場面は鮮やかな輪郭を保ち続けている。


「みゆ、か」とぼくは思った。

「由美が登場するんですね」

純先輩がうなずく。

「書評にも書いたんだけど、美優は作者自身の投影だと思う」

「作家は、書くことにより自己の超克をめざした。短編小説としての成功とは別に、その意図が達成されたかどうかは、作家のみぞ知るところである」

「由美にはその後、何らかの変化があったんですか？」

「アレは、新人紹介の号だからね。おれの周辺では、書く前の彼女を誰も知らない。知らないから、変化はわからない。一年生で書いたのか、もっと前に書いたのかは不明だけど、彼女の身に何かが起こったことは確かだと思う。そのような人間がそのようなことを書くのが、この手の小説だから」

「それ、持ってっていいよ」

と、純先輩が言う。

「あのっ」とぼくは言う。

「どんな小説なんですか？」

純先輩は、ちょっと視線を落とし、それからぼくを見た。

「読んであげるのが、思いやりというものなんじゃないの」

黙ったまま、ぼくらは向き合っている。

ぼくに何かが伝わる。ここでこんなことをしているべきではない、と。

9

エレベータホールから廊下に出てくる所、壁の向こう側から、臙脂色のパジャマに、白い厚手のカーディガンを羽織った細身の女性が姿を現した。壁を伝うようにして歩いてくる。ぼくは、ベージュ色のソファから立ち上がり、おぼつかない足取りでゆっくりと歩く彼女を見ている。

今、富山県西部で一番大きな病院の三階にある面会スペースにいる。室温は、オーバーやコートの要らない温度に保たれている。

由美は、一回りも痩せていた。思いがけず、悲しみの感情がぼくを襲う。

おもむろに、静かに、彼女に歩み寄る。そして、そっと声を掛ける。

「ゴメンね」と、ぼくは言った。

「来るのが、遅くなってしまった」と。

精いっぱい歩いてきた由美が、ハッとした表情を見せる。ぼくは、しまったと思う。

「来ちゃったのね」

由美が、笑顔を見せる。ぼくは、泣きそうになる。

「クリスマスまでには帰りたいわ」

スペースの後ろの方に、大きなクリスマスツリーが飾ってある。艶やかな装飾品の他に、患者さんの願いが綴られたものだろう、多くの小さな短冊がぶら下がっている。

「私のもぶら下がってるの」

ソファに腰掛けながら、由美が言う。

「何て書いてあると思う？」

いつもの大きな綺麗な瞳に、少し力がないように感じてしまう。

「ケーシが来ませんように」

と、ぼくは精いっぱい、平静を装う。

「思いつかなかったわ。だから来ちゃったのね。失敗した」

由美が、力なく笑う。大きな目が下を向く。恐れていた沈黙が来る。

「一．ケーシが無事、二段になれますように。二．良いお医者さまになれますように」

大きな目が、クルリとこちらを見る。瞳が緩んでいる、いつものイタズラっぽい目。あっ、良かった、もう大丈夫だと、ぼくは思う。そして、本当に、涙ぐんでしまった。由美が泣き笑いの顔になってしまう。

「ケーシが、悪い」

「あれほど、来ないでって言ったのに」


小林とぼくが揃って二段に上がれたこと。専門課程が始まってようやく医学生らしくなったが、途端に帰るのが遅くなってしまったこと。自分で思っていたよりずいぶん要領が良くないこと、そして意外なことに、けっこうな完璧主義者だと判明したことなどを、話した。

「バンドはどうなってる？」と由美は訊き、みんなに迷惑かけてしまってごめんなさい、と言った。

「最後の一曲がまだだけど、他は何とかなりそうなところまで来たよ」とぼくは伝えた。

「ディープ・パープル、ずいぶん褒めてくれたんだって。ありがとう」とぼくが言うと、

「二曲目はすごく良かったよ。でも、一曲目は、もっとディストーションを効かせた方がいいし、ソロに入るところのテンポが少し変だった。半拍早いんじゃないかな。近藤くんが時々言ってるけど、少し遅れるくらいの方が、ロックっぽくっていいのよ」

元の由美のように、由美が言う。もう大丈夫かもしれない、とぼくは思う。

「ところで、いい？」

と言ってみる。

「何で、絶対ダメだったの？　ぼくは、連絡さえさせてもらえなかった」

と、相変わらず間抜けなぼくが、訊いてしまう。

由美が一瞬、キョトンとする。そして、

「さっき言ったでしょ、短冊に書いた通りよ。邪魔したくなかったの」

「あなた、大変な時だったでしょ。昇段試験もあるし、お医者さまになるための大きな関門が待っている」

由美の眉間に、めずらしく小さな皺がよる。

しまった、とぼくは思う。触れてはならないものに触れてしまったかもしれない。由美は本当にそう思ってくれたに違いない。でも、どうしてもぼくに会いたくないという、「どうして

も」の奥底に、ぼくとは無縁の、もっとずっと自分自身に係る理由があるということ。二度と触れたくない、忘れ去ってしまっていたはずの、思い出すこともなくなっていたはずの、小さな棘のようなもの。由美らしからぬ、ぼくが初めて見た、眉間の小さな皺。

事前に「イリュージョン」を読んでいたぼくは、決して入ってはならない領域に立ち入ることをしないですんだ。純先輩のおかげだ。でなければ、取り返しのつかない質問をし続けていたかもしれない。なぜ由美は、どうしても、ぼくを避けたかったのか、ということについて。

それからぼくらは、四月の新入生歓迎ライブの話をした。

「イリュージョン」という短編小説は、白いスポーツカーを得意げに乗りこなす「私」という男が、美優というぼくら世代の女性との関係を述懐するところから始まる。二人は肉体関係を持つが、二人の関係について、それぞれ同じような不安を抱いている。二人は、あてのないドライブに出るが、車中には、サックスとベースのジャズがくり返し鳴っている。私はふと、息の詰まるような不安感にとらわれて、空き地に車を停める。外に出て煙草を吸う私に美優が言う、「辺り一面が緑の水田とでも思っていたんじゃないでしょうね」と。投げ入れた煙草の火が消えない。周囲は、水のない田圃が広がるだけの荒涼たる冬景色だったのだ。車に戻った私は、少しバックしてから一気に国道に車を乗り入れる。とその時、大きな衝撃を感じた私は、再び車を降り……。

美優が車内にいないことに気づいた私は、慌てて車をUターンさせ、全速力でさっきの空き地をめざす。辺りに立ちこめ始めた霧によって、次第に視界が悪くなっていく。前方にカーブが見えてきた、さっきの空き地が近づいてくる。

私は美優を轢いてしまったらしい。カーブを曲がり損ねた私は、自慢の白いスポーツカーの中で、たぶん死ぬことになる。

10

一九七六年二月中旬
そして、年が明け、二月になっても、由美は姿を現さなかった。「純風」にも「ラ・メール」にも、ぼくの下宿にも。
夜八時過ぎに実習を終え、小百合とラ・メールで待ち合わせた。夕食と、由美のことを相談するためだ。
こんこんと、と言うのだろうか、絶え間なく雪が降っている。降ったきり溶けないから、二月はよく積もる。何日も何日も、お日様が顔を出してくれないからだ。この時期のこの時刻、金沢中から音が消える。

　小さな音で十分だ、ピアノが鳴っている。そっと指を触れるような、絹糸を紡ぐような音が、連なっていく。ほんの少し速くなり、ちょっと遅くなり、立ち止まり、また歩き出す。

「オスカー・ピーターソン？」と訊いてみる。

「ソニー・クラーク。それほどのビッグじゃあない、早世しちゃったからね。『朝日のようにさわやかに』という曲よ。早く亡くなった人だと思うと、朝日のように、はちょっと悲しい」

　またもや、あてずっぽうが外れた。ジャズはどうしても区別がつかない。


「車のことを決して口にしない、ということと、頑なにぼくを避けようとしたこと、とは、同じルーツを持つような気がする」

　ぼくを避けた理由を聞いた時の、由美の眉間の小さな皺のことを、ぼくは考える。でも、そのことを誰にも言わない。軽々しく口にしてはならない、由美の大切な小さなもの、内緒のことを暴いてしまうような気がするから。論理の領域ではない、メンタルの領域のことだと、思い始める。

「ルーツが同じ、ということは、わかるような気がする。交通事故の事実は隠せないけど、自分が口にさえしなければ、内包された秘密を守ることはできる。でも、ケーシを前にしたら、秘密を隠し通すことはできそうもない。だから、ケーシには来てほしくない」と、ママが言う。

「絶対に言いたくないことがあるけど、ケーシが来たら知られないではいられない。ケーシはそういうことを知りたがりもするし、勘もはたらく」と、小百合が補強する。

「ぼくは、勘ははたらかない方だよ」と、ぼくは訂正する。

勘がいいのは、圧倒的に由美の方なのだ。

「ルーツと言ったのは、そんなに短絡的なことではない、という意味なんだ。去年かその前、由美が書いた小説があること知ってる？ 去年、純先輩の同人誌に載った」

二人はうなずき、ちょっと顔を見合わす。そして、小百合が切り出す。

「由美とは、高校二年まで同級生。三年で理系と文系に別れたけど、一緒にお弁当食べたりして、仲良しだったの。親友というほど、いつも一緒と言うわけではなかったけどね」

小百合はここで一旦言葉を切り、ぼくとママの顔を見た。そして、

「由美、高二の終わり頃、不登校みたいになってしまって、ずいぶん心配したことがあるの。いわゆる不登校なのかどうかはわからないけど、学校で見かけなくなった。冬休みになってから、三か月間くらいだったと思う。三年になったら、クラスは変わったけど、また一緒にお弁当を食べるようになっていたわ」

「その時、事故とか事件にあったっていうような話はなかったの？ 今回みたいに」

「話題にするなんて、あり得なかった」

「ただ、変わったことと言えば、理系から文系に転向したことかな。学校休んでる間に、ずいぶん本を読んだって言っていた。元々、読書は好きだったけどね」

「で、小説のことは？」

「そうそう、何か書いてるようなことを言ってたわ。私は受験勉強で精いっぱいで、その話にはお付き合いできなかったの。まさか、小説だとは、思いもよらなかったわ。こっちはギリギリだったもの」

「金大に入った友人は多くないから、大学ではいつも一緒だった。それでわかったことがあるの。由美は、何かに取りつかれたように、いつも忙しくしている。ボーっとしていることがない、考える暇もなく常に何かをしているような、そんな感じなの。

それである時、少しはゆったりしないと、本当に良いものは書けないよ、なんて生意気なことを言ってしまって。書く人の気持ちなんて、まるでわからないくせにね。そしたら彼女、カンカンに怒ってしまったの。そんなところに地雷が埋まってるなんて、思いもよらなかったから、私はただもうびっくりしてしまった」

小百合が、何かを思い出したような目をした。

「由美にとって、書くことは何か特別な意味を持っていると、その時、ハッキリわかったの。いや、特別な意味という静的なことではなくて、より積極的に、書かないではいられないというか、書かざるを得ないというような脅迫的な意味合いを持っていると感じて、ちょっと怖くなったわ」

ぼくは、念を押すように小百合に訊く。

「高校二年生の冬休みに彼女の身に何かが起こり、不登校になった。不登校の間にたくさん本を読み、脅迫的に何かを書くようになった彼女は、志望を理系から文系に変えて金大文学部に入学し、同人誌『北陸の風』の十月号に小説を発表した。ということだね」

「不登校になった時、当たり前だけど、由美は何かに苦しんでいた。そして、大学に入ってからも、必死に何かから逃れようともがいていた。小説を書き上げ、発表もし、ロックバンドの練習を楽しくこなし、状況は明らかに好転していたの。私はそう感じて、ほっとしていた矢先なの。そしたら、今度の交通事故が起きてしまった。

こんなこと、本人の承諾なしに、むやみに話題にするべきではないとわかっている。でも、今は非常事態なの。由美は、何かを抱えて、たった一人で佇んでいる。私たちの前に、姿を現すことをしないでいるの。けっこう、まずい状況なのよ。私は、そう思っている」

と、小百合の目が曇る。

「彼女自身が話してくれない限り、ぼくらは永遠に真実には触れられない。でも、何も語らないのは本人の確固たる権利で自由なんだ。語られないほど、問題は大きい可能性が高い。でも、語られない真実に対して、ぼくらは可能な限り有効な手を打たなければならない。最大限に想像力を働かせて、一人の人間を助け出さなければならない。

それは、ぼくら人間の世界では、ごく当たり前のことで、特別なことではまったくない。ぼくらは人として、やらなければならない事を普通にやる、ただそれだけのところに、今、立たされている」

「最大限に想像力を働かさなければならないのね」

とママが言う。

「勘ぐるのではない、うわさ話ではない。ぼくらは、由美の真実を見つけなければならない」

「じゃあ、まとめるわね。ゴシップだと思わないでね」

ママは、祈るように胸の前で手を合わせ、話を続けた。

「高校二年生の冬休み、由美さんの身の上に何かが起きた。彼女は苦しみ、本を読み、書くことでそれを乗り越えようとした。大学に入っても、何かから逃れようとするかのように過密な時間を過ごしていた彼女は、小説を書き上げ発表もできたことで、ようやく平静を取り戻すことになる。ちょうどその頃、ケーシや小林くんとの出会いがあり、新入生歓迎ライブをめざしてのロックバンドの練習もありで、落ち着いた日々を過ごすようになっていた。

その時、自分が同乗していた車が事故を起こし、運転者が亡くなるかもしれないという悲劇に見舞われた。運転者は大学の同じゼミのお世話になっている先輩で、彼からは、自分の意にそぐわない交際を迫られていた」

「以上で、間違いないわよね」

ぼくらはうなずく。

「まとめてみて、良くわかったことがある。由美さんは、大変な目にあっている。今も、少し前にも。そして私は、由美さんをまったく理解していなかった。というか、そんな彼女に無頓着すぎた。知らなかった、ではすまされない。由美さんの何かに、気づいてあげるべきだった。申し訳ない気持ちでいっぱいになる」

とママが言う。

「由美は、いつも元気で、明るい。決して弱音を吐かないし、ニコニコしているの。だから、高二の時のこと、私、すっかり忘れてた。由美が今なお、デリケートな部分を抱えて生きているなんて、想像すらできないくらい、普段の由美は普通なの」

と小百合が言う。

「そういう過去があるなんて、思いもよらなかった」

とぼくがつぶやく。

「大切なのは、これからよ」

と、ママが続ける。

「高二の彼女に起こったことと、今回、先輩の車に同乗したいきさつは、おそらく私たちには、永遠にわからない。でも、この二つのことを知らなければ、由美さんを本当には理解してあげられない」

ここで、ぼくが発言する。

「いや、本人が言いたくないことは、知らないままにしておいてあげる。そこから、本当の理解が生まれる。本人が望む人生こそが本人のものなんだ。それのない人生を由美が望むなら、それが由美の真実だ。本人が隠したピースをはめ込む場所を、ぼくらが作ることはできない」

「ところで、由美の小説を読んだことはある？」

二人がうなずく。

「これもゴシップではないから、きちんと聞いて」

「小説の中でも、現実でも、白いスポーツカーがカーブを曲がり損ねて、運転者が命の危機にさらされるんだ。このことに、何か特別な意味があると思う？」

二人が顔を見合わせる。そして、小百合が口を開く。

「そのことは、すぐに気がついたわ。学食で、由美が白いスポーツカーに乗るのを見た時から、何となく気にはなっていた」

「私は気づかなかった。この前、小百合さんが白いスポーツカーだと言った時でさえ、ピンとはこなかった。私、由美さんのこと、ちゃんと考えてなかったということね」

ママは立ち上がり、レコードをかけに行く。

「気にはなったけど、私は関係ないと思う。単なる偶然と考えた方が、よっぽど由美らしい。由美はそういう人ではないの。隠し事や、秘密めいた企てごととは、本来、無縁な存在。たとえ隠しごとがあったとしても、それはそれだけのこと。意図的に別なものと関連づけたり、勘ぐったり、何かを目論んだりすることは、由美が一番嫌いなことなの。由美は、もっとずっとサッパリしていて、男気《おとこぎ》のある女の子だわ」

と、小百合が言う。

「でも、自分が書いた小説の結末と、現実に起きてしまった事とが似通っていることは、作者自身が一番わかるはず。へっちゃらではいられないと思うわよ」

レコードに針を落としながら、ママが締めくくる。

早世したピアニストの曲が流れてきた。

このピアノは、爽やかに語り、明るく振る舞い、少し考え、軽快に歩き出す。でも無邪気ではいられない、静かに何かを考えている。

11

四月十日、土曜日

来週に本番を控えて、最後の合わせをする。バンドに由美の姿はない。ギター・ボーカルの近藤が唄い、ぼくらがコーラスをつける。

ぼくらのチャレンジ曲が、なかなか仕上がらない。やっぱり手強かった。一筋縄ではいかない要素が多すぎる。最初に純先輩が言った通り、タイミングを取るのが難しい。これが最後まで課題になっている。

「やめようか」と近藤が言い出した。

「誰かに引っ張られて、バンドのテンポがバラバラになる。俺も含めて、それぞれのリズムが、時々乱れるからだよ。俺のボーカルも、拍子の裏からうまく入れなかったり」

「ごめん、コードの展開でまごつくことが、まだある。リズムの進行から時々遅れてしまう」

とぼくが言う。

途中から多彩なコードが入れ代わり立ち代わり展開しだして、しかも、同じ構造、つまりくり返しになかなか戻らない。そうこうするうち、みんなのテンポが少しずつ乱れて、バンドの一体感が薄れてしまう。ロックは、一体感こそが命なのに。

「ドラムがちょっと変則で、ベースと合わないとか、ボーカルの入りが早くなりがちだとか」

と山岡が言う。

「ベースラインも忙しすぎて、みんなに追いつかなくなることがある」

と藤田も言う。

「由美のボーカルもないわけだし、強行していいことは何もない。一時間くらいだと、ライブの評価は、一番ダメだった演奏で決まっちゃうからな」

と、近藤が中止の決断を下す。

「練習したことは、決して無駄にはならない。最高峰のロックに、直に触れたことがあると、自慢できる日が必ず来るさ。良い思い出になった」

敬愛するロックバンドの手強さがわかって、かえってサッパリしたふうにさえ見える。

ぼくらは最後に、全曲を通しでおさらいした。

由美が大好きな『ユ・ミの歌』を、ブルー・ファイアーが唄うことがなくなったのはとても残念な気がする。映画のようにはなかなかならない。現実はいつも少し、地味なのだ。

「それから」

と、近藤が言う。ぼくらは、楽器を片づけ始めた手を休める。

「最後の曲は、由美が唄う」

近藤は、ぼくを見ている。

「俺はいいと思う、とっくにできあがってたし。純先輩から連絡があって、昨日、本人と電話で話した。自主練は、ずっとやってたって」

ぼくは、まずは驚き、それから、ぼくに連絡がなかったことを不審に思う。

「みんな元気かって。とくに加藤は、実習と剣道があって大変でしょうねって、逆に由美が心配してたよ。あいつは脳天気だから大丈夫、と答えといたよ」

と、近藤が言う。

もちろん、全員が賛成。由美のボーカルをイメージして、来週の本番まで過ごすことになる。

高岡の病院で会って以来、由美とは連絡が取れていない。ほとんど実家にいて、マンションに電話してもつながらない。由美の情報は、小百合から入ってくるだけだ。小百合を通してのやり取りしかできていない状況が続いている。

小百合情報によれば、状態はだいぶ落ち着いていて、進級に必要な授業には出ているし、卒論を視野に入れた準備も始めているとのことだった。

それでぼくは、ずいぶんと安心していられるというわけだ。


四月十七日、土曜日、晴れ。午後三時、体育館、新入生歓迎ライブ

毎年、入学式の翌週の土曜日に、学生会主催の新入生歓迎祭が開催される。お城の中の大学施設がいくつか解放され、ほぼすべてのクラブが参加して様々なイベントが開かれる。もちろん、部員の勧誘が目的だ。

音楽系四団体合同の新入生歓迎ライブは、その中でもメインイベントの一つだ。体育館が会場になり、二時から六時、持ち時間一時間以内、二百席が用意された。軽音楽部からは、ここ十年間、ブルー・ファイアーが参加している。

クジ引きで二番目、オーケストラの弦楽四重奏の次だ。存在感をアピールするには悪くない。モーツアルトとベートーヴェンの弦楽四重奏曲が終わり、観客の出入りがあった。半分以上の入りはまずまずだ。

舞台の後ろ側の中央に、部室から持ってきたドラムセットが置いてある。その横に、「純風」から運び込んだギターアンプ三台とボーカル用アンプ一台。ぼくらは舞台に上がり、山岡はドラムに直行、他の者は自分の立ち位置までアンプを移動させる。近藤は、ボーカル用アンプも自分の傍まで移動させた。

舞台に向かって右端前面にリードギターのぼく、中央前面にボーカル・ギターの近藤、左端前面にベースの藤田が立つ。山岡以外の前にマイク立てとマイク、近藤と藤田の間に、もう一本のマイク立てとマイクが用意された。

アンプに楽器とマイクをつないで音の調整をする。近藤はボーカル用アンプにマイクをつないで、アーアーとやる。ぼくは、ギターとアンプの間にエフェクターを挟んで音を出してみる。後ろでドラムの音が聞こえる。

十分間の休憩時間があっという間に過ぎた。進行係が右手を上げる。近藤がぼくらを見、ぼくらはうなずく。近藤は、マイクのスイッチを入れた。

近藤が、ブルー・ファイアーの自己紹介と、最初の三曲の簡単な紹介をしてから、演奏開始。ほぼ休みなしで演奏する。軽やかに、弾むように。順調。

バンドと曲の説明を入れてから、得意なハードロックに突入。一曲目のソロの入り、ベースとドラムのズンのひと叩きに乗っかるように、かぶさるようにスッと入る。練習通り、大成功。二曲目の開始のリフで最大限のディストーション（歪み）を効かせ、気持ちゆっくり。ソロでエフェクターを切り、エコーを入れ、大音量でリズミカルに弾き切る。再びバッキング。歪みをオンに戻してリズムを刻み続ける。そのままエンディング。大成功。

「最後の一曲」に入る前に、近藤がマイクに向かう。ブルー・ファイアーは通常、楽曲の紹介はするが、トークは入れない。典型的なアマチュアバンドだし、ぼくらは若すぎて、話すことが何もない。

近藤がしゃべり始めるまでのわずかな時間に、ぼくの後ろから由美が登場し、近藤と藤田の間に向かう。前回会った時より、よほどしっかりしている。体重は、たぶん、元に戻っているように見える。

レモンイエローのポロシャツ、白いデニムのパンツとテニスシューズ。背筋を伸ばし、堂々と、ゆっくりと中央に歩み出て、マイクの前に立った。

「今日はこんなに晴れて、先週の入学式は桜が満開で。一年生諸君も我々も、ここでこうしていられることは、とてもめでたいことだと思います」

と、ようやく近藤がしゃべり出す。

「でも、人生にはいろんなことが起こるだろうし、世界では想像を絶するようなことが日々起きています。むずかしいことはわからない。けど、決して目を背けてはならないことがある、それだけは僕らにだってわかる。

最後の曲です。一生懸命演奏します、どうか聴いてください」

近藤が一歩下がり、ぼくらに目配せをする。

山岡が、スティックをタッタッタッタッと四拍鳴らす。ジャカジャンと、ぼくはギターをかき鳴らした。

12

四月二十五日、日曜日、晴れ

新年度第一回目の合同稽古が終わった。

自転車にまたがって、石川門の前にいる。半年ぶりに、由美と一緒だ。お城の橋を渡って兼六園の前を左に下り、上坂に出る。ぼくらは顔を見合わせ、小立野台地まで一気に駆け上る。後ろから小林が声を掛けてくる。「お前らっ、勝手にしろよっ」と、聞こえる。

石川護國神社の鳥居をくぐって自転車を停め、階段を上がってガラス扉を押し開ける。半年ぶりの「雅」の店内には、やはり誰もいない。いつもの窓際の席に座ると、澄んだ水色の空が見えた。金沢の空が青く光るには、あとひと月ばかりかかる。

先週の土曜日、新入生歓迎ライブのボーカルで、由美は社会復帰を果たした。その夜、「純風」での打ち上げ兼ブルー・ファイアー解散式にも参加して、完全復調をぼくらに印象づけている。

「能登に行ってみない」

と由美が言う。いつもの由美だ。

「連休しかないね」と、ぼくが答える。

ライブが終わった今、みんなは就活、卒論の準備に、ぼくは骨学の試験を経て解剖学実習に突入する。五月の連休は、本格的な船出前の、最後の普通の日々になるはずだ。

ちなみに、先週の木曜日がぼくの骨学の試験だった。連休前に全員終了、連休明けの五月六日に結果発表、即、解剖学実習開始の予定だ。たぶん大丈夫だと思う。

「これが行先リスト。日にちは、忙しいケーシに合わせるわ。スケジュールは、私が考える」

由美は、一泊二日の能登旅行を提案してきた。

「ホテルの予約は、お任せします」

行先リストのコピーをテーブルの上に置きながら、由美はそう言った。

「来週だからね、いいホテルは取れないかもよ」

「車で行くから、観光地から離れてても大丈夫だから」

黒すぎない大きな目が、金沢の水色の空のように透き通っている。

五月二日、日曜日、晴れ

出発の朝、空は真っ青に輝いている。北陸の空気が温かくなるには、この光り輝く五月の空が必要なのだ。

マンションの五階、由美の部屋のインターフォンを鳴らす。ドアから出てきた由美を見て、ぼくは今晩中に何かをやらかしてしまうだろうことを、はっきりと自覚する。白いミニスカートの丈が短かすぎるし、紺のストライプの白いブラウスも、胸元の隙間がぼくには大きすぎるように見える。

オレンジ色とブラウンのツーストライプのボストンバックをぼくに渡しながら、

「いとこから借りてるの」

と言って、左手に持った車のキーを振って見せる。シルバーメタリックのキーホルダーには見慣れたブルーと白のロゴが付いている。

エレベーターで一階まで降り、ホールを右に歩いてエントランスをくぐり、白い花をつけた潅木の植え込みを抜けて駐車場に着く。さらに一分歩いて、由美は、赤いドイツ車の前で止まった。

由美が向こう側に回り、左ハンドルの運転席に乗り込む。ぼくは自分のリュックと由美のボストンバックを後ろのドアから放り込み、助手席のドアを開ける。そして、由美の小さな膝頭と、そこから上下にまっすぐ伸びる、しなやかな二本の足を目にする。

誰の手にも触れたことのない美しいもの、あるいは、むしろ誰かの手によって周密に作り上げられてきた、密やかで緻密な造形物。ぼくが座席につくと、由美はミニスカートを引っ張って、白い太ももがあらわにならないように身を整えた。でも、きれいで華奢な二つの膝と、細くて形のよい二本の足は、それからずっとぼくのすぐ傍にあって、ぼくから離れないでいる。

寄り道しながら海岸沿いを北上し、午後四時に輪島のホテルに到着。

ダブルベッドルームなど、最初から予約する勇気はなかったし、ツインでさえとても頼めなかった。最初、てっきり日帰り旅行だと思っていたほどだったのだから。

で、ぼくのしたことといえば、隣り合った別々の部屋を予約するのが精いっぱいだったのだ。もちろん、邪な考えが浮かんでは消え、消えては復活して、悶々と悩んだ挙げ句の結果がこれだったのだ。どう考えてみても、冷静になってみれば、女の子の由美にダブルやツインが許されようはずがなかった。

チェックインの時、当然という感じで隣の部屋に入っていく由美を見て、危ない橋を渡っては逆戻りしていたぼくは、とんでもない過ちを犯さなかったことを神様に感謝した。

明日は、輪島の朝市を見物した後、白米千枚田まで行って、昼過ぎには金沢に戻る予定だ。由美が実家に用事があるらしい。


ホテルのレストランで一緒に夕食をとる。ちょっと不思議な感じがする。お店の人は、もっとそうだろ。二十歳ぐらいのカップルが、ホテルのレストランで夕食というのは、少し落ち着かないかもしれない。

壁ぎわの一番後ろの二人席。観葉植物のプランターが横にあって、妙にこじんまりした、離れ小島のような所に案内された。やっぱり、落ち着かないんだろう。

暗めの照明。小さなテーブルの壁側のまん中、うす紫色のガラス容器の中で、赤いキャンドルが灯っている。

「どうだった？」と由美が言う。

何が、「どうだった」のかわからないぼくは、黙って由美の顔を見る。

「私の運転、どうだった？」

「このまま死んじゃうんだろうなって、時々思っただけだよ」とぼくは答える。

「私ね、むしょうに危険運転したくなる時があるの」

「そりゃあ、困ったもんだ」

由美のいつものヤツだと思い、ろくに考えもせずに答える。

「明日、海岸から飛び出しちゃうかもよ」

けっこうな真顔で、由美が言う。

「死ぬんなら死んでもいいって、そんな感じなの」

「時々、神様を試しちゃう」

由美は、ガラス容器ごしにキャンドルに息を吹きかける。オレンジ色の炎が揺れ、消えそうになる。

「消えなかった」

ぽつんと、由美が言う。

「神様を試すのは、良くないよ」とぼくは言い、

「少なくとも、明日は止めよう」と、いつもの調子で続けた。

由美がぼくを見る。

「元気そうでよかった」

思わずぼくから、本音が出る。そしてちょっとの沈黙。

「どうもありがとう」と由美が言う。そしてまた、言葉が途切れる。

ぼくは、ステーキにナイフとフォークを入れる。カチャカチャと音がする。クチャクチャと
自分の食べる音が聞こえる。

「ふふっ」と由美が笑う。

「やーだぁ、ケーシ。やっぱりクチャクチャ食べるのね」

「そうなの？」と、ぼくはとぼける。

「自分にだけ聞こえるのかと思ってた」

とぼくは言い、笑顔になる。やっと元に戻れた、と思う。

「ところで」と言いかけて、ぼくは言葉を止める。

病院の面会スペースで由美が見せた、眉間の小さな皺を思い出す。

「ケーシ。何か、考えすぎてるでしょ」

と、由美が笑顔を見せる。屈託のない、いつものヤツだ。

「まあ、そりゃあ、チョットは」

と、ぼくもいつものヤツ。

「ところで」と、今度は由美が言う。

「今度のこと、いろいろ知りたくないの？」

ぼくは顔を上げて、由美を見る。

「だれも、何にも訊いてくれないんだもの。打ち上げ会でも、みんな、普通に対応してくれて。もちろん、すごくありがたかったけど」

「みんなと同じレベルの秘密保持者にならないと、ほんとの社会復帰はできないのよ」

「みんなと同じレベルの秘密保持者？」

「そう、誰もがみんな秘密を持っている。他人が知らない所にね。だから文字通り、秘密なのよ。みんなと同じレベルの秘密保持者っていうのは、他人が知らない所に秘密を持っている人。つまり、秘密を持っているようには思われていない人、普通の人のことよ」

と、由美が念を押すように言う。

「逆に訊くけど、他人が知ってる所に秘密を持つ、っていうことがあるの？」

「それが、今の私よ。秘密を持っていると、誰もが思っている。秘密を持っていることが公然の事実なの。それは、普通の人にはないことだから、いまだ社会復帰できず、なのよ」

ぼくは納得する。決して他人に言えない秘密はぼくにもあるが、おそらくそういう目でぼくを見ている人間はいないと思う。その人と接する時、秘密云々という概念が脳裏に浮かぶような人は、確かにだれ一人としていない、由美以外には。

「すごく良くわかったよ」と、とりあえず、ぼくは言う。

由美がナイフとフォークを使う。カチャカチャと小さな皿の音だけが……。ぼくは、由美の長いまつ毛を見ている。

パチッと由美の目が、ぼくを捉える。黒すぎない、澄んだ大きな瞳の中に、ぼくがいる。由美はぼくを見つめ続ける。

「私、大切な人を一人、死なせているの」

由美がぼくを見据える。由美の瞳の中でぼくの実体がみるみる希薄になってゆく。そしてついに、姿を消す。ぼくは、由美を見ることをしなくなっていた。呆然と前を向くぼくに対して由美が言う、「私も、一度死んでるの」。


薄暗いところで由美がジッとしている。何か音楽が鳴っている。右の方でキャンドルが揺らめく。ぼくは完全に、もうここにはいない。

「実の兄妹みたいにしていた従兄に、ドライブに誘われたの。高二の冬休み。私にロックを教えてくれた人」

たれ流しのムード音楽が、少しうるさい。

「私を降ろした後、帰りの坂道で、カーブを曲がり切れなかったの」

「何も言わないと決めたから、誰も、何も知らない。受験勉強そっちのけで本を読みあさる娘を見て、親は何となくわかったらしい。でも、はっきり知らない方がいいことってあるのよ。私がしゃべれば、親は不幸のどん底に突き落とされる。たぶん私は、奈落の底に転落することになると思う」

「今日は、特別大奉仕よ」

なおもしゃべらないぼくを前にして、由美は困惑したような笑みを浮かべた。この場に相応しいものではなかった。

時間が、横すべりする。

「そのことで、君の価値は何も変わらないよ」

ようやくぼくは、言葉を発することができた。

「価値？」

由美が不思議だという顔をする。そして、少し時間が進む。

「価値のことなんか、思いもよらなかった」

ポツリと由美は言い、ステーキを食べ始める。カチャカチャと皿が音を立てる。ぼくらだけが残り、音楽は止まっていた。


「この前の事故は？」と、ぼくは訊いてしまう。

「ただの交通事故よ」と、抑揚のない声で由美が言う。

「富山の図書館に行くところだった。卒論のテーマを探すためよ。ゼミの先輩がつき合ってくれて」

「先輩が重傷で……。高二の時のことが……」

由美の眉間に小さな皺がよる。

「でも、もう大丈夫。元気になってくれたから」

ぼくらはステーキとマッシュポテトを食べ、トーストしたフランスパンにガーリックバターを塗って食べた。そして最後に、由美はオレンジジュースを、ぼくはジンジャーエールをストローで飲む。

「由美」

とぼくが言う。由美はストローをくわえたまま、上目使いでぼくを見る。

「君は、何も悪くない。ぼくの知ってる由美は、明るくて屈託がなくて、前向きで、いつもぼくを真実に導いてくれた」

由美の目に静寂が絡まる。

「悪くないって……」

由美がつぶやく。

そしてそれきり、話らしい話をしなかった。

「あなたはまるで、真実から少しだけズレた所を見ようとしているかのようだわ」

能登から帰る車の中で、由美は唐突にこう言った。ぼくには、由美が何を言おうとしているのか、まったくわからない。

それっきり、由美は黙る。赤い車は、中くらいの速さを保ったまま同じように淡々と走り続ける。バックミラーに映った車が、次々と追い越し車線に移動しては、抜き去っていく。

しばらく考えた後で、ぼくは言う、

「由美からそんなこと、聞きたくなかった」

どうしても言わなければならない言葉ではなかった。

由美が、思いっきり冷静な言い方をする。

「それじゃ、あなたは私から、どんなことが聞きたいというの？」

「私と、どんな話がしたいって言うの。生きることの意味だとか、人は何のために生まれてきたかとか、そういうこと？」


大きすぎない音で、ブルー・ファイアーの録音テープがずっと流れている。


「それならそれでいいのよ。あなたの思っていること、考えていることを、もっともっと聞かせて欲しい。あなたは、何事にもへっちゃらで、悩みごとなんて何にもなくって、平穏無事に生きてきたわけでしょ。優しくって、明るくって、女の子にはいつだって、真摯に、真面目に接してきたわよね」

由美は、ここで一旦、言葉を切り、バックミラーに目をやった。

「私の足首が細いこと、あなた、知らないでしょ」

「褒めてくれる人だっているんだから」

由美はクールにそう言い、アクセルを踏み込む。赤いドイツ車がスポーツカーのように加速し、ぼくを置き去りにしようとする。ぼくは身体を硬くしてシートベルトをつかみ、由美についていこうとする。しかし、由美を見ることはできない。

高速道路の周囲に家々が増え始め、金沢市街への分岐点に差し掛かろうとしている。

「ちょっと大げさなのよ。もっと淡々としてるんだから、私は。いつまでも子どもではいられないの」

「本当に真面目に生きることと、真面目そうにしていること、そんな考え方ばかりしていることとは、全然、別ものだわ」

由美は、まっすぐ前を向いたまま、言葉を閉じる。

左の前の高い所から陽が射して、由美の顔を向こう側から照らしている。陰になったこちら側の横顔を、ぼくは見つめる。その透き通った右目の、金色に輝く虹彩を持つ、黒すぎない大きな瞳を、高価な宝石にでも見入るように、見つめている。

13

六月中旬
ラ・メールにて、親友のウシと飲む。柔道二段の大男だ。
「『恋愛っていうのは、いかにして相手をモノにするかということで、ゴールは相手をモノにできたかどうかだ』って、言われたことがあるのよ」

ママは、昔好きだった人を今なお愛おしむような言い方をした。

「モノにするって？」

ぼくが、オウム返しにこう訊く。そのことをウシが少し意識したけれど、何も言わないでいる、この話に興味があるからだ。ちなみに、オウム返しは、ウシが最も嫌うやつなのだ。

「モノにするというのは、『相手の合意を得て肉体関係を結ぶことで、心が通じ合ったかどうかではない』んだって、そうも言われたわ」

ママの言葉をサポートするように、ウシが口を開く。

「相手の心のことは誰にもわからない、証明のしようがないんだ。心が通じ合ったかどうかには証拠がない」

「そうなのよね。肉体を許し合ってはじめて本当に愛し合っていることがお互いにわかり合える。証明されるんだと思う。愛し合うのは確かに心と心の仕事だけれども、愛を証明するのは肉体でしか為し得ないと、今は思うようになったわ」

ママは誰とセックスするんだろうと、一瞬思った。胸の辺りがギュッとなった。

「プラトニックな本当の恋愛って、あり得ないの？」

ぼくはママに訊いてみた。

「セックスには当たり前に興味があるけど、純粋な愛情の方がもっと欲しいっていう感じなんだ、今は」

「セックスは愛そのものではないけれど、愛を証明する方法として、なくてはならないものだと思う」

ママは、懐かしい物を見るような、遠くを見るような目でぼくを見た。バニラのような匂いがする。危うく恋に落ちるところだった。

「それを為し得ない心と心は、本当の愛を持たない心と心の可能性が常にあるの。その可能性がどこまでもつきまとうの。だから、セックスをしない二人はいつも不安で、相手を信じ切ることができないでいる。そのままの状態を続けるのはとても不安定で苦しくて、いつまで経っても苦痛から抜け出せないでいる。それは、セックスをしない限りは愛の証明が為されないからなの。いわゆる純愛、プラトニックラブがいつの時代にも、世界中のどこででも、常に、どんな状況においても苦痛でしかないのはこのためだと、私は思うわ」

この人のプライベートな生活のことを誰も知らない。少なくとも、誰からも聞いたことがない。でもたぶん、この店に集まってくる多くの学生のうちの何人かは、彼女の私的な部分の一部を共有し、今日のぼくみたいにこれまで誰とも話したことのないようなことを口にして、大人の世界を垣間見させてもらうのだろう。

「ママはどっち派なの？」

しばらく黙っていたウシが、こんな話題ではめずらしく口を挟む。

「正直言わないとダメ？」

と、ママはいたずらっぽく語尾を上げてぼくらの方を見る。また胸の辺りがギュッとなった。

「セックスそのものが嫌いな人間なんて、いないと思うわよ。もちろん相手が大事。嫌なやつでないことが絶対条件ね」

「嫌でなければいいの？ 好きでなくてもセックスは成立するんだ」

ウシは本当はこういうのが好きなのに違いない。質問のつぼを心得ている感じがする。ぼくはただ感心するばかりで、質問なんて思いつきもしない。

「セックスは独立しているの。相手を嫌いでさえなければ、良いセックスは十分可能よ」

「そういうのは好きじゃないな。セックスはもちろん特別なものだと思うけど、プラトニックな関係ほど美しい世界は、この世に存在しないような気がする。経験ないけどさ」

ぼくはこんなことを言ってしまった。すると、

「セックスは特別なものじゃあないよ。飛び切り気持ち良いものではあるけどな」と、ウシがのたまった。

「プラトニックラブからは、本当の愛の喜びを得ることはできないと思う」

ママはウシの方を見ながら、静かに真実を告白する人のように言った。

「愛の喜びって、何？」

ぼくは、またもやオウム返しだ。

「愛の喜び。それを説明するのは難しいのよね。でも、私はこう思っているの。何度か人を好きになって、もうこれ以上生きていけないって思ったこともある私が今思うことは、愛の喜びって、結局実体のないものなんだっていうことかしら。絶対的な『あるもの』じゃあない。

自分の心の中に自分自身が作るもの。自分が相手を想うのと同じレベルで相手も自分のことを想ってくれているという、揺るぎのない自信が持てているということを、愛の喜びと名付ければ良いんじゃないかと思う。そのことを実感できる状況の中に、今自分はいるんだという自覚のことなんだと、私には思えるの」

「だから」と、ママは続ける。

「自分が本当はどういう人なのか、というようなことが、最終的には問われてくると思う。つまり、疑い深い人は、けっして愛の喜びを得られない。相手を信じられる人だけが、それを自分のものにできる。で、さっきからの話と整合性をつけるならば、相手を信じるための必須アイテムが、セックスっていうことになるのかしらね」

「めざすところが愛の喜びならば、そこに行き着くことを目的としたものならば、それは本物の恋愛だと思う。そこには当然、必須アイテムなのだからセックスが存在するはずよね。この『愛の喜び』を得られるはずのないような形で進行する二人の関わり合い、つまり、スタートからすでに肉体関係を諦めているような関係は、結局は恋愛ごっこなんだと思う。

恋愛とはそもそも、相手を自分のモノにしようとする真剣勝負だから、その目的を持たない心の関わり合いは単なるお遊びで、お遊びである以上、得られるものの質も量もたかが知れているということなの」

ぼくは、そしてウシもまた、言葉を挟むことなどまったくできない。哲学の講義を聞いた時のように、ママが言葉を発するたびに、意味を理解しようと頭をフル回転させながら聞いている。楽しい恋愛話などではなかった。

「苦しくてしょうがないお遊びなんて私はまっぴらだから、恋愛ごっこはしないと心に決めたの。もうずーっと前の、一つか二つの恋しか知らなかった頃のこと、たった一度のそれがあまりにも苦痛だったから、相手の人にもこの上ない苦しみしか与えられなかったことが後でわかった時、私は眠れない日々の中で、今しゃべったような考えにたどり着いたのよ。以後二度と恋愛ごっこはしないと心に誓って生きてきたの。だから私は、めったなことでは人を好きにならないの。でも、万一好きになってしまったら、そしたら覚悟を決める」

「覚悟？」と、ウシが訊く。ぼくに質問など、ますますできない。

「そう、覚悟するの。必ずモノにしようと心に決めて努めるの。そうすることが、本当に愛しているということの、その人と自分とに対する、最初の愛の証なんだもの、無理やりではなくて合意を得て肉体関係を結びたいと、本気で頑張るのよ」

ママはウシの横顔を一瞬見つめたような気がする。それからぼくを見た。ぼくは話の中身とママの風情にすっかりまいってしまっていた。こんなにすさまじくセクシーな女性を間近に見られるのは、たぶん、人生でこれっきりだろうと思う。ママには高校生の娘さんがいるはずだったけれど、ご主人のことは聞いたことがないし、主婦っていう感じはしなかった。一瞬確かにママに見つめられたウシのやつは、黙って水割りを飲んでいる。

「あと五年我慢すればいい。そしたらぼくは二十七歳で、がんセンターで内科の研修中なんだ。朝から晩まで自分以外の人のために時間が流れていて、自分のことなんてどうでもよくなっている。由美のことなんか、もうまるっきり頭から消えてしまっているんだ」と、ぼくは宣言した。

ママがマリンブルーのネックレスをいじっている。ぼくはそれをどこかで見たことがあるような気がする。今月初め、夏の病院研修の件で福井の県立病院の内科部長に面会しに行った時、福井のデパートでウシが買ったやつに似ている。でも、色が少し淡いし、石の大きさも少し大きいような気がする。

ママが、ぼくの発言に触発されたかのように、話し始めた。

「ちゃんとしたセレモニーがないと、なかなか忘れられないものよ。私も、ちょうどあなたと同じように考えたことがある。

三十二歳の時だったわ。ＯＬしてたのよ。直属の上司ととてもうまく行っていたの。十歳年上だったわ。その人と一緒だと気持ちがよかった。何かいいことがあるような、大事な出来事が待っているような、そんな気分。毎日そうだったわ。その人もたぶん同じだったと思う。そういうことって、わかるでしょ。

例えばね、電話で仕事の話をしていても、相手の声を聞いているだけで心地よくてなかなか切れない。話が終わりそうになると、別のことを持ち出して長引かせるのよ。私もそうだったし、彼もそういうふうにしていたような気がする。でもやっぱり気がするというだけなのよね、結局のところ。本当はどうだったかなんていうことは、永久にわかりっこないのよね。

で、とにかく、その人が何も言わずに私の前からいなくなったの。突然会社をやめたのよ。理由がわからなかった。好きだと思ったことはなかったし、彼から何かサインを受けたこともなかった。だから、仲違いもへったくれもないのよね。だけど、彼は突然私の前から姿を消した、何の前触れもなく。答えがどこにもなかったの。答えがないって、とてもつらいのよ。そして、彼のことを忘れられなくなったの」

「結局、好きだったの？」

「好きだと気がついたのよ。だって、夜、眠れないんだもの。息苦しくなって、息ができなくなって、起き上がっちゃうのよ、真夜中に。

好きな人と別れるには理由が必要なの。これがいけないからこうなのだ、ということがね。そのことを後悔して反省して後悔して反省して、それを何十回となくくり返すうちに、じゃあ仕方がないな、ということになるのよ。大抵は一年で諦められる。でも、この時はそれがなかったから、三年たっても諦め切れなかったの。

私は三十五になっていた。それで、あと五年、あと五年我慢すれば彼は五十歳を過ぎる、私は四十を過ぎる、もう好きだのなんだのってないわよね、きっと。そう思ってあと五年頑張ろうって思ったの。時間が区切れたら少し楽になった。それで会社をやめて、お店を開いたの。そして何とか我慢してきたの」

「それで、うまく行きそうなの？」

そういうもんなんだ、と思いながら、ぼくは訊いた。

ママは、また遠くを見るような目をして、「はぁ」と小さく息を吐く。

「それが昨日だったのよ」

「何が？」

「五年目がね」

ママはいたずらっぽい目をぼくに向け、ほんの一瞬ウシを見てから、静かな優しい声で言った。

「五年じゃ、まだ無理だということがわかったわ」

「だって、ずっと会ってないんだもの。もう五十過ぎのおじさんだからと見切ってやろうと思っても、実際には男盛りの彼しか知らないんだもの。バリバリ仕事して、颯爽としていて、優しくて厳しくて、女になんか目もくれないで、でも、電話の声が私を求めていたその人のことを、まだ忘れられないでいることがわかったの。この八年間、ずーっと彼のことを考えてきただけのような気がする。何か他のことをしたっていう、感じがしないのよ」

「その人とは、いわゆる関係はあったの」と、ぼくは思い切って訊いてみた。

ママはまた、遠くを見るような顔になった。そして、

「なかったわ」と、ポツリと言う。

「決着のついた失恋から立ち直ることはできるけど、はっきりしない恋愛に耐えながら生きて

いくのは、本当に難しい」

次の言葉を待ったけれど、ママはそれっきり何もしゃべってくれなかった。

14

七月初め
解剖学実習が始まって、二か月経った。兼六園の傍に群生する紫陽花の前で由美と出会ってから、一年が走り去っている。

第二解剖学で学ぶ肉眼的解剖学は医学部の特殊性を象徴する根幹である。高名な教授の長年の努力によって金沢大学は医学教育のための献体が最も多く集まる大学として勇名をはせており、解剖学実習と試験の厳しさは全国の医学部に知れ渡っている。

毎日午後に行われる解剖学実習では、その日観察したというか、見たものすべてを克明にスケッチする。その日のノルマを達成できたと思った学生は教官にスケッチを見せに行く。教官は、前日の実習が終わった後に何時間もかけて一体一体をつぶさに検証し直していて、進捗状況を完璧に把握している。

学生が来るたびに教官はピンセット片手にその都度現場に赴いてスケッチと実物を照らし合

わせ、今日の実習が昨日から適切に進行しかつ観察が精密に行われているかをチェックする。筋肉、血管、神経組織一本一本の前後・上下関係の完璧な再現がなければ合格は出ない。合格が出なければ、今日が終わらない。そういう決まりだ。

すごく大変だけど、嫌なわけではない。人体に真正面から向き合う人生初めての大事業なのだ、医者になりたい者にとっては、高校の延長線上にある教養課程を、ようやく抜け出せたという思いがある。解剖学実習の現場には、同級生たちの、そういう待ちに待ったという気分が溢れている。

やや不謹慎な表現になってしまうかもしれないが、部外者には異様に感じられるであろうような、浮き浮きとした活気に満ちている。学生と教官と献体の方々が、まさに一体となって神事を行っているような、お神輿を担いでいるような、そんな雰囲気が横溢している。ここは、神聖な場に相応しく、きわめて清浄な空気に満ち満ちている。

解剖学実習は、四人一組で行う。ぼく、ウシ、小林、小百合の四人で、一献体を実習させていただく。さらに厳密なことを言うと、ぼくとウシが一組、小林と小百合が一組となって、それぞれの組が、献体の左右半分ずつを受け持つ。

ウシの本名は北山だが、ゲルニカの牛みたいに頑丈で頑張ってる感じがするので、こう呼ばれている。柔道二段のウシは、頑なに五分刈り頭を通しているくせに、女にモテることを切に願っているような、大真面目に矛盾を抱えているタイプの男だ。要するにいいヤツなのだ、ぼく流に言えば。

ぼくとウシの作業は、かなり遅い。小林と小百合は、めっぽう速い。ぼくらの帰宅時刻は、夜九時を回ることが多い。それどころか、うっかりすると日を跨ぐことがある。一方、小林たちは、夜八時台にはほとんど終わる。

この速さの違いは、作業速度の方程式、頭の良さ×要領の良さ÷（完璧主義の程度）[2]によって規定されている。そもそも前の二項は正の相関関係にあるから、小林・小百合組がめっぽう速いことには、自明の理がある。その上、「道」の付く運動部（ぼくは剣道、ウシは柔道）は完璧主義の傾向が強いとなれば、ぼくらの方が圧倒的に遅いのもまた自明のことなのだ。

毎日、新たにできあがる細密画のようなスケッチだけが、生きがいだ。筋肉、血管、神経の一本一本が、少なくとも実物とまったく同じ位置関係にある。大きさの比率、見かけまでをほぼ正確に再現しているスケッチを、小林は描ける。

今は、スケッチの達成感だけで生きている。部活はほぼ無理だが、来年十一月に受験資格ができる三段昇段を目指すなら、土、日のどちらかだけでも鍛錬を続けないといけない。キツ過ぎるお城の合同稽古からは、自然に足が遠のいてしまう。小林は、学問に集中すると言って、梅雨に入った頃から練習に出てこなくなった。由美と石川門で待ち合わせることも、その頃から自然消滅している。

あと二週間で夏期休暇に入るが、三年生の今年は、病院研修がメインイベントになる。解剖学実習を一旦休止し、自分で選び自分で交渉した病院で、医者の仕事ぶりを見学させてもらうのだ。医者の何たるかを実感するための車の両輪として、解剖学実習と病院研修がこの時期に組まれている。

ぼくはウシと組んで、福井の県立病院で研修する。内科部長がウシの柔道部の先輩だから、二人で頼み込みに行った。七月下旬から八月初めまでの二週間、病院の職員寮の一室で寝泊まりさせてもらえることになっている。

小林は、田圃の草刈りと害虫駆除の手伝いを外せないので、実家から通える地元の病院を選んだ。

小百合は東京の有名病院で、七月中旬から八月初めまでの三週間、内科全般を研修する。由美を連れていく、東京で一緒に遊んでくると言っている。小百合いわく、由美は、東京に行くことをすごく楽しみにしているということだ。東京でバイトすると張り切っているらしい。

去年の夏は、新入生歓迎ライブの練習と、二段の昇段試験に向けた自己鍛錬とで、神奈川の実家には二週間ほどしか戻らなかった。

解剖学実習でくたくたの今年は、八月初めに病院研修が終わったら、そのまま秦野に直行するつもりだ。丹沢の湧き水を飲んで生気を取り戻してくる。病院研修を赤十字病院でとも考えたが、金大の関連病院でもなく、まったくツテがないので諦めた。

九月の初めにこちらに戻って、第二週から再開される解剖学実習に備えるつもりだ。実習向きの心身に戻れるのに、一週間はかかると見込んでいる。

15

七月十五日、木曜日

夏休みに入ってすぐ、由美から電話が入った。今日これから、「雅」で会うことになっている。午後六時半に神社の鳥居で待ち合わせだ。

五月の連休明けに解剖学実習が始まって以来、由美とは会わなくなっている。合同練習から自分の足が遠のいたことを、何となく、その言い訳にしてきたが、実際には、能登旅行から帰ってきてから、お互い連絡を取り合っていないのだ。

ちょうどくらいに着くと、デニムのミニスカート、白い半袖のポロシャツ、白いテニスシューズの由美が、赤い傘を手に持って立っていた。傘がいらないほどの小雨がポツリポツリと降り始めている。まだ梅雨が明けていない。

平日の、しかも夜の「雅」は初めてだ。先に階段を上がってガラス扉を開けると、いつもの白っぽい空間ではなかった。オレンジがかった照明の中、半分ほどの席が埋まっているのがわかる。一番奥の角まで行って由美を座らせ、久しぶりに向かい合う。「白味魚フライのトマトクリームソース掛け」と、由美はオレンジジュース、ぼくはアイスコーヒーを注文した。

「ごきげんよう」と、由美が口火を切ってくれる。

やっぱり由美は、いつもありがたい。普段の由美は、決してぼくを悩ませない。ぼくが覚えている限りでは、能登からの帰りの車の中だけだ。あの、ゆっくり走っていた三時間だけが、ぼくが居心地の悪かった唯一の時だった。

「何年ぶりかね」と、いつもの調子で言う。

「こっちはずいぶん年取ったけど、そっちはまだピチピチしてる」

ぼくは嬉しい気がして、お決まりの軽口をたたく。

しかし由美は、いつものように打ち返してこなかった。かわりに、

「同じだけ年取ったわ」と、抑揚のない言い方をする。

能登からの帰り道と同じだ。ぼくは気づき、文字通り言葉を失う。そして、狼狽する。

ほぼ無言で食事を済ませ、最後に由美が言う、

「せっかく金沢にいるんだから、犀川を歩いてみない」

由美の声が、少しほころんだ。

石引通りに出て、医学部に向かって歩き、途中で右側に坂を下る。小林のアパートの前を通って少し歩けば、犀川の下菊橋に出て河原に行き着く。

三十分間、ほぼ黙ったまま、ゆっくり歩いた。

「来週から、小百合と東京に行ってくるわ」と由美が言う。

「小百合から聞いてるよ」とぼくは答える。

「気をつけてね」とぼくが言い、「ケーシも、北山くんと福井なんでしょ。無理しないでね」と由美が言う。

ウシは、ラ・メールのいわゆる常連さんで、由美とは常連仲間なのだ。ラ・メールがぼくらのたまり場になったのは、それが理由だ。


小雨が降っている。ぼくたちはハンカチを敷いて、犀川べりに並んで腰を下ろした。夏の雨は決して心地悪いものではない。それぞれに傘をさしている。

二人の間には、ぼくが無造作に置いてしまったショルダーバックがある。これさえなければと、ふと思う。これのおかげで、何か大切なものを手許に引き寄せられないでいる、たぶん未来永劫に。そういう壁を作ってしまうという、意識の深い所に身を潜めている、ぼくの中の何者かのせいで。


小さな水鳥が一羽、墨黒の浅い流れの中に佇んでいる。時折、水の中を突っつくようにする他はじっと動かない。ぼくらは一言も、本当に一言も交わさないで、もう三時間以上も、ここにこうして座っている。

由美がアッと小さく言って、口元に手を持っていった。ぼくは時折、彼女の横顔を見ていた。そうでない時には、由美の緊張した眼差しを横顔に受けていた。由美は、口元に持っていった右手を黙って川面の一点、水鳥の辺りに差し向けた。ぼくは目を凝らす。一匹の猫が、暗闇の中で身構えたまま動かない。ぼくは黙って見ている。由美がまた、ぼくを見たようだった。ぼくは、わざと前を向いたままでいる。

ずいぶん長くそうしていたように思う。突然、由美が立ち上がり、川面にピシッと音がした。水鳥が、ガァと鳴いた。猫が水鳥に近づくのを止めた。「シッ、シッ」と由美が言う。由美の投げた小石は、ぼくには小さ過ぎるように思えた。コンクリートで塗り固められた川辺には、適当な石などあるはずがなかった。手当たり次第の小石の欠片《かけら》だった。

それきり由美は立ち去った。一言もしゃべらず、一度も振り返らずに。

ぼくの目にはもはや何ものも映ってはいない。密度の希薄な暗闇と川のせせらぎだけが膨み漂っている。視野の中にそれまであったもの、辛うじて光りらしきものを与えてくれていたものたち。それらが、本当はいつだってそこにあり、ぼくらの上にヒタヒタと抜け目なく覆い被さろうと企んでいる、別の、そして真の世界の内へ、からめ取られてしまったのだった。

ぼくも、由美も、名の知れない水鳥も、そして、訳もわからぬまま追い立てられ、一声も発することなく姿を消した、あの痩せこけた、いっそう哀れな野良猫をも含めて、つまりは川面にピシッと跳ねた、ぼくには小さすぎると思われた小石の欠片に過ぎないのだという、そういう世界。

ゆるやかな坂道を小立野台地まで登りきり、石引通りを右に折れ、計二十分ほど歩いて下宿にたどり着く。

大家さんの敷地内の離れの一軒家だから、日が変わろうとするこんな時刻に帰ってからも、音楽を聴きながら夜食を食べることがよくある。

お湯を沸かし、冷蔵庫から炊き残しのご飯を取り出し、お茶漬け海苔をかけて湯を注いでおく。ベートーベンのピアノソナタ第三十二番、バックハウスのテープをテープデッキにセットして、スイッチを入れる。茶漬けの茶碗を手にとり、洋間と和室の間の段差に、スピーカーに向かって腰掛ける。

いつもの通り、一番のお気に入りを聴きながら夜食をとったのだ。ただそれだけのことだった。つまりぼくは、ベートーベンが一番最後に書き遺したピアノソナタを聴きながら、お茶漬けを食べたというわけだ。

吸いつくような静寂の中、ピアノの音はどんなに小さくても心に響く。第二楽章、真実を前にしての、人間の、素直で敬虔で静かな心の在り方。愛の純粋がきらめいている。すべての淀みから解き放たれた宇宙の、真空の中を漂う光の粒子のように、きらめいている、あらゆるものからの解放……。

突如、ポロポロポロポロと涙が流れた。

ぼくは、へっちゃらなフリをして、ハミングしながら、泣きながら、ガツガツガツと、お茶漬けを食べた。

七月二十四日、土曜日

今、眼下の県道を、薄汚れたクリーム色の地に冴えない赤いストライプの入った大型バスのやつが、ずーっと向こうの方から現れて、スローモーションのようにゆったりと、音もなく登ってくる。

去年の夏休み、由美とライブの自己練をした時、ケーキを頬張りながら一緒に見た光景だと思い出す。

いつも鼻の奥の方に丸まっていて、こっちの油断に乗じてツッと目の奥の方に移動してきたがる、ただ煩わしいだけの代物が動き出しそうになる。

そこでぼくは、窓から離れて机に向かう。下宿の窓に腰掛けて異郷の風景を眺めている様は、多感な青年のもの想う構図としてはできすぎだった。

それほど切実ではない孤独感を無理やり引きずり出してきて、目頭が熱くなるような自己憐憫をわざわざ感じてしまおうとするほど、今、ぼくはハッピーではない。そんな手軽で中途半端なもの悲しさをありがたがれる人間は、まったく幸せなのだと思う。

明日、ぼくとウシは福井に向かう。明後日から二週間の病院研修の後、実家に帰って、ここに戻るのは九月初めの予定だ。小林は、福井の実家で田圃の手伝いと病院研修。小百合と由美は、もう東京にいるはずだ。何となく、みんな、それぞれの道を歩み始めた感じがするのは、気のせいだろうか。

16

八月二十二日、日曜日

秦野の実家にいる。

昨日、小百合から絵葉書が届いた。小さな島の全景写真に、鳥が飛び交う風景と、何種類かの海鳥の写真とが組み合わさったものだ。

「由美にくっついて北海道まで来ています。ちょっと気掛かりなことがあった、というのが表向きの理由ですが、由美と一緒に楽しんで帰ります。お互い心身をリフレッシュして、また実習頑張りましょう」とある。

昨日の絵葉書のせいだろうか、今朝、夢を見た。ぼくがこちらを向いて眠っていると、由美が後ろからそっと添い寝をしてきた夢だ。

眠っているから由美の顔はわからない、なのに、空気全体が確かに由美で満たされていて、懐かしく温かい気分に包まれて、ぼくは本当に幸せだった。

彼女はぼくの左肩にそっと手を触れて、背中に柔らかい頬を押し付けてきた。泣きたいほど好きだと思った。体の向きを変えて由美にキスをした。由美のちょうど良い厚さの唇が、控え目だけどそれに応えてくれた。そして目が醒めた。幸せな気分が今も続いている。

現実の世界では、一度もこんな気分になったことはなかったし、キスなんて、自慢じゃないが、由美とはおろか、たったの一度も経験がないのだ。ひどい夢だと思う。

九月十一日、土曜日

金沢に戻ってから、一週間経つ。リハビリのため、分厚い解剖学の教科書に目を通しておく。おかげで、心身ともに実習向きに戻ってきた。明後日から、解剖学実習が再開される。

軽音楽部の一年先輩の坂下さんが、満面の笑みを浮かべながら教えてくれたことが本当なら、来年の六月、四年生になってすぐの解剖学の試験はまことに恐ろしい場であるらしい。

一人ずつ札を引き、そこに記された臓器あるいは器官について、自分の知り得る限りの知識を披瀝しなければならない。

途中で教授の質問が入る。質問ごとに足元をすくわれてズンズンと泥沼に嵌まり込んで行く者が各グループに一人ぐらいはいる、それを他の皆が何とか助け出そうとする、つまり教授に悪印象を与えないよう注意深く口を挟んで、何とかかんとか正解に辿り着かせることをする。

これには暗黙の了解が得られていて、苦労を共にした仲間の醍醐味だ。教授もそれを楽しんでいるきらいがあると、修羅場を通り抜けてきた坂下さんは、呑気なことを言った。

何としてでもここを突破しなければ、決して医者になれない。

17

ただひたすら解剖学実習、そして時々、剣道。

18

一九七七年二月終わり

もうすぐ三年生の二月が終わる、つまり、あとひと月頑張れば、人生最大の苦行からとりあえず解放される。後の試験のことまで考える余裕は、今ない。

日付が変わってしまった。いつものようにフラフラになって帰ってきたところだ。珍しく晴れた分だけ、なおさら寒い。雪は、大通りからは消えかかっていたが、小道に入ると、残ったのがジャリジャリに凍っている。昼間さんざん車に押しつぶされたのが、夜凍るから、荒削りのかき氷のようになる。

その氷の上を、わざと左右の一歩ずつを横に広げて、映画のスケートシーンのコマ落としみたいに歩いてみる。何時間かをかけて秘やかに凍っていった所を、長靴の足裏でグリッ、グリッと、しっかり突き崩しながら進むのだ。

右足がズルッと滑って下のコンクリートにたどり着くと、地面から力が加わって、自ずと左足が前に出る。つっかかるようにして踏み出して、そこの氷の小山を蹴とばすと、今度はまた右足が前へ出て……といった調子で、半ば機械仕掛けのカラクリ人形みたいなやり方だ。他人がいないとなると、わざとこんな事をしてみたくなるのはよくあることだけど、実際にやってしまうのは、よほどストレスが溜っているせいだと思う。本当はもっとガチャガチャ歩き回って、両手をグルグル回してやりたいくらいだ。

で、ぼくが下宿へ通じる小路へ曲がろうとして、ことさら右足を踏ん張った時だ、曲がり角の向こう側で、ザリザリザリ、キーッと、車が止まる音がした。変な歩き方に耽っていたぼくは、角を曲がった途端、タクシーがヘッドライトを消す瞬間に出会う。それを、文字通り目を丸くして眺めたのだが、ドアが開いて車内灯の点いた車の中で、女の人が笑っていたのだ。

大笑いというのではないが、状況と一番ぴったりする微笑などという曖昧なものではなく、ちょっとした笑い話でもしているような、面白がっている顔をしている。運転手とそんなにおかしな話があるのかなぁと、不思議に思うような顔だ。スポットライトを浴びたようにくっきりしていて、「つっかれたなぁー」という感じしかフワフワ宿っていなかったぼくの中に、何か別の物が入り込んだ気がする。

足を出すため彼女の体が傾く。ぼくはちょっと慌てて、今度は普通のやり方で歩き出す。ドアーが閉まり、タクシーがぼくの方に向かってゴソゴソと動き出すと、ヴァイオリンケースを右手に、左手に鮮やかなブルーのボストンバックを下げた彼女が、重そうに振った腕で弾みをつけるようなやり方で、大またに歩き始めたところだった。

深い臙脂色の、ゆるやかなたわみを持ったコートと長い髪の毛とが、歩き始めた勢いでなびいている。なびくほどの勢いで歩き始めていたのだった、彼女は。黒いブーツで道路を斜めに横切って、向こうの角の家に消えた。

ヴァイオリンケースが黒ではなくてグレーだったこともあって、直感的にプロの音楽家だと思った。東京の楽団に所属していて、久しぶりに我が家に戻ってきた、というふうに見えたのだ。東京とプロのイメージがその時のすべてといってよい。翻訳すれば、洗練されたセンスと手の届かない感じ。確立された自信に裏打ちされたおすましな美しさ。

白い靄のような街路灯の明かりの下で、ほとんど一瞬のうちに演じられた一人劇を、偶然という形で見せられてしまったぼくは、偶然と呼ぶにはずいぶんしっくりした気分の中にいた。白く浮かび上がった小さな舞台の中で、暗闇たちの沈黙の祝福を受けながら、たぶんぼくは、本当の本物の自分の顔をして突っ立っていたに違いない。

19

四月八日、金曜日、入学式の前日

ポンと肩を叩いてぼくの前を影が通り過ぎた。アイススティックでコツンとやられたような、硬くて細くて軽やかで冷たい感触がぼくの右肩に残る。日だまりの中にいてそこだけがヒヤッとした感じだ。

後ろ姿に目をやる。由美だろう。何て髪だ、アップにしたのを頭の周りで巻き込んで、竹で編んだ蒸し器の蓋みたいだ。こっちをくるっと振り返り、顔の横でちょっと手を振って、

「何やってんの、いい若いもんが」

と言った。

相変わらずだなぁ、と思う。ずいぶん久しぶりに会ったっていうのに。ぼくも軽く手を上げる。こっちを向いたまま立っている。以前のぼくなら何か気の利いたことを言うところだが、そんな気になれないから黙っている。

犀川で別れてから、一度も会っていない。何回か電話では話している。

文字通り、ぼくが実習に明け暮れていたこと、由美が会おうと一度も言ってくれなかったこと、が、今思いつく理由だが、本当のことはわからない。実は、今会ってみて初めて、ずいぶん長いこと会っていないことに気がついた、というのが実情だ。時間が吹き飛んでいたのだ。たぶん、残念なことなんだと思うが、ぼくらにとって、もっと大切なことがあったのだと思う。ぼくの側にだけではなく、由美の方にもきっと、そうに違いないと思う。

由美の胸が固くてコリッとした感じで目立っている。薄着になったせいかもしれないし、ライトオレンジの陽射しが強くなってコントラストがつくからなのかもしれない。由美の肉体が春向きになっているのかもしれないし、ぼくがおかしなことになっているのかもしれない。そんなふうに、ぼくは感じてしまう。

ずいぶんと会っていなかった事実に、今さら驚きながら、由美を見る。

藤色の薄手のカーディガンのボタンは外してあって、淡いブルーのブラウスの胸元が大きめに開いている。白い肌に細めのプラチナのペンダント、ぼくがあげたスワロフスキーの小さなクリスタル。牛革のベルトにショルダーバック、ストレートのジーンズにダークブラウンのショートブーツ。足元がすっきりしているのはぼく好みだ。

由美は何だか、すっかり大人になっていた。

「今日、デートしない？」

ぼくが眠そうにしているので、由美がまた声をかけてくる。十メートルも離れた所から。まだ春休みとはいうものの、来週から新学期だから、生協の新入生歓迎セールとやらで学生会館前のこの辺りは、電気製品の箱やらホウキやらコンソールボックスやら、あげくはカーペットの包みまで担いでいるような、いろんな連中が行き来していて、何となくカッコ悪いじゃないか、とぼくは思ってしまう。

「私ね、ちょっと深刻なんだ」

由美は後ろに手を組んで、顔をすこし突き出すようにしてこう言った。ぼくは腰掛けていたガードレールから腰を上げて、ちょっと反り返ってから由美を見る。由美は、黙って待っている感じだ。

ぼくだって、今ちょっと深刻なのだ。入試以来の久々の難関である解剖学の試験が二か月後に控えているし、ほんのひと月ちょっと前には、ヴァイオリンを抱えた手の届かない感じの、すごい女性に遭遇してしまって、何だか少し調子がおかしい。

ぼくが近づくと、由美は向こうを向いてゆっくりと歩き出してしまった。まだ二、三歩の距離があるというのに。自分から誘っておいて、ぼくが従うとそれが当然のような顔をして、サッサと一人で先に行ってしまうのは、何事につけ由美のやり方だ。別に冷たいとかではないけれど、銀行家の一人娘として何不自由なく育ってきた環境が、こういうところに出てしまうのだろうと、ぼくは思っている。

で、ぼくたちは近江町市場の方に抜けるお城の坂を下りて、由美の行きつけだというスカイビルの最上階、十七階にあるレグルスというグリルに来た。夜はお酒が出るので、卒業生のための追い出しコンパや昇段祝賀会で、剣道部の先輩に何度か連れて来てもらったことがある。

昼前のせいか、ぼくたちの他には誰もいない。金沢市の中心が一望できる窓際の席に向かい合って座る。ゆったり座ると身体全体が収まってしまう丸い曲線を持つベージュ色のチェア。白いテーブルの上に、ピンクの薔薇が一輪、活けてある。午前中の透き通った陽光が、淡いブルーのガラス窓からグリル全体に広がっている。

由美の目は、黒い部分が大きくて、潤いのあるすっきりした生きた目だ。どうしてこんなに澄んでいて綺麗なのかといつも思ってしまう。出会った時からそうだった。漆黒ではなくて少しグレー掛かっているけれど、そのことは美しさを少しも損なってはいない。かえって、成熟した女性の持つなまめかしさみたいなものを取り払っていて、生命の未だ定まらないような、新鮮で清純な印象を与えている。

ぼくは由美のこの目を見ているだけで、いつも心が安まるような気がしていた。口に出して言ったことはないし、常に意識していたわけではないが、疲れてエネルギーが不足している時とか、めげている時などに、ふと気がつくと、由美の目に見入っていることがよくあったのだ。

アップルパイとコーヒーのセットを二つ注文して、ぼくがまず切り出す。

「君のアップルパイ、こぼれ落ちそう」

ブラウスの高まりがどうにも気になっていて、つい口をついて出てしまった。言ってからすぐに、まずいなと心の中で舌打ちをする。それまで何気なく外を見ていた由美が、キョトッという感じでこちらを向いたからだ。

普段なら、しばらく会わないでいた後の茶店での第一声は、この程度のことがかえって面白いらしく、すぐに「おいしそうでしょ」位のことを言って、少し大きめの白い歯を見せて子供のように笑うのが常だった。

ところが今は、キョトッとしたまま何も考えていない顔になっている。教養課程で法学の試験を落とした時と、飼い猫がいなくなった時に同じ顔だったように思う。だとしたら、相当に参っているのかもしれない。

「私ってねえ、結局、決まり切ったことしか言えない人なんだ」

と、由美がつぶやく。ぼくのアップルパイの発言は完全に無視された。由美はコップの水を少し口に含んで目を伏せている。ダルマ型の丸いコップを乗せた両手がテーブルの上で微かに揺れている。

ぼくはというと、由美の睫毛の秘やかな有りように魅入っていた。何か深刻な事態を抱えていそうな彼女を前にして、それとはまったく無関係に、女性としての生理的な有りようが、もう原始的な力でぼくを引きつけてしまうのはすごいと思う。春向きになっているのは、ぼくの方も同じらしい。

久しぶりに会ったせいか、話の内容で結びつきたいというよりは、彼女の女性としての特質に触れていたいという気持ちが強かった。それで黙っていた。

だいたいぼくはこんな時には、「何かしゃべらなければ」という変な義務感を感じてしまうタチなのだけれど、相手が由美とか、それから、ウシとかに限っては、ありのままでいることにしている。しゃべりたければ何だって口にするし、黙っていたければ無理には口を利かない。そんな間柄だと、勝手に思っている。

と、由美の睫毛が「ハラッ」という感じで上がったかと思うと、明らかに怒った目がぼくを

見た。ぼくは驚いたけれども、まだ気楽な調子で、

「あれっ、由美のほっぺが膨れてる」

と、時々そうやってきたように、まるで恋人をからかうように言ってみた。すると由美の目は本当に黒い部分が縮まって怒りの力が漲ってしまったのだ。そして、

「ケーシったら、ほんとに鈍いのね。さっきっから、アップルパイがどうのこうのって……、私がいつもと違うことくらい、わかんないのっ」

「久しぶりに会えたというのに、何も変わってないのね」

と言った。ぼくは、母親のお手伝いをしているつもりでいた子どもが、突然ピシャッと叩かれたような塩梅だった。本当の子供ならワーッと泣き出すところだろう。

ぼくは姿勢を正して由美を見る。左肘を少しだけチェアに掛け、できるだけ平静を装う。

「で、一体どうしたの？」

と、今度は真顔で訊いてみる。すると由美は、ぼくから目を外し、フーと言った。首をわずかに左右に振ってからチェアにもたれかかり、

「あーあ、やっぱりダメね。ケーシも私とおんなじだわ」

と言った。口元に力が入って、両方の肘掛けをパタパタ叩く。勝手にダメを決め込んでいる。

「一人娘のお嬢さんなんて、うかつに結婚相手にはできないね」

と言ってみた。「何よそれ、だいたい結婚なんて……」とでも来るかと思っていたら、ガタンとチェアを後ろにずらして、スックと席を立った。スックの時に膝がテーブルにぶつかって、

ピンクの薔薇の一輪挿しがクルッと回る。

由美は白い歯をちょっとのぞかせて小さく「イッ」と声を発し、一瞬ぼくを見た。そして、木目のカウンターを回って右手の出口からサッサと出て行ってしまった。あれは痛かったろうな、と思いながら、背もたれに体を預けて頭の後ろで手を組む。

アップルパイが二つ、いかにも女の子が「カワイイ」と言いそうな風情で運ばれてきた。生クリームが五カ所で渦巻いていて、サクランボやグリーンの砂糖菓子がちょこんと乗っかっているやつだ。

コーヒーを二杯は飲めなかった。アップルパイは全部食べてしまった。二個目はできるだけ無表情で食べた。そもそも由美が好きだから注文したものを、ぼくが二つともおいしそうに食べてたまるものか。

女の子がプイッと出ていってしまった後に残されて、サクランボの砂糖菓子をニコニコしながらおとなしく食べている男がいたら、ぼくは深くうなずきながら握手の手を差し伸べるだろう。ウェイターから注目されていることはわかっていたから、握手など求められてはたまらないので、平気な顔して威張ってパクパクしてやった。

でも、何だか途轍もなくパサパサした感じ。身近な人に「こいつはダメだ」と思われてしまった後というのは、「取り返しがつかない」という空疎感に囚われてしまうもののようだ。本当はすぐ何か手を打たなければならないのに、「何をやってもどうせダメさ」、というようなニヒリズムに突如襲いかかられたりするもののようだ。

ありのままにしていてそう思われてしまったのでは、ひょっとしたら本当にダメなのかもしれないのだから。それが、「本当にダメ」ということなのかもしれないのだから。

20

レグルスで予定外の昼食を済ませてしまったぼくは、中途半端な気持ちだった。あのまま学生会館の前で新入生たちの「微笑まずにはいられない」といったふうな幼い顔を二十、三十と眺めていれば、ぼくは彼らの先輩として「おい、チョコマカするなよ」といったような、「しょうがないなあ、ま、いいや」といった感じで鷹揚で包容力のある態度を以て生協食堂で三百五十円のバランス良いランチを食べ、「ヨシッ、勉強でもしてやるか」と思い切っている頃のはずだった。

解剖学の試験で最低読まなければならない教科書が六部二百七十三項目に分かれていて、一項目当たり二、三ページの記述がある。これをほとんど丸ごと覚えて説明できるようになる。これが難関を突破するための最低ラインの条件だと先輩たちから言い伝えられているのだ。

で、ぼくはどうなのかというと、第一部・前部体幹と胸腹部内臓の第三十三項目までしかやっていないのだ。これはどういうことかというと、読むのと理解するのはまったく別の仕事だと考えると、つまりは、「お尻に火がついた」状態なのである。にもかかわらず、ぼくのお尻の火は、お祭りの大団扇でワッショイワッショイ扇がれることになってしまったのだ。しかも、栄養バランスの偏った昼食に千円もの大枚をはたいた後で。

ぼくはエレベーターで一階のロビーに出ると、ピンクの電話機を備え付けた大理石様の柱を中心に、一見無造作に並べられたココア色のソファーに由美を探してみた。いつもならこんな所でしおらしくしているような由美ではないのだが、例のキョトッとした顔が少し心配だったから。

と、ソファーではないけれど、案内嬢の座っているカウンターの向こう側に例の蒸し器の蓋みたいな頭があった。紺色のピンで左右二カ所が止めてあるから間違いない。由美の左側に同じように向こうを向いてカウンターに寄りかかっている男がいる。右肘をカウンターに乗せ、わずかに由美の方を向いてもたれかかっている。柔らかそうな濃紺のジャケットにベージュのシャツの袖が見える。背が高く髪は長いといった、都会風に小綺麗にまとまった風情だ。

中肉中背で髪はサラリーマン刈りというぼくは、長身、長髪というのにちょっとした憧れと畏敬の念を持っていて、可愛い女の子が寄り添っていたりすると、「フム、やはりそうであったか」などという気持ちになり、「良いのだ、私にはこのアップに耐える顔と、勉学という道が残されているのだ」というふうに、いつ何時にでも即座に、俗世を超越することができるのである。でも、その女の子が由美となれば、話は別なのだ。

しばらく眺めていると、男のほうが時折話しかけて、由美がそれにうなずいているようだ。

ここでも由美はあまりおしゃべりではなかった。ただ、「親しすぎて会話は不要」というのではなさそうだと思って、ぼくがいやしくも少しホッとしてしまったのは、由美が彼の方に目を向けていなかったからだ。

怒りが胸の内を去来している時、由美はフッと一瞬目を外すことがある。けれども、そうでない時には、親しい人ならば、必ず相手を見ているはずだ。相手の顔を見ることに、何のためらいも照れくささも感じないのだ。当たり前のこととして静かな眼差しを向けているはずなのだ。

それが今ないのは、ぼくにとっては救いだった。でも、別に恋人のようなつき合い方をぼくらはしてこなかったのだから、このような安心の仕方はフェアではないのかもしれない。昔風のべたべたした愛人関係のようなのが由美は一番嫌いだし、そういった一切の「形」から入る類のものが肌に合わないのだ。

それぞれの内にそれぞれのベクトルを持ち合ってさえいれば、表面に現れた一つ一つの行為なんて、例えば、誰とどのように話そうが、どのようにつき合おうが、その時々の本人の自由なのだ、というのが由美のやり方だった。でもそれでは肝心のベクトルの向きがわからないではないか。その人の一つ一つの行いが内なるベクトルの為せる技である、というのがぼくの基本的な立場。

だから、二人前のアップルパイを「良い若いもん」に押しつけるというやり方は、つまりは彼女のぼくに対するベクトルがそういう具合になっているのだということであり、そして、べクトルがそうなら、それはもう仕方のないことなのかもしれないのだ。とくに、由美みたいな女の子は、ベクトルのままに行動するものだと信じているぼくとしてはなおさら、「それなら仕方ない」のである。

とにかく、由美が男の方を見ていないことに勇気を得、そして、ぼくの由美に対するベクトルの命ずるところに従って、二人の方に歩み寄り、前を通ってそこにあるガラス扉から外に出ることにした。由美流の考えに従えば、この行動は当然許されるわけだし、ぼくだってさっきのお返しにちょっとイジワルをしてやれ位の軽い気持ちだった。どうもぼくは事に当たって楽天的に過ぎるきらいがあって、この期に及んでまだ「由美とはわかり合っているから良いのだ」みたいな気分が働いていたのだ。

電話機の柱を迂回してソファの間を縫うようにして近づき、斜め前方から様子をうかがってみた。近づいてみると、男は濃紺のジャケットに淡いベージュのシャツで、汚れていないジーパンと黒いブーツのような靴を履いていた。眼鏡をかけていないのは感心だったが、コンタクトレンズだとするとちょっと曲者かもしれない。髪は自然な感じだが、明らかにセットしてある長髪だった。

いよいよ二人の前に歩いて行くと、男はもちろん気づかなかったけれど、由美までがうつむいたままで、男の話に時折相槌をうち続けていたのは意外だった。ぼくはちょっと口惜しい感じがして、例の軽い気持ちのまま一瞬立ち止まり、由美を覗き込むようにした。

由美がふと目を上げた時、今度はぼくがキョトッと馬鹿の顔になった。普段は黒くしっとりとして少しグレーがかった静かな目が、怒ると輪郭がわずかに縮まって黒味の増してくる目が、笑うと、それは由美にとって心から嬉しい時だから、涙の被膜がうっすらと白い所の輝きを増幅させ、ぼんやり考え事をしている時には、澄んだ上澄み液の下に無機的に沈んだガラス玉のような目が、今、赤く充血し、濡れていたのだった。

由美が泣いているとわかったのは、ぼくの目が由美と出会ってからほんの一瞬後に、彼女がぼくから見えない所に顔をもっていってしまったからだ。泣いてでもいなければ、由美のやつは絶対にこんな事をしやしないのだ。

そしてぼくがもっと驚いて、すでに開いてしまった自動扉（ぼくはその前に立っていた）をしばし開けっぱなしにしてしまったのは、男に握られていた手をそれとなく振りほどこうとした時の由美の動作だった。いつもの由美なら決してしないような、まるで後ろめたいことでもしていたかのように、少し慌てた感じのするやり方だったからだ。

ぼくは、開けっ放しになっていた背後のドアからそのまま外へ出た。

正午の春の陽射しが眩しかった。追いつめられて弾き出された形のぼくは、そこの当たり前然としている暢気な空気の中で、さながら異端者の相貌を帯びていたはずだ。白とレンガ色のモザイク模様の歩道の上を、せっせと歩いた。

スカイビルの向こう側へぐるりと廻り、昼食時、そろそろ人の多くなり始めた中を香林坊の方へ一生懸命に急ぐ。両手を振って、時折小走りなどしながらどんどん進み、信号機の所で、ふと立ちどまる。何もすることがないのに気がついたのだ。ズボンのポケットに手を突っ込む。

胸の辺りが頼りない感じになって、急に力が抜けた。振り返ってスカイビルを仰ぎ見た時、ぼくの顔は、たぶん哲学者のそれになっていただろうと思う。一陣の風がそよいで冬物の重たいジャケットが後ろへなびく。ぼくは、口をつぼめてじっとしていた。生意気な感情が、鼻の奥の方の棲み家から転がり出てきそうになる。それをしらばっくれて、気づかないふりをした。

そっと目を転じて行き交う人々を見る。彼らは皆、楽しそうだった。一人でいる者はいなかった。連れ立って食事をしに行くのだ。働いている人たちだ。空色のブラウスにやや濃いブルーのワンピースが二人、三人と続く。ワイシャツにネクタイ姿の、おそらくフレッシュマンらしい二人連れが声高にしゃべりながら、大股で近くの銀行に入っていった。

また春の風が吹いた。ふくよかな光の中を陽気な春の塵芥たちが舞い上がる。若い女性たちが、身を屈めるようにしてそれらをやり過ごす。すべてが春の光景だった。春の初めの懐かしい儀式だった。ぼくは目を細めて歩き始める。あまりゆっくり歩くと、泣いてしまいそうになる。それは、信じられないことだった。

ぼくは、なおもしらばっくれている。自分にだけ注意を払いながら歩く。もちろん、行くべき所などなかったが、まるでへっちゃらな顔をするようにした。決してニヒリズムの侵入を許すまいと自分に言い聞かせる。この危うい気分は、試験の迫っている事とも関係があるかもしれないと感じる。その事をぼくは、心底、情けないと思う。

その晩、由美はマンションに戻らなかったと思う。少なくとも夜中の三時まで、ぼくの電話に出なかった。

「女はだれも皆、秘密を持っているものなの」

回想シーンの後で、主役の老女が語った台詞が、ぼくの中で脈打ち始める。親に決められた結婚相手と共に異国に移る船の中で、偶然出会った男性と本当の恋に落ちてしまう女性の話だ。愛し合ったほんの数時間後に、運命の命じるまま、男性は天国に召されていく。そんな話だったと思う。

由美もまた……、という思いがぼくを落ち着かなくさせる。ぼくとはまるで無関係の由美がいて、ぼくのいないところでその由美が生きている。こんな思いがぼくの中に初めて湧き上がり、ぼくを嫌な気分にさせた。

21

四月十六日、土曜日

今週から四年生の授業が始まった。午後の実習は、解剖学から生理学と微生物学に変わって、夜七時頃には帰れるようになった。

解剖学実習を無事終えた達成感はあるものの、晴れ晴れとした気分はどこか遠くのほうにあって、まだぼくらの前に姿を現さない。まったくホッとなどしていられない感じなのだ。崖っぷちに立つぼくの下宿は、大家さんの敷地内の離れの一軒家だから、みんなが時々集まるのに便利だ。実習の四人グループでランチを食べた後、ウシと小百合がついてきた。解剖学の試験の山を張り合うのが表向きの理由だけれど、本当は皆疲れ切っていて、一緒にいたいのだと思う。一人でもへっちゃらな優等生の小林は、図書館で勉強しているはずだ。

先週、久しぶりに由美に会ったこと。いつもの由美ではなく元気がなかったこと。そして、知らない男と一緒にいて、たぶん泣いていたことを、二人に伝えるつもりだ。小百合は由美と連絡し合っているはずだから、何か聞き出せるかもしれない。ウシと由美はラ・メールの常連仲間だから、何かを知っているかもしれない。

今、下宿の前の小さな公園で子どもたちが遊んでいる。公園の崖っぷち以外の三方にあるツツジの生け垣が満開で、密度の高い緑色の中に赤紫と白とが入り交じってすごく豪勢な風情だ。崖の方には満開を過ぎたばかりの八重桜が数本、等間隔で立っていて、黒い輪郭の木陰にも、黄色い光を跳ね返している地面の上にも、濃いピンク色の花びらが、辺り一面いっぱいに広がっている。

「がっこうへ、いってきまーす」

「がっこうへ、いってくるの」

女の子の可愛い声が言っている。痩せたちっちゃな女の子が赤いリュックを背負って歩き回っている。おかっぱ頭に赤い帽子をかぶっている。襞のついた紺色のスカートに白いブラウスの制服を着ていて一年生らしいけれど、友達らしい子はいないようだ。

こんな子って、よく独り言を言う。お母さんになったり、お友達になったり、お姉さんになったり、赤ちゃんになったりしなければならないんで、けっこう忙しい。特に先生の時は大変で、山田さんとか鈴木さんとか田中さんとか斉藤さんとか、いろんなお友達の名前を次々呼んで、点呼をしなきゃならないからだ。今はどうかというと、生徒の役だから少し暇だと思う、地でやれるから。今は「がっこうに、いってきまーす」だから。

水筒を斜めに肩から掛けているから遠足の帰りかもしれない。少し大きめの赤いリュックサックを右手でユサユサやりながら、伸び上がるようなつま先歩きで、今、ジャングルジムを左手でポンポンポンと叩いて向こう側へ行ったところだ。黄色い滑り台につかまって少し小首を傾げている。遠くの遠くの医王山の方をじっと見やっている。

医王山はいつも晴れた日にはそうだけれど、今日もまた蒼くて深くて静かだ。真夏の日には黒くて、厳しくて、昂然と空と袂を分かっているけれども、四月中旬の今時分は、空との境界は少し霞んで見える。

「もしも、ここが自分の死に場所なのかなあ、なんて思えちゃうような所に出くわしたら、あなたたちだったらどうする？」

　小百合が突然ぼくらに訊いてきた。

　窓の外には春の日の午後のちょっと哀しい安堵感みたいなものが漂っている。それを眺めていたぼくは、窓から離れて二人の方に向き直った。ウシはいつものように前を向いたまま黙っている。

「どうするって……、そんなこと急に言われたって、答えようがないよ。……そうだなあ、ちょっとイメージすら湧いてこないな。例えば、もうちょっと具体的に言ってみてくれない？」

　と、すぐ返事をするのは、いつもぼくなのだ。

「例えばね、こう、断崖絶壁があってね、下から見上げてるの。そこにはもう全然光が当たらないから真っ黒で、大きな一枚の影になっているわ。そして、その真っ暗闇の上がずーっとずーっと上まで、見上げられる限り全部、紺碧なの。紺碧の空、真夏のギラギラした空。雲一つないわ。自分はすごく暑い陽射しの中に立っていて、足元を黄緑色に透き通った海の水が洗っている。鮮やかな深紅の海藻が波に揺れているわ。明るい茶色に苔むした岩がごろごろしていて、その中の一つの上に立って見ているの、ぼんやりと……。何を見てると思う？」

「恋人でも立ってるんじゃないの。その、断崖絶壁の上にさ」

「違うわよ……、そうね、それもいいわね。なかなか素敵だわ。……でも残念でした。今の私は、ちょっとした哲学者なのよ。そんな甘っちょろい所には立っていないの」

「あれ、これはさ、ちっとも甘っちょろくなんかないよ。自分で言ってみて驚いてるんだけど、これはちょっと、すごい場面だよ」

「すごい場面かどうかは、主人公次第だわ。私が甘っちょろいと言ったのは、あなたがイメージした、その断崖絶壁の上に立っている人って、どうせあなた自身だからだわ。あなたが立ってたって、畳の上で手鏡でも見ながら立ってるのと同じだもの。これから誰かとデートでもするつもりでいるんだから」

「相手は君かもよ」

「違うわ。私は今、断崖絶壁の前で人生に対峙しているの。恋愛感情なんて、抜き！」

「で、一体何ものなんだい、その、人生とか何とか……」

「綱なの。縄かもしれない」

「えっ？」

「一本の綱よ。松の木から一本スーと垂れている。崖の途中にね、木がね、そう、たぶん松の木が生えてるの。あんまり太くはないわ、人生そのものっていう感じ。見てて危なげなのよ。かわいそうなくらい一人ぼっちで……。でもね、ちっとも悲しそうじゃないの。全然沈んでなんかいないで、微笑んでたわ」

「微笑んでたって、おい、大丈夫かい？ まるで、見てきたみたいじゃないか」

「見てきたもの」

「どこで？」

「北海道よ。北の西のはずれ、誰も行かない小さな島」

「そういえば、去年の夏、絵葉書送ってくれたよね」

「そう。東京で病院研修の後、北海道に行ったのよ」

「東京は、由美も一緒だったよね」

「由美が、東京でバイトしてみたいって。車、持ち込んで、ずいぶん稼いだみたいよ。時々一緒に遊んで、楽しかったわ」

「東京で、車で稼いだんだ。由美、すごいね」

「その後すぐ、北海道に渡ったの。北海道には、後から私がついていったのよ」

「福井の県立病院は大きくてきれいで、良かったよ」

ぼくはウシを見る。ウシは黙ってうなずくだけだ。

「ウシのやつ、福井で一番でかいデパートでブルーのネックレスを買ったんだ」

「だれだれ、誰にあげたの」

ぼくと入れかわって外を見ていた小百合がこちらを向いて、やや大袈裟に、嬉しそうに笑いながらウシを見下ろす。ウシは畳に寝ころんだまま、やっぱり何も言わない。

「もう、一年経っちゃうわ」

小百合は気にするふうもなく、言葉を続ける。ウシが言葉を発しないのはよくあることだし、実習でさんざん苦労してきた仲間だから、今さらどうと言うことはないのだ。

「夏休みまでにはまだだいぶ時間があるよ。その前に解剖の試験だよ。とっくに二か月切っちゃった。やばい、かなりやばいよ」

ぼくは本当にやばいと思っている。微生物学と生理学の実習をやりながら、例の教科書を丸ごと頭に埋め込むことなど、とてもできるような気がしない。

窓枠に手をかけて、遠くの医王山の方を見やっていた小百合が、大きく息を吸い込んで、「ふーっ」と吐き出した。

「疲れ、とれた？」

とウシが訊く。

「うん」

小百合がこっちを向いて、嬉しそうに笑顔を見せる。そして、公園の赤いリュックサックの女の子がやりそうなやり方で、うなずく。


「北海道がどうしたんだっけ」

ぼくは、話題を戻した。

「どこまで言ったかしら？」

「松の木が微笑んでたんだろ」

「あっ、そう。そうなの。それで、その木にはね、葉っぱが巻き付いてるの、輝くような緑色だったわ。そこだけ陽が射してたのね。その緑色の中から綱が一本、まっすぐ垂れ下がっているのよ」

「うそだろ。そんな所に、またどうして」

「それが本当なのよ。嘘みたいなことが本当だったから、『これはきっと私のために用意されたものなんだわ』なんて思っちゃったのよ」

「君が?」

「由美よ。私も一瞬、そんな気持ちになりかけた。由美が、あんまりご執心だったから」

「心配になってきたよ。君たちは一体、普通の人なんだろうね」

「だと思うわよ」。小百合が、いたずらっぽく笑う。

「で?」

「それがね、不思議なのよね。そんな所に綱があるだけでもおかしいのに、その先が輪っかになってるのよ。これはもう、ちょっとした哲学的な命題よ。何とかしなくっちゃ、と思っちゃたのね……」

小百合の顔が、少し曇る。

「そして……、彼も変だった……」

小百合が、正面からぼくを見る。何かを思い出したような、呆然とした顔。

ぼくは、突然大きな石につまずいた。小百合が、それきり口をつぐんでしまったから。すぐに言葉を続けてくれなかったからだ。

「彼って、誰?」

ウシが声を出す。

「変なこと考えたら、永久に許さないわよ」

口をつぐんでいた小百合が、はっきりと、こう言った。

「男と一緒？　よく行くよ」

ぼくがほとんど反射的に感じたのは、このことだった。そこを小百合に見透かされ、ぼくは永久に軽蔑に値する人間になり下がった。

「由美と、それから誰が、変だったって？」

ウシが小百合を問いただす。

ぼくは、嫌な気がしている。胸に何かがつかえそうな、何かを吐き出したくなるような。

「さっきの話、綱の話ね、あれ全部、由美から聞いたことなの。双眼鏡で由美が説明してくれたんだけど、私には、まったく何にも見えなかったのよ」

「やだあ、私、何だか気分が悪くなってきた。まさか、由美ったら……。由美ね、あの綱までどうやったら行けるかしら、なんて言ってたわ。『ここが自分の死に場所なのかな』っていうさっきの台詞、彼女がつぶやいた言葉なのよ」

小百合が、今にも泣き出しそうに顔をゆがめる。そして、少し上目使いにぼくを見る。目には涙がたまっている。

「由美、電話に出ないのよ。また忙しくしてるんだろうと軽く考えてたんだけど、一週間は長すぎる」

あの時の、あの男？　スカイビルの男と、小百合が口にした「彼」とが重なる。

突然、ぼくは吐き気に襲われた。考えてはいけないことを予感し、ぼくがしたこと、いや、しなかったことに、ぼく自身が拒絶反応を示したのだ。

あの晩、ついにぼくの電話に出なかった由美に対して、その後、一度も連絡を取っていないのだ。


あの時のこと、あの男のことを、ウシと小百合に伝えなければならない。

22

四月二十三日、土曜日

「昨日、由美を見たぞ」

とウシが、唐突に言う。ぼくが驚いていると、

「由美じゃなかったかもしれない。いや、変だとは思った。車を運転している由美なんて、見たことないからな。由美じゃなかったな、きっと」

とウシは、自分に言いきかせるような、独り言のような言い方をした。

「車は持っていないと思うよ。でも、運転はするよ。輪島まで行ったことがある。去年の春、由美のいとこの車でさ」

とぼくは答えた。

「何色だった？」

とウシが訊く。

「真っ赤なＢＭだったよ」

「それだよ、俺が見たのもそれだ。助手席にいたのが、たぶん、おまえが見たやつだ。長髪だった」

ウシは、事もなげにこう言った。ウシのやつに、今自分が何をしゃべっているのかということに対する自覚がまったくないことに、ぼくはひどく腹が立った。だから前を向いたまま、ぶっきらぼうに言う。

「由美のわけないだろ。あれから毎日電話してるけど、一向に出ないんだ。マンションにいない由美がさ、一体どういうわけで車を運転してなきゃなんないんだよ、こんな狭い町でさ」

ぼくは嘘をついた、毎日電話しているわけではない。そして、由美の方からは連絡がないままだ。

「マンションじゃなくたって暮らせるぜ、旅行の気になりゃあさ。お前だって去年の春、由美と何日か暮らしたことがあるんだろ、輪島で」

嘘をお見通しのウシが、ケンカを売るような言い方をする。

あらゆる意味で由美と暮らしたことがないぼくは、ウシの意味ありげな言い方は到底許せない。

「なんかしゃべってたんだよな、くつろいだ感じでさ。由美ってあんなにきれいだったっけ。ありゃ化粧してたな。間違いない、思い出したぞ。だからあの時、咄嗟に人違いだと思ったんだ」

ウシがおかしなことをしゃべっているのを相手にしないで、ぼくは黙って席を立ち、カウンターを回って外に出た、一言もしゃべらずに。そう、ちょうど由美がレグルスでぼくにしたように。

化粧をした由美なんて、絶対にぼくは認めない。形を整えたり、体裁を繕ったり、嬉しそうにはしゃいだり、悲しげに目を落としたり、明るそうに振る舞ったり、元気っぽく大きな声を出してみたり、そんなことって、ぼくは認めないのだ。由美だけは、そんなこととは無縁であってほしいのだ。

四月の夜はまだ寒い。この北国では、心が暖ったまれるのは五月になってからなのだ。隠し持っていた煙草を一本吸う。

しらばっくれて席に戻ると、

「俺ってなあ、結局、当たり前のことっきり言えない人間なんだよな」

と、ウシのやつが、しんみりとこんな事を言う。ぼくらは親友だから、普段は声高に話すようなことはしない。いつもこんなふうにぼそぼそと、つまらなそうに話し合うのだ。

「お前もか?」

と、ぼくは思う。ウシと由美が同じように、まるで独り言のようにつぶやいたことの意味を、ぼくは、まだ良くわかっていない。

「どういうことだ、それ」

と、ぼくは訊いた。

「どういうことって」

ウシの返事には、わかり切ったことを質問された時の、少し不機嫌な調子が含まれている。

「つまり、ごくありきたりの、決まり文句しか口に出せないってことだ」

と、ウシは何杯目かの水割りのグラスを眺めながら、また独り言のようにつぶやく。

「例えば、『よう元気』とか、『どう調子は』とか、『やるじゃん』とか、そんなこと？『ほう、これはこれは』とか、『それ、わかる』とか、『わるいわるい』とか、『それ、高くつくぞ』とか、『いやまいったな』とか？」

ぼくは、いくつか並べて訊いてみた。ウシは黙って、うなずいた。

ウシのやつは、水割りのグラスを掌の中で回しながら氷の辺りを眺めている。ぼくはスルメ（こっちではアタリメという）の焼いたのをかじっている。ウシは、トンとグラスをカウンターに置くと、

「なっ！」

と言って、奥のトイレに立った。

ウシは、新入生の時からラ・メールの常連だ。ラ・メールの前の坂を下ってすぐ、交差点を左に曲がった所にアパートがある。

由美とウシは、ここの常連仲間だ。ぼくと小林が仲間に加わったのは、解剖学実習の四人組になってからだから、まだ本当の常連とは言えない。酒を飲まない小百合は、あまり寄りつかなくなった。

由美とウシは、一体どのようにしてここで時間を費やしてきたのだろうかと、考えてしまう。ぼくには、一人でこのような店に入る習慣がなかった。良い子ぶるつもりはさらさらないけれど、何となく後ろめたい気がしたのだ。他に何かやることがあるような……。それに、自分がひどく孤独に見えるのではないか、という懸念があった。他人に孤独を見破られるのは、プライドが許さない感じがする。

「すべての原因は、責任の回避にある」

ウシはこう言いながらトイレの扉を後ろ手に閉めた。

「何だそれ」

ママさんが作り直してくれた水割りを一口飲んで、ぼくが尋ねる。

「今、糞しながら考えた結論だ」

ウシは席に戻ると、お手拭きで手を拭こうとした。ママさんが、「キャッ」と少しおどけて見せる。ウシは、

「嘘ですよ」

と言って、アタリメを摘んで、大きく開けた口の中へ放り込んだ。

「すべての原因？　何のすべてだ？」

ぼくが何とはなしに訊き返すと、ウシは飲みかけのグラスを止めて、一拍置いてから、

「つまりは、そういう発言のすべてを指す」

と言って、飲み干した。ぼくは一瞬、「アッ」と思う。すぐに何か言おうとして、止める。それは、元よりウシの欲するところではないし、ぼくだって、ウシが相手の時くらい、「アッ」と思ったまま、黙りこくってしまうことがあってもいいと思う。ウシはグラスを持ったまま、ぼくの仏頂面を覗くようにした。ぼくが、

「技ありだ」

とつまらなそうにつぶやくと、ウシのやつは手刀を作って振り下ろし、

「メンあり、一本」

と決めつけた。メンあり一本はよほどやられた時にきまっているから、安易に認める訳にはいかない。

「コテの感じだ」

と言って、ウシの方をちらと見ると、案外まじめな顔をしているので、このほうがよほどぼくにはこたえた。

生理学や微生物学の実習を七時頃に終えてから、ろくに食事もとらないで、睡眠時間三、四

時間で頑張ってきた。今日は、一応のめどが立ったので、ウシから誘われるままに飲んでいるのだ。

スカイビルで由美と別れてから二週間経っている。あと一か月半、解剖学の試験が刻一刻と迫っている。

この二週間の間に、ぼくは生まれて初めて煙草に手を出した。夜中に一ないし二本の煙草を吸わないと、怒濤の勢いで勉強を先に進めることができないのだ。

で、この間、由美のことを思い出すことは、先週、ウシと小百合が下宿にやって来るまでは、ただの一度もなかったのだ。ここ一週間だって、必死に探し回っているわけではない。本当は、とっくに「メンあり、一本」なのだ。日頃、自分でも何となく感じていた、ぼくという人間の決定的な欠陥を、「メン」はおろか、「ツキ」一本でえぐり出されてしまうかもしれない。

ウシ相手にしては珍しく言葉を探していると、ウシの方から切り出した。

「由美から聞いたぞ」

真剣な響きがある。

由美がレグルスで、ウシが言ったのと同じこと、「決まり切ったことしか口にできない」とつぶやいたことを伝えると、ウシは実に苦しそうに目を細めて、ぼくを見た。ぼくは、水っぽくなった水割りを飲み干した。

「由美な、学校、やめるそうだ」

ウシがぽつりと言ったきり動かない。ぼくは、寝耳に水でぴんと来ない。

「やめるって、あと一年じゃないか」

「一年だろうが二年だろうが、時間の問題じゃないんだろう」

ウシの語調が強くなる。ぼくは、つくづく自分が嫌になる。

「すまん、紋切り型だな、俺は」

ぼくは、自分を俺と表現した。他意はない、自分の気持ちを裸にしたかったから。

「あの、ユーアンドミーさんが？」

ママが口を挟む。他の常連客と同じように、由美もまた、このカウンター席に座って何十分かを過ごしていく者の一人だったことが、今さらながら思い起こされる。

ママがぼくらの前にやってきて、そこの丸椅子に腰掛けた。

「理由は言わない」とウシが言う。

「いつ、話した？」と、ぼくが訊く。

「昨日の夜、電話があった。俺たちが今、やっかいな試験を控えて大変なことを知っていたよ。こんな時にごめんなさいと、しきりに言っていた。お前、大変な試験があること、話してあったのか？」

今度は、ウシがぼくに訊く。

「話した記憶はないけど、そんなふうに見えたのかもしれない。あいつ、勘が良いからな。けっこう敏感なところあるから」

ぼくは答えながら、由美が何だかかわいそうに思えてきた。そんなことを気にしながら、ぼくにではなく、ウシに電話してきた彼女を。それなのにぼくは、由美のことをろくに思い出しもしなかったのだ。


「あなたたち、いつも大変そうにしているから」

と、ママが意外なことを口にする。

ぼくたち、いわゆる今風な若者にとって、大変そうに見えるのはあまり格好良くないことなので、できるだけそう見えないように振る舞ってきたつもりだったたから。

「ぼくたち、そんなふうに見える？」と、ぼくはママに訊いてみる。

「いつも帰りが遅いし。試験だ、レポートだ、実習だって。おまけに、運動部になんか入ってるから、休日だってまともにつき合ってやれないんでしょ。向こうからはほとんど連絡なしって、由美さんがそんなこと、時々言ってたわよ」

とママさんは、ぼくの方を見て諭すような言い方をした。ぼくは、由美がそんなことを言っていたことを、すごく意外に思う。なぜかというと、ぼくたちはそういう関係ではないと思っていたから。

つき合ってやれるとかやれないとか、そういうのじゃないのだ。ぼくの方から連絡することは、確かにほとんどなかったが、それは、ちょうど良いくらいの適当な間隔で由美から連絡があり、こちらからする必要がなかったからだ。

こんな言い訳がましいことを心の中で何度か反芻していると、そんなことはどうでもよい、これから重要な話があるという言い方で、ウシがしゃべりだした。

「ちゃんとした用事もなさそうなのに、お前じゃなくて俺に電話をかけてきたことがまず珍しい。自分のことをなかなか言い出さないで、俺のことなんか、例えば試験が大変そうなことなんかを、やたらと聞きたがることがさらにおかしい。で、俺が訊き返したんだ、何か大事な話でもあるんじゃないかって」

ママが、女性の身の上話でも聞くような顔をして、耳を澄ましている。

「そしたらな、急にはしゃいだような声になって、『私、学校やめるんだ』と言ったんだ。明るく言い放った。それから、ケーシには言わないでくれと言われたよ。俺は、ケーシに言わないわけにはいかない、と答えたよ」

「また、それか」と、ぼくは思う。由美は、大切な事をどうしてもぼくに知らせまいとする。ぼくは、ウシに何か訊くべきことがあるように感じたが、実際には、口に出せる言葉がなかった。

「そしたら、彼女は何と言ったの？」

と、ママが、人生相談の回答者のようなしっかりした口調でウシに尋ねる、ここがポイントだとでもいうように。

ウシはまるで想定質問にでも答えるように、迷うことなく、即座に、

「お前には黙ったまま、いなくなるつもりだぞ」

と言った。ウシはママの質問にちゃんと答える気はないらしく、ここで一旦言葉を切った。そしてぼくの方を向いて、

「お前も同罪だって、由美と。それで、いきなり電話を切った」

と言った。ぼくはやっぱり言葉が出ない。代わりにママが、

「ケーシ先生に言わないわけにはいかないと北山くんが言った時、由美さんは何と言ったの？」

と、さっきと同じ質問をした。ちなみにぼくは、ママさんからケーシ先生と呼ばれている、まだ学生なのに。

「ここが一番大事なところなの。あなたたちはてんで鈍いから、由美さんのこと全然わかっていないから、代わりに私が判断してあげる。彼女は、何と言ってたの？」

何か重大な事件を取り扱う検察官のようにママが訊いた。二度目の同じ質問を無視するわけにはいかないような言い方だった。ウシは、覚悟を決めたようにチラッとママの方を見た。ぼくは息を詰めた。

「もういい、と」

ウシが、ぼそっと言った。

「『もういいの。ケーシも私と同じで、同罪なの。ケーシのことはもういいの』と言って、そのまま静かに電話を切ったんだ、カチャッと」

ウシは、まるで過去の過ちを告白した人のように萎れて見えた。ウシがこんなふうなのは初めてだった。ママは、すぐには言葉を発しなかった。ほんの少しウシを見つめてから、ぼくの

方を向いた。ぼくはウシの横顔を見たが、ウシはこちらを向かなかった。

23

五月七日、土曜日

「俺さ、由美のこと、何も知らないんだ」

ぼくは、ウシに告白した。

ぼくの下宿で小百合が話した、北海道での奇妙な出来事。あの時、ぼくらが皆同じように感じた不安の正体。スカイビルのロビーで、由美と一緒にいた都会風の男。ウシが目撃したという、赤い車と長髪の男。そして、あの晩、由美が部屋に戻らなかったかもしれなかったこと。

解剖学の試験が一か月後に迫っていたけれど、ぼくはウシと話をしなければならない。

「『ケーシのことはもういい』って、由美が言ったって言ったよな」

とぼくは続けた。ウシは、いつものように黙ってうなずく。

「俺、由美がそんなふうに俺のことを言うのが不思議なんだ。だってさ、俺たちって、そういう間柄じゃないんだ。ちゃんと話したことなんか何もないいんだ。何だかそれが口惜しくって」

「ちゃんと話したことがないって……。それ、ちゃんと話す、なんてこと、必要ないのよ」

と、ママが水割りを差し出しながら言う。

「ぼくさ、さっきから由美のことがひどく憎らしいんだ。由美はぼくに何も悪いことをしていない。ぼくは由美から何一つ嫌なことをされたことがない。なのにさっきから、ひょっとしたら恨みに変わってしまうんじゃないかと思うほど、嫌な感情がこみ上げてくる。一体どうしてだろう？」

と、ママに訊いてみる。

「それはね」

と言って、ママはウシの方をちらっと見た。

「あなたが男で、あれこれ言わなければ何もわからない人だから。あれこれ言うことと、物事がわかるということが、同じだと思っている類の人だからなの。まだ十分話し合っていないのに、彼女が自分のことを断罪するのは早すぎると、そう感じる人だからなの」

ママは続ける、

「女はね、あなたたちのように多くを語り合う必要はないのよ。言葉の端々にね、その人が匂うじゃない？」

と、語尾を上げてぼくを見る。

「言葉の端々か」とぼくは思い、返す言葉がない。ウシは、つまんだアタリメの先っぽに視線を結んでいる。

「大体のことはわかっちゃうものなのよ。ほとんどのことがわかるの、私たちには。だから、すべてお見通しなんだと思うわ」

「何を？」

と、ぼく。

「そういうお前のすべてをだ」

ウシが突然矢を放ち、ぼくを断罪する。よくよくぼくは、ダメなやつなのかもしれない。

ピアノが鳴っている。ママは立ち上がって向こうへ行き、再びコーヒーカップを洗いにかかる。カウンターに突いていた肘を外して、ぼくは「オスカー……」と言いかけて、やめた。きっと間違っていると思った。「世間話をしちゃあいけない」と、ぼくの中でぼくがつぶやく。

ウシを見た。不機嫌そうにアタリメをかじっている。

「俺もな、端々を感じ取られちまってたんだと思うとな……」

と言ってウシが少し笑う。その寂しいランプのような光がぼくの暗いところを照らし出す。

「『ちゃんと話したことが何もない』じゃないよな。ふざけた言い方だよな、俺って」

黄色いおしぼりをいじりながら、ぼくが言う。

「『言葉の端々』なんだよ、やっぱり。本当のところが出ちゃうんだよな」

と、放心したように肩を落としてウシがつぶやく。

ぼくは椅子をずらしてトイレに立った。

洗面所の大きな鏡に姿を映してみる。腰から上しか映らない。桜餅みたいな顔をしている。目の周りがとりわけ赤く、少し腫れぼったくみえる。頭全体が鬱血して勃起していると思った。勃起した頭で、ぼくは一体何を考えていたんだろう。由美のことを本気で思いやったことがあったのだろうか。

さっきウシのやつが、微かな笑いでぼくの心を照らしてくれたように、鏡の中の自分に向かって、ぼくも少し笑ってみせた。鏡の中の笑ってみせられた方のぼくの頭は、やっぱり真っ赤に勃起して、女性のセックスのことしか考えていないような有様だった。由美に対してさえも。

昔はそうではなかった前歯の間のわずかな隙間が、狡猾な本性をあらわにしているかのようだ。嫌なものを見たと思った。無性に殴りたくなった。思いっきり頬を叩く。右手で右頬を、左手で左頬を、パシッ、パシッ、パシッ、パシッ、パシッ、と続けて五回ずつ殴ってやった、思いっきり力いっぱい。

思ったほど痛くはなかったけれど、涙が出た。いつも事あるごとに鼻の奥の方から転がり出て来ようとする、これまで必死で堰止めてきた、めったな事では許さなかった生意気な青二才のやつが……、要するにぼくは、少しだけ泣いてしまったのだ、不覚にも。

それでもぼくは、口を閉ざして真顔になった自分を眺め続けた。左、右と少し顔を傾げて、まんざらでもない所を探し出そうとさえしてみた。カウンターの方がちょっと賑やかになった。人の声が増えたような気がする。女の人がいるようだ。鏡の中のぼくは、さらに一層すました顔になり、良い顔を取り繕おうとさえしている。
最後に、服装を正してドアーを押し開けた。

24

カウンターの一番こちら側には、さっきのままのウシの背中が、広大な姿をこちらに向けて置かれてある。ウシの顔は、八人掛けのカウンター席の一番向こう端に、今まさに腰掛けようとしている女性に向けられている。ほとんど体全体がそちらを向いていると言っていい。新来の客は、ママと親しそうに言葉を交わしている。ピアノに代わってトランペットが鳴っている。

ウシの向こう側のぼくの席に戻る。ぼくは知らない女性の顔はあまり見ない。失礼を恐れるのと気取りとが半々だ。わざと見ないでおいて見られたいと思っている。実にいやらしい態度だ。この時もそうだった。別に飲みたくもない水割りを口に含んでみたのも、意識的な動作だ。が、ウシはいつも平気で見るのだ。やはりこの時もそうだった。我々はいつだって、それぞれのやるべきことを、やりたいようにやるのである。

ぼくが女性には関心がないようなふりをして、しらばっくれてグラスを口に運び運びしていると、ふとウシの視線を感じたのだった。ウシが、ぼく越しに女性を見やるのには慣れっこになっていたから、今度もそうだと思っていると、ウシはどうやらぼくの方にも視線を送っているらしい。気配を感じてウシに目をやると、彼は口をすぼめて首と顔と目とを総動員して、彼女を見るように合図を送っていた。

ぼくはハッとして彼女を見やる。当たり前だけれど、由美ではなかった。でも確かに一瞬、由美が頭をよぎったのだ。今ここにいるはずのない由美のことが。そしてぼくは、意外にも、ホッとしたのだった。由美に対しては、すでに加害者のような気持ちを抱えているのだ。

今ぼくにとってはっきりしていることは、ぼくが由美のことを何一つとして知らないということだった。由美がこの世で一番大切にしていること。何をしたくて、何が嫌なのか。由美がぼくにして欲しかったこと、ぼくが由美にしてあげられたはずのこと、してあげられること。

いや、そんなんじゃなくて、もっと本質的な何か。ぼくは本当に必要とされていたのか、そしているのか。彼女に対して何かをする資格が与えられていたのか、そしているのか。そもそもぼくは、由美に話しかけてよい人間だったのかどうかさえ、ぼくにはわかっていないのだ。彼女にとって、ぼくは一体何者なのかということについて、一切の答えが用意されていないのだ。答えの一切合切はぼくの側にはなくて、すべて、何から何まで、由美の心の中にしかないということを、今、ぼくは思い知らされている。


その女性は、白いブラウスの丸い衿をグレーのカーディガンの外に出して、少女っぽい着方をしている。髪は長く、多過ぎない量で肩口の下辺りまでストレートに伸びている。バラ色に上気した頬は、ちょっと見にも柔らかそうな形の良い膨らみで、穢れのない生命を宿しているかのようだ。ぼくらから見える右側の髪に軽く手を触れて上から下へと形を整えるようにした。

わずかに水気を含んだ髪の毛が数本ずつ束になり、別個の光を放っている。ほとんど真っ白といって良いほどの白い指先は、短く切り揃えた淡いピンク色の小さな爪を持ち、独立した繊細な在り方をしていた。

と、ぼくの視野の一番遠い所にある紫色のガラス扉が開いて、背の高い男が入ってきた。雨でも降り出したのだろうか、ややうつむき加減の顔に覆いかぶさった長髪は、濡れて柔らかさを失っている。濃紺のジャケットを二、三回手の甲で払うようにしてから顔を上げ、左手でサッと髪をかき上げた。そして、ぼくらを通り過ぎたもっと後ろの辺りに目をやり、店全体を眺めるようにしてから、一呼吸ついた。彼女の向こう側に立ったので、ぼくらと男は顔を見合わせる格好になる。一瞬目が合ったが、男はすぐに目を伏せ、そしてそこに彼女がいた。彼女は文庫本を開きかけていた。

ママが、「いらっしゃい」と言う。

男が彼女の肩に手をかける。彼女と、それからぼくがハッとする。ウシは前を向いてロックを舐めている。彼女が左に身を捩らせて見上げると、男は黙って顔をほころばせた。彼女の表情はわからなかったが、姿勢を戻して自分の右側、つまりぼくに近い方のイスを引いて男を促した。この時の彼女は無表情に見えた。

彼女の後ろを回ってそこに座る時、男は一瞬こちらを見た。視線はやはりぼくらより後ろで結ばれている。白いTシャツにジーパン、薄地の濃紺のジャケットに長めの髪。由美が泣いていた時の、あの長髪の男に似ていると思った。ぼくは危うく会釈しそうになったほどだ。

男はヒョイと視線をすくい上げ、キッチンで調理をしているママの所にポトリと置きかえた。この時、髪の長い女性が男の背中越しにぼくを見た。大きな、しっとりと黒い瞳だった。ずいぶん長いことぼくらは見つめ合っていたように思う。そしてぼくは、彼女の瞳が黒いだけではなく、深い藍色を湛えていることを知った。

耐えきれずに目を伏せたのはぼくだ。ふと目を落とした視線の先、彼女の足もとのカウンターとイスとの間に、グレーのヴァイオリンケースがとりすました高級犬のように静かに横たわっているのを発見する。ぼくはほとんど呆れ返った気持ちで彼女を見やる。彼女と男は、顔を見合わせながら話し始めている。彼女の視野の中には、たぶんぼくも入っているはずだ。

「僕はね、その時も川を見ていたんだ、ずーっとね。すると、吸い込まれていくんだ。僕の意識が、フーッと。僕は橋の手すり、欄干とは言わなくなったね、最近。その手すりにね、体を預けるようにして真っ黒い川面を眺めていたんだ。するとね、流れがわかってくるんだ、真っ暗な中で水が動いている。うごめいているんだ。その気配を、僕は感じた。で、本当にツィと引き込まれそうになった。落ちる、落ちるってね。

その時、一瞬、川面がピカッと光ったんだ。その光を見てね、僕はすごく豪勢な気分になった。何か、とてつもなく贅沢な世界の中で、今僕は生きている。それから、手すりを離れて歩き始めたんだ。橋のまん中で、新聞配達の人に出会った。僕には目もくれなかったよ、彼は。他人に媚びることをしなかったんだ。真面目な真っ白い顔をしていたよ」

男はカウンターの上に両肘をつき、祈る時のように顔の前で手を組み合わせ、鼻の頭をトントン叩くようにしながら静かに話している。ぼくは由美を泣かせていたあの男のような気がしていて、殴ってやりたいほどの気取った調子を予想していたのだが、意外と淡い語り口で、濁りのない若い声だった。

「その光、何だったの？」

ヴァイオリンの女性が、少し考えた後で、こう尋ねた。浮ついたところのない、思慮深そうな女性の声だ。男は組み合わせた両手に顔を押し当てるようにして女性の方を向き、一瞬黙ってじっとしていた。それから手を解き、両腕を少し広げ、外人のように肩をすくめてから、

「夜が明けたのさ」

と言った。女性は曖昧な笑顔を見せた。

ママが、「どうぞ」と、レモンティーをテーブルの上に差し出す。女性は軽く会釈して「はい」と小さな声で言い、ソーサーを手前に引き寄せてカップを手に取る。男の前に、冷水の入ったお洒落な細長のグラスが置かれた。男は、しゃべる機会を削がれたような具合で、再び前を向いて手を組み合わせ、鼻の頭をパタパタやり始める。ここでもやっぱり「言葉の端々」だったのだろうか。女がそれを看破したのだろうか。

「僕はね」

男がまたしゃべりだす。

「自分のことを、まったく非の打ち所のない人間だと思っていた時期があるんだ。高校までかな、自意識が非常に研ぎ澄まされていて……」

「要するにね、自分の世界観というのがちゃんとできていて、これはこう、あれはあれというふうに、次々に整理していけたんだ。何でもかんでも、片っ端から処理できた。正解だったかどうかは、また別の話だけどね。

でもね、今は違うんだ。自分だけで決められることなんて、何一つなくなってしまって……。君とか、それから……」

ウシが突然立ち上がり、ぼくの後ろを通って男の向こう側までゆっくり歩く。ぼくは、まずいなと思う。ウシが、男の左肩に手を置いた。

「おまえなあ、人生論語れるタマかよ。言葉の端々なんだよ」

ウシは、抑えた調子でこう言うと、つかんだ男の肩口をグイと押した。男は、イスごとひっくり返りそうになるが、後ろの壁に左手をついて体を支えることができた。

脚の長い丸イスが転がり、コンクリートの床で大きな金属音を立てる。ヴァイオリンの女性がお人形さんのような声を出し、ママが洗っていたカップを流しの上に落とす。

二人の男が顔を見合わせる恰好になった。長髪の男が体勢を立て直すと、ウシのほうが少し背が低かった。流しの水が出しっ放し、マイルス・デイヴィスのトランペットが鳴りっ放し……。

ヴァイオリンの女性が席を立ち、二人の間に割って入る。ウシの顔を思いっきりひっぱたく。

手のひらが、紅葉の葉っぱのように、ウシのほっぺたにくっついて、離れる。

ぼくはイスから腰を上げ、ママは口に手を当てたまま動かない。

ウシはというと、まったく意に介さず、目を丸くして言い放った、「この人も、言いくるめようってんだな」。

「い、言いくるめるとは、どういう意味ですか」

男が、左手を壁に押し当てながら言い返す。やや震える声だが負けてはいない。

ウシは再び冷酷な顔になり、「ほほお」というような口元になった。

「おまえ、車ん中で由美と……」

次の瞬間、男がぼくの所まで殴り飛ばされてきた。ぼくはイスから転げ落ち、男と一緒に尻もちをつく。

ヴァイオリンの女性が男を抱き起こす。男は、左手の甲をしきりに唇に持っていく。血が出ているようだ。そして、ゆっくりと出口に向かう。ママがカウンターの向こうで、僅かに体を動かした。

男が、引きずるような足取りで扉を押し開ける。激しい雨の音がする。

「由美は」

と、ぼくが言う。自然と口をついて出た。

暗闇の中に踏み出した足を止め、男がゆっくり振り返る。髪が乱れ、額に垂れかかっている。

「由美は」

と、ぼくはつぶやく。胸に迫るものがある。

男は中に戻り、後ろ手に扉を閉めた。雨の音が消える。

ぼくは、起き上がりながらそいつの顔を見上げる。男は、力のない目をぼくに向け、ヴァイオリンの女性、ママの順に視線を移す。

ぼくを再び見た時、ヴァイオリンの女性が言った。

「由美はどうしたの？」

男は身を転じて扉を開け、外に出た。

「おいっ」

ウシが体当たりで扉を開けた。

「おいっ、待てっ」

外から、大きな声が聞こえる。

ヴァイオリンの女性を押し退けて、ぼくは扉を開ける。坂道を駆け登って行くウシが見える。十メートル先の信号の下を、男が走って行く。

車のヘッドライトが目の前を走り抜け、ひどい水しぶきがかかる。

「チクショー」

土砂降りの中に、ぼくも飛び出した。

25

ぼくらは男を取り逃がした。坂道を登り切った所の交差点で、信号待ちのタクシーに乗られてしまったのだ。ウシもぼくも足は決して速くない。足の速い人間は剣道とか柔道にはあまり興味を持たないかもしれない。あの男は「道」の付くスポーツとは無縁だろう。背が高いし、足も速かった。

「キザなやつだな」

ぼくは言ったが、ウシはいつものように言葉を発しない。ぼくの言葉は、まるで独り言のように暗闇の雨の中に消えた。ぼくらは無言でラ・メールに引き返す。戻りながらいろんな事を考える。ウシもたぶんそうだろう。ずぶ濡れになりながら、ぼくらはまったく急がない。むしろゆっくりと、とぼとぼと歩く。

「車の中であいつ、由美に何をしてたんだ？」

ラ・メールの扉の前でぼくは訊いた。店に入る前に口に出しておきたかった。

「抱き合ってたよ」

思いつめていたことを告白するかのように、抑揚のない声でウシがつぶやく。ぼくは、扉を開けるのをためらった。ガラス扉を押し開けるのに必要な力が出ない気がする。体で扉を押し開けるようにして、ウシが最初に中に入る。ママが何か言っている。取っ手に手を掛けたまま、ぼくはしばらくそこに立っていた。

中から扉が開けられ、ママがタオルを持って現れた。それを受け取って、ぼくはようやく中に入ることができた。

「あなたのこと、由美から聞いてるわ」

その場に馴染んだ様子で、ヴァイオリンの女性が言う。

寒い日の真夜中、解剖学実習の帰り道で遭遇したあの女性だ。グレーのヴァイオリンケースが決め手だ。勝手に、運命のようなものを感じてしまう。そして何よりも運命的なのは、この人の口から由美の名前が出たことだった。

「由美って、国文科の由美ですよね」。確認のためにぼくは尋ねる。

「そう」。ヴァイオリンの女性は確信をもってそう答えた。ぼくの言う由美と、自分が持ち出した由美とが同一であることは、彼女にとって既成の事実のようだ。

「由美からここに行くように言われたのよ。てっきり彼女も来るものと思っていたんだけど」

「それで、『由美はどうしたのっ?』て訊いたんだね、あの男に」

頭からピンクのバスタオルを被ったまま、ウシが言う。

「レイコさんのその言葉を聞いた途端に飛び出したのよ、彼」

ママは、レイコという名をごく自然に口にした。そう言えば、紅茶を出された時の「レイコさん」の風情もまた、ごく普通だったことに思い至る。

ぼくは古くからの常連ではないから、この女性を知らないだけなのかもしれない。ウシや由美はこの女性と知り合いなのかもしれないと気がつく。よもや、あの男も常連客の一人なのではあるまいか、という疑念が頭をよぎる。

「誤解のないように、最初に言っておきます」

レイコさんは、先生が何かを宣告するように、ぼくらを見まわす。ぼくらは、生徒のように彼女に注目した。

「彼は、まったく、悪い人なんかではありません」

そして、ウシを正面から見据えた。ウシは、「意外な」という顔をする。

「彼は誰なの？」

ひまわりの絵柄のバスタオルを肩に掛けたまま、ぼくが訊く。

男が常連客なのかどうかを確かめたくて、ぼくはママの顔を見た。

ママが女性に目を転じ、女性が口を開く。ぼくは彼女の方を向き、藍色がかった大きな瞳に出くわす。彼女は、まっすぐぼくの目を見て言った。

「私たちの彼氏なの。由美と私の」

上品な顔立ちの陰から別の表情が浮かび上がった感じがして、気持ちがざわつく。

ラ・メールに、沈黙の靄が掛かる。

何秒か後、ウシがぶっきらぼうに言う。

「いわゆる三角関係か」

「彼と私は高校時代からの友人、というか、同志なの。由美と私は従姉妹同士。そして二人とも、彼の恋人らしいの」

レイコさんは、ひとごとのような言い方をした。


「連休で、御実家に？」。ママがレイコさんに訊く。

「明日、東京に戻ります」

「どこに行くにも、ヴァイオリンがお供なのね」

「毎日弾かないと、一週間分くらい、すぐ後戻りしちゃうんです」

「今日もどこかで練習を？」

「中学までお世話になっていた先生のご自宅に、おじゃましてきました」

大変ね、とママは言い、調理場に戻る。

「彼、二回目かしら、ここにいらしたの」と、何かを作りながらママが訊く。

「去年の九月以来ですね。あの時は、いろいろ相談に乗ってもらって、どうもありがとうございました」と、レイコさんが言う。

「結局、どうなったのかしら」

「彼、あの後からすぐ勉強し直して、この春、富山の医科大学に入り直しました。また一年生やってます」

「せっかく東大に入ったのにねぇ」

「やめるかどうかは、やりたいことがはっきりした時点で、全然悩まなかったみたい。本当に大変だったのは、自我が崩壊寸前まで追い込まれた劣等感だったそうです。自分が行くべき場所だと疑わなかった所に、どうやっても行き着けないと悟った時の。それはそれは、恐ろしい体験だったたって」

「それって、ずいぶん贅沢な話だわよね」と、ママが少し笑った。

「あんまり人には言えない話かも。欲張りっていうか、虫のいい話に聞こえるかもしれないですね」

レイコさんが、控えめな微笑を浮かべる。

「その分、彼には頑張ってもらいましょう。これからは、自分のためではない人生を生きてください」

と、ママがちょっとおどけた言い方をする。

「自分の『ためではない』人生じゃ、ちょっとかわいそうかも。自分の『ためだけではない』人生ではダメですか？」

と、レイコさんが提案する。

「自分の『ためだけ』でなければ、許してあげましょうか」

ママが優しく笑った。

「あなたは、順風満帆ね」

「おかげさまで」

「レイコさんね、来年からウィーンに留学するのよ。こっちの音大に在籍したまま。奨学金が出たのよね」

ママは、ぼくらに誇らしげな目を向ける。

「二年間、勉強してきます」

「彼は？」とママが訊く。

「すごく喜んでくれて。あまり大げさな表現をする人じゃないんだけど、飛び上がるほど喜んでくれました」

「二年間、お別れなのね。大丈夫なの？」

「これまでも、基本、ずっと別々で、たまにしか会ってなかったし。だいいち、私たち、そういう関係じゃないんです。きちんと生きようって、励まし合ってきた同志だから。絆はとても強いけど、それだけと言ってしまえば、それだけなの。自分で言うのも変だけど、めざすところが厳しすぎて、男女の関係にはとてもなれないの。絶対に無理ね。彼もまったく同じ考えだと思いますよ」

「さっき、あなたと由美さんの二人とも彼の恋人って言ったけど？」

「二通りあるうちの一方が私で、他方が由美ということかな。精神的な恋人と、いわゆる普通の恋人」

レイコさんは、ここでぼくたちを見た。本当のことよ、とでも言うように。

「私たち三人の関係って、かなり運命的なんです。私と彼、彼と由美は、それぞれ別々に知り合っているんです。それが、ここ金沢で一緒になったの」

場面転換が急すぎて、ぼくはこの物語についていけないでいる。ウシこそ、この手の話にはトンとついていけないはずだ。

「つまり、由美は、とんでもない事に巻き込まれているわけではない、と思っていいんだね」

ぼくは、誰にともなく、間抜けな質問をした。よくわからない話の流れを一旦止めるために。さっきからの話の流れに、どうしても違和感を覚えてしまうからだ。

「入学式の前日、偶然大学で出会って、二人でスカイビルに行ったんだけど、『ちょっと深刻なんだ』って言ってて、元気がなかったんだ。その後、一階のロビーでたぶんさっきのヤツと会っていて、その時は、由美、泣いてたんだけど」

と、ぼくはぶちまけた。

話の流れをせき止められた形のレイコさんは、ぼくの方を向いて、まるで会釈でもするように少しうなずいた。そして、

「どうしても、彼を悪者にしたいようね」

と言った。

「彼も富山で入学式があったはずだから、たぶんその前に金沢に寄ったのね。泣いてたのが本当だとすると、何も悲しかったとは限らないわよ。涙には、感動の涙と嬉し涙もあるのよ」

「ちょっと深刻、ていうのは？」

「私が相談されてたのは、彼が由美を富山に連れて行きたがっているということ。由美の卒論

のテーマが富山の図書館にあるらしいから、これも運命的なものなのかも」

「それじゃ、大学をやめるっていうのは」

と、ウシが口を挟む。

「金沢大学をやめて、富山大学に編入するんじゃないかしら。少なくとも、大学院は富山にするって言ってたわ」

「どうりで、はしゃいだ声で明るく言い放ったわけだ」

ウシはうなずいた。レイコさんが、よく当たる占い師のように思えてきた。

「ぼくには何も教えまいとするし、ケーシはもういいって、言うんだ」

と、ぼくはレイコさんに訴える。

「その通りなんじゃない。何も期待できないから、何も教える必要はない。本当にもう、必要ないんじゃないかしら」

レイコさんは、冷徹な裁判官のような言い方をした。ぼくの心が、苦しくなる。

少し黙ってから、訊いてみる、

「『ケーシも私と同じで同罪』、というのは？」

レイコさんは考えてから答える、

「それは、私にはわからない」

「『私ってねえ、結局、決まり切ったことしか言えない人なんだ』って言ったんだ、レグルスで。その言葉ははっきり覚えている」

由美の言葉が今、はっきりと甦る。

「由美は、何か本質的なことを悩んでいて、あなたに何かを期待していた、ということかしら。そしてあなたは、見事にその期待を裏切った」

「ブラックボックスね。他人の人生はブラックボックスだらけ。でも、自分の人生にはブラックボックスはただの一つもない、すべてのことに訳があるし、結果もある。今のことも、そういうことね。あなたには何のことだかわからなくても、由美には、理由も結果もわかっていることなのよ」

レイコさん以外の者は皆、あっけに取られてものが言えない。彼女は、それこそすべてのことを次々に処理していく。

「由美さんがここに来なかったのには、何か訳があるのかしら？」

恐る恐るという感じで、ママが尋ねた。

「由美は、私という親族の前で、皆さんに会いたくなかったのだと思う。本当の理由は彼女の心の中にしかないけど。でも、来なかったという事実から、私には推察できることがあるの」

しばらく身を潜めていた沈黙のヤツが、したたかに覆いかぶさってくる。

「さて、私たちの運命的な出会いの話に戻っていいかしら。今日は、全部話してくるようにって、由美から命じられているような気がするの」

ぼくたちは、黙ってうなずく。

「私は東京に下宿して、音大の付属高校から大学のヴァイオリン科への進学をめざしていた。彼は、いわゆる有名進学校から東大をめざしていた。高一のクリスマスの夜、彼の高校のイベントで出会ってからずっと私たち、目的達成のための同志なの。いつも同じ方向を向いていて、考えていることがすぐにわかった。そのための方法論も同じで、最短距離で目的地に到達できるやり方を共有していたわ。

二人の生活は東京色が強すぎて、私が金沢の出身だっていうことを二人とも意識したことがなかった。だから彼、去年の夏、バイト先で由美と出会った時も、金沢ということで特にピンとはこなかったらしいの。

八月に、北海道から彼の手紙が届いた。その中に『今の自分にとって、とても大切なある人』が、自分が抱える本質的な問題点を指摘してくれた、みたいなことが書いてあった。私は強く嫉妬したわ。それって、もう何年も前から私の受け持ち分野だったから。

九月になって、夏休みが終わるちょっと前、金沢の実家に彼から電話があったの。相談したいことがあるから会いに行くという。その電話を受けた時、そうこなくっちゃ、と思ったわ。

そしてほどなく、彼と由美とが二人連れだって、私の前に現れたんです。その時の由美の顔ったらなかったわ。もっとも、私の方も相当なものだったと思う。何しろ、金沢駅の改札口で体が浮いたくらいだったから、数センチもフワッと浮いたわ。二人並んでこっちに向かってくるのを目にした時、夢の中のような光景そのものだったから」

「彼は、何も知らなかったの？」とママが訊く。

「まじめくさって私に紹介した時、私たちの様子があまりに変だったから、彼、呆然自失という感じになっちゃって。何分間か、どうしても事態を呑み込めなかったんです。彼、ちょっとそういうところあるから」

「その後、三人でここに来てくれたわけよね」

ママとレイコさんが目を見交わす。

「『彼と一緒に神様を見たの』って、由美さん言ってたわね。冗談めかしてたけど、嬉しそうだった」

「北海道でのその体験が、一番の出来事だったみたい。由美、何かがようやく腑に落ちたって、そんな感じのこと、言ってたものね」

「レイコさんは、本当に大丈夫なの」と、ママがまた同じことを訊く。

「私は、まちがいなく彼のおかげでここまで成長できたんです。私にとって、彼は完璧な支えでした。私が知っていた彼は、揺らいだことが一度もなかったの。でも、その彼が倒れそうになった時、彼を支えたのは私ではなかった。運命的な出会いがあったんです」

レイコさんの目が少し潤んだように見える。それから、吹っ切れたような笑みがこぼれた。

「大丈夫です。私にも神様がちゃんとレールを敷いてくださったから。一人で頑張って来なさいって。大親友のヴァイオリンと一緒だから大丈夫、めちゃくちゃ楽しんできます」

「二人のこと、けっこう詳しく知ってるの？」とママが訊く。

「よかったら、教えてくれる？　もちろん、大丈夫なところだけでいいから。私たち、由美さんのことをとても心配しているの。決して軽い気持ちで言っているわけではないのよ。それで、みんなで集まってたのだから」

「由美の応援団なのね」

とレイコさんは言った。

「それじゃあ、皆さん、由美の大切なこと、いろいろ知ってるんでしょうね」

レイコさんは、正体を見極めようとするかのように、ぼくたちの顔を一人ずつ見ながら、目配せをするような目をした。

ぼくたちは目で合図を送る。

「私の兄の死で、彼女の人生が変わってしまったこと、ご存じでしょ。理系から文学少女に、生真面目な優等生から授業をサボって図書館通いをする学生に。音楽鑑賞が趣味の女の子から、ロックバンドのボーカルに。お嬢さんタイプの服装から、ラフな、時にコケティッシュな服装に」

何となく感じていた由美の実像が鮮明になる。本当の由美を、何にもイメージできていなかったことを思い知る。その甘さを、いい加減さを、レイコさんに指弾されたと、感じる。

「でも、あのことは、今も完全にブラックボックスのままなの。四年以上経った今も、目に見えた事実以外のことは誰も知りません。兄が亡くなったことだけがみんなの知るところとなり、それ以外のことをあれこれ考えたり言ったりする者は、親族の中にはようやくいなくなりました。つまり、兄の死というものが、やっと、単なる一つの過去になれたんです、由美の願う通りに」

「だから、今さらそれを取り立てようとすることは、それを意図する人のためにこそなれ、決して由美本人のためにはならないんです。それは、親切ごかしのゴシップ好きのやることだと、断言できます」

ぼくたちの中に動揺が生まれ、初めは小さく、次第に大きく、沈黙の波紋が広がっていく。

「それから」

と言って、レイコさんは口を閉じた。

さらに深い沈黙が続く。

「それから、絶対にしてほしくないことがあるの」

と、レイコさんが口を開く。

「それは、みんなで集まって、お茶を飲んだり、お酒を飲んだりしながら、由美のことをあれこれ話題にすることです。人生の一大事を必死で乗り越えてきた一人ぼっちの女の子が、他人が話題にできるくらいの軽さを保って生き続けていくことが、どれだけ大変なことだったか、想像してあげてください。その女の子を、話の種にするのだけは、やめてほしいんです」

『他人が話題にできるくらいの軽さを保って生き続ける』

ママが、人目をはばからず、嗚咽した。ウシは苦虫を嚙みつぶしたような顔になった。ぼくはというと、ぼくはというと……

26

五月十五日、日曜日

「カトーチョー！」

小林のやつが遠くから叫んでいる。日曜日の片町の人混みの中で、頭の上に掲げた小林の細長い手が、見え隠れしながら近づいて来る。

「カトーチョ、お久しぶり。元気出してよ！　ねえ、カトーチョ」

満面の笑み、というやつだった。学年一の変わり者で優等生の小林が、根が生真面目で好いやつなのを誰もが認める小林が、ぼくを励ましてくれている。偶然出会っただけだというのに。普通にしていては他人と付き合えないほど並外れてナイーブな心が、小林を変人に仕立て上げていることをぼくは知っている。ウシと同様、小林もまたぼくの本質を見抜いている一人だということも、ぼくにはわかっている。

解剖学実習が終わり、一人前の医学生になったところだ。生き物の、それも他ならぬヒトの、概念ではない直截的な生命と死について学んできたところだ。生とか死とかいうものがいつも傍にいるような感じがあって、医者になるのはけっこう大変だなと、気づき始めている。だからぼくたちは皆こうやって、いつも励まし合っているのだ、バカみたいに。小林は、自分自身をも鼓舞している。ただの冗談なんかじゃない、とぼくにはわかっている。
来週から、全員が終わるまで二週間かかる解剖学の試験が始まる。

27

由美に手紙を書いた。今さら電話はできないし、以前のように向こうから連絡が来ることは、もうない。

前略
兼六園の横のアジサイの前で初めて出会ってから、三回目の梅雨を迎えています。君は雨に濡れながら、上坂の途中でぼくの方を見て立っていた。二人とも雨は平気でしたね。あの時、ぼくらはまだ本当に若かった。今は、傘を差さないで歩くことなど、とても考えられませんから。
今日、兼六園に行ってきました。入学した時以来です。もう何年も住んでいるというのに、通り過ぎることはあっても、見物することはありませんでした。自分の馬鹿さかげんに、今さらながら驚いてしまいます。こんなことでもなければ、一度も楽しまないで卒業してしまったに違いありません。ぼくとはそんな人間なんだと、最近ようやく気がついています。

山崎山が一番好きです。石の五重塔の横を通って頂上まで登り、休憩所から根上がりの松を見下ろしてきました。手前を流れる曲水が微かな光を反射してキラキラと輝いていました。新緑に覆われた兼六園は濃い緑と黄緑とが入り混じり、梅雨時の今でさえ、庭全体が眩しく光っていることを知りました。

入学試験の直後に山崎山から見下ろした雪景色が、人生で最も美しい風景になっています。雪吊りに支えられた根上がりの松の気高い美しさに、ひとり静かに見とれていたのを思い出します。物理で一問ケアレスミスをして、兼六園はこれが見納めだと観念していたことが、格別な風景に見えた理由かもしれません。

厳冬の雪の中、凛として孤独に耐えている根上がりの松に、その時のぼくは、憧れに近い共感を覚えたのです。これが見納めだと思う切ない気持ちと、松の風情とがシンクロしたのだと思います。

そして今、あの時と同じように、凛として、そして切ない気持ちが、ぼくの中に湧き上がっています。

玲子さんから、お話は伺っています。本当に良かったと思う気持ちでいっぱいです。そのことに嘘、偽りは一切ありません。

今までのことをいろいろ思い起こしてみましたが、ぼくについて言えば、褒められるようなことはただの一点もないし、自慢できることも、誇らしげに威張れることも、何一つとしてないことがわかりました。ぼくとは、これほどまでに取るに足らない、面白味のない、むしろくだらない輩なんだということに、唖然としている次第です。

君の応援団を自任していたぼくらの独りよがりな行動、とりわけ一番傍にいたはずのぼくの行動に関しては、もっと君の事情に寄り添ったやり方があったはずだと、悔やんでいるところです。

これからの君には良いことずくめの未来が待っていると、玲子さんから聞きました。お体にはくれぐれも気をつけて、頑張りすぎないで、できれば少しゆっくりとお過ごしください。君の人生にさらなる幸せが訪れますよう、心からお祈りしております。

草々

そして、由美からの返事は、ついに来なかった。

手紙の中に、玲子さんからとても厳しい指摘を受けたことは、最初は書き込んだが、後から抹消して書き直した。玲子さんに余計な迷惑が及ぶことを恐れたためだ。

投函してすぐ、後悔した。あのような独りよがりな手紙を出してしまったことを。由美のことはほとんど書かず、自分の気持ちのみを書き連ね、同情を買おうとするかのような情緒的な表現に満ち満ちて、しかも紋切り型の、脅迫状とも見まがうような代物を、受け取る側の気持ちを一切かんがみないまま投函してしまうという、ぼくの中の身勝手な本性が、ここまで来てもなお抜けないことに、自分ながら呆れてしまっている。最後の最後で、取り返しのつかない、「それならそれで仕方がない」ことをやってしまったのだった。

ありのままにしていてそう思われてしまったのでは、ひょっとしたら本当にダメなのかもしれないのだから。それが、「本当にダメ」ということなのかもしれないのだから。

「やっぱりダメね。ケーシも私とおんなじだわ」と言って、由美がさっさとレグルスから出て行ってしまった時、後に残されて一人感じたことを、性懲りもなく、今もまた感じている。

28

六月十九日、日曜日、昼、雨

解剖学の試験が終わったので（結果は全員終了までわからない）、十一月の三段への昇段審査会をめざして、本学との合同稽古を再開したところだ。

昇段試験の後すぐから、全専門科目の卒業試験が三か月間にわたってほぼ毎日続くことになっている。最終関門がまだ控えているのだ。

小林は、もうここには現れない。ぼくはただ一人、石川門の前に佇んでいる。由美が現れるかもしれない、そんな荒唐無稽な淡い気持ちがフワフワしていて、ここを離れられないでいる。しかも雨だ。けっこう強い。兼六園をぐるっと左によけて、上坂に自転車を乗り入れるには、石川門の軒下からこの雨の中に飛び出す勇気が必要なのだ。二年前のちょうど今頃、小林とぼくはへっちゃらでそれをやってのけた。ぼくはそのまま上坂を登り切り、兼六坂に合流する手前で由美と出会ったのだった。

あの凛とした群青色の紫陽花たちに会ってみたい。

ぼくは、どしゃぶりの雨の中に飛び出した。兼六園の前の坂を左に下り、上坂に入ってからは遮二無二ペダルをこぐ。道幅が少し広くなり右にカーブした所で群生する紫陽花たちに出くわした。ブレーキをかけて立ち止まる。あの時と同じ真っ青な紫陽花。群青色と気持ちの良い水色の塊。

「アジサイが真っ青だ」とぼくが言い、「水が弾けてる」と由美が言った、あの紫陽花たちが、あの日とまったく同じようにここで生きていた。

あの時のように自転車を降り、周囲を見回してみる。どうして由美がいないのだろうかと、ふと思う。普通に由美が現れそうな気がする。しかし、由美は少しも現れはしなかった。その場を離れがたく、ぼくはそこに留まる。

ハンドルを握ったまま左を見やると、紫陽花たちのずっと遠くの背景に卯辰山が見えた。そこには、白く、重く、輝く雲があり、蒼い空が覗いていた。混沌とした有様だった。卯辰山の濃い緑が陽に射られ、深く、生きた色をしている。ここからは決して見えない葉の一枚一枚が露に光り、ピシピシと音を立てているかのようだ。右の遠くの方に医王山が連なり霞んで見える。

ぼくは、どしゃ降りの雨の中に立ち続ける。頭上には、黒く恐ろしい雲が垂れ込めている。また、夏の雨に打たれている。由美との犀川での出来事を思い出す。由美はシッシッと一生懸命に猫を追い払おうとしたのだった。水鳥がガァと鳴いたのだった。由美の投げた小石がピシッと跳ねたのだった。ぼくは、彼女の眼差しに答えることをしなかったのだ。

夏の雨は今もまた、むしろ心地良いものだった。ぼくは自転車を支えたまま、左手の卯辰山になおも見入っている。

混沌とした雲と光の中に、黒い陰影の際立つ深い緑の中から、柔らかい砂糖菓子のような虹がスックと架かっていた。脆くけなげな様子だった。厚みのない夢のような在り方に、華奢でけなげな由美を思う。

ぼくは自分の前途に虹を見ないけれど、この虹が由美の上にだけ架かればよいと思う。ぼくは決して泣くまいと自分に言い聞かせる。涙と共に由美の思い出を流し去ってしまうことを、むしろ恐れるのだ。

「雨の中のレインボーだね」

とぼくは言った。ここにはいやしない由美のやつは、穏やかな眼差しを向けてくれた。少しグレーがかった瞳は、やはり大きなガラス玉のように無機的に静かだった。虹の架かった辺りにはオレンジ色の光が溢れている。こちら側の空は黒く閉ざされているが、ぼくと由美は金色の粒子の中に浮かび佇んでいる。

「カッコいいじゃん。まるでラブストーリーの主人公みたいだ」

ぼくは、いつもそうだったようにおどけて見せた。良いのだ、由美はちゃんとわかってくれているのだ。ぼくは、由美の前でくらい、振る舞いたいように振る舞うのだ。いつだってそうだったし、これからだってそうするのだ。

「なあ、由美」

ぼくは、誰もいやしない隣に向かって話しかける。

道路沿いの紫陽花は溢れるほどに水滴をたたえている。由美は困ったような笑みを浮かべてぼくを見、虹の方に目をやった。由美の横顔をそっとうかがう。いつかのぼくがそうしたように、ジッと前を見たきり二度とこちらを見てはくれなかった。遠く、遠い所を見やっている純粋な目だと思った。

君はもうぼくなどに目をくれなくて良いんだよ。こんなにずるく、雑然としていてわけがわからず、軽率で、低俗で、中途半端で我が儘で、人の真実の何たるかを知らず、何が一番大切なのかもわからずに、表面の見てくれだけしか目に入らず、孤独だとか愛だとかすぐ言いたがり、物の本質の一向に見えていない、そして何よりも、自分が本当は誰を愛しているのかもわからずに、かけがえのない人をなおざりにしてきたこんな男になんか。

黒い雲の下で、ぼくだけが驟雨に打たれている。

前を向いて自転車にまたがり、ペダルを踏み直した。渾身の力をそれに加える。ひと漕ぎごとに体が大きく傾いで左右に揺れる。自転車が軋んで音を立てる。昔よくやったように、腰を浮かして遮二無二、足を踏み出す。左右の足はそれぞれ一本の車軸のように回り始める。水しぶきが上がる。車体が大きく傾いで揺れる。揺れても傾いでも良いのだ。かつて由美と並んで走った坂道を、一歩一歩、かじり取るようにしてよじ登った。

ずぶ濡れになって下宿に戻る。バスタオルで身体を拭きながら和室に入り、窓まで歩く。卯辰山に寄り添うように架かる虹は輪郭を失って、かえってサイズを増したかのようだ。

その辺りの空はまだ混沌としているが、陽が射して輝く雲があり、わずかに青い空が覗いていた。下の方に目をやると、とっくに田植えを終えた田圃一面に、明るい緑が息づいている。雨に打たれ、雨が止もうとしている今、プルプルと身を震わす生き物のように見える。

重く垂れ込めていた雲が消えかかる。一条の光が射して、白い雲の輝きが増していく。驟雨が去り、虹が架かっていた空に、刻一刻と晴れ間が広がっていく。

いつか見たような光景だと、ふと思う。

一昨年の夏休み、バンドの自己練をやった時、由美と並んで見たヤツだと気がつく。もう二年も経つのか、と思う。能登からの帰り道、「いつまでも子どもではいられないの」と言った由美の声が、突然甦る。


ぼくは、しばし佇む。


左の方から、一台の車が現れた。

ゆったりと県道を降りて来て、右に向かう。

眼下を見下ろすぼくの目の前を、中くらいの速度を保ったまま、ゆっくり時間をかけて通りすぎた。

音もなく、スローモーションのように、道なりにカーブして、遥か彼方の医王山の方へと、その赤い車は遠ざかって行った。

※この小説はフィクションです。
実在の人物や団体などとは関係ありません。

参考文献

『嘔吐』サルトル著、白井浩司訳、『サルトル全集』第6巻（人文書院）
昭和26年2月15日　初版発行
昭和53年3月1日　改訂再版発行
『実存主義とは何か』サルトル著、伊吹武彦訳、『サルトル全集』第13巻（人文書院）
昭和30年7月30日　初版発行
昭和52年3月31日　改訂重版発行
『転換期の宗教』笠原一男著（日本放送出版協会）
昭和41年5月20日　第1刷発行
昭和49年2月10日　第15刷発行
『存在と無』サルトル著、松浪信三郎訳、『新装版　世界の大思想』18（河出書房新社）
昭和49年6月15日　初版発行
昭和53年4月25日　3版発行
オロロン鳥／ウミガラス★SAVE ORORON「天売鳥のオロロン鳥について」
https://www.ne.jp/asahi/tomodachi/museum/page/ororon2.html
（2020年9月30日閲覧）
環境省「自然環境・生物多様性」（2020年9月30日閲覧）
https://www.env.go.jp/nature/kisho/hogozoushoku/umigarasu.html

〈著者紹介〉
葛城 仁（かつらぎ じん）
埼玉県に生まれ、東京で育つ。開成中学・高校をへて東京大学中退、金沢大学医学部卒業。千葉大学医学部第一内科で研鑽を積んだ後、がんの先端医療に従事。治療、学会、論文、学術誌への寄稿の日々を送る。その後、内科クリニックを開設し、現在に至る。
東大在学中の20歳から小説を書き始めるも、中断。2019年４月に執筆再開、850枚の長編小説を書き下ろす。登場人物たちを眠りから目覚めさせる作業は至福のものとなった。

雨《あめ》の中《なか》のレインボー

2023年11月30日　第1刷発行

著　者　　　葛城 仁
発行人　　　久保田貴幸

発行元　　　株式会社 幻冬舎メディアコンサルティング
〒151-0051　東京都渋谷区千駄ヶ谷4-9-7
電話　03-5411-6440（編集）

発売元　　　株式会社 幻冬舎
〒151-0051　東京都渋谷区千駄ヶ谷4-9-7
電話　03-5411-6222（営業）

印刷・製本　中央精版印刷株式会社
装　丁　　　野口 萌

検印廃止

Printed in Japan
ISBN 978-4-344-94455-8 C0093
幻冬舎メディアコンサルティングＨＰ
https://www.gentosha-mc.com/